Ook Spierenbonken

Laten Harten Smelten

JUDI FENNELL

Voor meer informatie over de auteur en haar werk, zie www.JudiFennell.com

Gina Taormina was al verliefd op Darien Foster voordat ze het zich kon herinneren, tot de dag dat hij haar op school vernederde. Vijftien jaar later krijgt ze het nog steeds koud als ze hem ziet.

Stripper Darien is teruggekomen naar de stad om een paar zaken recht te zetten. Eén daarvan is de puinhoop die hij voor Gina heeft veroorzaakt in hun tienertijd... en misschien om de vlam weer aan te wakkeren die er ooit tussen hen brandde.

Maar de enige manier om de sneeuw rond Gina's hart te doen smelten, is door het vuur op te stoken, zowel tijdens het werk... als daarbuiten.

Hoofdstuk één

'Hij is weer bezig.'

Gina Taormina was niet eens van plan om ernaar te kijken, naar *het*, de zoveelste reusachtige mand gevuld met spullen die *hij* had uitgekozen. 'Stuur hem maar terug,' zei ze tegen Candy, haar beste vriendin en de receptioniste van haar wellness-salon, The Gilded Lily.

'Gina, kom op. De man wil alleen maar dat je hem opmerkt.'

Gina greep in plaats daarvan de stapel rekeningen. En dat wilde wat zeggen. 'Stuur hem terug.'

'Maar Gien, het is echt een geweldig—'

Gina sloeg met de zijkant van de rekeningen op de granieten balie. 'Het kan me niet schelen wat het is, Candy.'

'Weet je dat wel zeker?'

Verdomme, ze wist het heel zeker. 'Stuur hem terug.'

'Ach, toe nou, Gina. Geef die man een kans.'

Gina rolde met haar ogen en schudde haar hoofd terwijl ze haar werkjasje dichttrok. Ze liep om de balie heen naar de kant van Candy, waar het kloppend hart van de spa zich bevond: het afsprakenboek, de pinautomaat, de computer, de printer en de bonnetjes van gisteren. 'Ik doe niet aan strippers.'

'Nou, dat is verdomd zonde. Ik zou best een stripper doen. Zonder pardon.'

En het volgende moment zou hij weer gevlogen zijn. Gina had dat op de harde manier geleerd. Uitzonderingen waren zeldzaam, en aangezien ze bevriend was met de ene uitzondering en familie was van de andere, was haar kans om een derde te vinden vrijwel nihil. Ze had het geprobeerd en, *wow*, wat was dat in haar gezicht ontploft.

Goddank dat ze nooit werk had gemaakt van haar verliefdheid op Gage, de zakenpartner van haar neef Bryan. Vooral nu Gage samen was met Lara. Niemand was er ooit achter gekomen en het was nooit ongemakkelijk geworden met Bryan — wat makkelijk had gekund. Tja, afgezien van die twee uitzonderingen was ze definitief klaar met strippers. Nee, zeg maar gerust dat ze klaar was met *mannen*. In haar ervaring hadden ze altijd een dubbele agenda. Nou, dat had zij nu ook. En daar kwam niets met een penis in voor.

Ze rukte een lade open om een pen te pakken. 'Stuur. Hem. Terug. Candy. Nu.'

Candy zette de mand — het waren altijd erg mooie manden — op het afsprakenboek. Waarschijnlijk zodat Gina hem niet over het hoofd kon zien. 'Mag ik hem houden?'

'Nee, want dan denkt hij dat *ik* dat heb gedaan en dat is het laatste beetje egostreling dat Froggy nodig heeft.'

Ze smeet de lade dicht met haar dij en kwam achter het bureau vandaan alsof de mand van kryptoniet was gemaakt.

Voor haar was hij dat ook.

'Best, maar hoe zit het met al die andere strelingen die hij nodig heeft? En waarom noem je die lekkerding in hemelsnaam bij zijn bijnaam van de middelbare school?'

Ze had Froggy, alias Darien Foster, destijds zo leren kennen, en de jaren waarin ze door hem was vernederd, hadden haar geen reden gegeven om hem minder als een pad te zien. Zelfs niet nu hij eruitzag als een fotomodel op de cover van een roman. Ze had nooit naar die reünie moeten gaan. Dan was hij gewoon een nare herinnering gebleven.

Gina streek haar krullen uit haar gezicht en keek naar buiten. Er was vannacht weer vijf centimeter sneeuw gevallen. Ze moest de rest van de kerstversiering tevoorschijn halen en beginnen met decoreren. 'Zorg dat het weggaat, wat het ook is. Misschien begrijpt hij dan eindelijk de boodschap dat ik niet geïnteresseerd ben.'

Candy tikte met een vuurrood gelakte nagel tegen de chique rode kanten kerststrik op de mand. 'Misschien wil je hier even naar kijken voordat je weer 'niet geïnteresseerd' doet. Het is lief.'

Dat was nou juist het probleem; de kleine "cadeautjes" van Froggy, eh, Darien, werden steeds liever. Het was begonnen toen hij terugkwam naar de stad voor de reünie van hun middelbare school. Bloemen, toen chocola, daarna een enkele roos bij de chocola, maar toen was hij slim geworden en was hij begonnen met het sturen van producten die ze in haar salon kon weggeven.

Dat was een tweesnijdend zwaard; ze kon het zich op dit moment niet veroorloven om gratis producten weg te geven, omdat ze haar geld in de zaak moest steken om *het hoofd boven water te houden*. Ze zat op het omslagpunt waar haar werknemers meer uren nodig hadden, maar als de klanten er niet waren, kon ze hen niet betalen. Helaas liep het winkelcentrum leeg, waardoor er veel minder aanloop was dan twee jaar geleden toen ze de zaak begon, en ze had te veel geld in de inrichting gestoken om een verhuizing naar een andere locatie te kunnen betalen. Zolang ze de huur kon betalen, kon de huisbaas haar er niet uitzetten. Maar zonder een stroom nieuwe klanten wist ze niet hoe ze dat moest blijven doen. Gratis producten waren niet de oplossing.

Maar Darien was begonnen met het afleveren van manden vol met die spullen. Assortimenten, alsof hij ze aan *haar* gaf, maar één vrouw kan maar een beperkte hoeveelheid lotion gebruiken, en drie manden met verschillende geurende lotions en oliën zouden die vrouw meer levens kosten dan Gina had.

Ze haatte het dat hij haar via haar zaak probeerde te bereiken.

Ze haatte het dat hij haar überhaupt probeerde te bereiken. 'Stuur het gewoon terug, Candy.' Uit het oog, uit het hart en hoe eerder, hoe beter. Ze hoefde niet meer aan Darien Foster te denken. Het was al erg genoeg dat hij voor haar neef, Bryan, werkte, maar dichterbij dan dat zou hij niet komen. 'En laten we de afspraken voor volgende week eens bekijken. Ik denk dat we qua personeel wel uitkomen met wat we nu hebben.'

'Ehm...' Candy draaide een lange blonde krul om haar vingers met de typische 'dom blondje'-blik die het meisje tot in de puntjes had geperfectioneerd als ze haar zin wilde krijgen. Of als ze slecht nieuws had.

Jammer voor Candy dat Gina wist dat achter de stereotype blonde buitenkant die Candy voor haar eigen doeleinden aannam, de hersens van een Mensa-lid schuilgingen. Dat was ook de reden dat Candy hier was; ze had dat brein aan het werk gezet en een fortuin verdiend op de beurs. Ze werkte voor Gina omdat ze overdag iets leuks wilde doen, niet omdat ze het geld nodig had.

Dat was de enige reden waarom Gina zich een fulltime receptioniste kon veroorloven.

'Ehm, wat?'

'We hebben een bruidsfeest geboekt voor de zeventiende. Voor een volledige wellness-behandeling.'

Normaal gesproken zou een bruidsfeest goed nieuws zijn. Zo kon ze de spa op zondag gebruiken, de dag dat ze alleen openging voor speciale evenementen, en een evenement van deze omvang zou haar maandhuur garanderen. Maar aangezien de weken tussen Thanksgiving en Kerst niet bepaald uitpuilden van de massage-aanvragen, had Gina al haar massagetherapeuten toestemming gegeven om vakantie te nemen. Ze begreep de rust niet; het koude weer leek de perfecte tijd om je helemaal in te laten oliën en masseren — om nog maar te zwijgen van de ontspanning voor de kerststress — maar de boekingen waren schaars. Hielden vrouwen dan geen rekening met de ontberingen van het kerstshoppen?

'Over hoeveel mensen hebben we het?'

'Twaalf.'

'*Twaalf*? Wie heeft er nou zo'n groot bruidsfeest?'

'De zus van Sophie Cavanaugh.'

'*De* Sophie Cavanaugh?'

'Er is maar één Sophie Cavanaugh.'

Dat was waar. Sophie Cavanaugh was een nieuwslezeres bij de lokale omroep die nationale bekendheid had gekregen tijdens de verslaglegging van een lokale storm, toen ze — terwijl de camera's draaiden — een kind had gered dat dreigde te worden meegesleurd op een overstroomde weg. Het hielp ook dat de vrouw prachtig was, een stel hersens had in haar lichaam waar Barbie jaloers op zou zijn, en niemand had tot nu toe ook maar één lijk in haar kast gevonden sinds het verhaal bekend werd. En nu kwam ze naar de spa van Gina voor het feestje van haar zus. Als Sophie het naar haar zin had...

Alleen al de mond-tot-mondreclame zou meer waard kunnen zijn dan Gina ooit aan advertenties zou *hopen* uit te geven. En het zou wel eens de financiële opsteker kunnen zijn die The Gilded Lily nodig had.

'Oké, begin maar met bellen. We kunnen de gasten laten rouleren tussen alle stations, dus ik heb hier minstens twee extra massagetherapeuten nodig.'

'Heb ik gedaan.'

Natuurlijk had ze dat. Want Candy was niet zo hersenloos als ze mensen graag liet denken. 'Wie heb je op het oog?'

'Nou...'

'Wat, Candy?'

'Niemand.'

'Wat bedoel je met *niemand*? Wij tweeën kunnen geen twaalf vrouwen in ons eentje aan.'

'Dat weet ik.' Candy greep een pluk haar vast. 'Dat blond komt uit een flesje, weet je nog?'

'Ik zeg niet dat je dom bent.'

'Zo klonk het wel.'

'Kunnen we ons even op het probleem concentreren? Je weet dat ik van je hou en je waardeer.'

'En als mijn tegoed aan gratis behandelingen op is, ga je me betalen wat ik waard ben, ja, ja, ik snap het.' Candy slaakte een lijdzame zucht en liet haar haar los. 'De voorraad lokale massagetherapeuten is uitgeput. Iedereen is volgeboekt.'

'Maar onze afspraken zitten niet eens vol, dus hoe kan het dat er niemand beschikbaar is?'

'Kijk je wel eens om je heen? We hebben de rest van de agenda's zaterdag volgepland. Die advertentie van je van vorige maand is blijkbaar viraal gegaan of zo. Dat wilde ik je net vertellen toen je vanmorgen binnenkwam, voordat we werden afgeleid door meneer Casanova.'

Geweldig. Froggy, eh, Darien bracht nu ook haar bedrijfsvoering in de war. Was het nog niet erg genoeg dat hij dat op school met haar sociale leven had gedaan?

'Weet je wat, Candy? Stuur zijn cadeau niet terug naar de winkel waar hij het gekocht heeft. Stuur het naar hem terug. Met een briefje waarin staat dat ik niet geïnteresseerd ben.' Gina trommelde met haar vingertoppen op de balie. 'O, en misschien kun je een berichtje sturen naar de ledenbeheerder van de Kamer van Koophandel? Om te zien of er onlangs freelance massagetherapeuten lid zijn geworden. Is er pas niet een hele groep afgestudeerd aan de lokale vakschool?'

Candy haalde een potlood achter haar oor vandaan, een bewijs van de dikte van haar haar, want Gina had het potlood niet eens zien zitten. En die bungelende zuurstok-oorbellen ook niet. 'Check. Eén briefje dat je niet geïnteresseerd bent, en een ander dat je dat wel bent.'

'Haal ze alleen niet door elkaar.'

'Nou, vrouwelijke baas, zou ik dat doen?' Daar ging Candy weer met haar haar-gedraai en de wezenloze blik die ze had geperfectioneerd.

Gina tikte haar op haar neus. 'Niet als je weet wat goed voor je is.'

Candy gaf een tikje tegen Gina's vinger. 'O, geloof me maar. Ik weet wat goed is voor iedereen.'

En dat was *precies* de reden waarom Candy de briefjes verwisselde.

* * *

Dare staarde naar de mand op zijn veranda.

Verdomme, hoe moest hij Gina zover krijgen dat ze zelfs maar met hem *praatte* als ze zijn vredesoffers bleef terugsturen? Goed, hij begreep best waarom ze misschien wat wrok koesterde, maar de middelbare school was twintig jaar geleden. Ze kon toch niet al die tijd een wrok koesteren? Ze waren kinderen geweest. De puberteit met al zijn onzekerheid, plus het proberen erbij te horen. En dan was er nog die rotnaam waar hij mee was opgezadeld. Froggy. Alsof het zijn schuld was dat hij de baard in de keel kreeg. Maar kinderen op de middelbare school gaven niemand respijt, en toen die bijnaam eenmaal op hem geplakt was, bleef hij hangen.

En Gina wilde sindsdien niets meer met hem te maken hebben.

Oké, oké, dat kon iets te maken hebben met die opmerking die hij maakte over haar, tja, pluspunten, in zijn zeer kenmerkende gekwaak tijdens de aardrijkskundeles, vlak nadat meneer Nester hun een dia van de Grand Tetons had laten zien.

De hele klas was in lachen uitgebarsten, meneer Nester was rood aangelopen en had hen allebei naar het kantoor van directeur Dilworth gestuurd. Wat de vernedering alleen maar groter had gemaakt, was dat Gina gedwongen was om met hem — haar kwelgeest — helemaal naar de andere vleugel te lopen. Hij had natuurlijk geprobeerd te doen alsof het niets voorstelde, maar daar had Gina geen boodschap aan. Vanuit een perspectief van twintig jaar later en met enig begrip van tienermeisjes (dankzij de verhalen van zijn studiegenoot en zakenpartner Bill over zijn dertienjarige tweeling), begreep hij dat Gina's borsten het laatste waren waar ze de aandacht op gevestigd wilde zien, maar ja, hij was een tienerjongen geweest. Hij had daar uit de eerste hand ervaring mee.

En ja, zijn hand had heel wat te zeggen gehad over Gina's borsten toen hij een tiener was.

Hij verzette zich ongemakkelijk. Blijkbaar had iets anders er nog steeds wat over te zeggen.

Het was werkelijk verbazingwekkend — één blik op haar tijdens de reünie, die prachtige zwarte krullen en haar diepdonkere ogen waarin hij zich op school al had willen verliezen, en het was alsof hij er weer was, achter haar gezeten terwijl hij haar parfum, shampoo of wat het ook was dat hem nachtenlang had wakkergehouden, rook. En dan bedoelde hij ook *wakker*.

Er was niets veranderd.

En ze wilde hem *nog steeds* niet erkennen.

Hij pakte de mand op en er viel een envelop uit. Met zijn naam op de voorkant.

Of misschien toch wel...

Hij draaide de envelop om en schoof zijn vinger onder de flap. Dit was de eerste keer dat Gina rechtstreeks op hem reageerde. De zes andere manden waren teruggebracht naar de cadeauwinkel waar hij ze gekocht had, zonder briefje erbij.

Misschien drong hij eindelijk tot haar door.

'De spa is overboekt. Ken jij nog massagetherapeuten die kunnen invallen?'

Wat briefjes betreft, was dit ongeveer even persoonlijk als Tweety, de zwerfkat die hem zes minuten na zijn verhuizing naar zijn huurwoning had geadopteerd en affectie toonde door een dood konijn voor hem op de veranda achter te laten. Hoewel hij had gedacht dat het misschien was omdat hij de kat met de naam van een vogel had opgezadeld — neem het hem niet kwalijk dat hij een verwrongen gevoel voor humor had — had de dierenarts gezegd dat dit eigenlijk een veelbetekenend gebaar was, dus Dare had het tandenknarsend geaccepteerd. Voordat hij het zogenaamde 'cadeau' in de vuilnisbak smeet, welteverstaan.

Was dit Gina's dode konijn?

Oké, dat klonk op zoveel manieren verkeerd: *Fatal Attraction* schoot hem te binnen, evenals het feit dat de dood van een konijn in het Engels een eufemisme was voor zwangerschap — beide zaken die aan de rand van zijn interesse in Gina lagen, maar op manieren waarvan hij graag dacht dat ze mentaal gezond waren en een normaal tijdspad zouden volgen.

Hij schudde zijn hoofd. Zijn brein maakte kortsluiting — net als sinds hij haar zes maanden geleden op de reünie had gezien.

Het hare moest ook wel kortsluiting maken als ze hem om massagetherapeuten vroeg.

Aan de andere kant, wie was hij om een gegeven paard in de bek te kijken?

Hij kon wel massagetherapie geven. Hij stond er immers om bekend dat hij in zijn studententijd een goede massage kon geven. En 's nachts ook.

Iets waar hij Gina graag achter wilde laten komen.

Uit de eerste hand.

Hoofdstuk twee

'Ik dacht dat je zei dat die blondine uit een flesje kwam.' Gina siste de beschuldiging zodra ze haar kantoordeur dichtsloeg, nog voordat Candy de kans had gekregen om te gaan zitten.

Candy nam echter uitgebreid de tijd. En ze deed er nog langer over om te antwoorden, terwijl ze er nauwgezet voor zorgde dat de vouwen in haar crème-kleurige linnen broek precies over het midden van haar knieën liepen; haar koningsblauwe nagels pasten perfect bij haar zijden blouse. 'Dat zei ik ook.'

Gina probeerde tot tien te tellen voordat ze reageerde.

Helaas kwam ze maar tot drie. 'Waarom heb je dan in *vrédesnaam* juist Froggy aangenomen om hier te werken?'

Candy sloeg haar ene been over het andere en haalde haar schouders op met een nonchalance die Gina het liefst van haar gezicht had willen meppen. 'Omdat hij de enige was die beschikbaar was.'

'Hij is niet eens een gediplomeerd therapeut.' Gina wees naar de man die net uit de gang van de massageruimtes de receptie kwam binnenlopen.

Verdomme, hij zag er goed uit in het perzikkleurige poloshirt dat alle thera-peuten droegen. Al sloot het bij hem heel wat nauwer om zijn lichaam dan bij de meiden.

Ze zou het uniform voor de mannen moeten herzien.

Nee, ze zou het hele mannen-gebeuren moeten herzien, punt uit. Ze had helemaal geen mannen in haar zaak gewild — tenzij ze klant waren — en al helemaal *die* man niet.

Candy verlegde haar benen; haar kristallen stiletto's — die alleen Candy kon hebben — schitterden in het licht van de plafondlamp. 'Klopt. Maar hij staat ingeschreven voor de opleiding en daarom hoeven we hem niet te betalen. Hij krijgt er studiepunten voor in de plaats. Een win-win voor iedereen.'

'Hoe lang staat hij al ingeschreven?'

Er verscheen een eerste barstje in Candy's masker. 'Dat wilde de school me niet vertellen.'

'En hoe wist hij dat we een therapeut nodig hadden?'

'Iets over dat berichtje dat ik naar de kamer van koophandel heb gestuurd.'

'En er was echt niemand anders die je had kunnen aannemen?'

Het masker viel af en Candy vuurde een scherpe blik op haar af. 'Gina, ik heb advertenties op alle websites gezet. Behalve Darien heeft er *niemand* gebeld, en we hebben *wat* tijd nodig om wie-dan-ook in te werken in de spa voordat Sophie en haar zus met hun hele entourage komen. Wil je echt dat ik hem laat gaan omdat je de *cadeautjes* die hij je stuurt niet leuk vindt?'

'Nee, natuurlijk niet.' Eigenlijk wel. Darien Foster was een doorn in haar oog. Hij had haar op school vernederd. Hij had die opmerking niet harder kunnen uitkramen, precies op het moment dat iedereen even stil was. 'Grand Tetons, G.T., Gina Taormina. Ze hebben je de juiste naam gegeven: Grand Tits.'

God, de vernedering. *Grand Tits* was haar blijven achtervolgen totdat haar neef Bryan Darien en drie andere jongens in elkaar had geslagen en een week lang moest nablijven, stuk voor stuk dingen die ze Darien nooit zou vergeven. En nu werkte hij voor haar.

'We hoeven hem tenminste niet te betalen.' Er zat een zekere poëtische rechtvaardigheid in het feit dat hij gratis voor haar werkte. Eigenlijk zou hij de rest van zijn leven voor haar moeten werken om haar terug te betalen voor de sociale ellende die hij met zijn spotlust had veroorzaakt. De arme meneer Nester had haar daarna nooit meer durven aankijken. Ze had een tien gehaald voor dat vak omdat ze er zeker van was dat hij dacht dat haar met vlag en wimpel laten slagen de makkelijkste uitweg was.

Het kon haar niets schelen; ze wilde alleen maar van school af en verder met haar leven. Weg van *hem*.

Maar nu hij hier terug was, was de cirkel weer rond.

Ze wierp een blik uit het raam naast haar kantoordeur. Daar stond hij, voorovergebogen om een papieren bekertje uit de houder van de waterkoeler te trekken.

Waarom moest die kerel nou een enorme eikel zijn?

Misschien omdat hij er een hééft?

'Als dit niet voor de zus van Sophie Cavanaugh was...'

'Dan hadden we niet meer massagetherapeuten nodig gehad. Je kunt niet én de kool én de geit sparen, Gien.'

Toen hij rechtop ging staan, zijn hoofd achterover hield en het water in zijn keel goot, riep dat beelden op van het aflikken van taartglazuur van de spieren in zijn dikke nek, en, nou ja... Verdomme. Dit zou een verschrikkelijk lange maand worden.

Hij voelde haar blik vanaf vijf meter afstand.

Mooi zo.

Dare hield zijn hoofd achterover en dronk de laatste druppel uit het plastic bekertje. Laat haar maar eens goed kijken. Normaal gesproken verdiende hij een paar honderd dollar per avond aan vrouwen die naar hem keken, maar als Gina Taormina gratis wilde kijken, zou hij niet klagen.

Hij glimlachte naar de kapster toen ze naar hem zwaaide vanuit haar salon. Haar paarse haar was schattig. Het paste bij haar persoonlijkheid, gebaseerd op de paar zinnen die ze hadden gewisseld toen hij aankwam, maar hij was niet geïnteresseerd. Althans, niet in haar.

Hij ging rechtop staan toen Gina's kantoordeur openging.

'Dus hoeveel massages heb je nou precies al gegeven?' Candy — ja, dat was haar echte naam; hij had het gecheckt — kneep haar felblauwe ogen tot spleetjes en keek hem aan alsof hij een crimineel was terwijl ze naar buiten liep.

'Ik wist niet dat ik ze moest tellen.' En bovendien waren die massages al *lang* gegeven voordat hij maandagavond Gina's briefje had gelezen — en dat was vóór dinsdag, toen hij zich had ingeschreven voor de opleiding massagetherapie.

'Geef me een schatting.'

'Meer dan één, minder dan duizend?' Hij zette zijn meest charmante glimlach op en hield zijn heup schuin. Vrouwen hadden de neiging om moeilijke vragen te vergeten zodra ze afgeleid werden door zijn lichaam.

Candy trapte er echter niet in, hoe stereotype haar uiterlijk van een blonde stoot en haar naam ook waren. Ze trok alleen een wenkbrauw op. 'Je kunt maar beter verdomd goed weten wat je doet, anders hang je.'

Vroeger zou hij haar kont allang hebben gekeurd. Maar die van haar interesseerde hem niet. Die van niemand, behalve die van Gina.

Hij had Gina sinds de reünie niet meer uit zijn hoofd kunnen krijgen. Op school was hij hartstikke verliefd op haar geweest en hij dacht aan haar telkens wanneer iemand die tijd ter sprake bracht. Eigenlijk dacht hij ook aan haar als niemand over school begon, maar als het onderwerp wel ter sprake kwam, waren zijn herinneringen gekleurd door spijt over de sociale nachtmerrie die hij voor haar had gecreëerd. Hij was stom en onbezonnen geweest, niet gemeen, al begreep hij wel waarom ze hem toen niet mocht. Maar we waren inmiddels vijftien jaar van de middelbare school af en waren allebei volwassen geworden. Ze kon tenminste erkennen dat hij probeerde het goed te maken. Zij had hem tenslotte dat briefje over de baan gestuurd.

'Met mij komt het wel goed.' Dare schudde zijn hoofd. 'Sorry, dat kwam er verkeerd uit. Maar maak je geen zorgen; ik weet wat ik doe.'

'Het is niet om jou waar ik me zorgen om maak,' mompelde Candy terwijl ze terugliep naar de receptie.

Dat was een interessante opmerking waar hij graag meer over had willen weten als Gina niet net haar kantoor uit was gekomen.

'Uh, hé.' Ze trok een gezicht en zuchtte toen. 'Zou ik je even kunnen spreken?'

De eerste keer dat ze met hem wilde praten... Dacht ze echt dat hij nee zou zeggen? Hij probeerde haar al vier maanden te spreken te krijgen. Daar waren al die manden voor bedoeld.

'Tuurlijk.' Hij verfrommelde het bekertje en gooide het in de prullenbak.

Hij liep haar kantoor binnen en zag hoe ze terugweek om niet in zijn buurt te komen toen ze opzij stapte om hem binnen te laten. Man, hij had het destijds in de klas van Nester echt bij haar verbruid. Hij moest zijn excuses daarvoor aanbieden — nogmaals, als volwassene — maar hij had het gevoel dat ze het daar niet over wilde hebben. 'Wat is er aan de hand?'

'Ik wil weten wat je hier doet.'

'Uh... massages geven?' Hij probeerde het sarcasme uit zijn stem te houden — dat zou niet helpen — maar hij wist niet waar deze vraag naartoe ging. Dacht ze dat hij hier was om die mandjes te omzeilen?

Dat was wel de waarheid, maar toch... dat zou nogal triest zijn, toch? Hij zat op de opleiding voor massagetherapie; hij wilde de praktijkervaring. Tenminste, voor zover zij wist. Wat niet verklaarde waarom ze hem een berichtje had gestuurd om te vragen of hij iemand wist die hier wilde werken, maar hij was niet van plan een gegeven paard in de bek te kijken.

Wacht, dat klonk ook niet helemaal goed.

'Serieus? Van alle banen op de wereld doe jij toevallig net datgene wat ik nodig heb? En denk je na al die mandjes die je hebt gestuurd en die ik heb teruggestuurd, echt dat ik in toeval geloof?'

'Misschien waren die mandjes mijn manier om jou zover te krijgen dat je me aan zou nemen?' Ja, dat was een goeie. Hij had het perfecte excuus; hij wist dat ze boos op hem was vanwege vroeger, dus hij had geprobeerd haar gunstig te stemmen zodat ze hem zou aannemen. 'Ik bedoel, je hebt me tenslotte dat—'

'Wacht even. Laten we één ding direct duidelijk maken. Ik heb je niet aangenomen. Candy heeft dat gedaan.'

'Is zij je partner?'

Gina sloeg haar armen over elkaar onder haar borsten — en hij deed serieus zijn best om niet te kijken. 'Ik heb geen partner. Dit is *mijn* zaak.'

Ooooookéééé...

'Nou ja, oké, maar als Candy me heeft aangenomen en zij voor jou werkt, dan heb jij me technisch gezien *wel* aangenomen, toch?' En dan was er dat briefje nog. Maar hij had het gevoel dat haar daaraan herinneren nu niet goed zou vallen. In plaats daarvan trok hij zijn linkerwenkbrauw op en glimlachte hij extra breed zodat zijn kuiltje zichtbaar werd. Vrouwen konden zijn kuiltje nooit weerstaan als hij charmant probeerde te zijn.

'Je bent ongelooflijk.'

Als het op een andere toon was gezegd, zou Dare hebben geglimlacht, maar gezien het feit dat Gina het met zoveel minachting zei... Hij had het weer verpest.

'Serieus, dit gaat niet werken. Ik kan niet hebben dat je zo... zo...'

Wat? Charmant? Aantrekkelijk? Lekker? Sexy? Wat vond ze precies dat hij was?

'...brutaal bent tegen de klanten.'

'Brutaal? Ik?' Dat was nogal een woord. En niet eentje dat hem ooit had beschreven. Hij was de grappenmaker. Hij probeerde altijd iedereen aan het lachen te maken. Hun dag op te vrolijken. Vandaar ook het voorval in de klas van Nester. Iedereen behalve Gina — en meneer Nester — lag in een deuk.

'Ja, jij. Ik meen het. Ik kan het me niet veroorloven dat je klanten beledigt.'

Beledigen? *Hij* was beledigd. Tuurlijk, hij was een stom kind toen hij haar beledigde, maar hij was geen kind meer. Hij wist hoe hij zich professioneel moest gedragen. 'Zo ben ik niet, Gina.'

Ze trok een wenkbrauw op. Als die van hem er bij hem net zo sexy uitzag als die van haar bij haar, dan snapte hij wel waarom vrouwen aan zijn voeten vielen.

Maar Gina was nog lang niet van plan om te vallen. Eerder om hem een duwtje te geven. Zo te zien het liefst van een klif als ze de kans kreeg.

'Serieus, Gina, ik zweer dat ik je klanten niet ga beledigen. Jouw klanten zijn tenslotte mijn klanten, toch?' Hij liet uit gewoonte zijn kuiltje weer zien.

Ze trok alleen haar andere wenkbrauw op. 'Luister, Frog – eh, Darien. Je krijgt één kans. Eén klacht en je ligt eruit. Begrepen?'

Ja, dat begreep hij. Hij knikte.

En die bijnaam... Hij had het kunnen verwachten, maar toch. Erg genoeg dat zijn maten hem er nog steeds mee plaagden, hij haatte het dat die naam uit háár mond kwam.

Hij keek naar haar mond.

Zij zag dat hij het deed. Dat wist hij omdat haar lippen zich openden. Een heel klein beetje. En haar tong kwam een seconde naar buiten — voordat haar lippen stijf op elkaar gingen, tot ze nog maar dunne streepjes waren.

Heere Jezus. Misschien was dit toch niet zo'n goed idee. Hij was hoteldebotel op haar en zij moest overduidelijk niets van hem hebben. Dit kon nooit goed aflopen.

Hoofdstuk drie

'Ik hoorde dat je voor mijn nicht werkt.' Bryan Lassiter zei het terloops terwijl hij de laatste handdoek in de kast legde, maar Dare kende de man lang genoeg om te weten dat niets wat met Gina te maken had terloops was.

'Ik ben net begonnen.'

'Wat?' Markus kwam de kleedkamer binnenlopen en trok zijn sweatshirt over zijn hoofd. 'Verdien je hier niet genoeg fooi? Misschien moet je ook met je bekken gaan shaken zoals Samps daar. Levert hem elke keer een paar extra briefjes op.' Hij sloeg met zijn shirt tegen de kont van Dare terwijl hij naar zijn kluisje liep.

'Iedereen is een expert.' Dare trok het poloshirt uit dat hij in de spa had gedragen en bond het leren koord om zijn schouders en borst dat hij op het podium droeg, dat maar een fractie groter was dan zijn string.

Hij diepte *dat* uit zijn sporttas op, trok zijn korte broek uit en stapte in het tweede — en laatste — kledingstuk dat hij tijdens zijn optreden aanbleef.

'Sinds wanneer wilde jij masseuse worden?' Bryan leunde tegen de kast en kruiste zijn armen. 'Ik dacht dat je deze klus deed tot het perfecte pand voorbijkwam en je weer een vastgoedmagnaat kon worden.'

Dare zou niet zomaar aan dit verhoor ontsnappen.

'Nou, dat is nog niet gebeurd, en in de tussentijd heb ik overdag mijn handen vrij. En het is *masseur*; masseuse is voor vrouwen. Hoewel het tegenwoordig eigenlijk massagetherapeut is. Dat is een prima baantje tot ik hier klaar ben.' Ja, dit dansen was niet zijn einddoel. Hij en zijn partner, Bill, hadden een appartementencomplex gehad tot Bill de strijd tegen kanker verloor. Omdat de weduwe van Bill twee dochters had om zich zorgen over te maken, wilde ze het partnerschap niet voortzetten. Dus had hij de boel verkocht en was hij naar huis verhuisd, met het plan om dit keer een nieuwe partner te zoeken: zijn vader. Pensioen was niet het beste voor pa. Maar eerst had hij het juiste pand nodig.

'Ga je binnenkort met pensioen?' Bryan trok een wenkbrauw op. 'Had je nog plannen om me in te lichten of wilde je dat nieuws pas brengen nadat we de aankoop van de nieuwste locatie hebben afgerond?'

Dare zuchtte. *O, wat een verward web weven we als we beginnen met bedriegen.* Of zoiets. 'Dat duurt nog wel even, Bry. Maak je geen zorgen. Ik ben er nog wel.'

Bryan keek hem doordringend aan. 'Hm-hm.' Hij ging rechtop staan en stak zijn handen in zijn achterzakken. 'Doe gewoon niets wat ik ook niet zou doen. En aangezien Gina mijn nichtje is...'

Ja, dat zou niet best zijn. Dare begreep de boodschap luid en duidelijk.

'Het is maar werk, Bry.' Hij draaide zich om en pakte de brandweerbroek uit zijn kluisje die zijn kostuum compleet maakte, en boog voorover om erin te stappen.

'Dat is dit ook. Geef me geen reden om je te ontslaan.'

'Zal ik niet doen.' Hij stond op toen Bryan vertrok en stootte zijn hoofd tegen het bovenste deurtje van de kluis. Verdomme. Hij had dat deel van zijn plan niet echt doordacht. Zijn hoofddoel was geweest om Gina met hem te laten praten. Die baan bij haar was de kers op de taart.

Als hij het tenminste niet verpestte.

'Alright, alright, alright!' Jace, die zijn beste Matthew McConaughey-imitatie deed, kwam half rennend vanuit het podium de kleedkamer binnen en wreef in zijn handen. Die vent hield ervan om zijn zuidelijke accent dik aan te zetten, en hij buitte het volledig uit bij de klanten. 'De dames zijn vurig vanavond.'

Hij was nog nieuw genoeg om van de aandacht te genieten. Dat zou nog een paar weken duren en dan zou het gewoon werk zijn, net als voor de rest van hen. Het gegil was in het begin best opwindend, maar daarna werd de aandacht routine. Natuurlijk, het object van de fantasieën van vrouwen zijn was geen zware baan, maar Dare meende het serieus met stoppen met dansen en terugkeren naar de vastgoedwereld. En, hopelijk, een gezin stichten. In die volgorde. Het zou niet best zijn op de basisschool als zijn kind rondliep en iedereen vertelde dat zijn vader voor zijn werk zijn kleren uittrok voor vrouwen.

Toen had hij Gina weer gezien... Nu waren de twee grootste verlangens van zijn jeugd op weg naar een botsing — als hij haar tenminste zover kreeg dat ze met hem *praatte*.

Hij begreep het niet; waarom had ze hem gevraagd of hij een beschikbare massagetherapeut kende als ze zijn hulp niet wilde? Toegegeven, ze had misschien niet verwacht dat *hij* op het werk zou verschijnen, maar toch, ze had het gevraagd.

'Wat zeg je ervan, Dare? Ga je daar een paar brandjes stichten zodat je het plezier hebt om ze te blussen?' Jace zwaaide zijn chaps boven zijn hoofd. 'De dames zijn dol op een man in uniform.'

'Je bedoelt *uit* uniform.' Markus gooide zijn handdoek naar het hoofd van Jace. 'Maar je weet dat er niet gefraterniseerd wordt met de klanten.'

'Hoe kunnen de bazen van ons verwachten dat we ons aan die regel houden als ze dat zelf niet doen?'

Dit keer gooiden de andere mannen hun handdoeken naar hem. 'Omdat zij onze salarissen betalen, dus we houden ons eraan. Toch, Dare?' Markus zei het laatste gedeelte zacht genoeg zodat alleen hij het hoorde, maar Dare hoorde de waarschuwing in de stem van Markus luid genoeg.

Shit. Hij had niet echt nagedacht over de gevolgen die zijn bevlieging voor zijn baan kon hebben. Natuurlijk hadden hij en Bryan een gesprek gehad over 'het borsten-incident' toen Dare hier maanden geleden solliciteerde, maar hij had zijn excuses aangeboden — net als Bryan dat hij hem vroeger op school in elkaar had geslagen — en dat was het.

De belangen waren nu echter misschien wat groter, aangezien Dare heel Gina wilde leren kennen, en niet alleen haar borsten.

Hij ging snel op het bankje voor zijn kluisje zitten. Die verdomde string liet hem nergens mee wegkomen, wat hem normaal gesproken niet zou storen, maar na dat gesprek met Bryan, en met hem in de kamer ernaast... ja, dat was niet optimaal.

Dare pakte een flesje water en goot het over zichzelf heen om de boel beneden genoeg af te koelen zodat hij niet het lachertje van de kleedkamer zou zijn. Zijn set kwam eraan, dus hij moest zichzelf in de hand houden — of liever gezegd, zijn zaakjes op orde krijgen.

Hij pakte zijn slang — die hij in zijn act gebruikte, de *plastic* versie — en liep richting het podium.

'Verdomme, Candy, ik wil weg.' Gina stond op toen de laatste danser het podium verliet. Ze was *niet* van plan om hier te blijven voor de dans van Froggy, zeker niet op de eerste rij.

De kreten van 'ga zitten!' van de vrouwen achter haar tafel zorgden ervoor dat ze weer op haar stoel gleed.

'Ze laten je niet weggaan.' Candy knikte met haar hoofd naar de vrouwen.

'Dit heb je expres gedaan.'

Candy trok haar wenkbrauwen op. 'Ik? Alsof ik genoeg invloed heb om plekken op de eerste rij voor je te regelen. Dat heb je helemaal zelf gedaan, Miss Mijn-Neef-Is-De-Eigenaar.'

'Ik wist dat ik me hier niet door jou voor had moeten laten overhalen.'

'O, kom op zeg. Alsof dit een straf is.' Candy stak de maraschinokers uit haar drankje in haar mond. 'Bovendien weet je nooit wat voor gesprekken er op een bruidsevenement ontstaan. Misschien zoeken ze wel aanbevelingen voor het vrijgezellenfeest.'

'Ik zou ze naar BeefCake, Inc. kunnen doorverwijzen zonder de dansers opnieuw te hoeven zien.'

'Ja, maar waar is de lol daarvan?' Candy spuugde een perfect gelegde knoop in een kersensteel uit. Looks *en* talent; geen wonder dat de mannen achter haar aan zaten. 'Bovendien zei je dat je Gage toch nog moest spreken, en het *is* op de weg naar huis. En we moeten nog eten.' Ze duwde de rand van het bord met hun kip-quesadilla's naar zich toe. 'We slaan hiermee een heleboel vliegen in één klap.'

'Ik weet wel één vlieg die ik graag zou willen slaan...' mompelde Gina binnensmonds terwijl ze naar het laatste stukje kaas-tortilla greep. Haar plan was geweest om de laatste cheque die ze Gage schuldig was voor de kast die hij voor de spa had gebouwd af te geven, te 'vermelden' dat Darien voor haar werkte, en dan te maken dat ze wegkwam voordat ze de man zelf tegen het lijf liep.

Maar Candy had erop gestaan om naar binnen te gaan, had vervolgens —

niet al te subtiel — laten doorschemeren dat ze honger had, en voor Gina het wist had Bryan hun de 'beste' plek van de zaak gegeven en zou ze naar Froggy moeten staren vanuit een hoek waarin ze nooit in zijn buurt wilde zijn.

Ze at de quesadilla op en veegde haar handen af aan een servet. 'Kom op, Cand, laten we hier weggaan.'

Candy keek haar aan, haar van nature volle lippen vertrokken. 'Oké. Vooruit. Je wint. Dan wordt het een avondje saai oudemannen-gedoe. Laat me even mijn tas pakken.' Candy boog voorover om haar tas van de vloer te pakken en — 'O, nee.'

Ze hield haar tas omhoog.

Haar lege tas.

'Ik heb al mijn spullen laten vallen.'

Hm-hm. Dat geloofde ze zelf ook niet.

'Ik meen het, Candy —'

'O, nee. Je hoeft me niet te helpen, Gien. Wacht heel even terwijl ik alles bij elkaar raap.'

En daarmee verdween Candy onder de tafel.

En ze nam alle tijd voor haar 'raapwerk'.

Lang genoeg tot de muziek voor de volgende act begon.

'Dit heb je expres gedaan!' siste Gina toen Candy weer op haar stoel plofte, met haar haar nog perfect in model.

'Ja, want ik vind het heerlijk als mijn make-up en portemonnee op de vloer van een stripclub liggen. Serieus, Gien, niet alles draait om jou, weet je.'

In dit geval wel. Candy had haar eigen redenen waarom ze wilde dat Gina hier was — wat die ook waren — en Gina had haar eigen redenen om er *niet* te willen zijn. Helaas was de menigte van naar mannen hunkerende vrouwen achter hen effectiever dan gratis drankjes om haar op haar stoel te houden.

Maar... misschien *niet* zo effectief als de knappe, sexy man die over het podium danste.

'Heilige Moeder Maria...' De bewondering van Candy was oprecht.

Froggy was helemaal volwassen geworden.

En, man, wat kon hij bewegen.

Nee — niet *bewegen*. Hij... drentelde. Nee, hij kronkelde. Nee... hij deed iets op dat podium dat in meer dan één staat illegaal *moest* zijn.

Mijn hemel, die man kon de geslachtsdaad nabootsen met één draai van zijn heupen.

And hij was heel wat aan het draaien.

Ze moest hier weg. Nu.

Gina gleed van haar stoel. Als ze laag genoeg bleef, zouden de vrouwen haar er wel door laten, toch? Ze zou hun zicht niet belemmeren —

Ze wierp een blik op het podium. Lieve Jezus, wat een uitzicht.

'Waar denk je dat je naartoe gaat?' Candy wist de arm van Gina vast te pakken en de vraag in haar oor te fluisteren zonder haar ogen van het podium af te houden. 'Zie je wat je mist?'

Reken maar dat ze dat zag. En ze wilde het niet zien.

'Kom op, Gien. Je bent niet dood. Vergeet gewoon wie hij is en geniet van de show. Ik bedoel, mijn God, wie zou hier nou niet van genieten?' Candy wuifde zichzelf koelte toe met het cocktailservetje — terwijl ze haar greep op Gina's arm verstevigde.

Tenzij ze een scène wilde trappen, had Gina geen andere optie.

Ze gleed terug op haar stoel.

'Verstandige keuze.' Candy liet haar arm los. 'Ga nu zitten en gedraag je als een braaf meisje.'

Ze voelde zich absoluut geen braaf meisje terwijl ze daar naar Darien keek.

Dit was fout. Dit was bijna... voyeuristisch, hem zo te zien bewegen —

O. Mijn. God. Zijn heupen waren waanzinnig.

Net als zijn buikspieren.

Zijn kont was ook niet mis.

Ach, wie hield ze voor de gek? Dat was de mooiste kont die ze in, nou ja, ooit had gezien.

En toen rukte hij zijn broek met bretels af.

Een string.

Darien Foster stond in een string.

Op het podium.

Vlak voor haar — nee, *boven* haar.

Lieve God, ze moest wegkijken.

Hoe moest ze hem nu onder ogen komen op haar werk?

Hoe kon ze in hemelsnaam wegkijken?

Ze tastte naar haar vruchten-nog-wat-drankje en bracht het kleine rietje naar haar mond.

Ze kreeg er ongeveer twee druppels vloeistof uit.

Stik er maar in. Gina gooide het rietje opzij en sloeg het hele drankje in één keer achterover.

'Dat was de mijne,' mompelde Candy.

Het kon Gina niets schelen. Haar mond was zo droog dat ze een hele kan van die dingen nodig zou hebben om er weer wat vocht in te krijgen.

Haar dijen daarentegen...

Ze verschoof onrustig. Nee, ze ging niet over haar dijen nadenken.

Of over de zijne.

Of hoe die van hem bewogen.

Of wat er daartussen zat —

Ze klokte het andere drankje van tafel ook weg. Candy was degene die erop had gestaan dat ze voor de eerste act bleven, dus zij zocht het maar uit zonder drinken.

'Zie je wat ik zie?' Er klonk ontzag in de vraag van Candy en Gina wist dat het echt was. Er was niet veel in deze wereld dat die toon in de stem van haar afgestompte vriendin kon krijgen, maar opnieuw deed Darien Foster het onverwachte.

'Nee. Dat zie ik niet. Want ik kijk de andere kant op.'

En dat deed ze.

Nou ja, met een snelle blik uit haar ooghoek terwijl hij die brandweerpaal bewerkte —

'Nou, verdomme, als jij hem niet wilt, ga ik achter hem aan. Ik geloof niet dat ik ooit een man heb gezien die in staat was om...' Candy slikte en trok het glas uit Gina's hand voor de laatste restjes — '*dat* te doen.'

Ja, *dat* was behoorlijk verbazingwekkend. Als hij die beweging met een vrouw kon doen —

Verdomme. Dit was zo niet eerlijk.

Gina draaide dit keer echt haar hoofd weg. Ze ging hier *niet* langer naar kijken. Ze moest met die vent werken, in vredesnaam. Ze hoorde hem niet in minder dan zijn ondergoed te zien.

Helaas wiste niet-kijken het beeld niet uit haar hoofd. Darien in die string was niet iets wat ze weer kon 'ontzien'.

En, om de waarheid te zeggen, dat wilde ze ook niet echt. Ze mocht die vent dan niet, maar ze was net zozeer een vrouw als al die schreeuwende vrouwen — wacht, ging die vrouw *echt* haar *slipje* op het podium gooien? — en Darien was absoluut de moeite waard om naar te kijken.

'Eh, Gien?'

Die toon in de stem van Candy voorspelde niet veel goeds.

Gina draaide haar hoofd een klein beetje.

Candy knikte naar het podium. 'Eh, misschien wil je je even omdraaien.'

'Nee, dat wil ik niet.' Daarvan was Gina overtuigd.

'Eh, nee, serieus. Je wilt je echt even omdraaien.'

'Nee, ik weet absoluut zeker dat ik dat niet wil.'

'Jawel, dat wil je wel.' Candy had een vreemde blik op haar gezicht. 'Je kunt maar beter.'

Met een gevoel van naderend onheil draaide Gina zich langzaam terug naar het podium.

Darien zat op zijn knieën — zijn *gespreide* knieën — met een roos in zijn mond en beide handen uitgestrekt.

Naar haar.

En zijn bekken bewoog mee op de beat.

Shit shit shit shit.

Toen kromde hij zijn vingers op de maat van de muziek, alsof hij haar wenkte om bij hem op het podium te komen.

Als de hel bevriest, misschien.

Ze schudde haar hoofd en ging zo ver mogelijk achterover in haar stoel zitten.

Wat niet erg ver was.

Darien gleed dichter naar de rand van het podium.

Gina duwde haar stoel naar achteren.

Darien schoof met zijn knieën naar voren, *van* het podium af.

Wat was hij aan het doen?

Gina duwde haar stoel nog verder naar achteren, tegen de tafel aan.

Die daardoor dichter naar het podium bewoog.

Darien gleed op de tafel.

Meende hij dit serieus?

En toen duwden de vrouwen achter Gina haar stoel weer *terug* naar de tafel.

O. Lieve. God.

De grijns van Darien krulde om de rozensteel heen.

Zijn bekken bewoog ook krachtiger omhoog.

Hij strekte zijn armen boven zijn hoofd, waardoor zijn al strakke buikspieren nog verder werden aangespannen. Gina probeerde zich daarop te concentreren, want wat zijn bekken *vlak daar* voor haar neus deed, nou ja... Daar wilde ze niet naar kijken.

Dit was tenslotte *Froggy*.

Hij schoof de brandweerhelm van zijn hoofd en smeet hem op het podium. Daarna schudde hij zijn halflange, kastanjebruine haar waar een meisje graag haar vingers in zou willen laten glijden, waarbij er wat zweetdruppels op haar vielen.

Normaal gesproken zou ze dat walgelijk vinden, maar...

Hij rukte de roos tussen zijn tanden vandaan en schudde zijn schouders lichtjes op de maat.

Lieve Jezus.

Zijn lippen bewogen. Gina zag het, maar kon niet horen wat hij zei omdat er een buitensporige hoeveelheid gegil om haar heen klonk —

O ja. Ze was in de club met hem. En tientallen vrouwen. Ze werd te kijk gezet —

Gina duwde haar stoel naar achteren. Ze had niet zo hard gewerkt om haar zaak op te bouwen om nu iemand te worden over wie geroddeld zou worden. Iedereen wist dat zij en Darien — eh, Froggy — een rotverleden hadden. Als het woord rondging over hoe hij zich gedroeg en dat zij daar zat, net zo gefascineerd als elke andere vrouw in deze tent —

Nee. Ze zou niet de zoveelste vrouw zijn die hijgend achter hem aan liep.

Ja, maar verdomme, meid, hij ziet er goed uit.

Dat was het. Gina duwde harder, waardoor Darien haar wel moest laten gaan of het risico liep voorover in haar schoot te tuimelen.

Dat is ook een beeld.

Ze schudde haar hoofd.

'Ben je helemaal gek geworden, mens?' schreeuwde iemand achter haar in haar oor. 'Ga terug en geniet ervan voor de rest van ons, wil je?'

Nee. Geen sprake van. Ze was er klaar mee om het mikpunt van Dariens grapjes te zijn. Sinds de reünie was hij haar weer lastig gaan vallen. Ze wist niet wat er met hem aan de hand was, maar ze zou niet weer publiekelijk door hem vernederd worden.

'Hij is helemaal voor jou.' Ze draaide weg van haar stoel en maakte een uitnodigend gebaar met haar hand. 'Ga je gang.'

Ze greep haar tas en baande zich vervolgens een weg langs de stoelen en tafels, negerend wat ze dacht dat de stem van Candy was. Candy kon blijven en ervan genieten dat Darien iemand anders het hoofd op hol bracht. Tenminste was *die* vrouw dan onderdeel van de show en niet *de* show, zoals hij met haar had gedaan. Wat was dit, een soort wraak omdat zij hem naar de directeur had gestuurd? Je zou denken dat hij daar inmiddels wel overheen zou zijn. Vooral omdat *zij* degene was die vernederd was.

'Gien, gaat het?' Bryan greep haar bij haar arm terwijl ze praktisch langs de bar rende.

'Eh, ja, het gaat prima. Het was gewoon te, eh, heet — ik bedoel, druk en benauwd daarzo. Ik heb wat frisse lucht nodig.'

Gelukkig hield Bryan haar niet te stevig vast en kon ze zich losmaken en de deur uit rennen.

De ijzige nachtlucht raakte haar als een klap. Verdomme, ze had haar jas over de leuning van die stoel laten hangen.

Nog een zonde die aan de voeten van Darien Foster gelegd kon worden.

Hoewel, de koude lucht voelde eigenlijk wel lekker. Ze had niet tegen Bryan gelogen; het *was* heet en benauwd bij het podium. Toegegeven, dat was de sfeer die de dansers nastreefden, maar niet precies wat ze wilde toen Darien vlak voor haar neus stond.

Hij had *tegenover* haar gedanst.

Voor haar.

Jezus, hij was sexy.

Dat wist hij zelf ook.

Arrogant.

Narcistisch.

Egocentrisch.

De woorden kaatsten rond in haar brein, samen met beelden van hem op school, haar uitlachend, grijnzend terwijl ze naar het kantoor van meneer Dilworth liepen.

Hij vond het grappig. Maar ja, hij was niet degene die de rest van de middelbare school moest rondlopen met de bijnaam *Gigantische Tieter*. Verdomme, mensen begonnen er *nog steeds* over. Ze vonden het grappig. Ze vonden dat haar schaamte wel voorbij moest zijn, aangezien ze toen, weet je, nog kinderen waren.

Natuurlijk, zo dachten alle anderen erover, maar zij liep nog steeds met die borsten rond. En aangezien ze nog steeds in hetzelfde stadje woonde, was de kans groot dat iedereen die haar mee uit vroeg van haar bijnaam had gehoord. En met die bijnaam kwamen bepaalde aannames...

Ze was het zat om steeds graaiende handen van zich af te moeten slaan. Alleen omdat een vrouw grote borsten had, betekende niet dat ze wilde dat iedereen eraan zat. Ze zou een octopus kunnen temmen na alle eerste-en-enige dates die ze in de loop der jaren met mannen had gehad. En toen was John gekomen — en weer gegaan — in een vlammende puinhoop. Hij was nieuw in de stad, dus ze had haar regel over strippers laten varen en hem toegelaten. En een tijdje was hij *die* man geweest — degene die ze hoopte te vinden, die van haar zou houden om wie ze vanbinnen was.

En dat had hij gedaan — van de binnenkant van haar bankrekening, welteverstaan.

Tegen de tijd dat ze daarachter was gekomen, waren haar spaargeld en haar zelfvertrouwen ernstig geslonken — samen met de perfecte neus van John (die zij betaald had), met dank aan Bryan en een paar van zijn vrienden.

Dat gaf wel een zekere voldoening, maar waarom kon er nou niemand van haar houden buiten het fysieke om? Het zou op dit moment zeker niet om een financieel motief gaan, want ze had elke cent bij elkaar geschraapt om haar zaak draaiende te krijgen en tot een succes te maken. Ze wist dat het mogelijk was om iemand te vinden. Bryan en een paar van zijn jongens — strippers, nota bene — hadden leuke vrouwen gevonden en waren verliefd geworden. Niet alle mannen waren varkens.

Maar het leek erop dat iedereen die in haar geïnteresseerd was, dat wel was. Tot aan Froggy toe, het grootste varken van allemaal.

Ze snoof bij die gedachte, een kikker die een varken was. Maar ja, dat was precies wie Darien was en niets zou haar van gedachte doen veranderen.

Zelfs hem zien dansen niet.

Hoofdstuk vier

'Wat was dat in *vrédesnaam*?' Bryan stormde de kleedkamer binnen en liep recht op Dare af. 'Wat heb je met mijn nichtje gedaan?'

'Gedaan? Ik heb helemaal niets *gedaan*. Ik heb gedanst. Dichtbij en persoonlijk, zoals we altijd doen. Maar zonder aanrakingen. Zoals gebruikelijk. Hoe kon ik weten dat ze zo'n pr—' Hij brak zichzelf af. Het was geen goed idee om het nichtje van de baas een preutse trut te noemen. 'Uh, zo op haar privacy gesteld is? Ik bedoel, vrouwen komen hier toch om van de show te genieten?'

Bryan keek hem woedend aan, maar Dare had niets verkeerd gedaan. Verdomme, hij had gehoopt dat hij juist alles *goed* had gedaan, maar hij had nooit verwacht dat ze de tent uit zou rennen vanwege een tafeldans. Shit, dat deed hij voortdurend. Het was zijn handelsmerk.

'Nou, je moet iets gedaan hebben, want Gina zou niet zomaar weggaan zonder reden.'

'Bryan, ik zweer het, ik heb niets gedaan wat ik anders niet doe. Misschien kreeg ze een telefoontje dat ze moest opnemen. Een noodgeval of zo.' Of een sterkere afkeer van hem dan hij voor mogelijk had gehouden.

Of...

Misschien... was het precies het tegenovergestelde.

Misschien vond ze wat hij deed wel *té* leuk. Ze was tenslotte *wel* hierheen gekomen. Niemand had haar meegesleept. En ze wist dat hij zou gaan dansen; het stond op het programma dat bij de voordeur hing.

Dare deed zijn best om niet te glimlachen. Ze had hem in actie willen zien. Hij begon tot haar door te dringen. Dat *moest* het zijn.

'Luister, ik spreek haar morgen wel in de spa. Ik weet zeker dat het niets voorstelt. Heeft ze nog iets gezegd toen ze wegging?'

Bryan hield zijn hoofd schuin en kneep zijn ogen samen. 'Niets. Ze zei dat het goed ging. Dat ze wat frisse lucht nodig had. Dat het benauwd was of zoiets.'

Of zoiets.

Aha. Gina had het warm gekregen van hem.

Mooi zo. Zijn plan had gewerkt. Hij wilde dat ze aan hem bleef denken tot ze hem niet meer uit haar hoofd kon krijgen. Precies zoals zij in zijn hoofd zat.

Hij draaide zich terug naar zijn kluisje en pakte zijn handdoek. Als hij nu zijn string uittrok, zou hij zichzelf verraden, dus in plaats daarvan sloeg hij de handdoek om zijn middel en pakte de zeep en shampoo, terwijl hij diep adem-haalde om zijn jongeheer godverdomme tot bedaren te brengen en niet als een idioot te grijnzen.

Hij draaide zich om. 'Ik zorg dat morgen alles weer oké is tussen ons, Bryan. Maak je geen zorgen.'

'Dat hoop ik maar voor je. Het publiek mag je graag, Foster, maar iedereen is vervangbaar.'

Dare knikte en liep naar de douches. Hij moest zich opfrissen en naar huis — want hij had zo'n vermoeden dat de slaap vannacht niet makkelijk zou komen.

* * *

Gina kon niet slapen. Drie glazen wijn verder en de adrenaline gierde nog steeds door haar lijf.

Waarom had ze zich door Candy laten overhalen om naar die club te gaan? Ze had die cheque net zo goed bij Gage thuis kunnen afgeven. Of ze had na de eerste danser weg kunnen gaan.

Misschien omdat je nieuwsgierig was. Je was vroeger op school tenslotte smoorverliefd op die vent.

Ja, *vóór* het 'Grote Tieten'-incident. Dat had destijds onmiddellijk alle puberale gevoelens die ze voor hem had de kop ingedrukt.

Aha. Hij is nog steeds een knapperd.

Ja, nou ja, uiterlijk zegt niet alles, en wat hij had geflikt was verre van fraai. Ze had sindsdien met de gevolgen moeten leven.

Ze stond op van de bank en pakte de lege wijnfles en het glas van het dienblad op de hocker. Alleen drinken was geen goed teken.

Net zomin als het geklop op haar deur om — ze tuurde naar de klok op de schouw — zevenentwintig minuten over twee 's nachts.

Ze slofte naar de deur — drie glazen wijn vielen zwaar op een postuur van een meter achtenvijftig — en zette de fles en het glas op de gangtafel. 'Wie is daar?'

'Ik ben het. Kunnen we even praten?'

Ik? In de zin van *Darien Foster*-ik? 'Ik wil niet met je praten. Nooit meer.'

Hij grinnikte. 'Dat wordt nogal lastig aangezien we samenwerken.'

'Dat is zo weer ongedaan gemaakt.' Candy zou haar vermoorden en ze kon die bruiloftsgasten wel vergeten, maar dat zou het waard zijn.

Toch?

'Je gaat me niet ontslaan. Je hebt me nodig.'

Ze smeet de deur open en keek hem woedend aan. 'Laten we één ding heel duidelijk stellen, Foster. Ik heb jou *niet* nodig.'

Verdomme, hij zag er goed uit in zijn gewone kleren.

Vooral als je weet hoe hij eruitziet zonder kleren...

Darien leunde met een arm hoog tegen haar deurpost en hield zijn hoofd net schuin genoeg om die zwoele slaapkamerblik op te zetten die mannelijke modellen in tijdschriften ook altijd hebben. Zijn hazelnotenbruine ogen waren perfect voor die look. 'Laat me het anders formuleren.' Hij tilde zijn kin een klein stukje op, zodat zijn slaapkamerogen zich in de hare boorden. 'Je zaak heeft massagetherapeuten nodig en ik ben de enige beschikbare in de buurt.'

'Dat komt wel erg goed uit, vind je niet?' Ze leunde tegen de deurpost en sloeg haar armen over elkaar.

Zijn ogen schoten naar haar borsten.

Verdomme.

En wat nog erger was, ze voelde haar tepels stijf worden.

Waarom had ze in vredesnaam die dikke trui verruild voor dit nachtshirt?

Omdat ze geen bezoekers om twee uur 's nachts had verwacht, en al helemaal *deze* bezoeker niet.

Hij herpakte zich zo snel dat ze het niet eens gemerkt zou hebben als ze niet gewend was aan mannen die haar voorgevel aan een inspectie onderwierpen. Maar ze was het gewend en ze had het gezien.

Zijn mondhoek trilde. 'Wil je hiermee zeggen dat *ik* er verantwoordelijk voor ben dat je zaak zo gegroeid is dat je een extra massagetherapeut moet aannemen? Want in dat geval zou je me juist moeten bedanken, in plaats van te dreigen met ontslag.'

'Je hebt absoluut niets te maken met het succes van mijn zaak. Ik heb me uit de naad gewerkt om deze spa op te bouwen en ík ben de reden voor de toevloed van klanten. Niet jij.' Heilige verontwaardiging was een geweldig wondermiddel tegen drie glazen wijn en zelfingenomen kwelgeesten uit haar jeugd.

'Heb je gedronken?'

'Dat gaat je niets aan.'

'Nou, ik probeer er gewoon achter te komen of dat vuur in je ogen door mij komt of door de alcohol.'

Hij had weer die irritante, arrogante grijns op zijn gezicht waar ze zo'n hekel aan had.

Ja, vast. Je haat het dat hij er alleen maar aantrekkelijker door wordt.

Dat klopte. Ze haatte het dat hij er aantrekkelijker door werd.

Wacht — wat?

'Ben je met stomheid geslagen?' Nu verscheen er ook nog een verdomd kuiltje in zijn wang.

Ze prikte hem in zijn borst. 'Luister eens, Kikker. Ik ben niet met stomheid geslagen en niemand krijgt mij stil.'

'Is dat een uitdaging, Gina?'

Hij zei het zo zachtjes dat de woorden pas tot haar doordrongen toen zijn lippen op de hare rustten.

En toen kreeg hij haar *wel* stil.

Nou, dit is pas gevaarlijk leven...

Dariens lippen bewogen vurig over de hare. Ja, dit was gevaarlijk, maar op een totaal verrukkelijke manier waar ze zich jaren geleden al veel te lang vragen over had gesteld.

Precies zoals ze zich had afgevraagd hoe het zou zijn om haar armen om zijn nek te slaan en hem tegen zich aan te voelen —

De werkelijkheid overtrof haar verbeelding volledig.

Vooral toen zijn handen om haar middel gleden en over haar rug streken, wat rillingen langs haar ruggengraat veroorzaakte.

Het maakte haar knieën slap. Ze kreeg vlinders in haar buik.

Haar ademhaling werd kort en kreunend...

'Je smaakt *echt* zo lekker als je eruitziet.' Darien gromde het tegen haar mondhoek terwijl hij een spoor van kusjes trok naar het plekje onder haar oor.

Zijn hete adem deed haar knieën knikken. Godzijdank drukte hij haar tegen de deurpost; zijn slanke, harde lichaam — één deel in het bijzonder — hield haar overeind.

Uh, schatje? Dit loopt uit de hand.

Ze wist wel iets wat ze graag *in* de hand zou nemen —

'Uh, Darien, nee.' Eindelijk drong het gezonde verstand door de door wijn aangetaste verdedigingslinie heen en ze haalde haar vingers uit zijn haar om hem tegen zijn werkelijk enorm brede, sterke schouders weg te duwen. Verdomme, ze wilde *niet* dat hij haar aanraakte. Nooit. 'Laat me los.'

'Waarom?'

De woorden prikkelden langs de gevoelige rand van haar oor.

'Omdat...' Ze moest moeite doen om te bedenken waarom dit geen goed idee was. Ze waren tenslotte allebei volwassen. En vrijgezel.

Ja. Dat was ze. Vrijgezel. Omdat mannen varkens waren. En hij was de grootste van allemaal.

'Laat los!' Ze duwde hard genoeg zodat hij haar inderdaad losliet, maar het stootte haar ook weg van de deurpost waartegen ze leunde en ze viel achterover de hal in.

Recht op haar achterwerk.

God, wat een vernedering. Dat was het enige wat ze scheen te voelen als hij in de buurt was.

'O, jee, Gina. Gaat het? Hier, laat me je helpen.' Kikker stak een (sterke, gespierde) hand uit.

Die raakte ze nog niet met een stok aan, laat staan met een van haar lichaamsdelen.

Ze kroop achteruit op handen en voeten, in een poging om weer op haar benen te komen. 'Nee, nee. Het gaat wel.'

Maar toen raakte ze de gangtafel en de wijnfles en het glas tuimelden er vanaf.

Natuurlijk spatten ze uiteen op de leien vloer van de hal.

'Blijf stilzitten, Gina. Niet bewegen.' Kikker kwam in actie — of was het een *sprong*?

Ze had er bijna om gelachen, maar zijn woorden drongen tot haar door. 'En waar denk je dan dat ik heen ga?' Er lagen overal glasscherven om haar heen; ze was geen *idioot*, ze wist hoe groot de kans op een bloedbad was.

Jammer dat je daar niet bij stilstond voordat je hem terug kuste.

Juist. Alsof zij kon weten dat ze zou vallen en glas zou breken. Haar geweten moest maar eens naar bed gaan.

Dát is nog eens een idee.

Alleen.

Spelbreker.

Jeetje, herinnerde dat deel van haar zich *niet* wat deze vent haar had aangedaan?

Ik weet het niet. Laten we eens kijken waartoe hij precies *in staat is.*

Haar onderbewustzijn had een serieuze update nodig over hoe mannen echt waren als het zó zat te springen om een herhaling.

'Waar staat de bezem?' Darien zette nog een stap de hal in, terwijl het glas onder zijn voeten knarste.

'Je hoeft niet te blijven, Darien. Ik kan dit zelf wel.'

'Gina, zelfs als je niet gedronken had, is het nog steeds geen goed idee om te proberen je te verplaatsen met al dat glas om je heen. Laat mij het even wegvegen, dan kun je opstaan.'

'Ik ben *niet* dronken. En jij bent mijn baas niet.'

'Meen je dat nou?'

Waarom had ze dat gezegd? Het deed haar klinken als een nukkig kind — of als een drieëndertigjarige die te veel wijn op had en niet wilde dat de jongen van haar puberdromen (dezelfde die ze ook had verbrijzeld) haar op haar dieptepunt zag.

Te laat.

Ze zuchtte. 'Vooruit dan maar. Hij staat in de voorraadkast in de keuken. Meteen om de hoek.' Ze knikte naar rechts.

'Oké. Ben zo terug. Niet bewegen.'

'Hadden we niet net vastgesteld dat ik dat niet zou doen?'

Hij glimlachte weer en het kuiltje verscheen in zijn wang. 'Verdomme, die grote mond van jou gaat je nog eens in de problemen brengen, vrouw.'

Dat had hij al gedaan. Maar wijselijk hield ze haar mond dicht en flapte ze dat kleine detail er niet uit.

Ze hoorde hem in de keuken en maakte in gedachten snel de balans op. Ze had de vaatwasser leeggeruimd en de potten en pannen opgeborgen. Niets om zich voor te schamen.

Behalve dat ze hier op haar gat op de vloer zat...

Echt *niet*. Ze ging hier niet als een of andere dronkenlap weg zitten wezen, niet in staat om voor zichzelf te zorgen. Ze kon heus wel in haar eigen huis opstaan zonder nog meer schade aan te richten.

Ze schoof de scherven opzij en trok haar voeten onder haar lichaam. Gelukkig had ze haar pantoffels nog aan; de rubberen zolen zouden haar voeten beschermen tegen eventuele achtergebleven splintertjes.

'Hé, ik dacht dat ik had gezegd dat je moest blijven zitten.' Darien leunde de bezem tegen de muur en stak zijn hand naar haar uit.

'Het gaat wel. Ik kan dit best zelf.' Ze wuifde hem weg en zette haar handen op de vloer om zich omhoog te duwen —

Ze hield haar adem in.

'Je hebt een stuk glas in je hand gekregen, nietwaar?'

Ze vloekte binnensmonds en plofte weer neer op haar achterwerk.

Ongeveer een seconde lang. 'Auw!' Ze vloog overeind omdat de scherf waar ze op was gaan zitten meer pijn deed dan die in haar hand.

Darien tilde haar op en beende richting de keuken. 'Verdomme, vrouw. Kan je niet eens ophouden met zo eigenwijs te zijn, voor je eigen bestwil?'

'Zet me neer!' Ze spartelde met haar benen — en haar pantoffels vlogen uit.

'Geen sprake van. Je bent een gevaar voor jezelf.' Hij hield haar stevig vast tot ze in de keuken waren.

Hij zette haar op haar voeten. Ze hapte naar adem toen haar bilspieren zich aanspanden rond meer dan één stukje glas.

Ze hapte nogmaals naar adem toen hij achter haar knielde en haar nacht-hemd omhoog schoof.

'Wat denk je dat je aan het doen bent?' Ze probeerde zijn handen weg te slaan en zichzelf te bedekken.

'Gina, hou op. Ik ga het glas verwijderen.'

'Dat kan ik prima zelf, dankje wel.'

'Net zoals je *prima* zelf van de vloer opstond?' Hij trok het nachthemd harder naar rechts. 'Hou je stil en laat me deze eruit halen.'

Gina wilde doodgaan van schaamte. Ze leunde tegen haar aanrecht met haar nachthemd over haar achterste, haar schamele ondergoed liet niets aan de verbeelding over, en haar aartsvijand zat met zijn neus bovenop een deel van haar anatomie dat ze *niemand* ooit had willen laten zien — laat staan *hem* — terwijl hij stukjes glas uit haar trok.

Ze zou nog een fles wijn nodig hebben om de vernedering van deze avond te verwerken.

'Kan je me een vochtig vel keukenrol aangeven?' vroeg hij. 'Je bloedt.'

Zet een derde fles maar op de rekening.

Ze trok een gezicht terwijl ze naar links leunde om een vel van de rol te pakken en draaide daarna de kraan open.

Ze overhandigde het hem zonder een woord te zeggen. Want serieus, wat kon ze nog zeggen?

Ze leed in stilte en concentreerde zich op het verwijderen van de scherf uit haar hand. Gelukkig was hij ook stil. Het was al erg genoeg om dit door te maken; als hij haar ook nog belachelijk zou maken, zou het onuitstaanbaar worden. En de hemel wist dat ze daar praktijkervaring mee had.

Hij veegde met het doekje over beide billen en drukte het daarna vast. 'Ik denk dat ik ze allemaal heb, maar je moet blijven drukken om het bloeden te stelpen. Waar bewaar je de alcohol?'

'In de drankkast in de woonkamer.'

Hij snoof. 'Niet dat soort, genie. Ontsmettingsalcohol. Ik wil die snij-wondjes beter schoonmaken.'

'Je gaat geen alcohol over open wonden gieten.'

'Wil je eindigen met een ontsteking?' Hij tikte op haar bil. 'Hierzo?'

Goed punt.

Ze zuchtte. 'In de badkamer onder de wastafel.'

'Ben zo terug.'

Ze voelde zijn warmte toen hij achter haar opstond en zij haar hand op de plek van de zijne legde, en het beeld van hoe dit eruit moest zien brandde in haar geheugen.

Vooral toen hij niet bewoog...

Er hing iets in de lucht. Iets zwaars, verwachtingsvols, maar toen hoorde ze hem uitademen terwijl hij zich omdraaide en wegliep.

Ze liet een ademtocht ontsnappen die ze niet wist dat ze inhield. Ze kreeg ook nooit rust bij deze kerel —

O, hemeltje. Hij was in haar badkamer en haar bh's hingen te drogen aan de stang van het douchegordijn. De kanten exemplaren, want die deed ze niet in de wasmachine.

Geweldig, echt waar.

'Daar gaan we dan.' Hij liep de keuken weer in.

Gina draaide zich niet om.

'Ik heb ook wat pleisters en antibiotische zalf gevonden.'

Prachtig. Hij had daar lopen rondsnuffelen. Ze probeerde te bedenken wat ze nog meer onder de wastafel had staan.

Goddank lag haar vibrator in de onderste lade van haar nachtkastje. In elk geval bleef de vernedering haar bespaard dat hij *dat* zou vinden.

'Dit gaat een beetje prikken.' Darien liet zich achter haar weer op zijn knieën zakken.

Ze gebruikte de pijn van de alcohol als excuus om hoorbaar adem te halen. Ze kreeg het beeld van hem achter haar, met haar halfnaakte achterwerk op centimeters van zijn gezicht, niet uit haar hoofd.

En *natuurlijk* reageerde haar lichaam op een manier waarover ze geen controle had.

Alsjeblieft God, alsjeblieft God, laat Darien het niet merken.

Zijn vingers bleven op haar huid rusten nadat hij de tweede pleister had geplakt. 'Er...' Hij schraapte zijn keel. 'Er moet er nog één zijn.'

'Oké.' Verdomme, haar stem trilde.

Het geluid van de pleisterverpakking die open werd gescheurd leek door de kamer te galmen. De aanraking van zijn vingers terwijl hij die op haar plakte leek intenser, zijn ademhaling luider.

De hare... oppervlakkiger.

Het geritsel van katoen tegen haar huid klonk als slaande bekkens toen hij haar nachthemd weer op zijn plaats liet zakken.

'Alsjeblieft.' Dariens stem klonk dieper in haar oren. 'Klaar is Kees.'

Dat kon je wel zeggen.

Gina greep het aanrecht vast en probeerde diep adem te halen zonder dat het opviel.

Ze voelde de hitte van hem nog steeds achter zich.

Toen een rilling toen hij wegstapte.

'Ik ga de hal opruimen.' Hij bleef achter haar staan. 'Kun je hier blijven staan, alsjeblieft?'

'Absoluut.' Om meer dan één reden.

Hun ogen ontmoetten elkaar in de weerspiegeling van het keukenraam. Gina zwoer niet als eerste weg te kijken — maar toen werd het moment te beladen en moest ze wel.

Ze keek niet op toen hij de kamer uitliep.

Met knikkende knieën greep ze de rugleuning van een stoel beet en zakte erop neer.

Auw! Verdomme, ze kon niet zitten.

Gina schuifelde naar de koelkast. Ze opende de deur en liet de koele lucht in haar gezicht waaien.

Nou, dat was me een fraaie boel. Er was geen sprake van dat ze hem morgen op het werk onder ogen kon komen. Verdorie, ze wilde hem *nu* niet eens onder ogen komen.

'Waar staat je vuilnisbak?'

Het zag ernaar uit dat ze geen keuze had. Dus toverde Gina een glimlach op haar gezicht en draaide zich om. 'Rechts van de gootsteen.'

Darien gooide de troep weg en gaf haar de bezem voordat hij een handvol papieren handdoekjes pakte. 'Ik veeg de merlot wel op zodat het geen vlekken op je vloer maakt.'

'Dank—' Ze schraapte haar keel. 'Dank je.'

Natuurlijk was het haar een raadsel waarom ze hem bedankte. Als hij haar niet had gekust, was dit allemaal niet gebeurd. Dit was in de eerste plaats allemaal zijn schuld.

Ze rechtte haar schouders. Ja. Dit was allemaal zijn schuld. Dit had nooit mogen gebeuren. En het zou ook nooit meer gebeuren. Daar zou ze voor zorgen. Geen compromitterende situaties meer die zelfs maar de *mogelijkheid* boden dat het weer zou gebeuren.

Hij moest weg. Nu.

Ze liep de keuken uit. Hoe sneller ze hem haar appartement uit had, hoe beter.

Natuurlijk botste ze tegen hem op toen hij terugkwam.

Hij greep haar arm vast. 'Verdomme, vrouw. Kun je ook maar één instructie opvolgen?'

Ze rukte zich los. 'Ik kan in mijn eigen appartement rondlopen zonder toestemming van jou, Foster.'

Hij haalde een hand door zijn haar. 'Weet je, een "dank je wel" zou hier niet misstaan.'

'Dank je wel? *Dank je wel*? Waarvoor? Omdat je hier laat op de avond naar binnen bent gestormd en me ondersteboven hebt gelopen?'

Die irritante grijns van hem verscheen weer. 'Heb ik je verpletterd, ja?'

'Word nou niet meteen arrogant. Ik ben niet bepaald gediend van iemand die me tegen mijn wil kust.'

'Tegen je wil?' Hij deed een stap dichterbij. 'O, dat is een goeie, Gina. Je deed volop mee. Er was geen sprake van "tegen je wil".'

Ze deed een stap naar achteren. 'Vlei jezelf niet.'

'Niet nodig. Ik weet wel welk effect ik op je heb.'

De blik die hij haar gaf, zei dat hij het niet over die kus had.

Ze kon een blos niet onderdrukken. 'Ik denk dat je moet gaan.'

'Waarom? Vertrouw je jezelf niet in mijn buurt?'

'Je bent echt heel wat, hè?'

'Dat is wat ze me vertellen.'

Gina weigerde op de provocatie in te gaan. 'Luister, Foster, bedankt voor het opruimen van de schade die je hebt aangericht — die niet opgeruimd had hoeven worden als je niet was langsgekomen. Waarom kwam je trouwens?'

Hij keek haar een paar seconden aan en haalde daarna weer zijn hand door zijn haar. Zijn hand bleef even liggen om zijn nek te masseren. 'Ik, eh, kwam kijken of het wel goed met je ging.'

'Goed met me? Waarom?'

'Nou, je vertrok nogal haastig uit de club en ik wilde zien—'

'Ik vertrok uit de club omdat ik geen deel wilde uitmaken van je show.' Ze prikte met haar vinger op zijn borst. 'Ik ben niet een of ander rekwisiet dat je tevoorschijn kunt toveren voor een reactie wanneer je maar wilt.'

'Waar heb je het over? Je was geen rekwisiet.'

'Echt? Wil je beweren dat je je niet opzettelijk gedroeg als... als een...'

'Als een wat? Een exotische danser die optreedt voor het publiek? Ik heb nieuws voor je, schatje. Die routine doe ik drie avonden per week en twee keer in het weekend. Ik heb jou er niet uitgepikt; je zat toevallig aan de tafel waar ik normaal gesproken op dans.'

O, God, laat de vloer haar nu opslokken. *Zij* was degene die er een groot ding van maakte, terwijl het niets voorstelde.

'Wie heeft er nu een te hoog beeld van zichzelf?'

Gina wendde haar blik af van zijn lachende ogen. Hij was veel te aantrekkelijk als hij haar plaagde.

Ach, hij was gewoon veel te aantrekkelijk, punt uit. Ze moest onthouden dat mannen varkens waren. Zelfs degenen die naar een amfibie vernoemd waren. 'Het is ongepast. Je werkt voor mij.'

'Je komt naar *mijn* werkplek en vertelt mij dat *ik* ongepast ben? Je gaat me niet vertellen dat je niet wist wat voor tent het was voordat je erheen ging. Of is het je ontgaan tijdens de andere acts voor de mijne?' Hij schudde zijn hoofd en deed een stap dichterbij. 'Ik denk dat je van de show genoten hebt en het niet wilt toegeven.'

Ze keek hem fel aan. 'Stel je niet zo aan, Foster.'

'Bewijs het tegendeel.' Hij boog voorover en articuleerde heel duidelijk, zijn lippen vormden de woorden—

Ze weigerde naar zijn lippen te kijken. 'O, dat zou je wel willen, hè? Je vrienden gaan vertellen dat Gina Taormina je niet kon weerstaan.'

'Kun je dat niet? Dat klinkt veelbelovend.'

Zijn stem was als zijde terwijl die over haar heen vloeide en Gina moest een rilling onderdrukken bij de sensualiteit in zijn toon. 'Ik denk dat je beter kunt gaan, Foster.'

'Ik heb een beter idee.'

O jé, wat leuk!

Geen sprake van. 'Gelukkig hecht ik geen enkele waarde aan jouw ideeën.'

Zijn lippen trokken strak en hij deed (godzijdank!) een stap terug. 'Oké. Prima. Wat je wilt. Het is laat en we zijn allebei moe.' Hij hield een prop papieren handdoekjes omhoog. 'Alsjeblieft.'

Ze nam de troep aan maar bewoog niet tot hij door de deur was.

'Tot over een paar uurtjes op het werk.'

Van die verdomde knipoog die hij haar gaf terwijl hij zich omdraaide, vloog ze de zes stappen door de hal en smeet ze de deur bijna dicht. Daarna draaide ze de nachtschoot om en deed ze de ketting erop. Ze deed die deur vanavond niet meer open, tenzij er brand uitbrak.

. . .

Dare zoog een half dozijn teugen koude lucht in om af te koelen. Hij had niet moeten gaan. Waarom martelde hij zichzelf zo? Wat had hij gehoopt te bereiken?

Nou ja, de kus voor één ding. Hij moest toegeven dat dat *wel* in zijn achterhoofd had gezeten. En het was hier beter dan in de spa—

Verdomme. Hoe moest hij nu met haar werken en bevelen van haar aannemen, nu hij wist hoe ze proefde? Hoe ze in zijn armen voelde?

Hoe stevig en gespierd en rond haar billen waren.

Hoe hij wist dat ze opgewonden was geweest...

Ja, dat laatste was de genadeslag. Ze was niet immuun voor hem geweest, en het had hem elke greintje zelfbeheersing gekost die hij blijkbaar bezat om haar *niet* intiemer aan te raken dan hij in haar keuken had gedaan. Die puberale gevoelens die hij voor Gina had gehad, waren duidelijk volwassen geworden.

Hij keek op zijn telefoon hoe laat het was. Hij moest naar huis als hij nog een oog dicht wilde doen voordat hij haar over een paar uur weer zou zien.

Waar de marteling weer van voren af aan zou beginnen.

<h1 style="text-align:center">Hoofdstuk vijf</h1>

'Je ziet er verschrikkelijk uit.'

'Nou, goh, hartelijk dank hoor, Candy. Vooral omdat het jouw schuld is.' Gina schikte de kerstkrans op de glazen voordeur van de spa voordat ze deze achter zich sloot.

'Mijn schuld? Hoe heb ik dat gedaan?'

Er klonk zachte kerstmuziek op de achtergrond terwijl Gina naar haar jas wees, die aan de haak bij de deur hing. Candy moest hem mee naar huis hebben genomen. 'Je hebt me gisteravond meegetrokken naar die club.'

'Oh, juist. Alsof ik je arm heb omgedraaid en een pistool tegen je hoofd heb gehouden. Het is allemaal mijn schuld dat je je aan knappe kerels hebt kunnen vergapen en een nacht vol erotische dromen hebt gehad. Klaag me maar aan.'

Gina wikkelde haar sjaal af, blij dat ze daarmee haar gezicht voor Candy kon verbergen. De blos zou waarschijnlijk alles verraden. 'Ik heb geen erotische dromen gehad.' Maar dat kwam alleen omdat ze niet lang genoeg had geslapen om dat te kunnen.

Gelukkig maar. Het laatste wat ze moest doen, was dromen over Froggy.

Of hem kussen, wat dat betreft.

Candy trok een wenkbrauw op. 'Helemaal niets? Serieus? Vertel me niet dat je nu voor de andere ploeg speelt, want dat is de *enige* reden die ik kan

42

bedenken waarom je niet de hele nacht zou genieten van ondeugende dromen. Ik in ieder geval wel. Het gaf me vanmorgen een huppeltje in mijn stap.'

'TMI, Candy.' Gina draaide het afsprakenboek om om de planning van de dag te bekijken. Ze moest gisteravond vergeten en zich concentreren op de zaak.

Wat nog best lastig was met een jonge Michael Jackson die zong over Mommy kissing Santa Claus.

'Misschien moeten we eens wat instrumentale muziek proberen in plaats van deze popmuziek. Dat maakt deze plek wat waardiger.'

Candy tikte met een lange smaragdgroene nagel op de receptiebalie — het paste bij haar blouse. Ze was de beste klant van de manicure, Maria. 'Serieus, Geen, wat is er met je aan de hand? Is er iets gebeurd dat ik moet weten?'

Dat kwam iets te dichtbij de waarheid. Gina pakte het boek en liep richting haar kantoor. 'Natuurlijk niet. Wat zou er gebeurd kunnen zijn?'

Heel veel, als je het maar had toegelaten...

'O mijn God. Er *is* wel iets gebeurd.' Candy volgde haar naar haar kantoor en sloot de deur terwijl ze in de stoel voor Gina's bureau neerplofte. 'Vertel.'

'Er is niets gebeurd.' Gina schoof haar stoel opzij — zitten was uitgesloten — en zette het afsprakenboek en haar tas op haar bureau. 'Ik ben naar huis gegaan. Einde verhaal.'

Ze voelde Candy's ogen op zich rusten.

Het duurde slechts zes tellen voordat Candy tot de aanval overging. Dat was het probleem als je met vriendinnen werkte; ze kenden je te goed om iets te kunnen verbergen.

'Wat is er gebeurd, Geen? Ben je teruggegaan naar de club nadat ik weg was?'

Gina snoof. 'Alsof.' Ze sloeg het boek op haar bureau open. Oké, ze sloeg het misschien iets te hard open. 'Ik zei het je al. Ik ben uit de club vertrokken en naar huis gegaan. Heb een glas – of drie – wijn gedronken. Ben naar bed gegaan.' En ze had tot in de vroege uurtjes wakker gelegen voordat ze haar vibrator uit het nachtkastje had gepakt, puur om een uurtje of twee slaap te kunnen pakken.

Candy hield haar hoofd schuin, terwijl haar lange blonde krullen over haar schouder vielen in een volkomen ongedwongen sensuele chaos die mannen aantrok als een magneet. 'Weet je zeker dat je nergens anders heen bent gegaan gisteravond?'

'Honderd procent zeker dat ik de hele nacht in mijn appartement was.'

'Humm.' Candy tikte met een potlood tegen haar mondhoek, waarbij haar armbanden over haar mouw gleden. 'Nou, er klopt iets niet. Ik rust niet voordat ik de onderste steen boven heb.'

Gina deed alsof ze druk bezig was. 'Geweldig. Kijk maar of je ergens tussendoor de behandelkamers kunt klaarzetten, oké, Sherlock?'

Candy's blik rustte nog een paar hartslagen te lang op haar. 'Vooruit. Ik ga eraan beginnen.' Ze draaide zich om om te vertrekken, maar keek toen weer om. 'Darien heeft gebeld.'

Gina probeerde haar niet aan te kijken. 'Neemt hij ontslag?'

Candy ademde diep uit. 'Tjonge, Geen, hou er nou eens over op. We hebben hem nodig. Ik weet dat het ingaat tegen alles waar je in gelooft, maar totdat we het vrijgezellenfeest van Amalie Cavanaugh achter de rug hebben, moet je aardig tegen hem doen zodat hij geen ontslag neemt. Begrepen?'

'Wat zei hij?' Ze kon het niet laten om even op te kijken.

'Hij zei dat hij er om twaalf uur is met een nieuwe klant.' Candy schudde haar haar naar achteren, waardoor het ragfijne witte kant van haar diepe decolleté zichtbaar werd, met kleine kerstballen erop gespeld. Alleen Candy kreeg het voor elkaar om een kerstboomblouse eruit te laten zien als haute couture. 'Niet slecht voor de nieuwe man, nu al een nieuwe klant binnenbrengen.'

'Goh, één nieuwe klant en je zingt meteen zijn lof.' Ja, dat was kattig, maar had Candy dan zo weinig loyaliteit?

'Hoor je jezelf wel? Wat maakt het uit wie de klanten binnenbrengt? Zaken zijn zaken. En daar wordt de huur van betaald, mag ik wel zeggen.' Candy zuchtte geërgerd. 'Luister, dit hoort de gelukkigste tijd van het jaar te zijn, maar daar is weinig van te merken met Grinch Gina in de buurt. Kun je je er niet gewoon overheen zetten en hem tolereren tot na de feestdagen?'

Gina was *niet* van plan om over iets 'overheen zetten' te denken in combinatie met Darien. Erg genoeg dat hij gisteravond aan haar tong had gezeten –

'Ja. Prima. Dat kan ik.' Ze trok haar bureaula open om... iets te pakken, en sloeg hem toen weer dicht.

'Je had die USB-stick zeker heel erg nodig.'

'Hè?' Gina keek naar haar hand. 'Oh. Ja. Ik, eh, moet wat bestanden backuppen.' Ze bukte om haar laptop uit de tas te pakken die tegen het bureau leunde. 'En, wie hebben we vanmorgen?'

'*Jij* hebt het afsprakenboek.'

Het duurde een paar seconden voordat de woorden doordrongen, en toen keek Gina naar haar bureau. Juist. Het afsprakenboek.

'Oh. Oké. Ja.' Ze leunde op één hand terwijl ze met een vinger van haar andere hand de pagina volgde. 'Charlotte heeft er twee vanmorgen en haar middag is volgeboekt. Stacey zit de hele middag ook vol. En mijn vaste klanten komen, dus de agenda is bijna compleet.' Godzijdank. Dat zou een behoorlijk deel van de rekeningen van deze maand dekken. En met die bruiloftsgroep... De financiën zagen er goed uit voor deze maand.

'En Darien heeft er een om twaalf uur en nog een om drie uur. De stilte voor de storm van volgende week, hoewel Debby en Kaya vanmiddag vol zitten voor het haar, en Maria vroeg of ze haar nichtje mag laten komen om te helpen met een paar mani-pedi's, ook al is het haar vrije dag. Ik dacht dat het goed was voor de zaak.'

'Zeker weten. Weten we al of de verwarmingsmonteur komt?' Gina had de beheermaatschappij flink achter de broek moeten zitten om hem hierheen te krijgen. Nu de meeste winkels in het winkelcentrum sloten, wilde de directie niet veel geld meer steken in het onderhoud. Maar Gina had dat onderhoud nodig; zij was *niet* van plan failliet te gaan.

'Zeker. Hij zou er rond tien uur moeten zijn.'

'Mooi.' Gina sloot het boek en sloeg haar armen over elkaar. 'Alles bij het oude.'

'Blijf dat jezelf maar wijsmaken,' mompelde Candy terwijl ze de deur uitliep, waarbij ze de kerstsfeer van haar witte broek en Rudolph-met-de-rode-neus-hakken met zich meenam.

Het was *inderdaad* allemaal bij het oude. Een gewone dag in de spa. Gisteravond behoorde tot het verleden.

Totdat *hij* door haar deur liep.

'Hé, baas. Hoe gaat het?' Hij groette haar alsof hij gisteravond niet met zijn tong in haar keel had gezeten.

En jij met de jouwe in de zijne.

Ze zwaaide met een snelle, afstandelijke glimlach, pakte toen een map van haar bureau en deed alsof ze naar de factuur keek.

Maar het enige wat ze *echt* zag, was de prachtige vrouw die achter Darien aan een van de behandelkamers in liep.

Dat was de klant die hij had meegebracht? De vrouw zag eruit alsof ze in de club werkte, en hij ging zichzelf met haar in een kamer opsluiten terwijl ze naakt was? Hoe dom dacht Froggy dat ze was?

Wat kan het jou schelen met wie hij wat doet?

Het kon haar niets schelen. Ze wilde alleen niet dat het gerucht ging dat er seksuele escapades plaatsvonden in de behandelkamers. Ze had te hard gewerkt en te veel geïnvesteerd om geruchten haar zaak kapot te laten maken, om nog maar te zwijgen van de beheermaatschappij die dan wel een manier zou vinden om haar huurcontract te ontbinden. Of, God verhoede, dat de keuringsdienst besloot langs te komen terwijl Darien god-weet-wat uitspookte achter gesloten deuren.

Ze stond daar even met haar voet te tikken. Hij zou toch niet echt iets doen?

Gina liet de map vallen. Bij Darien wist ze nooit wat hij ging doen.

Ze trok haar trui strakker om zich heen en beende door de deur naar behandelkamer nummer drie. 'Frog—'

Het hoofd van de vrouw schoot omhoog uit de hoofdsteun terwijl Darien opkeek van de plek waar hij aan haar rechterarm werkte.

'Is er iets mis, baas?' vroeg hij.

Niet met het decolleté van die vrouw, nee —

Oh, hemeltje. Gina stond praktisch te gapen. En ze zette zichzelf absoluut voor schut. 'Eh, u heeft haar niet in het afsprakenboek gezet.'

'Oh. Nou, kijk...' Hij rechtte zijn rug en bedekte de arm van de vrouw met het laken. 'Ik, eh, dacht dat ik Michelle een gratis behandeling zou geven, zodat zij terug naar de club kan gaan en iedereen kan vertellen hoe geweldig het hier is, en dat zal meer klandizie opleveren.'

'Een gratis behandeling?' Waarom klonk dat zo dubieus?

'Ja. Je weet wel, mond-tot-mondreclame?'

Zolang dat het enige was waar hij haar mond voor gebruikte...

Michelle legde een arm onder haar kin. 'Dat is toch geen probleem?'

Gina beet op haar tong. Als dat *alles* was wat ze deden, was het prima. En ze moest toegeven, zo te zien *was* dat ook alles wat ze deden.

Ze wilde deze kamer nu onmiddellijk uit. Met nog een restje waardigheid. 'Jawel, maar Fr – eh, Darien, het is niet de bedoeling om behandelingen weg te geven.'

'Oké, geen zorgen. Ik betaal het zelf wel.'

Natuurlijk zou hij dat doen — waardoor zij overkwam als de vrek tegenover een potentiële vaste klant.

'Nee, voor deze keer is het goed.'

'Ik zal deze plek met plezier aanbevelen. Ik bedoel, je zou wel gek zijn als je dacht dat Foster hier geen goede massage kan geven. En aangezien u hem heeft aangenomen, zal de rest van uw personeel ook wel van zijn niveau zijn, toch?' Michelle, de oh zo behulpzame schoonheid op de tafel, lachte breed en perfect.

Natuurlijk, met de handen van Darien Foster op haar naakte lichaam zou Gina ook lachen.

Niet dat je jaloers bent of zo.

'Dat is waar.' Gina slikte de snauw die ze liever had geuit in. 'Bedankt dat je ons wilt aanbevelen.'

'Graag gedaan.' Michelle zuchtte en stak haar gezicht weer in de tafel. 'Doe uw best, Foster.'

Darien grinnikte en wiebelde met zijn wenkbrauwen naar Gina. 'Je hoort het, dame. Ik heb mijn bevelen.'

Gina draaide zich op haar hiel om en verliet de kamer zo snel mogelijk.

* * *

'Luister je überhaupt wel naar me?' De gouden en zilveren armbanden om Candy's pols rinkelden terwijl ze met haar hand voor Gina's gezicht zwaaide, terwijl Gina wat opgevouwen lakens in de shabby chic kast legde die Gage vorige week had geplaatst. 'Je moet je hier even concentreren, Geen.'

Gina sloeg Candy's hand weg. 'Ik luister. Je wilt een bespreking plannen met Amalie Cavanaugh.'

'Geen *bespreking*. Een bezoek. We laten haar komen, laten haar zien hoe we haar spa-dag voor de bruiloftsgroep willen aanpakken, lopen het menu door —'

'Menu?' Gina schudde een zachte perzikkleurige handdoek uit en begon hem op te vouwen.

Candy pakte ook een handdoek. 'Ja. Eten. Denk aan hapjes, sandwiches, desserts, dat soort dingen.' Ze onderstreepte elk woord door de handdoek een keer te vouwen. 'Ze zullen hier zeker drie uur zijn zodat iedereen van elke ervaring kan genieten, dus we moeten ze waarschijnlijk te eten geven.'

Gina liet de handdoek zakken, de vouwen waren er weer uit. 'Ervaring?'

Candy zuchtte en nam de handdoek van haar over. 'Ja, *ervaring*. Je kunt ze niet steeds behandelingen blijven noemen, en "massage", "facial", enzovoort zijn zo afgezaagd. Als je wilt dat The Gilded Lily opvalt, moet je een sfeer creëren die anders is dan elke andere spa.' Ze legde de gevouwen handdoek op een plank. 'Beginnend bij de terminologie. Ik heb wat onderzoek gedaan en we zouden de lijst met diensten moeten veranderen. Noem het een menu en bied verschillende *ervaringen* aan. The Daily Indulgence, The Rejuvenation, The Detoxification, dat soort werk. We zouden zelfs The Joining kunnen hebben als een dag voor stellen. Wat vind je ervan?'

Gina herpakte zichzelf mentaal. Candy had alle ideeën voor *haar* spa bedacht terwijl zij... terwijl zij over *hem* had liggen dromen. Ze pakte nog een handdoek en vouwde hem net zo strak op als Candy had gedaan. 'Ik vind het een geweldig idee.'

'Welk deel, het bezoek van Amalie Cavanaugh of de diensten?'

'Allebei, eigenlijk.' Gina drapeerde de handdoek over de rand van de mand en zwaaide toen naar mevrouw McMonagle, die er was voor haar maandelijkse verfbeurt. 'Ik kan contact opnemen met Lara van Carvallo's Cups & Cakes voor een dessertpakket. En ik heb nog wat champagne over van de opening die ik kan ontkurken.'

Candy pakte de handdoek en legde hem bij de hare op de bovenste plank. 'En Lara kan haar brochures neerleggen, zodat het voor haar ook meteen reclame is.'

Gina gaf haar een high-five. 'Girl power. Heerlijk als wij vrouwen elkaar steunen.'

Candy liet haar hand zakken en hield haar hoofd schuin, haar blauwe ogen keken net iets te wetend. 'Oei. Je bent weer op je mannenhater-toer. Wat heeft hij gedaan?'

'Wie?'

Candy snoof. 'Juist. Als ik nog niet aan het vissen was, dan was dat zojuist de bevestiging.'

'Darien heeft niets gedaan.' Gina pakte een paar handdoekjes. 'Hoe zou hij ook? Hij zit daar al zesenvijftig minuten binnen Michelle een massage te geven.'

'Zesenvijftig, hè?' Candy tikte op haar lip. 'Niet "bijna een uur", of "ze hebben nog vijf minuten", maar "zesenvijftig minuten".'

'Hou op, Candy.' Gina schudde het handdoekje uit. 'Darien heeft niets te maken met mijn opmerking over vrouwen. Je weet dat ik er alles aan doe om ons sterker te maken zodat we onze eigen baas kunnen zijn, ons leven in eigen hand nemen en niet afhankelijk zijn van een man om ons leven compleet te maken.'

Candy hield haar handen omhoog. 'Oké, ik zal ophouden over Darien. En over mannen. Laten we teruggaan naar ons plan.' Ze liep naar de receptie. 'Ik dacht eraan om chique menu's te laten maken van stevig karton, zoals die in vijfsterrenrestaurants, in plaats van die lijst met diensten aan de muur. Misschien wat lampen hier vervangen door kristallen kroonluchters en wand-lampen. Met dimmers. Een klein gestoffeerd bankje hier en heel veel sierkus-sens. Maak het wat luxer zodat de gasten — geen klanten — zich echt in de watten gelegd voelen.'

Gina gaf Gretchen Walker een compliment over haar keuze voor nagellak voordat ze Candy volgde. 'Waarom doe je dit? Waarom kan het jou wat schelen hoe deze plek eruitziet?'

Candy zette haar handen in haar zij. 'Omdat ik om je geef. Ik wil dat de spa opvalt, zodat jij succesvol wordt. Ik wil dat je zo zeker van je zaak bent dat het overslaat naar andere gebieden in je leven, zodat je niet voor eeuwig blijft kniezen over een zeker iemand die je onrecht heeft aangedaan.'

'Ik zit niet te kniezen over Froggy.'

'Darien? Ik had het over John.' Candy trok een wenkbrauw op. 'Maar er was wel dat hele "zesenvijftig minuten"-verhaal. En je bent al zenuwachtig sinds hij binnenkwam. En dan heb ik het niet alleen over vandaag, hoewel je nu wel heel erg zenuwachtig bent en ik niet kan geloven dat het alleen komt omdat je' — ze verlaagde haar stem, godzijdank — 'gisteravond hebt gezien hoe het zaakje van die man een heel dansje opvoerde. Ik bedoel, natuurlijk zou je daar zenuwachtig van worden, maar om een heel andere reden. Dat had gisteravond in de privacy van je eigen slaapkamer opgelost kunnen worden en dan was je vandaag ontspannen en stralend binnengekomen. Maar in plaats daarvan zie je eruit alsof je elk moment de benen kunt nemen en ben je afge-leid. We hebben de misschien wel grootste klant in tijden die straks komt en jij concentreert je op kamer nummer drie.'

Gina was niet eens van plan om over het John-gebeuren te beginnen. 'Drie.' Ze schikte de display met nagellak die Maria aanbood.

'Wat?'

Ze frunnikte aan de visitekaartjes in hun houder. 'Hij zit in behandelkamer drie.'

'Zie je wel? Dat hoor je niet zo snel te weten.'

Gina trok de brochures uit hun rek en tikte ze recht op de balie, alsof het een kaartspel was. 'Het is mijn zaak, ik moet weten welke kamers bezet zijn.'

Candy zuchtte. 'Oké, prima. Wat jij wilt. Je bent niet afgeleid, je bent ondernemend. En echt heel erg neurotisch over die receptiebalie.' Ze mompelde de laatste zin terwijl ze de brochures van Gina overnam en ze terugzette waar ze net stonden. 'Maar laten we beginnen met ze suites te noemen, geen behandelkamers.'

Gina zette haar handen in haar zij. 'Suites hebben meestal meer dan één kamer, vandaar de term "suite".'

'Word nou niet zo technisch. Ik probeer hier een sfeer te creëren zodat wanneer Amalie en Sophie en hun tien vriendinnen verschijnen, ze over deze plek in superlatieven zullen spreken. Van de ambiance tot de ervaring, van de ontspanning en de schoonheid tot aan het eten toe. Ik bedoel, het is hier best aardig, maar het *is* wat het is. Een dagspa. Laten we het net even anders maken dan de rest. Er zijn maar een paar aanpassingen nodig om The Gilded Lily een niveau hoger te tillen. En kijk eens aan. Ik heb je zojuist de kosten voor een interieurontwerper bespaard. Je mag me nu bedanken.'

Het gespeelde, met grote ogen gebrachte enthousiasme kon Candy's sarcasme in de verste verte niet verhullen, en Gina moest lachen. Wat maar goed was ook. Ze moest gisteravond loslaten en het vergeten. Want hoe geweldig die kus ook was geweest, de realiteit was dat Darien gewoon deed wat hij altijd deed als hij bij haar was, en ze was het zat om het mikpunt van zijn grappen te zijn.

Ze trok een gezicht. Haar achterste was nog steeds een beetje gevoelig.

'Gaat het?'

'Ja, het gaat prima. Bedankt.' Gina pakte Candy's hand vast. 'Ik waardeer je echt enorm, Candy. Het spijt me als ik chagrijnig was, en ik zal zeker aan mijn houding werken als hij in de buurt is. Maar alleen tot die bruiloftsgroep is geweest. Je moet wel blijven zoeken naar andere massagetherapeuten, want als de zussen Cavanaugh tevreden zijn, zal het zich rondspreken en moet ik meer mensen aannemen. Ik kan Darien hier niet voor eeuwig laten werken.'

. . .

Dare leunde tegen de muur voordat hij de hoek om ging naar de receptie. Hij hoorde de felheid in Gina's stem. Verdomme, hij dacht echt dat ze gisteravond een doorbraak hadden bereikt. Ze had zijn kus duidelijk *niet* erg gevonden, want ze was opgewonden geraakt. Daar bestond geen twijfel over.

Hij had moeten doorzetten toen hij de kans had.

'Gaat het, Foster?' Michelle Weber trok haar lange zwarte paardenstaart tussen haar kraag vandaan terwijl ze de behandelkamer uitkwam. 'Ik heb je toch niet uitgeput? Ik zei je toch dat m'n spieren vastzaten.'

Haar woorden konden op verschillende manieren worden opgevat, maar omdat hij wist dat ze niet op mannen viel, wist hij hoe ze het bedoelde. 'Ja, ik ben oké. Het was laat gisteravond. Ik dacht dat twaalf uur me genoeg tijd zou geven om te slapen, maar we hadden jouw afspraak beter om twee uur kunnen plannen.'

Ze tikte hem op zijn borst. 'Ah, maar ik hoorde dat je wel in bent voor een tussendoortje.'

'Wat?' Hij had al heel lang geen verzetje meer gehad tussen de middag — en zeker niet sinds hij weer terug was in de stad.

Ze greep de voorkant van zijn jasje vast en liep achteruit, hem met zich meetrekkend. 'Ontspan, Dare. Ik maak maar een grapje. Dat naakt dansen terzijde, heb jij het braafste imago van iedereen die ik ken. Zeker van de dansers.' Ze trok een wenkbrauw op. 'Maar misschien kunnen we daar verandering in brengen, humm?' Ze liet een klein grommetje horen net toen Gina opkeek bij de receptie.

Hij zag een flits van... iets in Gina's ogen. Interesse?

Of afschuw?

'Dus spreken we af voor maandag?' zei Michelle met een verleidelijke stem, maar luid genoeg om tot bij de receptie te reiken. 'Ik denk dat ik anderhalf uur wil. Werkelijk alle knopen eruit halen, je weet wel, na die dubbele dienst van zondag.'

Die vrouw kon werkelijk alles schunnig laten klinken... En dat deed ze ook. En Gina luisterde mee.

Iets te aandachtig misschien?

Dare glimlachte en boog zich net ver genoeg naar Michelle toe om het suggestief te maken. 'Jij bent een stout, stout meisje, Weber.'

'En vergeet dat nooit.' Ze plantte een stevige kus op zijn lippen, draaide zich toen om, zwiepte met haar haar in zijn gezicht en liep met haar perfecte kont vlak langs Gina naar buiten.

'Uitstekende service, mevrouw Taormina. U krijgt van mij de hoogste score. Ik zal er zeker voor zorgen dat iedereen te horen krijgt dat in *al* hun behoeften kan worden voorzien bij The Gilded Lily.'

Gina wierp hem een blik toe terwijl ze een hand op Michelles arm legde. 'Misschien moet u het niet helemaal zo verwoorden. Ik wil niet dat mensen het verkeerde idee krijgen over wat hier gebeurt. Geen 'happy endings' en dat soort zaken.'

Michelle bekeek Gina van top tot teen en knipoogde toen naar Dare. 'Echt doodzonde.' Daarna liep ze parmantig naar buiten, waarbij haar yogabroek met luipaardprint haar lange benen eruit liet zien als die van een roofkat die op zijn prooi jaagt.

Maar goed dat ze op vrouwen viel; haar overduidelijke seksualiteit was iets te heftig naar zijn smaak, maar hij moest toegeven dat het effect had.

Of misschien kwam dat doordat hij in dezelfde ruimte stond als Gina en hij die kus van gisteravond of die scène in de keuken niet uit zijn hoofd kreeg.

Zijn lichaam reageerde op manieren die het absoluut niet had gedaan toen hij Michelles huid onder zijn handpalmen voelde.

'Dus, Darien.' Gina gaf hem een stralende glimlach die net zo nep was als haar reactie op hem gisteravond oprecht was geweest.

Verdomme. Hij moest dat nu niet gaan herbeleven. Waar iedereen bij was. 'Ja?'

'Het schijnt dat u daar binnen inderdaad weet wat u doet.' Ze knikte met haar hoofd naar de behandelkamer. 'Als u morgen een paar uurtjes extra zou kunnen werken, zou ik dat waarderen. We gaan wat verbouwingsideeën uitwerken, dus ik kan mijn eigen afspraken niet doen, en ik wil ze liever niet afzeggen.'

Ze vroeg hem daadwerkelijk om hulp. De wonderen zijn de wereld nog niet uit... Hij werkte morgen bij BeefCake, Inc. en hij zou de zoldertrap voor zijn buurvrouw regelen, maar dat kon hij waarschijnlijk uitstellen tot zondag. Of misschien huurde hij Gage wel in om het te regelen. Hij zou immers geen stap verder komen bij Gina als hij niet in haar buurt was.

En na die kus wilde hij absoluut een stap verder komen.

Hoofdstuk zes

Gina voelde het op het moment dat Darien de volgende ochtend de spa binnenstapte. Het was alsof haar zenuwuiteinden een speciale instelling hadden, alleen voor hem.

'Joehoe, Gien.' Candy knipte met haar Frans gemanicuurde vingers voor Gina's neus. 'Ben je daar nog, mop?' Ze liet haar kauwgom hard knakken en legde een dik Zuidelijk accent in haar laatste vraag, een duidelijk teken dat Candy geërgerd was. Candy kon van accent wisselen zoals ze van schoenen wisselde, maar haar innerlijke zuidelijke schone kwam alleen naar boven als ze overwerkt was of ergens enthousiast over was.

Gina hoopte maar dat het niet om Darien ging.

Wacht — wat? Het kon haar werkelijk geen barst schelen of Candy geïnteresseerd was in Darien. Behalve dan om haar ervoor te waarschuwen. Maar zeker niet omdat het haar iets uitmaakte in wie hij geïnteresseerd was.

'Eh, Gina, je beseft toch wel dat we deze spullen *vandaag* moeten uitkiezen? De zeventiende komt op ons af denderen als een goederentrein en het kan me niet schelen wie je afleidt. Als je wilt dat deze spa op de lijst met topadressen in de stad komt, moeten we Sophie en haar zus versteld doen staan, dus houd je hoofd bij de zaak die hier voor je neus ligt, liever. Je mag op de achttiende weer zwijmelen bij die Buikspierman daar. Sterker nog, ik help je zelfs als ik nu gewoon je volledige aandacht bij deze stofstalen krijg.'

'Ik zit niet te zwijmelen bij Darien.'

'Uh-huh.' Candy kauwde verder op het ritme van de kerstpop die ze voor vandaag had uitgekozen. Gina zou voortaan zelf de afspeellijst gaan beheren. 'Daarom is hij nu Darien en niet Kikkerkoning. En mijn naam is Katie Scarlett.' Ze zwaaide met nog een staal gouden stof bovenop de zes andere die ze al hadden bekeken. 'Nou, wat vind je hiervan voor de binnenkant van de sierlijsten?'

'Het is prachtig. Net als die andere zes. Kunnen we niet gewoon één kiezen?'

'Nou, natuurlijk kunnen we *gewoon één kiezen*, maar ik dacht dat je hier een thema wilde neerzetten. Een patroon kiezen dat we overal kunnen doorvoeren.'

Gina ging rechterop zitten. '*Overal doorvoeren*? Candy, zo'n renovatie-budget heb ik niet op mijn bankrekening staan.' Vooral niet als de zaken niet aantrokken. 'Ik heb de boel geschilderd voordat ik opende. Wat is er mis met hoe het nu is?' Gina keek om zich heen. Ze had heel wat bloed, zweet en tranen in dit schilderwerk zitten. En het lijstwerk. En de verlichting. En de tegels. Gage had haar zijn allerlaagste prijs gegeven omdat ze een nicht van Bryan was, maar zelfs toen was haar budget krap geweest. Menige nacht had ze tot in de vroege uurtjes tegels staan lijmen, terwijl ze John en haar eigen domheid vervloekte omdat ze in hem had geloofd.

'Er is niets *mis* mee.' Candy raapte de gouden stoffen bij elkaar en legde ze bovenop de stalen van het lijstwerk die ze had meegebracht. 'De zaak is *dik in orde* zoals hij is en je zult het *dik in orde* doen met je bedrijf. Maar jij verdient meer dan *dik in orde*, Gina. Deze plek zou spectaculair kunnen zijn. Zich onderscheiden van de rest. Erbovenuit steken. Met Sophie's connecties... kunnen we deze kans niet laten schieten.'

'Dat snap ik, Candy, maar tenzij je persoonlijk de kussens gaat naaien en de wanddecoraties gaat ophangen, komen we niet verder dan de inkoopfase.' Hoewel haar vingers wel tintelden bij de gedachte aan deze stof in haar spa. Ze was best goed in inrichten, maar ze had een budget gehad. Met een budget zoals Candy wilde, tja, dan kon de zaak eruitzien als een Romeins badhuis. Het probleem was alleen dat Gina geen koninklijk fortuin had.

Candy stopte met kauwen. 'Ik heb het geld, Gien, en als je nou eens ophoudt met zo koppig te zijn —'

'Nee.' Gina schudde haar hoofd om haar woorden kracht bij te zetten. Ze hadden deze discussie al te vaak gevoerd om hem nu weer te voeren. 'Dit hebben we al besproken. Dit is mijn zaak en ik zal het op eigen kracht maken of breken. Ik neem geen geld aan van mijn vriendin.'

'Neem het dan niet *aan*. Zie het als een investering. Of een lening. Je kunt me terugbetalen wanneer deze tent uit zijn voeg begint te groeien door alle klandizie. En dat gaat gebeuren. Ken je het gezegde "je moet geld uitgeven om geld te verdienen"? Door nu te investeren, heb je later genoeg om me terug te betalen. *Vooral* nadat Sophie en haar zus verliefd op ons zijn geworden.'

Ze was in de verleiding. In enorme verleiding. Candy had echt geld over waar ze niets mee deed. 'Het zal onze vriendschap veranderen.'

'Alleen als jij dat toelaat. Ik ben het niet van plan. Het staat ofwel op mijn bankrekening rente te vangen, of het doet iets goeds voor jou. Kijk, als je rente aan me wilt betalen om jezelf beter te voelen, dan doen we dat. Laat mijn bizarre analytische genialiteit eens iets goeds doen voor iemand anders dan voor mijzelf en een paar duizend aandeelhouders wiens dividenden ik heb verhoogd. Alsjeblieft?'

Gina schudde haar hoofd, ditmaal met een glimlach. Candy zat haar gewoon te *smeken* om haar geld aan te nemen. Wat voor vriendin zou ze zijn als ze nee zei?

Bovendien, hoewel de spa er netjes uitzag, was het niet spectaculair. En dat was wel wat nodig was om een aanbeveling van Sophie Cavanaugh in de wacht te slepen. 'Ik betaal rente en je bent de beste vriendin ter wereld.'

'Dat weet ik.' Candy begon weer op haar kauwgom te kauwen terwijl ze alle monsters in de rolmand naast de tafel schoof. 'Laten we dus voor het Marokkaanse schubpatroon gaan voor de inzetstukken en dit dunnere lijstwerk hier. Ik bel Gage wel even om te kijken hoe snel hij hier kan zijn —'

'Nee.' Hierin bleef Gina onverzettelijk. 'Ik ben prima in staat om een verstekzaag, wat decoupage en een kwast te gebruiken. Ik kan dit zelf wel in elkaar zetten.'

'Voor donderdag?'

'Wat is er donderdag?'

'De dag dat de Cavanaughs langskomen voor hun bespreking. Lara staat dan klaar met de selectietrays en ik wil dat twee van de therapeuten ze een massage-preview geven.'

'Een massage-wat?'

'Je weet wel, een voorproefje van wat komen gaat. Een massage. Ik bedoel,

Maria kan niet veel anders doen dan andere manicures, en ik betwijfel of Sophie of Amalie zo vlak voor de bruiloft een kapsel willen van een nieuwe kapper, maar de massagetherapeuten gaan de deal maken of breken. Dus...' Candy haalde haar kauwgom uit haar mond, wikkelde die in een papiertje, schoot het in de prullenbak en vouwde toen haar handen in haar schoot. Alleen Candy kwam weg met een nauwsluitende leren jurk en dat bijpassende crèmekleurige ponchoding dat ze droeg. 'Ik ga kijken of Darien op zijn vrije dag wil komen om een van de therapeuten te zijn.'

'Je wilt dat hij...'

'Een van de massages geeft, ja. Ik denk dat hij Sophie moet doen. We willen de aanstaande bruidegom natuurlijk niet zenuwachtig maken.' Candy leunde naar voren. 'Denk er eens over na, Gina. De kerel is prachtig. En als het verhaal over zijn andere baan rondgaat... Dan staan de vrouwen van hier tot de club in de rij om zich door hem te laten masseren. Als we Sophie daar een voorproefje van geven, gaat ze dat zeker doorvertellen.'

Dat was precies waar Gina zich zorgen over maakte. Sophie was beeld-schoon. En Darien was vrijgezel.

En het zou je niets moeten schelen.

Het kon haar ook niets schelen. Het was zakelijk. 'Ik denk dat je gevaarlijk dicht bij seksuele intimidatie komt, zo niet bij mensenhandel of prostitutie, Candy. Op zijn minst bij genderdiscriminatie.'

'Ach, wat een onzin.' Candy wuifde haar woorden weg en legde haar polsen over haar over elkaar geslagen knieën. 'Dat is alleen als er, je weet wel, iets zou gebeuren. En als er geld wordt uitgewisseld. Darien is een professional. Ik bedoel, er moeten wel duizenden vrouwen zijn die zich op hem werpen, maar het gerucht gaat dat hij als een monnik leeft.'

'En hoe weet jij dat?'

'O, kom op, Gien. Stel je niet aan. Je was in de club. De vrouwen verslonden hem met hun ogen. Toch ging hij recht op jou af.'

'Dat deed hij niet. Dat is de tafel waar hij altijd op danst.'

Candy leunde achterover en strekte haar camelkleurige suède laarzen voor zich uit. 'Hoe weet je dat? Heb je iets voor me achtergehouden? Ben je zonder mij naar de club gegaan?' Candy zuchtte. 'Waar gaat het heen met de wereld als je beste vriendin je in de steek laat op kerelsavond?'

'Er bestaat helemaal geen "kerelsavond".' Alsof.

'Hoe weet je dan dat het zijn vaste tafel is? Heeft hij je dat verteld?'

O. Gatver. Dat had hij inderdaad gedaan. Vlak voordat hij haar had gekust. 'Ik, eh... Bryan zei er iets over toen ik wegging.'

Candy kneep haar ogen samen. 'Bryan, hè?'

Gina knikte en deed alsof ze weer in de stoffen geïnteresseerd was.

'En waarom zou Bryan het met jou over Darien hebben?'

Ze haalde haar schouders op en schoof haar hand onder haar dij, waarbij ze haar vingers kruiste. 'Hij zei alleen dat het erop leek dat ik aan de verkeerde tafel was gaan zitten.'

'Toch waarschuwde hij je niet. Dat geeft wel te denken, nietwaar?'

Precies wat ze niet wilde doen. 'Het stelt niets voor, Candy.'

'Eh, schatje? Was je er wel bij die avond? Het stelde eigenlijk best wel *veel* voor, als je begrijpt wat ik bedoel.'

Dat deed ze. Uit de eerste hand — of eigenlijk de eerste dij. En buik. En nog een paar andere lichaamsdelen, maar ja, Gina wist precies waar Candy op doelde.

De stof werd opeens *veel* interessanter. 'Weet je zeker dat we dit patroon moeten gebruiken? Het is misschien te druk.'

Candy snoof. 'Is het zo? Oké, ik begrijp een overduidelijke stille hint ook wel.'

Gina zei geen woord. Ze hapte niet toe. Niet bij Candy. Candy zou haar het hele verhaal laten uitflappen als ze niet voorzichtig was.

'Maar, dat je het weet.' Candy gaf haar een duwtje met haar elleboog. 'Ik denk niet dat je je ergens zorgen over hoeft te maken. Hij had voor niemand anders oog dan voor jou.'

'Hij had geen —' Gina liet de stof vallen. 'Wacht. Wat? Ben je gek geworden?'

'In het geheel niet. Jij daarentegen...' Candy raapte de monsters bij elkaar en stond op. 'Dat valt nog te bezien, aangezien je die man nauwelijks spreekt terwijl hij je al weken cadeautjes stuurt. Sommige vrouwen zouden dat opvatten als een teken dat hij geïnteresseerd is.'

'Of hij wilde gewoon dat ik hem zou aannemen.'

'Ja, want werken in een spa is de droom van elke man. Vergeet maar even dat hij het geld met bakken tegelijk binnenhaalt met zijn nachtbaan. Ik weet zeker dat dit zijn manier is om op het rechte pad te komen en zo.' Candy grinnikte. 'Ik zeg het je steeds weer, schatje, niet elke man is zoals John.'

Misschien niet, maar Darien? Candy koos precies de ene man uit van wie Gina *zeker* wist dat hij sprekend op haar ex leek.

John.

De naam klonk onschuldig genoeg, maar na wat Candy had gezegd, was de naam van die kerel genoeg om Dares bloed te laten koken.

Iemand had Gina pijn gedaan. Iemand anders dan hij — wat Dare tegelijkertijd blij en kwaad maakte. Hij wenste dat de pijn die hij haar had berokkend de ergste was geweest die ze ooit in haar leven had gevoeld, maar de toon in Candy's stem — en Gina's reactie op Candy's opmerkingen — vertelden hem dat die John haar heel wat erger had aangedaan.

Dus nu had hij *twee* demonen om tegen te vechten. Geweldig. Alsof *zijn* probleem nog niet lastig genoeg was.

Dare haalde diep adem en rolde met zijn schouders. Nou, in ieder geval zou het renovatiewerk dat ze nodig had hem meer munitie geven om haar voor zich te winnen. Het zou misschien wat strak plannen en weinig slaap betekenen, maar hij kon de kans om meer tijd met haar door te brengen niet laten schieten.

'Hé, Candy.' Hij liep om de hoek Gina's kantoor binnen, knikte naar haar maar richtte zijn aandacht op Candy. Hij wilde niet te hard van stapel lopen. Of te wanhopig overkomen. Bovendien zou Candy hem niet afwijzen.

'Ja, lekker *ding*?' Candy knipperde met haar wimpers naar hem op een manier die hem deed lachen. Deze vrouw was veel te knap om haar geflirt serieus te nemen. Waarom kon hij niet in háár geïnteresseerd zijn? Met haar zou het leuk en gemakkelijk praten zijn. In tegenstelling tot Gina, die hem praktisch aanstaarde terwijl hij tegen de deurpost leunde.

Hij reageerde er niet op. Dat zou het haar te makkelijk maken om hem en zijn aanbod haar kantoor uit te zetten, en 'makkelijk' was het enige wat hij het niet voor haar mocht maken. Jammer wel, want dit *zou* makkelijk kunnen zijn als ze haar wrok maar eens liet varen.

Hij moest er dus voor werken. Letterlijk.

'Ik hoorde jullie praten over het krappe renovatieschema. Ik heb wat tijd over.' Hij kruiste zijn vingers achter zijn rug; hij had helemaal geen tijd over. Maar voor Gina zou hij die maken. 'Ik kan helpen. Gratis, natuurlijk. Vrije tijd is tenslotte...' Hij liet zijn kuiltjes zien. 'Vrij.'

Gina stak haar hand op. 'O, ik denk niet dat —'

'Nou, ik wel.' Candy wierp haar een blik toe die alleen iemand van een andere planeet niet zou begrijpen. 'We hebben maar beperkt de tijd en je wilt Gage niet betalen om het te doen. Jij hebt je budgettaire beperkingen en wij hebben tijdsgebrek, dus Darien hier heeft dat zojuist allemaal opgelost.' Ze draaide zich naar hem toe, haar haar zwiepte om haar schouders op een manier die hem vertelde dat dit niet de eerste keer was dat ze die manen gebruikte om een gesprek te beëindigen. 'Dank je, Darien. Kun je vanavond beginnen?'

'Ah, vanavond... Nou, pas nadat de club sluit. Zaterdag is onze drukke avond.'

Ja, hij had misschien een beetje de nadruk gelegd op *drukke*. Hij wist dat Candy het begrepen had toen ze op haar lip beet terwijl ze moeite deed om hem niet van top tot teen op te nemen. Die vrouw was een geval apart; waarom kon hij niet in haar geïnteresseerd zijn?

Eindelijk keek hij naar Gina. Ze deed haar best om niet te fronsen, dat zag hij wel. Of om niet te huilen. Haar onderlip trilde een beetje.

Woede misschien?

Geen van dat alles was goed. Hij wilde dat ze naar hem glimlachte. Tegen hem praatte. Hem aardig begon te vinden. 'Willen jullie eerst even in de club rondhangen? Ik regel de toegang natuurlijk. Het eten is van mij. Daarna kunnen we hierheen komen en aan de slag gaan.'

'Kan niet.' Candy gooide haar haar achterover en knipoogde zo dat alleen hij het kon zien. 'Heb plannen.'

'Gina?' Hij kon alleen maar hopen.

'Bedankt,' zei Gina, 'maar ik ga nu meteen aan het werk.'

Het was dan wel niet het beste gesprek, maar het was tenminste een begin. En hij zou vannacht alle tijd hebben om met haar te praten.

* * *

Dat was dus een mooie gedachte.

Dare keek neer op Gina... die met haar gezicht omlaag in slaap was gevallen op het bankkussen waar ze aan gewerkt had, het niethamer nog onder haar hand.

Hij knielde naast haar neer en glimlachte toen haar adem een paar haarlokken van haar gezicht wegblies. Hij vond het vreselijk om haar wakker te maken, maar er moest werk verzet worden en er was maar heel weinig tijd. Ze zou het zichzelf nooit vergeven als ze de deadline niet haalde, en hij wilde daar niet verantwoordelijk voor zijn.

Hij streek die lokken naar achteren en genoot nog even van het moment. Hij genoot ervan dat ze niet naar hem fronste. Haar gezicht was vredig, de rimpel tussen haar wenkbrauwen was weg, haar gezicht ontspannen, haar lippen zacht en een beetje gezwollen...

Ja, dát was de reden om haar wakker te maken. Anders werd de verleiding veel te groot.

Hij tikte zachtjes tegen haar schouder. 'Kom op, Schone Slaapster. Tijd om wakker te worden.'

Ze blies een zucht uit, haar lippen trilden even.

Dare was in tweestrijd. Hij wilde haar kussen. De drang was zo sterk dat hij het wel moest erkennen. Het was lang geleden dat hij de *behoefte* had gevoeld om een vrouw te kussen. *Willen*, ja, maar *behoefte*? Hij kon het zich eerlijk gezegd niet herinneren. Waarschijnlijk bij haar, destijds in de vierde klas — en toen was het er niet van gekomen.

Maar die andere avond... Dat was gewoon gebeurd; het was in een opwelling geweest. Maar nu, hier zo met haar zijn, zonder iemand in de buurt, in het holst van de nacht, alleen zij tweeën, en zij die er zo verdomd mooi uitzag...

Zijn lippen raakten de hare, het was de kleinste aanraking.

Ze maakte een zacht geluidje en draaide haar hoofd een beetje, en Dare moest zich bedwingen om de kus niet te verdiepen. Maar hij wilde dat ze wakker was voor dat moment, niet in een soort halfslaap, waarschijnlijk dromend over de een of andere vent die geen John heette. Of Froggy.

Ja, hij zou het vreselijk vinden als ze hem bij het wakker worden woedend zou aankijken terwijl zijn lippen op de hare rustten.

Dare ging weer rechtop zitten. Hij nam een paar seconden de tijd om zijn ademhaling onder controle te krijgen. Om zijn handen te laten stoppen met trillen.

Hij ademde uit. Hij had nog een flinke klus voor de boeg, maar nu hij deze kans kreeg, zou hij er het beste van maken. En dat betekende dat hij haar wakker moest maken uit de droom die die glimlach op haar gezicht had getoverd.

Hij wilde graag geloven dat ze over hem droomde, en dat die kus haar nog meer had doen glimlachen.

'Gina.' Hij streek haar haar uit haar gezicht en weerstond de drang om haar wang te strelen.

Ze nestelde zich dieper tegen de bank. Hij zou óf de boeman zijn die haar wakker maakte, óf de boeman die haar liet slapen waardoor ze deze tijd om aan de spa te werken misliep. In beide gevallen verloor hij.

Eigenlijk zoals zijn hele relatie met haar was geweest.

Dat moest hij veranderen, en wel nu meteen.

Hij liet zijn vingers langs haar wang glijden. 'Gina. Schatje. Je moet wakker worden. We hebben werk te doen.'

Jeetje, ze hoorde Darien zelfs in haar dromen.

Gina draaide haar hoofd tegen iets zachts. Kon ze hem dan zelfs voor een paar uurtjes niet uit haar hoofd krijgen? Ze had jarenlang niet aan hem gedacht, en nu hij terug was, drong hij zelfs door in haar dromen? Kreeg een meisje nooit eens rust?

'Gina. Word wakker.'

Iets duwde tegen haar schouder.

O god. Dat was iets te echt. Ze droomde niet. Hij was hier.

Gina knipperde met haar ogen. Daar was hij, die glimlach en die kuiltjes in zijn wangen, nog net zo krachtig als ze zich herinnerde.

Wat deed hij in haar app— O ja. De spa. Ze was aan de bank bezig geweest en was—

O, in hemelsnaam. Ze was in slaap gevallen. Wat vernederend.

Alsjeblieft, alsjeblieft, God, laat haar niet hebben gekwijld.

Ze draaide haar hoofd in haar haar en probeerde onopvallend haar mond af te vegen. Wat ontzettend genant.

Typisch iets voor een ontmoeting met Darien.

'Ben je daar binnen al wakker, Schone Slaapster?'

'Noem me niet zo.' Ze veegde haar lippen af aan de imitatie-schapenvacht en keek hem woedend aan — wat helaas geen indruk maakte door de enorme pluk haar die over haar gezicht hing.

'Waarom niet? Je sliep en je bent schoon.'

Haar hart maakte een sprongetje bij dat compliment. En zij ook — ze schoot overeind op haar knieën. 'Niet doen... Gewoon... hou op.' Ze schudde haar hoofd om de krullen uit haar gezicht te krijgen. 'Dit is een zakelijke relatie, onthoud dat goed.'

Even verscheen er een vreemde blik op zijn gezicht, maar daarna was hij alweer één en al glimlach.

Verdomde kuiltjes. Ze maakten het moeilijk om boos op hem te blijven.

'Nou, vooruit dan maar. Dan kunnen we die *zakelijke relatie* maar beter aan het werk zetten, vind je niet?' Hij stond op en stak zijn hand uit. 'Waar wil je dat ik begin?'

Haar niet aanraken zou een goed begin zijn, maar dat zou flauw zijn, dus pakte ze zijn hand aan—

En liet die onmiddellijk weer los zodra ze stond. 'Uh.' Ze streek nog wat krullen uit haar gezicht. 'De muren van de receptie moeten worden geschilderd, daarna doe ik de vitrinekastjes met de stofbekleding.'

'Klinkt als een plan.' Hij draaide zich om, schijnbaar onaangedaan door het feit dat ze zijn hand zo snel had losgelaten.

Wat maar goed ook was. Ze moest hem geen enkele aanmoediging geven.

'Waar staat de verf?'

Ze wees naar de gang waar ze alle spullen naartoe had gesleept die Candy eerder had gekocht. 'In de kast. Ik maak deze bank even af en dan ga ik de sierlijsten opmeten.' Dat zou haar aan de ene kant van de receptie houden, terwijl hij voor haar uit werkte.

Het voordeel van achter hem aan werken was het uitzicht. Zoals het uitzicht dat ze kreeg terwijl hij de gang af slenterde.

Ze schudde haar hoofd. Waarom keek ze überhaupt? Om wat voor reden dan ook had Darien het op zich genomen om weer in haar leven te verschijnen en haar gek te maken. Ze begreep het niet. Waarom nu? Waarom zij? Zoals Candy al zei, er stonden vast een triljoen vrouwen in de rij voor zijn aandacht; waarom zou hij juist haar uitkiezen?

Je zou het hem altijd kunnen vragen.

Waar. Dat kon ze. Maar dan zou hij denken dat ze geïnteresseerd was, en dat was ze niet. Dat schip was allang geleden uitgevaren.

Maar gisteravond is het toch echt de haven binnengevaren.

Ze rolde met haar ogen. Als haar onderbewustzijn een echt persoon was, zou ze het een draai om de oren geven.

'Au!'

...Wat precies klonk als wat Darien zojuist had gedaan, toen er een mengeling van gekletter, gerinkel en metaalachtig gekras uit de voorraadkast kwam.

'Gaat het?' riep ze.

'Helemaal pico bello.'

Ze moest glimlachen om die toespeling op de kleur van de uniformen: perzik. Dat was het dichtste dat ze bij goud had kunnen komen zonder dat haar personeel eruitzag als Oscar-beeldjes. En de tijgerlelies waarmee ze had uitgepakt bij de receptiebalie zorgden ervoor dat 'verguld' en 'lelie' gelijkstonden aan perzik. Natuurlijk had ze voor de feestdagen voor kerststerren gekozen, maar de zalmkleurige kwamen aardig in de buurt.

In haar hoofd klopte het allemaal. Maar ze was blij met de accenten waar Candy op had aangedrongen. Haar vriendin had gelijk; het huidige decor was weliswaar mooi, sereen en professioneel, maar het sprong er niet uit. Ze wilde iets wat Amalie en Sophie bij zou blijven.

'Hé, baas.' Darien leunde met zijn bovenlichaam uit de kast. 'Welke verf?'

Natuurlijk was *hij* er ook nog. *Hem* zouden ze zich zeker herinneren.

'Um, die op de onderste plank aan de rechterkant.' Gina schudde haar hoofd. En, *opnieuw*, Candy had gelijk. Als de aanwezigheid van Darien de vrouwen aan het praten kreeg, was het de moeite waard om hem te tolereren.

'Ik heb trouwens geen schilderstape gevonden daarbinnen. Maar goed dat ik een vaste hand heb.' Darien droeg twee emmers verf, een bak met kwasten en wat gereedschap, en de verfbak en roller in één keer mee — terwijl zij er drie keer over zou hebben gedaan.

Ja, ze zou hem uitstaan tot na het vrijgezellenfeest, maar daarna mocht hij zijn charmes ergens anders gaan botvieren.

Want dan zou ze hem niet meer nodig hebben.

* * *

Tot zover die gedachte.

Gina markeerde het stuk sierlijst op één meter zestig met haar rolmaat. Darien was ongelooflijk behulpzaam. Hij wist ook waar hij mee bezig was. En als ze even vergat wie hij was en wat hij haar al die jaren geleden had aangedaan, was hij eigenlijk best *aardig*. Hij was grappig. Hij had een heleboel verhalen en was niet bang om ze met haar te delen. Hij was zelfkritisch en bescheiden, en als hij lachte...

Ze schudde haar hoofd en liet haar pols op de afkortzaag rusten. Als hij lachte, kreeg ze vlinders in haar buik.

En niet op een vervelende manier.

En dat was precies waarom hij weg moest.

'Hé, Wonder Woman.' Darien floot.

'Wonder Woman?' Ze draaide zich om, terwijl het elastiekje uit haar haastig gemaakte paardenstaart gleed. 'Hoe kom je daar nou bij?'

'Nou, elke vrouw die zo met een tafelzaag om kan gaan als jij en er ook nog eens goed uitziet terwijl ze dat doet, is in mijn ogen een wereldwonder.' Hij klom van de ladder af.

'Uit welk boek heb je dat? De Wehkamp-catalogus uit 1950?'

'Blij om te zien dat je tussen al het zaagsel je gevoel voor humor niet bent verloren.' Hij legde de roller in de verfbak en veegde zijn handen af, waarbij die irritante kuiltjes weer tevoorschijn kwamen.

'Wou je iets, Darien?'

Ze wist op het moment dat de woorden haar mond verlieten dat het de verkeerde waren.

Hij trok één wenkbrauw op en slenterde naar haar toe. 'Tja... nu je het zo vraagt.'

'Tot daar en niet verder.' Ze hield de rolmaat voor zich. Als wapen stelde het niets voor. Maar als symbolische barrière...

Ja, stelde het nog steeds niets voor.

Maar Darien stopte. Hij hield zijn handen omhoog. 'Ik vroeg me alleen af of er in deze tent nog wat te eten valt. Het avondeten is al een tijdje geleden en van dansen krijg je trek, weet je?'

Trek.

Hij.

Dansen.

Ja, dat wist ze.

'Um... er zou iets in de voorraadkamer in de minikoelkast moeten liggen. Misschien een appel of yoghurt.'

'Tjonge, jullie dames weten wel hoe je het hart van een man verovert.' Hij draaide zich om terwijl Gina de opkomende vlinders in haar buik beval om terug in hun winterslaap te gaan. Of hun metamorfose, wat het ook was.

Eigenlijk was het gewoon laat. En ze was moe, en ze waren hier alleen. Het creëerde een... sfeer. Een intimiteit die overdag samenwerken niet had.

De zwarte nachthemel buiten de ramen werkte als een gordijn dat haar en Darien afschermde van de rest van de wereld. Alsof niemand hen kon zien. Ze wist dat dat niet waar was, maar als ze bij hem was, was het alsof... alsof...

Alsof het alleen zij tweeën waren tegen de rest van de wereld.

Oké, dat was overdreven dramatisch. Omdat ze doodmoe was.

Ze zette de sierlijst tegen de muur. Ze zou hem morgen wel zagen. Ze trok de stekker uit de zaag en legde het afdekzeil eroverheen. Tijd om ermee op te houden.

'Hé, ik dacht dat we die laatste twee muren nog moesten doen.' Darien nam een hap van de appel die hij al voor het grootste deel had opgegeten.

Ze zette haar veiligheidsbril af en wreef over haar nek. 'Als jij hier wilt blijven om ze te schilderen, ga je gang, maar ik ben zo moe dat ik scheel zie en dadelijk nog een vinger afzaag.'

'Nou, dan,' — hij gooide het klokhuis in de vuilniszak op de grond — 'in het belang van de veiligheid — zowel die van jou als die van het algemeen belang — moet ik je maar naar huis rijden.'

Wiens belang, wilde ze vragen, maar ze hield haar mond. Dat zou haar alleen maar in verlegenheid brengen.

Niet waar je wilt steke—

Ze raapte de sierlijst op. Ze was duidelijk de fase van *moe* allang voorbij en hard op weg naar *ijlen*. 'Nee. Bedankt. Het gaat wel.'

Hij hield zijn hoofd schuin en kneep zijn ogen een beetje samen terwijl hij haar aankeek.

Het was een verdomd sexy blik.

Oké, en nu is het klaar. Spring of in je auto, of boven op hem, maar er moet nú iets gebeuren.

'Weet je dat wel zeker, Gina?' Zijn stem was zacht. Slaapkamerachtig.

Slaapkamerachtig? Is dat wel een woord?

Wel als hij haar naam op die manier uitsprak.

Gina schudde de mentale mist van zich af die ze, helaas, niet aan de alcohol kon wijten, en wachtte niet tot haar geweten haar figuurlijk een draai om de oren gaf. Zoals het hoorde. 'Ja. Ik weet het zeker. Helemaal... pico bello.'

Hij grinnikte terwijl hij een stap in haar richting deed. 'Nou, als je nog in de stemming bent voor grapjes, dan ben je vast wel in staat om te rijden.'

'Ik zeg het je nog één keer, Foster, jij bent niet de baas over mij.' Ze zette de rand van de sierlijst op de vloer voor zich neer als een staf. Of een zwaard. Iets om hem op afstand te houden.

Tja, dat werkte dus niet. Hij deed nog een stap binnen haar persoonlijke ruimte en pakte de sierlijst uit haar handen. 'Herinner je je nog wat er gebeurde de laatste keer dat je dat zei?'

En zomaar, door zijn lage stem, die sexy blik en de herinnering aan die andere avond, veranderden haar benen in pudding.

Het zou zo makkelijk zijn om—

Echt niet. Ze rechtte haar rug. 'En herinner *jij* je nog wat ik je daarna vertelde? Dat het niet nog eens gaat gebeuren. En dat gaat het ook niet.'

Hoe was het mogelijk dat er nog ruimte was voor hem om nóg een stap naar voren te doen?

'Echt waar.' Hij leunde de lijst tegen de tafel achter haar.

Ze slikte. 'Echt waar.' Waarom klonk het bij haar als een vraag en bij hem als een... als een... belofte?

Op de een of andere manier raakten zijn vingers de onderkant van haar kin, en haar stomme kin liet het gewoon toe. Hij volgde zelfs hun aanwijzing.

Net zoals haar lippen zich openden toen de zijne omlaag kwamen.

Mijn god, wat rook die man lekker.

Smaakte nog lekkerder.

Voelde... geweldig.

'Zie je wel?' Zijn adem in haar mondhoek stuurde tintelingen door haar heen.

Het duurde een paar seconden voordat zijn woorden doordrongen door het doolhof van elektrische schokjes die haar zenuwuiteinden in vuur en vlam zetten, maar toen dat eenmaal gebeurde—

Rukte ze zich los uit die omhelzing.

En botste tegen de tafel.

Waardoor ze haar evenwicht verloor.

Godzijdank had Darien goede reflexen, want hij wist haar op te vangen voordat haar achterwerk de grond raakte.

En toen besefte ze waar zijn handpalm rustte.

'Blijf van me af!' Ze draaide zich zo snel uit zijn armen dat ze alsnog op haar kont op de vloer belandde, maar ze was zo kwaad dat ze niets anders voelde dan haar gekwetste trots. Hoe *durfde* hij haar te betasten terwijl hij deed alsof hij haar hielp uit een situatie die *hij* had veroorzaakt.

'Blijf *van* je af?' Zijn ogen werden groot. 'Ik zat niet *aan* je. Ik *hielp* je. Maar als je liever hebt dat ik je niet behoed voor een val op je luie gat, laat het me dan weten, dan blijf ik verdomme wel uit je buurt.'

Ze krabbelde overeind. 'Ik was nooit in die positie beland als jij niet—'

'Niet wat? Je had gekust? Je klaagt echt niet omdat ik je gekust heb. Je klaagt omdat je het lekker vond.' Hij sloeg zijn armen over elkaar.

Nu sloeg zij die van haar over elkaar. 'Dat vond ik helemaal niet.'

'O, kom op, Gina. Wat zijn we, vijf? Je vond het net zo lekker als ik. Net zo lekker als die andere avond.' Hij pakte zijn hoodie van de bank die ze opnieuw bekleed had en wees naar haar. 'Je bent niet boos op mij; je bent boos op jezelf omdat je, om de een of andere reden, niet tot me aangetrokken wilt zijn. Nou, weet je wat, schatje? Word wakker en zie de feiten onder ogen. Je *bent* tot me aangetrokken en ik, God helpe me, ben tot jou aangetrokken. Dus zoek maar uit wat we daaraan gaan doen voordat we elkaar morgen weer zien.' Hij trok de hoodie aan terwijl hij naar de deur stampte. 'En rij voorzichtig naar huis, wil je? Anders geef je mij straks nog de schuld van je ongeluk en God weet dat ik niet nog meer schuldgevoel op mijn geweten kan gebruiken wat jou betreft.' Hij smeet de voordeur achter zich dicht, waardoor de belletjes wild rinkelden.

Gina krabbelde overeind. Tot hem aangetrokken? *Tot hem aangetrokken?* Van alle egocentrische, narcistische, zelfingenomen—

Waarheden.

Dat ene woord nam alle wind uit haar verontwaardigde zeilen.

Ze *was* tot hem aangetrokken en ze *was* woedend dat ze dat was.

Ze was nog woedender dat hij gelijk had over de hele situatie.

Hoofdstuk zeven

'Jeetje, Gina, slaap je eigenlijk wel ooit?' Debby, een van de kapsters, trok haar fuchsiakleurige nepbontjas uit. 'Ik had niet verwacht dat je er al zo vroeg zou zijn.'

Dat gold ook voor Gina, maar aangezien ze de slaap *niet* had kunnen vatten... 'Er moet nog veel gebeuren voordat Sophie en haar zus verschijnen.'

'Spannend, hè?' Debby schudde haar jas buiten de voordeur uit, waarbij ze een vlaag decemberkou binnenliet — samen met de sneeuw die Gina juist buiten probeerde te houden. 'Oeps, sorry hoor. Ik ruim het wel even op.'

'Ik vrees dat je vandaag niet de enige zult zijn.' Gina schudde haar hoofd om wat losse krullen uit haar gezicht te krijgen terwijl ze de laatste stoffen panelen op de muur gladstreek. Ze was hier al twee uur; ze kon wel een dutje gebruiken.

'Zitten we volgeboekt?' Debby hing haar jas in de kast en trok een gouden schort over haar uniform aan.

'Volgens de afsprakenagenda wel, maar met dit weer weet ik niet hoeveel mensen er daadwerkelijk zullen komen opdagen.'

'Ik hoorde dat het zo meteen even ophoudt, maar dat het midden in de nacht weer gaat sneeuwen. Ik wed dat Charlotte en Stacey niet kunnen wachten om de stad uit te gaan.' Debby knipte de lampen bij haar werkstation aan. 'Ik wou dat ik ook ging.'

Dat gold ook voor Gina. Ze had geen vakantie meer gehad sinds... Nou ja, sinds die vakantie die zij had betaald toen Johns portemonnee op het vliegveld was 'gestolen'. De klootzak had haar nooit terugbetaald voor de maaltijden, de kamer en alle excursies die ze hadden gedaan. Costa Rica was dan misschien geen derdewereldland, maar de vakantie was niet goedkoop geweest.

In tegenstelling tot John.

Ze deed een stap naar achteren om de wanddecoratie te bestuderen en te controleren of het recht en gelijkmatig hing, terwijl ze John uit haar gedachten verbande. Ze had een tunnelvisie gehad wat hem betrof, maar ze had haar lesje wel geleerd.

Waarom was je dan de halve nacht wakker om over Darien na te denken?

Ze had niet *over* hem nagedacht; ze had geprobeerd te bedenken wat ze *met* hem aan moest.

Eén pot nat...

'Zeg, eh...' Debby schraapte haar keel. 'Ik vroeg me af...'

Gina keek over haar schouder. 'Wat?'

'Is er, je weet wel...' Ze zwaaide met haar handen. 'Ik bedoel, speelt er iets...'

Gina draaide zich om. 'Wat is er, Deb?'

'Zijn jij en Darien... Ik bedoel, als je hem leuk vindt, begrijp ik dat volkomen en zou ik nooit iets doen wat onze vriendschap in gevaar zou br—'

'O god, nee.' Gina kon de woorden niet snel genoeg uitspreken. 'Nee. Gewoon... nee.'

'Weet je dat zeker?' Debby wierp een lok van haar mahoniepaarse haar over haar schouder. 'Want het lijkt erop dat hij jou wel ziet zitten en ik dacht—'

'Darien Foster ziet mij helemaal niet zitten. Hij is... hij is gewoon iemand die ik al een tijdje ken en...'

Die je compleet van je stuk heeft gebracht met een kus.

'Nee. Er is absoluut niets tussen ons. Ga je gang. Leef je uit.' Gina pakte de plinten die ze al op maat had gezaagd voor boven de stof. 'Maar zou je er pas *ná* het vrijgezellenfeestje werk van willen maken? Ik wil geen drama terwijl zij er zijn, en als het niets wordt tussen jullie, kan het ongemakkelijk worden.' Dat was nog zacht uitgedrukt. 'Bovendien is hij na het feestje hier toch weg, dus dat zou sowieso beter zijn.'

O jawel, hij zou hier nog wel zijn. Daar kon Gina op rekenen.

Dare hield even in voordat hij de hoek om ging. Hij was via de achteringang binnengekomen omdat hij geen parkeerplek aan de voorkant bezet wilde houden, voor het geval het de hele dag bleef sneeuwen en de sneeuwschuiver niet snel genoeg langs zou komen. Zijn pick-up kon beter door de ongeschoven sneeuw rijden dan de meeste auto's van de klanten.

Hij had ook gehoopt Gina in haar kantoor te treffen, maar toen hij haar stem aan de voorkant hoorde, was hij deze kant op gelopen.

'Is hij weg?' Debby klonk teleurgesteld. 'Verdomme. Ik ga dat lekkere ding hier wel missen.'

'Je kunt altijd nog naar BeefCake, Inc. gaan.'

Debby grinnikte. 'Dat heb ik al gedaan, baas. Dat is juist de reden voor mijn vraag.'

Dare boog zich iets verder naar voren.

'Zoals ik al zei, Deb, er is niets aan de hand tussen Darien en mij, maar als je je libido onder controle kunt houden tot na het feestje, zou ik dat op prijs stellen.'

Niets tussen hen? Hij noemde een paar kussen niet "niets", maar als zij dat wel deed... Dan zou hij daar aan moeten werken.

Hij was echter niet van plan om aan Debby te werken. Gina was de enige vrouw die hij wilde.

'Oh, nou ja, natuurlijk. Ik bedoel, als jij het oké vindt—'

'Ga je gang, Deb. Het kan me werkelijk niets schelen.'

Aha. Tuurlijk. Dat was vast de reden dat haar lichaam laatst in de keuken zo op hem had gereageerd.

Dare grijnsde. Gina kon het ontkennen zoveel ze wilde, maar ze voelde zich tot hem aangetrokken.

Hij overwoog heel even om op het aanbod van Debby in te gaan, al was het maar om een reactie bij Gina uit te lokken, maar dat zou niet eerlijk zijn tegenover Debby. Bovendien was hij niet het type man dat een vrouw aan het lijntje hield om een ander jaloers te maken en hoewel hij gevleid was door haar interesse, was hij dat zelf simpelweg niet.

Gelukkig ging hun gesprek over op de planning van de dag en hij wachtte een minuut of twee voordat hij liet merken dat hij er was. Het zou Debby in verlegenheid brengen als ze wist dat hij het had gehoord en het zou Gina in de verdediging dringen. Dat was wel het laatste wat hij wilde.

'Hé, dames.' Hij zette zijn gereedschapskist op de halve muur tussen de salon en de gang naar de massagekamers achterin. 'Denken jullie dat we het druk krijgen met dit weer?'

'Best wel. Grijze uitgroei is een krachtige motivatie.' Debby wist haar geschrokken gezichtsuitdrukking snel genoeg te verbergen; als hij hun gesprek niet had opgevangen, had hij het waarschijnlijk niet eens gemerkt.

Gina daarentegen kreeg een blos die tot aan haar haarlijn reikte.

Zijn mondhoeken trilden. Hij wilde haar zo graag confronteren met haar bewering dat er niets tussen hen was, maar hij deed het niet. Dat kon beter op een ander moment en op een andere plek.

'Weet je zeker dat je wilt dat ik ga schilderen terwijl zij er zijn, Gina?' Hij gebruikte bewust haar naam, zodat ze niet onder het beantwoorden van een directe vraag uit kon komen.

Ze kon hem echter wel ontwijken door hem niet aan te kijken. 'Zodra de verfbehandelingen beginnen, maakt het niet eens meer uit of we hier lever met uien staan te bakken. Vandaar de geurkaarsen in alle behandelkamers.'

'Weet je, we zouden een luchtzuiveringssysteem kunnen installeren, alleen voor het salongedeelte. Het zou de geur niet volledig wegnemen, maar wel voor een groot deel. Dan kun je je kaarsenbudget verlagen.' En de extra verbouwingstijd zou hem meer reden geven om in haar buurt te zijn. Gisteravond had het gewerkt; ze had haar bewaking eindelijk even laten vallen.

Totdat hij te ver was gegaan en haar had gekust.

Eigenlijk was de kus niet het probleem geweest — het feit dat hij haar had geprobeerd te laten toegeven dat ze het lekker vond, was dat wel. Hij moest het rustiger aan doen.

Maar verdomme, dat was lastig in haar buurt.

'Bedankt voor je input, Fr—Darien. Ik zet het op de lijst met overwegingen zodra de zaken goed lopen.' Ze pakte het tackerpistool. 'Ik ben er klaar voor om deze dingen vast te zetten. Denk je dat je de andere muren af krijgt voordat je afspraken beginnen?'

'Jouw wens is mijn bevel, m'lady.' Hij maakte een zwierige buiging.

De beweging ontging Gina, die al naar de verre muur was gelopen, maar Debby giechelde.

Waarom kon hij niemand anders willen dan Gina?

Waarom wilde hij haar in vredesnaam überhaupt? Ze gaf hem totaal geen aanmoediging, sprak nauwelijks met hem tenzij hij haar dwong, en ze had meer dan duidelijk gemaakt dat ze niets met hem te maken wilde hebben.

Totdat ze in haar appartement even niet meer op haar hoede was geweest.

Die geluidjes die ze achter in haar keel maakte... Haar geur... Het gevoel van haar lippen op de zijne, haar tong die de zijne zocht...

Dat was de reden dat hij niet opgaf.

Dare pakte zijn gereedschapskist op en gebruikte hem om zijn eigen "gereedschap" voor iedereen te verbergen. De metafoor deed hem grinniken. Dat was beter dan kreunen.

Maar verdomme, Gina zover krijgen dat ze hem een kans gaf, was lastiger dan hij had gedacht.

En dat bedoelde hij op alle mogelijke manieren.

Hoofdstuk acht

'Dus wie is die lekkerding?'

'De nieuwe sfeer bevalt me wel, Geen.'

'Goed gedaan met het opknappen van de tent, schat.'

De opmerkingen bleven de hele ochtend binnenstromen en de dames hadden het niet over het schilderwerk, hoewel dat af en toe ook wel werd genoemd. Maar dat was pas *nadat* ze alles te weten waren gekomen wat ze over Darien wilden weten.

Darien liet de belangstelling kalmpjes over zich heen komen. Gina hield hem in de gaten — nauwlettend. En niet omdat hij er zo goed uitzag in het poloshirt dat strak om zijn brede schouders zat en zijn borstspieren accentueerde, maar omdat hij zo attent was voor elke vrouw die hem aansprak. Alsof zij de enige in de zaak was. Zijn twee klanten hadden hem na hun massage zowat de hemel in geprezen.

Nog zo'n charmeur. Je zou denken dat ze er inmiddels wel van geleerd had.

'Gina?' Darla Strayer pakte een kerstkransje van de schaal op de receptiebalie die een van de klanten had meegebracht.

Gina rukte haar aandacht los van Darien. 'Ja?'

'De negende? Ik vroeg me af of ik een volledige dagbehandeling kan boeken voor mijn dochter en mij? Ik weet dat het op het laatste moment is, maar Bridgets vriendje heeft het onlangs uitgemaakt en ze heeft dan kerstvakantie, dus ik dacht dat het leuk zou zijn om iets voor haar te doen. Je weet hoe het is als je hart voor de eerste keer gebroken wordt, toch?'

Ze wist er alles van. 'Absoluut, Darla. Ik zet jullie erin. Een specifieke masseur in gedachten?'

Darla's blik flitste naar Darien, die de ladder naar de zijmuur verplaatste, waarbij zijn rugspieren zich op een behoorlijk spectaculaire manier onder zijn shirt bewogen. De vrouw zat zowat te kwijlen. 'Nou, ik dacht—'

'Ik zet je bij Darien.' Gina probeerde niet te zuchten. Ze had een uitstekend team; waarom moest *hij* nou net degene zijn die iedereen wilde?

'O, niet voor mij. Voor Bridget.' Darla knipoogde. 'Er is niets beters dan *dat* om een meisje een andere jongen te doen vergeten, toch?'

Gina toverde een glimlach op haar gezicht. *De klant is koning.* Maar serieus? Een negentienjarige? Darien zou toch niet geïnteresseerd zijn in een kind.

En waarom maakt jou dat wat uit?

'Bridget bij Darien, komt voor elkaar.' Het kon haar niets schelen. 'En voor jou?'

'Maakt niet uit. Ik ben niet kieskeurig.'

Aha. Daarom verslond ze Darien zeker met haar ogen. 'Oké, jullie staan allebei genoteerd op de negende voor een massage, een mani/pedi en een föhn-behandeling vanaf negen uur.' Stacey vertrok die dag en Charlotte zat al vol, dus deelde ze Darla bij zichzelf in. 'Lijkt dat je wat?'

'Perfect.'

Gina vatte dat maar op als een bevestiging dat de tijd Darla uitkwam, en niet als een opmerking over de achterkant van Darien, ook al was Darla die zowat met haar ogen aan het strelen.

Gina schreef de afsprakenkaart en overhandigde die aan de vrouw, samen met haar creditcard en het bonnetje. Darla propte ze in haar tas zonder er echt naar te kijken.

'Tot dan, Darla.'

'Hè hè.'

En zo ging het maar door. Klant na klant maakte opmerkingen over het nieuwe decor — inclusief de tweebenige variant.

Darien was een schot in de roos.

'Goede zet met die nieuwe jongen, Gina.' Stacey liep om de receptiebalie heen om iets in het afsprakenboek te schrijven. 'Hij is een vrouwenmagneet. Ik wed dat hij tot in de volgende eeuw volgeboekt zit.'

Candy haalde een lolly uit haar mond terwijl ze Gina van de stoel bij de receptie wegjaagde na haar middagpauze — die in Candy's wereld bestond uit het onderzoeken van aandelen voor de handel van volgende week. 'Het ziet eruit alsof de gaten aardig gevuld raken. Verdomd goed idee van me om hem binnen te halen. Toch, Geen?'

Ze baalde ervan dat Candy gelijk had. En ze baalde ervan dat Candy niet alleen *wist* dat ze gelijk had, maar dat ze er ook nog eens in *zwelgde* om het haar in te wrijven. Uitgerekend die irritante Froggy. 'Dat zal wel, maar ik weet niet hoe hij kan helpen om deze tent op orde te krijgen als hij het *zo* druk heeft.'

Candy wees met de lolly — oranje, passend bij haar trui en haar nagels — naar haar. 'Laat dat maar aan mij over. Ik ben een godin in plannen. Ga jij maar met je kont terug naar je gereedschap en ga verder met die lijsten zagen. Er komt laat vanavond een storm aan, dus we moeten tempo maken voor het geval we een dag verliezen.'

'Dus nu ben je ook al aannemer?'

'Hé, ik bood aan om Gage te betalen, maar jij zei "ik fix dit zelf wel", dus... fix het dan maar. Het plan werkt alleen als de gezusters Cavanaugh het voltooide product zien. O, en daarover gesproken, de kroonluchters komen woensdag.'

'Kroonluchters? Welke kroonluchters?'

'Rustig maar. Ik heb het geregeld. Ik wist dat je zou proberen de boel zelf opnieuw te bedraden en God mag weten wat er dan gebeurt, dus ik heb de bevriende elektricien van Gage, Trent, gevraagd om langs te komen en het te regelen. Gratis, mag ik wel zeggen.'

'Ziet hij eruit als Darien?' vroeg Kaya terwijl ze naar de balie liep om de creditcard van Caroline Jacobs te scannen voor haar nieuwe kapsel. 'Want als dat zo is, claim ik hem.'

'Je kunt mannen niet claimen.' Gina snoof.

'Wie zegt dat? Dat is de Vrouwencode. Wie het eerst claimt, krijgt hem. De rest moet zich terugtrekken.' Kaya haalde de kaart door het apparaat en toetste het bedrag in. 'Aangezien Debby haar pijlen op Darien heeft gericht, claim ik de volgende knappe vent die door die deuren komt.'

Gina schudde haar hoofd. 'Dames, we runnen een bedrijf, geen bordeel.'

Candy scheurde het bonnetje uit de printer en gaf het aan Kaya. 'Bordelen *zijn* ook bedrijven, Geen, maar ik denk dat je een ranch bedoelt. Zo noemen ze die toch in Vegas?'

Gina zuchtte en liep weg bij de receptie. Iedereen was gek geworden. Een week geleden had ze nog een volkomen fatsoenlijk, professioneel team, en nu was iedereen dankzij Darien veranderd in een stel oversekste heidenen.

Dat bruiloftsfeest kon niet snel genoeg voorbij zijn, zodat ze haar personeel en haar leven — en haar eigen libido — weer op orde kon krijgen.

Ze liep terug naar de voorraadkamer waar ze haar verstekzaag had neergezet.

Natuurlijk *moest* ze net langs behandelkamer – eh, *suite* – nummer drie lopen op het moment dat Darien naar buiten kwam.

'Hé,' zei hij.

Hé. Waarom dat ene woord haar zenuwen deed knetteren, wist ze niet. Al kon het iets te maken hebben met zijn aanspannende biceps terwijl hij een afdekzeil opvouwde. 'Ben je klaar voor vandaag?'

Vroeg ze hoopvol.

Darien hield zijn hoofd schuin en zijn ogen vernauwden zich. 'Eh, ja. Nachtbaantje, weet je nog?'

Alsof ze dat ooit zou kunnen vergeten. 'Oké, nou, bedankt voor je komst vandaag. We hebben, eh, goede dingen gehoord.'

Het gekwijl van Darla was daar het bewijs van.

'Ik ben terug na de show vanavond.'

'Dat hoeft niet. Er wordt een storm verwacht. Ga maar naar huis.'

'En jou al het zware werk alleen laten doen? Ik heb een pick-up; wat stelt een beetje sneeuw nou voor?'

Levensgevaarlijk als ze hier vast kwamen te zitten, dat stelde het voor. 'Ik ben prima in staat om het zware werk zelf te doen, hoor.'

'Net zoals je prima in staat was om die kapotte fles in je appartement aan te pakken laatst? Hoe is het trouwens met je, eh, verwonding?'

'Dat gaat je niets aan.' Ze sloeg haar armen over elkaar.

'Ah, maar het *ging* me wel wat aan voor een goede tien minuten.' De brutale, veel te charmante glimlach van Darien verscheen. Inclusief kuiltjes in zijn wangen.

Vervloekte vent.

Haar gezicht begon te gloeien. 'Een heer zou me daar niet aan herinneren.'

'Ik heb nooit gezegd dat ik er een was. Al sta ik erom bekend dat ik een dame in nood help. Daar kun je van meepraten.'

Ze trok haar werkjasje dichter toe en weigerde op de provocatie in te gaan.

'Serieus, ik red me wel. Ik heb het er niet op dat je dat knappe gezicht van je in de kreukels rijdt bij een ongeluk ofzo. Dit is mijn zaak; ik regel het wel.'

'Knap, hè? Je bent dus echt bereid om toe te geven dat er iets is wat je leuk vindt aan mij. Behalve mijn kus dan.'

Zou haar gezicht nog heter kunnen worden?

Zou hij nog heter kunnen worden?

Gina haalde diep adem. Hij speelde met haar. Zoals gewoonlijk. 'Serieus, Foster, je bent vanavond niet aan het werk. Kom niet. Doe je show, ga naar huis, neem een douche, duik je bed in. Of wat je ook doet na een show.' Waar ze liever niet over nadacht. 'Ik heb je vanavond niet nodig.'

De twinkeling in Dariens ogen — zozeer een deel van hem dat ze het pas echt merkte toen het verdween — doofde. 'Prima. Ik begrijp het. Luid en duidelijk.' Hij haalde een hand door zijn haar, deed zijn mond open... maar sloot hem weer.

Toen draaide hij zich om en liep weg.

Gina keek hem na, die lange, slungelige, inherent sexy tred waardoor ze hem bleef nakijken de hele gang door, de deur uit, tot hij uit het zicht was.

Ze blies haar adem uit. Dit was goed. Beter dan goed. Ja, hij was sexy en ja, hij wond haar op, maar als ze de ervaringen uit het verleden mocht geloven — en alleen een idoot herhaalt fouten uit het verleden in de hoop op een ander resultaat — zou dit slecht aflopen.

Eens een charmeur, altijd een charmeur. Een vos verliest wel zijn haren, maar niet zijn streken.

* * *

'Je wilt dat ik *wat* draag?' Dare keek naar de... *maillot*... die voor zijn neus bungelde.

De gevlekte luipaardmaillot.

'Voor zover ik weet, Gage, dragen brandweerlieden geen yogabroeken als ze branden blussen.'

'We veranderen de boel voor het tweede bedrijf. We houden het fris.' Gage wierp de beledigende dingen naar hem toe.

Dare verkreukelde ze in zijn vuist. 'Dierenprints waren in de jaren zeventig al uit de mode.'

Gage haalde zijn schouders op en wierp een tijgerprint-exemplaar naar

Darryl. 'Ach, alles komt een keer terug. De vrouwen willen jullie zien in, en ik citeer, "strakke dierenhuiden". Omdat ik ervan uitga dat ze geen echte vachtjes bedoelen, gaan we deze proberen. We hebben jachtluipaard, zebra, giraffe—'

'Ik wil de olifant!' Jace wiebelde met zijn heupen voor het geval ze de toespeling niet begrepen.

Samps — Carlo Sampani — gaf hem met de rug van zijn hand een tik tegen zijn borst. 'Groentje, je neemt wat je krijgt en je vindt het nog leuk ook. Bovendien weten we allemaal dat Markus de olifant krijgt.'

De mondhoek van Markus trok omhoog, maar hij zei geen woord. Dat hoefde ook niet. Er viel niet over te twisten.

'Heb je serieus focusgroepen geraadpleegd over wat we moeten dragen? Ik dacht dat het de bedoeling was dat we *niets* droegen.' Dare voelde zijn ballen zowat in zijn lichaam kruipen bij de gedachte dat hij ze plat zou drukken met die strakke stof.

'We hebben enquêtekaarten op de tafels gelegd. We kunnen de dames maar beter geven wat ze willen, en aangezien wij geen dames zijn, kunnen we niet weten wat dat is tenzij ze het ons vertellen.'

'Verdomme, de helft van de meiden met wie ik uitga weet zelf niet eens wat ze willen,' mompelde Dominic terwijl hij zijn natte haar droogwreef met de handdoek die een seconde daarvoor nog om zijn heupen zat.

Dare schudde zijn hoofd. 'Dus we moeten onze routines ter plekke aanpassen?'

Gage trok een wenkbrauw op. 'Je doet daar maar wat je wilt; ze komen niet echt voor de routine. Doe die panter-crawl die je normaal gesproken aan het einde doet een paar keer extra, simuleer wat seks met het podium, pomp je biceps op... Ze zijn hier niet voor de choreografie, maar voor de lichamen die die bewegingen maken.'

Ja, ja, Dare wist dat wel, maar het was op sommige momenten gewoon waardeloos om als een stuk vlees op dat podium te staan.

Toch betaalde het zijn rekeningen en droeg het bij aan het fonds voor zijn nieuwe pand — waarover gesproken, hij moest zijn makelaar maar weer eens bellen. Kijken of hij al iets veelbelovends had gevonden. Het dansen begon zijn glans te verliezen.

Terwijl hij binnensmonds vloekte, trok Dare de maillot over zijn benen. Eigenlijk zaten zijn ballen minder ongemakkelijk dan hij had gedacht en zijn lul... Hmmm. Dit knelde eigenlijk een stuk minder dan die bananenzakjes en er zat geen strak elastiek rond zijn liezen. Misschien was dit zo slecht nog niet.

'Gaat het, pik?' Finn gaf hem een duwtje terwijl hij zijn kleren in het kluisje naast dat van Dare propte. 'Je lijkt er niet helemaal bij vanavond.'

'Nee. Gewoon... ik weet het niet. Misschien de naderende storm.' Hij had een cue gemist in de eerste set, maar alleen de jongens zouden het hebben gemerkt. Het was zoals Gage zei; de vrouwen kwamen hier niet voor een geweldige choreografie.

'Echt niet, man. Ik ken die blik. Er is een vrouw in het spel, nietwaar? Zit ze aan je kop te zeuren?'

Dare snoof. 'Ik wou dat het waar was. Ze wil niet eens een gesprek met me voeren.'

'Ah.' Finn knikte. 'Wat heb je misdaan?'

Dare stootte met zijn schouder tegen die van hem. 'Waarom ga je er meteen vanuit dat ik iets heb gedaan?'

Finn gaf hem een vriendschappelijke schouderklop. 'Omdat het altijd onze schuld is, man. Als ze niet praten — of erger nog, als alles *prima* is — dan zijn wij degenen die iets geflikt hebben. Dus bied gewoon je excuses aan voor wat je ook verpest hebt en ga weer verder met leven. Het leven is te kort om te vechten over onbeduidende shit.'

Uit de mond van een ander zou dit peptalkje vol sarcasme zitten, maar Finns verloofde was een maand voor hun bruiloft omgekomen en hij herinnerde hen er altijd aan hoe broos het leven was.

Iets wat Dare maar al te goed wist.

Gage stak zijn hoofd de kleedkamer in op het moment dat *Pony* van Ginuwine op het podium begon. Cliché, maar standaard sinds *Magic Mike* in de bioscoop was geweest. En ook al was het een grijsgedraaide plaat, het zweepte de massa op voor het tweede bedrijf. 'Laten we gaan, mannen. De dames wachten.'

Wachtte zij ook maar op hem.

Dare sjokte met de rest mee naar buiten voor de grote opkomst, die tegenwoordig bestond uit een stel kerels die over het podium kropen en naar het publiek gromden.

Dat vervolgens compleet uit zijn dak ging.

Dare schudde zijn hoofd. Hij zou nooit begrijpen hoe de psyche van een vrouw werkte.

Toch was het voor hem niet zo moeilijk om te bedenken waarom Gina kwaad op hem was. En ja, ze had er alle recht toe.

Hij was haar excuses verschuldigd. Zelfs als ze die niet zou accepteren. Of niet met hem wilde praten. Het werd tijd dat hij het haar zou zeggen. Die olifant moest de kamer maar eens uit.

Hij bewoog ritmisch over het podium, zette zijn spieren aan voor maximaal effect en gaf de vrouwen waar ze voor gekomen waren. Hij zou zijn fooien incasseren, zich afdouchen, aankleden en dan naar de spa gaan om met Gina te praten.

Hij zakte op zijn knieën, liet zijn buikspieren golven terwijl hij achterover leunde, streek met zijn handen langs zijn borst en haakte toen zijn duimen in de tailleband, de vrouwen uitdagend.

'Uit die hap, Foster!' Het geroep kwam van links op het podium. Michelle, die hem opjutte. Wat een collegiale hoffelijkheid.

Hij glimlachte en liet de stof een paar centimeter zakken.

Michelle en haar vriendin Meggie zorgden ervoor dat het publiek opstond; armen zwaaiden, gefluit klonk en de mannen vormden een kring om hem heen op het podium om hem zijn moment te gunnen.

Dare bewoog op de beat en herinnerde zich de keer dat hij dat voor Gina had gedaan.

De lichten flitsten over hem heen, het zweet parelde op zijn huid. Hij wierp zijn hoofd achterover en schudde zijn haar, dat hij eigenlijk zou moeten laten knippen, maar wat hij niet deed omdat het goed werkte voor dit werk.

Frankie, de dj, voerde de bas op en deze pulseerde door de vloerplanken heen, in zijn schenen en knieën, door zijn zenuwuiteinden tot in zijn bekken.

Was Gina hier maar.

Hij liet zijn heupen nog harder werken, spande zijn bilspieren aan en schoof op zijn knieën over het podium, terwijl hij de maillot tergend langzaam naar beneden werkte.

De vrouwen gooiden briefgeld op het podium, waarvan sommige biljetten aan zijn bezwete borst bleven plakken.

Dare grijnsde, zette zijn kuiltjes in de strijd en zocht oogcontact met de vrouwen op de eerste rij, waardoor hij ze het gevoel gaf dat hij dit alleen voor hen deed.

Een halve meter voor de rand liet hij zijn buik over de vloer rollen en kwam toen omhoog, waarbij hij oog in oog kwam te staan met een brunette die een tiara en een 'VRIJGEZEL'-sjerp droeg.

Showtime. Vrijgezellenfeestjes waren een gegarandeerde goudmijn.

Hij knipoogde.

En inderdaad, haar vriendinnen begonnen geld op hem te laten regenen, meestal briefjes van een dollar, maar hij dacht ook een paar vijven en tientjes te zien. Misschien zelfs een briefje van twintig.

Hij strekte zijn benen achter zich uit en tijgerde het laatste stukje naar haar toe, zonder het oogcontact te verbreken.

Hij bereikte de rand van het podium, greep die vast en maakte een snelle draai zodat hij nu op de rand zat met zijn knieën gespreid, waarna hij haar met een vinger wenkte, terwijl zijn heupen meebogen op de beat.

Ze kleurde rood tot achter haar oren.

Haar vriendinnen duwden haar stoel dichterbij.

Dare glimlachte, sprong van het podium waarbij de tailleband van de maillot millimeters boven de grens tussen fatsoenlijk (een grap natuurlijk!) en onfatsoenlijk op zijn heupen bleef hangen, de grenzen opzoekend en de fantasie verkopend terwijl hij wat pop-and-lock voor haar deed.

Daarna greep hij de rugleuning van haar stoel vast naast haar armen en liet hij zijn heupen en buik in de maat van de muziek over haar heen rollen, zo dichtbij, maar zonder haar aan te raken. Prikkelend. Treiterend.

Haar lippen gingen van elkaar toen hij zijn heupen naar voren stootte, en hij rook de mojito's in haar adem, standaard voor aanstaande bruiden. Ze was aangeschoten genoeg om van de show te genieten, maar niet zo ver heen dat ze het zich niet meer zou herinneren — of zichzelf voor schut zou zetten.

Nee, hij was er niet op uit om de gasten in verlegenheid te brengen. De fantasie verkopen, ja, maar nooit te ver gaan.

Hij liet zijn lichaam weer langs het hare glijden en draaide zich toen heeel langzaam om, waarbij zijn gezicht als laatste volgde. Daarna liet hij zijn vingers langs zijn schuine buikspieren omhoog glijden, langs zijn ribbenkast, terwijl hij de hele tijd zijn bilspieren aanspande, bracht zijn handpalmen boven zijn hoofd samen... en schudde toen met zijn kont.

Gezucht en gegil barstte om hem heen los en hij voelde haar handen op zijn heupen. Bryan en Gage hanteerden een strikt verbod op aanraking van de klanten, maar het was aan de individuele dansers hoe ver ze de vrouwen lieten gaan.

Dare vond het prima dat ze zijn heupen vasthield, zelfs toen ze probeerde hem op haar schoot te trekken. Hij kon wel een lapdance doen, maar hij zou nooit echt contact maken.

Hij liet zich zakken, ritmisch bewegend terwijl hij schrijlings boven haar bleef hangen. Hij duwde zich naar achteren, wiegelde wat, balde zijn vuisten terwijl hij zich uitstrekte op de maat van de muziek.

Haar vingers klemden zich om hem heen, haar nagels groeven zich in zijn vlees terwijl ze hem naar zich toe trok, en dat was voor Dare het signaal om afstand te nemen. Hij tilde één been hoog op en maakte een trage, maar grootse vertoning van het omdraaien.

Hij spreidde zijn armen, liet zijn borstspieren hun eigen showtje opvoeren en zakte door één knie, zijn bekken nog steeds op de beat bewegend, waarna hij op zijn knieën heen en weer zwaaide... tot de allereerste laatste noot, waarop hij haar hand pakte en de bovenkant kuste.

Ze zakte achterover in haar stoel met een blik op haar gezicht waarvan Dare het vermoeden had dat alleen haar aanstaande bruidegom die eerder had gezien.

'Heilige stront!' riep iemand.

Zijn taak zat erop.

'O mijn God!' gilde een ander.

'Neem me mee naar huis!'

Hij glimlachte daarom. De belangrijkste les in dit vak: meng nooit zaken met plezier. Hij wist uit de eerste hand hoe lastig dat kon zijn — dansen voor Gina had hem zowat blauwe ballen opgeleverd.

Achter op het podium veegde Charlie het geld in de bak en Dare voegde de biljetten die aan hem waren blijven plakken toe op weg naar de douches. Hij maakte zich geen zorgen over de opbrengst; Charlie, een gepensioneerde boekhouder, was zo scrupuleus eerlijk dat hij de opbrengst tot op de cent nauwkeurig verdeelde voordat hij zijn deel nam. Gage en Bryan runden, ondanks wat ze verkochten, een eersteklas tent, wat hun succes en de uitbreiding naar andere locaties verklaarde.

'Klasse gedaan!' Jace gaf hem een high-five toen hij de kleedkamer binnenkwam.

'Gewoon een avondje werk.' En nu was die avond voorbij.

Hij trok de maillot uit, gooide hem in de waszak en sloeg een handdoek om zijn heupen.

Een douche en Gina wachtten om de hoek.

* * *

Maar dat gold ook voor de sneeuwstorm.

Dare staarde uit de achterdeur van de club. Het zou ook niet. Net nu hij niet kon wachten om hier weg te gaan en de vrouw van zijn dromen te zien, wierp Moeder Natuur de grootste domper op de feestvreugde die ze maar kon bedenken.

'Shit.' Gage kwam achter hem staan. 'Waar komt dat ineens vandaan?'

Dare wees omhoog. 'Uit de lucht?'

'Dat snap ik ook wel, wijsneus, maar het zou pas na tweeën beginnen. Nu zit ik hier met een horde stomdronken vrouwen voor wie ik ubers moet gaan regelen.'

'Of je laat ze hier vannacht allemaal slapen.'

Gage trok een wenkbrauw op. 'Een beetje als een vos in een kippenhok. Geen goed idee.'

'Een stel opgepompte kerels "kippen" noemen is ook geen goed idee, maar hé, het is jouw gezicht.'

Gage vloekte nog een keer en haalde zijn smartphone tevoorschijn. Hij tikte op een app. 'Verdomme. Geen uber te bekennen.'

'Probeer Lyft.'

'Denk je?' vroeg Gage sarcastisch. 'De helft van de uberchauffeurs rijdt ook voor Lyft. Waarom denk je dat die wel de weg op gaan voor de concurrent?'

Dare haalde zijn schouders op, wel aanvoelend waar dit heen ging. 'Niet geschoten is altijd mis.'

'Ja, ja.' Gage zuchtte en tikte weer op zijn telefoon. 'Ennn... dat is een nee. Jezus. Ik kan niet weer de hele nacht weg zijn. Mijn neefje is opnieuw geopereerd en hij wordt te groot voor Missy om in haar eentje te tillen.' Hij kneep in de brug van zijn neus. 'Luister, Dare, ik weet dat ik het niet mag vragen—'

'Begin ze maar te verzamelen. Jij hebt geluk dat wij "kippen" macho genoeg zijn om in terreinwagens te rijden. Ik weet zeker dat we ze allemaal veilig thuis kunnen krijgen.'

En tegen halftwee was dat gelukt.

Dare zwaaide de aanstaande bruid en haar getuige gedag en keek toen naar de weg — meer uit gewoonte dan met de verwachting dat er echt iemand buiten zou zijn in deze puinhoop — voordat hij naar huis ging terwijl de sneeuw bleef vallen.

De route voerde hem langs de spa en hij dacht erover om even te stoppen, maar de lichten waren uit en Gina's auto was nergens te bekennen. Tenzij die onder een steeds groter wordende berg sneeuw lag, maar in dat geval zou ze nergens meer heen gaan en zou hij haar morgenochtend wel zien als ze allebei wat geslapen hadden en de boel weer wat zonniger konden inzien.

Alleen realiseerde hij zich dat dat niet ging gebeuren toen hij de kruising op reed en bijna van de weg slipte.

Net zoals Gina blijkbaar al had gedaan.

Hoofdstuk negen

'Heb je daar wat problemen, jongedame?'

Gina keek op van haar mobieltje, waarop ze had geprobeerd een sleepbedrijf te vinden dat *niet* ergens anders de wegen aan het vrijmaken was — blijkbaar elke weg behalve die waar zij op stond.

Het *was* weer typisch dat de enige persoon die in deze rotzooi buiten was *en* degene was die haar vond, uitgerekend Darien moest zijn.

Ze drukte op de knop om haar raampje te laten zakken. 'Wat doe jij hier?' Binnen de kortste keren lag er sneeuw op haar schoot.

'Blijkbaar ben ik je aan het redden.' Hij zwaaide met een hand naar haar auto. 'Alweer.'

'Ik heb geen redding nodig,' zei ze terwijl ze haar raam weer omhoog deed tot er nog maar een kiertje openstond — en zelfs dat liet te veel sneeuw binnen. Zijn passagiersstoel zou eronder komen te zitten als hij zijn raam niet dichtdeed.

'Echt waar? Is er een of andere reddingsdienst waar ik niets van weet?' Hij trok een wenkbrauw op. 'Nee? Vooruit dan maar. Mijn truck staat hier. Ik kan je naar huis brengen.'

'Ik wil niet met jou mee naar huis.'

Hij liet zijn linkerarm op het stuur rusten terwijl de ruitenwissers in een razend tempo over zijn voorruit gingen, nauwelijks in staat om de sneeuw bij te houden. 'Lieverd, ik vroeg je niet om met *mij* mee naar huis te gaan. Ik bood aan je te helpen. Daar is niets onbehoorlijks aan.'

En weer was zij, door die scheve, eigenwijze glimlach van hem, het mikpunt van zijn spot.

Ze was het zo ontzettend zat om dat te zijn. *Dat* was de reden waarom er nooit iets tussen hen kon zijn; ze zou bij hem nooit weten waar ze aan toe was.

Schatje, het is niet de bedoeling dat we blijven stáán waar we nu zijn...

Met een diepe zucht liet ze het raam nog een klein stukje zakken. 'Luister, Darien. Ik kan op eigen kracht naar de spa komen en daar blijven. Ik moet er morgenochtend toch zijn.'

'Wat me doet afvragen waarom je dat niet meteen hebt gedaan? Waarom ben je überhaupt buiten? Het is levensgevaarlijk op de weg.'

Omdat ze weg wilde zijn voor het geval hij op zou duiken.

Maar dat zou ze voor geen goud toegeven.

Ze veegde de sneeuwvlokken van haar wimpers. 'Waarom ben jij dan buiten als het zo vreselijk is?'

'Omdat ik een terreinwagen heb en vanavond beschonken vrouwen van de club naar huis heb gebracht, zodat niemand om een lantaarnpaal gevouwen zou eindigen.' Hij keek nadrukkelijk naar haar auto. 'Of in een greppel langs de weg zou belanden. Kom op.' Hij leunde opzij om de passagiersdeur te openen en veegde de sneeuw naar buiten. 'Laten we het verleden even vergeten en je vanavond veilig naar huis brengen. Morgen is er weer een dag.'

Hij had gelijk. De spa was nog zeker een halve mijl verderop en ze had geen laarzen of handschoenen bij zich. En bevroren ledematen klonken niet erg aantrekkelijk.

Ze zuchtte en sloot het raam voordat ze het autoportier opende. 'Citeer je nu Scarlett?'

Hij deed het raam omhoog en stapte aan zijn kant uit. 'Wie?'

Ze stapte naar buiten, midden in een hoop ijskoude sneeuw. Waarom had ze vandaag geen laarzen aangetrokken? 'Scarlett. O'Hara. Uit *Gone With The Wind*?'

Hij liep om de voorkant van de truck heen. 'Nooit gezien.'

'Wat? Wie heeft *Gone With The Wind* nou nooit gezien?' Ze duwde zichzelf overeind en moest de deuropening vastgrijpen toen een voet onder haar weggleed. Geweldig. Een ijsplaat onder de sneeuw. Geen wonder dat haar auto geen schijn van kans had gehad. 'Dat is zowat een Amerikaanse traditie. Mijn moeder en ik bleven er altijd voor op met bergen popcorn als het op tv kwam.'

'Geluksvogel. Hier.' Hij greep haar arm vast. 'De eerste stap is een verraderlijke.'

Hij maakte geen grapje — maar dat kwam niet door de sneeuw of het ijs. Zijn hand op haar pols deed iets met haar waar de kou niet tegenop kon.

Gewoon de truck halen, gewoon de truck halen. Dan laat hij los.

Ze concentreerde zich op die mantra — en op het ijs — en slaagde erin de truck te bereiken zonder zichzelf belachelijk te maken.

Ze klom erin en deed de gordel om zodra hij de deur dichtsloeg. Tegen de tijd dat hij weer op de bestuurdersstoel zat, zat ze stevig vastgesnoerd en zo ver mogelijk bij hem vandaan.

'Weet je zeker dat je naar de spa wilt? Jouw huis is niet uit de route.'

'Ja, dat weet ik zeker. Het is goed zo. Dat bespaart me het gedoe dat de auto morgenochtend vroeg weggesleept moet worden zodat ik hierheen kan komen.'

Hij haalde zijn schouders op. 'Vooruit dan maar.' Hij reed de weg weer op.

Gina keek nukkig naar haar kleine hybride wagentje. Zuinig met benzine, waardeloos op het ijs. Ze sloeg haar armen over elkaar en leunde met haar hoofd tegen het raam.

'Ik bijt niet, hoor.'

Jammer dan.

Ze drukte die gedachte meteen de kop in. 'Sorry. Ik wist niet dat een gesprek de prijs was voor een redding.'

'Ik dacht dat je zei dat je niet gered hoefde te worden?'

'Dat hoef ik ook niet. Niet echt. Maar ik weet zeker dat jij het zo zult verdraaien.' Ze snakte naar een bad en een fles wijn. En niet per se in die volgorde.

Maar niet met Darien in de buurt. Wijn was verboden terrein als hij in beeld was.

Hij slaakte een zucht die zo zwaar was dat ze hem aankeek. 'Wat?'

Hij wierp haar een blik toe en ze zag... iets... in zijn ogen waar ze de vinger niet op kon leggen. Geen woede. Geen frustratie. Zeker geen amusement. Maar het was een nieuwe blik voor hem.

Hij zette de truck in de versnelling en mompelde kryptisch: 'Niet hier.'

Ze vroeg niet waar dan wel. Het enige wat ze wilde was bij The Gilded Lily aankomen en hem welterusten wensen. Met een *dank je wel* erbij, want hoe erg hij haar ook irriteerde, dit was erg aardig van hem.

Hij reed over het kruispunt waar haar auto het had begeven en draaide de parkeerplaats van de spa op. De sneeuwschuiver was hier nog niet geweest, dus de banden van Dariens wagen slipten even.

'Geen zorgen,' zei hij, 'deze jongens hebben goede grip.'

Tot ze dat niet meer hadden.

Dariens heilige terreinwagen maakte een paar pirouettes op het parkeerterrein voordat hij parallel aan de voordeur tot stilstand gleed.

Hij zette de motor uit en keek haar aan. 'Nou, we hoeven tenminste niet ver te lopen.'

Zijn kuiltjes in zijn wangen konden de realiteit niet verbloemen: ze zat nu met hem opgesloten in de spa tot iemand hen zou uitgraven.

Ze zuchtte. 'Kom op. Laten we naar binnen gaan.' Ze maakte haar gordel los en belandde bijna op haar achterste toen ze uit de cabine stapte.

'Gina —'

'Ik weet het, ik weet het. De eerste stap is een verraderlijke.' Ze zette zich schrap tussen de deur en de stoel tot ze weer stevig stond, en schuifelde toen naar de ingang van de spa, terwijl ze vurig hoopte dat haar tenen nog even warm zouden blijven. De sneeuw kletterde tegen haar lippen en bedekte haar wimpers. Het was een ware sneeuwstorm hierbuiten.

'Gaat het?' Darien verscheen als bij toverslag aan haar zijde. Waarom had hij geen enkele moeite met lopen?

Ze veegde de sneeuwvlokken weer van haar wimpers. Laarzen. Hij had de tegenwoordigheid van geest gehad om laarzen aan te trekken. Ze had gisteren beter op het weerbericht moeten letten in plaats van zich druk te maken over het feit dat ze hem weer zou zien.

'Waar is je sleutel?' Hij hield zijn hand op.

'Hier.' Haar vingers waren gevoelloos en — natuurlijk — liet ze hem in de sneeuw vallen.

Na een paar gespannen minuten vond Darien hem en slaagde hij erin de deur te openen, terwijl Gina op haar inmiddels natte, bevroren vingers blies om te voorkomen dat ze bevriezingsverschijnselen zou krijgen.

'Waar staat de koffie? Dan zet ik wat voor ons.' Hij deed de lichten in de ontvangstruimte aan.

'In de... k-kast... in de... k-koffiekamer.' Gina wreef over haar armen om weer wat gevoel in haar lichaam te krijgen.

'Ik ben zo terug. We moeten je opwarmen.'

Hoewel ze het haatte om toe te geven, was ze erg blij dat hij erop had aangedrongen haar terug te brengen, maar waarom kon ze voor één keer niet de touwtjes in handen hebben als hij erbij was? Ze was weggegaan bij The Gilded Lily om hem vanavond *niet* meer te zien — want in haar persoonlijke Karma-universum zou hij zeker zijn verschenen als ze was gebleven.

Dat deed hij sowieso, en dat is precies waarom dat universum je vertelt dat je het verleden moet laten rusten. Zand erover. Je zei het zelf al; hij was een tiener. Tieners doen allerlei domme dingen.

Tja, maar zij leek een magneet te zijn voor mensen die stomme dingen *met haar* deden. Ze moest die cirkel doorbreken. Darien was zelfs een stripper, net als John.

'Oké, de koffie loopt.' Darien beende de ontvangstruimte weer in en zag er veel te goed uit voor het feit dat ze samen gestrand waren in een nachtelijke sneeuwstorm.

Zij daarentegen zag er allesbehalve vrolijk en verzorgd uit. Het ijs was in haar haar aan het smelten, waardoor haar krullen als kurkentrekkers alle kanten op zouden springen, en ze wist zeker dat haar neus vuurrood was.

'Ik heb een van de warmtedekens gepakt die we op de massagetafels gebruiken. Dat zou moeten helpen terwijl we op de koffie wachten.' Hij stak de stekker van de fleece-deken in het stopcontact. 'Hier, trek die jas uit. Ik weet dat dit niet het voorgeschreven gebruik is voor dit ding, but nood breekt wet. Je lippen zijn niet blauw meer, maar beginnen al paarsig te worden.'

'Je zegt de l-liefste dingen,' bracht ze uit met klapperende tanden.

Hij wikkelde haar in de deken. 'Ik zou kunnen zeggen dat je er heel mooi uitziet met die sneeuwvlokken in je krullen, maar ik heb zo'n vermoeden dat me dat een flinke snauw zou opleveren.'

Het leverde *haar* vooral een flinke zwerm vlinders in haar buik op.

Wat haar de mond snoerde.

'Wat? Geen snedige opmerking? Je moet het wel *heel* koud hebben.' Hij pakte haar jas op. 'Ik hang deze in de bezemkast om te drogen en kom dan terug met je koffie. Ga maar op dat harige ding zitten dat je daar hebt staan. Ziet er knus genoeg uit om je op te warmen.'

Dat zag hij er ook uit.

En dat was een probleem.

Gina glipte uit haar onpraktische schoenen, nam plaats op de bank en sloeg haar benen onder zich neer, terwijl ze de deken om zich heen wikkelde. Haar voeten begonnen te tintelen nu het gevoel terugkwam, maar ze wist dat ze niet op de vloer moest gaan stampen. Dat zou schade kunnen aanrichten. Ze kon maar beter even door de pijn heen bijten.

'Ik neem aan dat je hier geen cognac hebt?' Darien liep de ontvangstruimte in met twee mokken koffie. 'Dat zou je pas echt opwarmen.'

'H... helaas wordt d-drinken tijdens het w-werk in deze st... staat niet op prijs gesteld.' Ze nam de mok van hem aan. 'B... bedankt.'

Hij kwam naast haar zitten. 'Graag gedaan.'

En dat was dat, zo ongeveer. Ze nipte van haar koffie, hij van de zijne.

Maar het was verrassend genoeg niet ongemakkelijk. Eerder een sfeervolle stilte.

Er is voor alles een eerste keer.

'Je zet lekkere koffie.'

Hij salueerde haar met zijn mok. 'Beroepsrisico als je pas na twee uur 's nachts thuiskomt. Ik heb 's ochtends iets nodig om wakker te worden.'

Zeg niet: 'Je bedoelt iemand.' Zeg het niet.

Oké, maar ze kon het wel denken.

Maar *waarom* dacht ze dat? Een kop koffie en een goede daad deden niets af aan het feit dat dit Darien was. *Froggy*. De kwelgeest uit haar tienerjaren.

Waarom telt dat niet? Hij hoefde je niet te redden.

Ze schikte de deken om haar schouders.

'Nog steeds koud?' Hij zette zijn mok op de tafel. 'Hier. Laat me je helpen.'

'Nee, het is goed zo. Ik kan —'

Zijn vingers streelden haar nek.

Ze verstrakte.

Op een warme-tintelingen-over-haar-rug-manier.

Dariens vingers bewogen niet.

Zij ook niet.

De sneeuw kletterde nu wat harder tegen de ramen, ijziger, het getik klonk als achtergrondmuziek bij hun stilte.

Een stilte die niet meer zo vriendschappelijk aanvoelde.

En ze had het ook niet meer zo koud.

En zijn vingers bewogen nog steeds niet —

Wacht. Ze begonnen te bewegen.

In heerlijke cirkeltjes in haar nek.

O ja, hij kon haar heel goed opwarmen.

Ze hield haar mok steviger vast.

Zijn blik gleed naar haar lippen.

Die zich lichtjes openden.

Haar keel werd nauwer, waardoor haar ademhaling stokte.

Ze likte haar droge lippen af.

Hij verschoof op de bank, terwijl zijn vingers die cirkeltjes bleven trekken.

En misschien leunde hij een klein beetje voorover...

Gina hield haar adem in. Hij zou haar weer gaan kussen. En ze wist niet zeker wat ze daarvan vond.

Geef er dan aan toe en laat mij de regie voeren, want schatje, deze kans laten we niet voorbijgaan.

Gina was niet van plan om met haar onderbewustzijn in discussie te gaan.

Ze leunde ook wat naar voren. Oké, misschien wel meer dan een beetje. Genoeg om hem te laten weten dat het mocht.

'Gina.' Zijn stem was zo laag en sexy.

'Darien...' Ze slaagde erin niet te zuchten toen ze zijn naam uitsprak, waardoor ze nog iets van haar waardigheid behield.

Die verdween als sneeuw voor de zon toen hij achteruitdeinsde. Het was nu overduidelijk dat *zij* de enige was met de intentie om te doen wat ze *dacht* dat hij van plan was geweest, maar nu blijkbaar niet meer.

O god, niet weer.

'Het spijt me,' zei hij zachtjes.

Spijt dat hij haar niet kuste? Of omdat hij besefte dat zij het wel wilde en hij niet?

Ze ging weer zitten, haar rug kaarsrecht. De koffie klotste over de rand van de mok toen ze die bijna op de vensterbank naast zich smeet, waarna ze de stekker van de deken uit het stopcontact trok. Wonderbaarlijk hoe withete woede en vernedering de kou sneller konden verdrijven dan zelfs de belofte van een kus die er toch niet zou komen.

'Ik weet niet waar je het over hebt.' Mijnheer de Geweldige kon zijn overdreven ego meenemen en zijn eigen weg naar huis vrijmaken, hartelijkdankjewel.

Ze trok haar voeten onder zich vandaan en smeet ze op de grond.

Auw auw auw! Enorme brandende pijnscheuten schoten door haar kuit en ze kon een kreet van pijn maar net onderdrukken.

Maar de vloek niet.

'Luister, laat me het uitleggen.' Darien greep haar pols vast, maar Gina trok haar arm weg.

'Niet nodig. Het gaat prima. Bedankt dat je me hierheen hebt gebracht. Ik ga slapen.' Ze sloeg de deken om zich heen als een harnas en stormde weg naar een van de behandelkamers. De tafels waren niet groot genoeg om op te slapen zonder er vanaf te vallen, maar de kamers hadden deuren die dicht konden. Jammer dat er volgens de bouwvoorschriften geen sloten op mochten zitten.

Ze liep op de receptie af. Ze zou de stoel gebruiken om onder de deurklink te klemmen.

Om hem buiten te houden of jezelf binnen?

Niet grappig.

'Gina, wacht.'

Darien was eerder bij de stoel dan zij, dus maakte ze een abrupte draai en liep terug naar de behandelkamers. 'Welterusten, Darien.'

'Verdomme, Gina, wil je alsjeblieft even luisteren?' Hij greep haar arm vast.

Ze schudde de deken van zich af en deze gleed over zijn arm. Ze was liever koud dan gebrandmerkt door zijn hitte. 'Het is laat, we zijn uitgeput en de barometer staat op onweer of zo. Laten we er een eind aan breien, oké?'

Zijn schouders zakten naar beneden en hij liet haar los; de spanning vloeide blijkbaar uit hem weg. Mooi zo. Dan zou hij haar met rust laten.

Ze liep naar de beschutting van de behandelkamer. Suite. Wat dan ook.

'Ik wilde je zeggen hoeveel spijt ik heb van wat ik in de klas van Nester heb gezegd. Het was onvergeeflijk.'

Ze bleef staan.

Nu? Begon hij er *nu* over? Ruim twintig jaar was het haar blijven achtervolgen en hij moest er *nu* over beginnen? Terwijl ze koud en nat en moe was en...

Gekweld. Nog steeds zo ontzettend gekwetst. Vernederd.

Ze knipperde met haar ogen. Twee keer. 'Ik wil het er niet over hebben. Het is voorbij. Verleden tijd. Klaar.'

Hij haalde haar in en zijn vingers gleden langs haar arm. 'Maar dat is het niet als je niet eens met me wilt praten. Niet als het ervoor zorgt dat je me haat.'

Ze had door moeten blijven lopen.

'Alsjeblieft, Gina? Geef me een kans om het goed te maken?'

Toen draaide ze zich om. 'Goedmaken? Hoe ben je dat precies van plan, Darien? Je kunt twee decennia aan pesterijen en blikken en totale vernedering niet wegwissen.' Ze wilde de deken om zich heen slaan, maar herinnerde zich toen dat ze die van zich af had geschud. Verdomme.

'Ik weet dat ik het niet kan terugdraaien en herstellen. Ik kan het niet *ongezegd* maken. Maar het was nooit de bedoeling dat het deze gevolgen zou hebben. Het was gewoon een flauwe opmerking van een onbezonnen jochie bij wie de mond sneller werkte dan zijn hersenen. Ik wist op het moment dat ik je gezicht zag —'

'Je bedoelt op het moment dat iedereen begon te lachen.'

'Ja, toen ook. Ik weet het. Het spijt me. Ik kan het niet ongedaan maken, maar je moet weten dat ik je niet opzettelijk probeerde te kwetsen.'

'Nou, goh, dat geeft me zo'n fijn gevoel, om te weten dat je nog veel ergere dingen had kunnen doen als je het *geprobeerd* had.'

Hij ging met een hand door zijn haar. 'Dat is niet wat ik bedoelde. Dit... dit komt er verkeerd uit.'

'Precies. Er is dus niets veranderd.' Ze rukte de deken uit zijn handen. 'Laten we er gewoon een punt achter zetten, goed?'

Ze beende de kamer binnen en beheerste zich op het laatste moment zodat ze de deur niet dichtsmeet. In plaats daarvan deed ze hem dicht tot de grendel klikte, gleed toen met haar rug langs de deur naar beneden en sloeg de deken om zich heen, terwijl ze zichzelf verbood om te huilen.

Huilen was belachelijk. Ze was nu volwassen; ze was eroverheen.

Maar dat gelach... Het getreiter dat daarna kwam... De manier waarop het tot op de dag van vandaag nog steeds *werd* opgerakeld. Ze sloeg haar armen om haar knieën en liet haar kin erop rusten. Die verdomde stomme opmerking achtervolgde haar al die jaren later nog steeds. Vooral als afspraakjes te handtastelijk werden. Dat was de reden dat ze haar bewaking had laten varen en voor John was gevallen — iemand die nieuw was in de stad, knap, attent, en die het verhaal nog nooit had gehoord. Niet dat het iets had uitgemaakt; hij was meer geïnteresseerd in haar portemonnee dan in haar borsten. Wat weer zijn eigen problemen met zich meebracht. Maar dat zou ze wel doorgehad hebben als ze er niet zo op gefocust was geweest dat hij niet handtastelijk was. Het kwam allemaal terug bij wat Darien had gedaan.

Darien klopte op de deur. 'Gina, alsjeblieft. Kunnen we praten?'

Ze kon dit vanavond niet aan. 'Welterusten, Darien.'

Ze hoorde hem tegen de deur naar beneden glijden, voelde de deur een beetje tegen haar rug wijken onder zijn gewicht; slechts vijf centimeter scheidde hen nu.

'Het spijt me. Ik had er niet bij stilgestaan wat het met je zou doen. Ik was een eikel die een grap probeerde te maken voor de jongens. Ik hield geen rekening met jouw gevoelens. Dat spijt me, Gina. Als ik het over kon doen, zou ik het nooit hebben gezegd. Verdomme, ik wist op het moment dat de woorden mijn mond verlieten al dat het verkeerd was om te zeggen.'

"Maar je kon ze niet terugnemen.'

'Ik weet het.' Hij zuchtte. 'Het punt is, Gina...' Hij liet zijn hoofd tegen de deur *bonken*. 'Ik probeerde je aandacht te trekken.'

Ze lachte kortaf, maar er zat geen greintje humor in. 'Nou, dat is je dan zeker gelukt. Zodanig dat jij de enige persoon van school bent die ik nooit zal kunnen vergeten.'

'Het was niet mijn bedoeling om je te kwetsen. Ik wilde gevat en charmant zijn en dat je mij zou *zien*. Je keek altijd dwars door me heen en dat haatte ik. Ik had het belachelijke idee dat je me zo grappig zou vinden dat je met me zou willen praten. En dat dat tot andere dingen zou leiden. Ik zat vroeger achter je in de klas en keek naar je haar dat op en neer danste telkens als je bewoog. De manier waarop je het met een sierlijk gebaar naar achteren wierp. En dat parfum dat je droeg... ik werd er gek van.'

Gina's mond viel open. Dit was Darien Foster, de man over wie ze tijdens talloze nachten in haar pubertijd had gedroomd, totdat hij haar hart aan flarden had gereten met een ondoordachte opmerking... Eentje die hij eruit had gefloept om *te proberen haar aandacht te trekken*? Het sloeg nergens op en ze kon er met haar verstand niet bij.

'Ik wilde je alleen maar aan het lachen maken. Zorgen dat je me zag staan. Dat je naar me keek, iets tegen me zei, maar dat deed je nooit. Tot dat moment.'

Omdat ze zo onzeker was geweest. Hij hoorde bij de knappe koppen, en zij, met haar pluizige krullenbos en borsten die alle kanten op staken... Ze had zich een buitenbeentje gevoeld. Minderwaardig.

Dat was pijnlijk om aan zichzelf toe te geven. Maar ja, ze keek elke ochtend in de spiegel. Ze zag er niet uit als de andere meisjes. Ze wist wat iedereen zag. Maar hij... Darien... Hij was...

Hij was haar fantasie geweest.

En toen had hij het verpest.

'Ik was zo blij dat ik een reden had om iets tegen je te zeggen, en dan ook nog in het openbaar zodat je me niet kon negeren. Je *moest* wel tegen me praten.'

'O, ik heb zeker tegen je gepraat. De hele weg naar het kantoor van meneer Dilworth. Volgens mij waren de woorden "pestkop", "eikel" en "lapzwans", en—'

'"Idioot", "varken", "arrogant", "neanderthaler"... Ik weet het nog. Maar je praatte *wel* tegen me.'

Gina tilde haar hoofd op en kneep haar ogen samen in de bleke oranje gloed van de klok, het enige licht in de kamer. 'Waarom zou je willen dat ik tegen je praatte? Je mocht me niet eens. Je dreef de spot met me.'

Ze voelde hem tegen de deur bewegen, en toen zat hij er niet meer tegenaan. 'Kunnen we hier alsjeblieft over praten zonder die deur tussen ons in? Ik ben je een uitleg verschuldigd, en dit keer wil ik dat er geen misverstanden tussen ons ontstaan.'

'Misverstanden? Noem je het feit dat je me voor de hele klas belachelijk hebt gemaakt een *misverstand*?'

De knop draaide om. 'Laat me binnen, Gina.'

Het verzoek voelde geladen met een dubbele betekenis.

Ze keek naar de deurknop, wetende dat ze hem binnen wilde laten, maar bang om het te doen. Want als ze hem geloofde, als ze zijn excuses aanvaardde, zou ze haar woede niet meer hebben als verdedigingslinie tegen hem.

Als je hem gelooft, heb je die verdediging ook niet meer nodig.

En dat was waarschijnlijk nog het engste van alles.

Laat je je leven bepalen door angst?

Of nog belangrijker, laat je je leven bepalen door John?

Ze stond op en trok aan de knop. John kreeg geen enkel stukje van haar leven meer.

Candy had gelijk; Darien was John niet en niet alle mannen waren varkens.

Sommigen waren... kikkers.

Ze glimlachte toen de deur openzwaaide.

'Mag ik?' vroeg Darien, en hij knikte in de richting van de kamer.

Ze maakte een uitnodigend gebaar.

Het gedimde licht van de verplichte nooduitgangverlichting volgde Darien terwijl hij op de behandeltafel sprong en op de plek naast hem klopte. 'Ik beloof dat ik niet bijt.'

'Mooi zo. Je geblaf was al erg genoeg.'

'Auw.' Hij trok een gezicht toen ze naast hem klom. 'Die verdiende ik.'

'Ja, die verdiende je zeker.' Ze schoof haar handen onder haar dijen, wat een dubbel doel diende: het hield ze op hun plek zodat haar spanning niet zichtbaar was *en* het voorkwam dat ze zijn kant op zouden dwalen – twee zeer verschillende factoren die op dit moment om voorrang vochten. Omdat geen van beide een goed idee was, sloot ze beide mogelijkheden uit.

Hij draaide zich een beetje om, het zwakke licht accentueerde de stoppels op zijn kin. 'Ik weet dat ik het verleden niet ongedaan kan maken, maar zoals ik toen ook al zei: het spijt me. Echt, oprecht, uit de grond van mijn hart.'

'Je bood in het kantoor van Dilworth alleen je excuses aan omdat hij je daartoe dwong. Je hebt het nooit tegenover de rest gezegd.'

Hij boog zijn hoofd. 'Dat had ik wel moeten doen. Ik ben niet trots op de jongen die ik was. Ik heb een fout gemaakt, en dat geef ik onomwonden toe. Als het voor jou beter zou voelen wanneer ik op onze volgende reünie opsta en publiekelijk mijn excuses aanbied, dan doe ik dat onmiddellijk.'

'Oh god, nee.' Ze schudde haar hoofd. 'Als je dat zou doen, begint alles weer van voren af aan. Ik hoef het niet opnieuw te beleven.'

'Ben je er ooit mee opgehouden?'

Opnieuw klonk haar gesnuif zonder een spoor van humor. 'We groeien nooit echt over de middelbare school heen, hè?'

'Ik denk graag dat we dat wel kunnen. Omdat ik graag wil geloven dat ik nu wat meer zelfkennis heb. Geloof me, als ik kon, zou ik de veertienjarige Dare zo hard onder zijn hol schoppen dat die jongen een maand lang niet kon zitten.'

Ze kon een glimlachje niet onderdrukken. 'Tegenwoordig zou je daarvoor worden gearresteerd wegens kindermishandeling.'

'En de veertienjarige Dare zou in de problemen komen vanwege pesten.'

'Maar toen gingen mensen nog niet zo om met pestkoppen.' Ze verzette haar handen. 'Mensen hebben geen idee wat voor kracht woorden hebben.'

Hij schraapte zijn keel. 'Als het een troost is: ik heb sindsdien nooit meer zoiets bij iemand gedaan. Ik heb mijn lesje wel geleerd. Het spijt me alleen dat het ten koste van jou moest gaan.'

Gina trok een pijnlijk gezicht. Hij droeg evenveel schuldgevoel met zich mee als zij aan bagage had. En eigenlijk was dat onterecht. Hij had destijds niet geweten hoe onzeker ze was geweest. Hij was een tiener geweest, een wezen dat erom bekendstaat aan niemand anders te denken dan aan zichzelf. Hij had haar niet expres pijn willen doen. Dat zag ze nu in. Ze had het alleen *toen* niet kunnen zien.

Als hij kwaadaardig was geweest, als hij er bewust op uit was geweest haar te kwetsen, dan had ze reden tot klagen. Maar dat was niet zo. Als volwassene besefte ze dat.

Dus als ze geloofde dat hij haar geen pijn had willen doen, moest ze hem vergeven, net zoals wanneer hij haar per ongeluk met een tak had geraakt of zoiets. Het was een onbezonnen daad geweest die schade had berokkend.

Als volwassene zag ze daar de waarheid van in, en het werd tijd dat ze over haar puberale zelf heen stapte.

Ze trok één hand onder haar dij vandaan en stak die naar hem uit. 'Vrede?'

Zijn verdomde kuiltjes verschenen in al hun glorie. 'Dank je.'

Ze had zich moeten voorbereiden op de hitte die door haar heen schoot op het moment dat zijn vingers zich om de hare sloten, maar dat had ze niet gedaan, dus trok ze instinctief haar hand terug.

Nou ja, dat probeerde ze. Darien liet haar niet los.

'Gina.'

Zijn stem was laag en zacht en ze bevonden zich in een kamer die alleen verlicht werd door het licht uit de gang en de cijfers van de digitale klok.

En ze zaten samen op een massagetafel, van alle plekken op de wereld.

Met een bonzend hart keek ze hem in de ogen. De twinkeling die er normaal gesproken in zat, was veranderd in iets anders. Iets wat leek op wat ze zag de nacht dat hij haar kuste.

Hij keek naar haar lippen.

Ze likte erlangs — ze waren immers plotseling droog.

Hij kreunde en keek weg.

Ze verroerde zich niet. Ze trok zelfs haar hand niet weg.

Darien ademde uit en keek haar weer aan.

Toen liet hij haar hand los. 'Geloof me, Gina, ik zou dit dolgraag naar een hoger niveau tillen, maar ik wil niets overhaasten. Hier zijn, ingesneeuwd met jou, de sfeer, wat we tegen elkaar gezegd hebben... het is bedwelmend. Ik wil je al heel lang, maar ik wil niet dat je ooit denkt dat mijn excuses alleen maar bedoeld waren om je in bed te krijgen. Ik ga geen misbruik maken van onze situatie en onze verminderde weerstand om iets te doen wat de start van vanavond in gevaar brengt. Dus...' Hij nam haar gezicht in zijn handen en gaf haar een zachte kus op haar voorhoofd. 'Ik loop nu die deur uit, pak nog een van deze dekens en rol me op in de behandelkamer die hier het verste vandaan is. Op die manier zijn er vannacht geen nachtelijke omzwervingen.'

Ze vond haar stem terug. 'Het is... al na middernacht.'

Zijn kuiltjes knikten haar toe. 'Dat klopt. Wat betekent dat de ochtend voor de deur staat en we wat slaap nodig hebben.' Hij kuste haar voorhoofd nogmaals.

Toen iets lager — op het puntje van haar neus.

En toen...

Haar adem stokte terwijl zijn lippen vlak boven de hare zweefden.

Zijn blik boorde zich in de hare. 'En dan praten we morgen verder.'

Zijn adem was warm tegen haar lippen...

Maar daar bleef het bij.

Dariens vingers gleden langs haar kaaklijn terwijl hij van de tafel gleed. 'Slaap lekker.'

Niet eerlijk. Ze wilde het hardop zeggen, maar haar stem — en haar adem — zaten vast in haar keel.

Ze keek hem na terwijl hij de kamer uitliep, zijn schouders breed uitlopend naar een smalle taille, met als achtergrond het licht uit de gang, en een beeld van wat er onder zijn shirt zat flitste door haar hoofd.

Niet eerlijk. Die vent maakte haar helemaal hoteldebotel en liep dan de kamer uit alsof het hem niets deed.

Hij draaide zich opzij. 'Goedenacht.'

O ja, het had hem wel degelijk iets gedaan.

Gina beet op haar lip om haar glimlach te bedwingen terwijl ze hem een saluut gaf. Ach ja, ze kon tenminste gaan slapen in de wetenschap dat hij ook zijn eigen vorm van kwelling zou doormaken.

Als ze tenminste kon slapen.

* * *

'Nou, nou, nou, wat hebben we hier?' De lach van Candy maakte Gina wakker. 'Ik maak me hier hartstikke zorgen om je als ik Dariens truck buiten in een sneeuwbank zie staan, maar ik kom binnen en tref je heerlijk comfortabel aan, gekampeerd in een kamer met een enorme warme deken om je heen, maar van hem geen spoor. Betekent dit dat je zijn lijk ergens hebt gedumpt of verstopt hij zich onder die deken bij je?'

Gina knipperde tegen het felle licht dat Candy had aangedaan en schoof de massa krullen uit haar gezicht. 'Geen van beide.' Ze schoof de deken opzij om het te bewijzen. God verhoede dat Candy ook maar enig vermoeden zou hebben van wat er gisteravond was gebeurd — of beter gezegd, wat er *niet* was gebeurd. Gina zou het nooit meer horen. 'Hij ligt in nummer vijf. Laat hem slapen.'

'O, dit klinkt te sappig om te laten lopen.' Candy wreef in haar handen en sprong toen op de tafel. 'Vertel op.'

Gina stond op. 'Er valt niets te vertellen. Mijn auto ligt in de berm op Monroe en hij bracht toevallig wat klanten van de club naar huis. Hij heeft me hierheen gebracht, maar de sneeuw was zo erg dat zijn truck vast kwam te zitten.'

'Nou, dat is handig. Meid, ik moet het je nageven; jij weet wel hoe je sfeer moet creëren.'

'Er was geen sfeer, Candy. En aangezien we aan weerszijden van de gang liggen, denk ik dat dat mijn punt wel bewijst. Er is niets gebeurd.' Ze hield haar vingers gekruist terwijl ze haar haar uit haar nek schudde.

'Mmm-hmm.' Candy tikte met haar oranje nagel tegen haar lip. 'Dat betekent niet dat er niets gebeurd is; het betekent alleen dat je niet wilt toegeven wat er wél is gebeurd.' Ze sprong van de tafel en liep naar de deur. 'Maar ik kom er wel achter, Gina. Dat weet je.'

Ja, waarschijnlijk wel. Wanneer Gina uiteindelijk zou bezwijken en het haar zou vertellen. Maar dat zou ze zo lang mogelijk uitstellen. Ze had de "hulp" van Candy niet nodig om iets met Darien te beginnen — dat was namelijk al begonnen, volgens hem.

Maar wat was het? Wat wilde hij?

Belangrijker nog, wat wil jij?

Dat was de hamvraag.

Candy bleef in de deuropening staan en keek over haar schouder achterom. 'Mooie blik op je gezicht. Wil je me erover vertellen?'

Gina voelde de blos opkomen, dus boog ze zich voorover om de deken op te pakken en liet haar haar voor haar gezicht vallen om het bewijs te verbergen. 'Hij heeft me uit de storm geholpen, we zijn gaan slapen. Apart van elkaar.'

'Ik heb het gevoel dat er meer achter het verhaal zit.'

Gina gooide haar haar naar achteren. 'Ja, dat klopt. Het heet ontbijt en koffie en dan aan de slag om dit pand af te krijgen. Ik neem aan dat de wegen vrij zijn? Of heb je je bezemsteel uit het stof gehaald?'

'Ha ha, erg grappig.' Candy deed een stapje terug zodat Gina voor haar uit de behandelkamer kon lopen. 'De politie vraagt mensen die geen essentieel beroep hebben om thuis te blijven. De wegen zijn nogal verraderlijk. En de parkeerplaats is een puinhoop, dus het gaat nog wel even duren voordat je vriendje is uitgegraven.'

Gina rolde met haar ogen. Jammer dat Candy achter haar liep. 'Hij is mijn vriendje niet.'

'Nou, hij is in ieder geval niet meer de persona non grata die hij vieren-twintig uur geleden was. Je hebt me nog niet de kop afgebeten en geen enkel lelijk ding over hem gezegd. Dat is een record voor jou.'

'Waarom hebben we dit gesprek? Het is zondag, dus wat doe je hier eigen-lijk? Je bent geen essentieel personeel, nou ja, behalve in je eigen hoofd — Wacht eens even. Is dat niet de outfit die je gisteren ook aanhad?' Gina draaide zich om. Die oranje trui was *zeer* herkenbaar. Vooral omdat ze hem gisteren al had gezien. 'Candy Jane Carson, is dit je Walk of Shame?'

Candy kreeg het opeens erg druk met het rechtleggen van de tijdschriften op de tafel in de receptie.

'Als je denkt dat ik hierin buiten heb gelopen, Gina, kun je misschien maar beter naar een dokter gaan voor dat hoofdletsel dat je hebt opgelopen toen je auto gisteravond van de weg raakte.'

'Draai er niet omheen.'

'Ik draai er niet omheen. Ik heb je antwoord gegeven. Ik was niet buiten aan het wandelen.'

Gina sloeg haar armen over elkaar. 'Oké, rijden dan. Waar was je? Met wie was je?'

'Stelt niets voor, Gien.' Ze wuifde haar hand alsof ze een vlieg wegjoeg. 'Niets om het over te hebben.'

'Mmm-hmm.' Gina wist alles van "niets om het over te hebben".

'Serieus, het stelt niets voor.'

Gina trok een wenkbrauw op. 'Jammer om te horen.'

Candy keek even vreemd, maar toverde toen een grijns op haar gezicht. 'Die was goed.'

'Ik weet het. En je ontwijkt de vraag nog steeds.'

Candy beet op haar onderlip. Dat was nieuw. Gina had haar vriendin nog nooit zo besluiteloos gezien over wat dan ook.

Gina liep naar haar toe en pakte haar arm vast. 'Gaat het wel? Is er iets gebeurd? Moeten we de politie bellen of je naar het ziekenhuis brengen?' Er was tegenwoordig altijd allerlei raar en vreselijk nieuws in het nieuws.

'Nee. Niets van dat alles. Het is...' Candy keek naar het plafond alsof ze daar het antwoord zou vinden dat ze wilde geven.

'Goedemorgen! Ik breng koffie mee.' De belletjes rinkelden toen Darien de deur openduwde. 'Oh. Hoi, Candy.'

Er verscheen opluchting op Candy's gezicht terwijl ze Darien van boven tot onder bekeek. 'Mmm-hmm.' Haar blik gleed naar Gina en ze trok haar arm los. 'Ik zie dat mijn diensten niet langer nodig zijn.' Ze liep naar de voordeur en zwierde extra met haar heupen terwijl ze om Darien heen liep. 'Nu ik zie dat jullie allebei nog leven en niet ergens in een greppel liggen, zal ik maken dat ik wegkom.' Ze greep het afsprakenboek, plukte haar jas van de kapstok en sloeg die over haar schouder terwijl ze de voordeur uit sjeesde, haar blonde haar een scherp contrast tegen die trui en het zwarte jasje dat ze gisteren definitief óók al aanhad.

'Stoor ik?' Darien zette de tassen op de balie.

'Alleen een kruisverhoor.' Gina staarde Candy na. Er was iets aan de hand. 'Ze zag je truck in de sneeuwbank staan, mij onder een deken, en telde één en één bij elkaar op tot ze op elf uitkwam. Of zoiets.' De geur van koffie lokte haar naar de balie — nou ja, misschien niet alleen de koffie. 'Hmmm, dat ruikt heerlijk. Waar heb je dat vandaan?'

'Bij de brandweerkazerne. Ze hebben de deuren geopend en serveren iedereen die erheen kan komen.' Hij hield een zak omhoog. 'Ik hoop dat je van donuts met spikkels houdt.'

'Chocolade?'

'Natuurlijk. Ik weet dat de weg naar het hart van een vrouw via chocolade loopt.'

Gina keek op, haar hand nog in de zak met donuts. 'Eh, wat?'

Darien werd zowaar verlegen. 'Het is, eh, een manier van spreken.'

'Oh.' Ze grabbelde wat dieper in de zak. 'Oké, dan.'

'Ja, ik bedoel, gisteravond was een startpunt, toch? Geen druk.'

Geen druk? Na een gezamenlijke geschiedenis van twintig jaar? 'Prima. Oké. Als jij het zegt.'

'*Prima*? Wat zei ik verkeerd?'

Nou, het feit dat hij gisteravond zei dat hij haar wilde en vanmorgen zo nonchalant deed over "een startpunt"... Waren die excuses eigenlijk wel echt? Wilde hij haar wel echt? Hij had haar immers *niet* gekust. 'Niets. Het is oké.' Ze propte de helft van de donut in haar mond voordat de verkeerde woorden eruit kwamen. 'Oh mijn god, dit is goddelijk.'

'Je hebt suiker op je lip.' Hij wees naar zijn eigen lippen om het haar te laten zien.

Ze veegde over haar onderlip.

'Nee, het zit er nog steeds...' Hij deed een stap dichterbij en veegde er met zijn duim overheen.

Toen nam hij haar wang in zijn hand.

En de andere.

Hij boog naar haar toe. 'Slik die donut door, Gina.'

Ze knipperde met haar ogen, gegrepen door die twinkeling in de zijne.

'Ik wil niet dat je stikt als ik je kus.' Hij knikte. 'Slikken.'

Dat deed ze, met een hoorbare brok in haar keel.

En toen kuste hij haar.

Het was net zo magisch als de vorige keer.

Maar het was veel te kort.

Hij trok zich terug terwijl ze haar ogen nog dicht had.

'God, vrouw, je ziet er op dit moment uit om op te vreten.'

Ze deed haar ogen open. Ze deed haar ogen open. Daar was de twinkeling. Daar was die blik. Hij wilde haar *wel*.

En zij wilde hem.

Dat was het dan. De waarheid. Zo duidelijk als de glimlach op zijn gezicht. Nou ja, er was niets gewoons aan die glimlach. Of aan hem.

Dus wat houdt je tegen? Je gaat toch niet meteen met hem trouwen.

Precies. 'Dus wat houdt je tegen, Darien?'

Darien kreunde, keek haar een moment lang diep in de ogen en... drukte toen zijn mond op de hare.

Hij smaakte naar kaneel, koffie en suiker.

En naar hemzelf.

Gina sloeg haar armen om hem heen, de donut viel op de receptiebalie. Hopelijk.

Ze waande zich even Scarlett O'Hara en zou zich daar later wel zorgen over maken.

Hij liet een hand over haar rug glijden terwijl de andere in haar haar verstrengeld raakte, waarbij hij haar hoofd zo hield dat hij de kus kon verdiepen.

Ze liet het toe, haar tong verstrengelde zich met de zijne, en de smaak van koffie en kaneel maakte de kus alleen maar intenser.

Ze kuste Darien. Froggy. De man die haar leven tot een hel had gemaakt... en dat allemaal omdat hij *wilde dat ze hem opmerkte.*

Toen zijn handpalm naar haar heup gleed en haar tegen zich aan trok, merkte ze hem *zeker* op.

Buiten toeterde een auto.

Darien trok zich met een zucht terug. 'Ik denk dat dat ons signaal is.'

'Signaal?' Ze wreef met haar wang tegen zijn ongeschoren wang en genoot van het ruwe gevoel op haar huid.

'Dat we aan het werk moeten.' Hij knabbelde aan haar lip. 'Hoe graag ik je ook de hele dag zou kussen, we krijgen deze week wel speciale gasten.'

Juist.

De Cavanaughs.

Haar zaak.

Werk.

Dat was ze even helemaal vergeten.

De auto toeterde nog een keer. Gina keek op en zag Candy haar hoofd schudden met een kamerbrede grijns op haar gezicht terwijl ze langs de voordeur reed.

Er zou het een en ander uit te leggen zijn.

Hoofdstuk tien

'Hamer.' Gina stak vanaf de bovenkant van de ladder haar hand uit.

Darien legde het gereedschap erin. 'Geregeld.'

'Els.'

Hij gaf die aan haar door. 'Geregeld.'

Ze plaatste de els op de markering op de muur die ze vanaf het plafond had afgemeten en sloeg hem erin. 'Schroevendraaier.'

Hij liet hem van zijn linker- naar zijn rechterhand tollen voordat hij hem aan haar overhandigde, waarbij hij het ding een paar keer liet ronddraaien.

Verwaande vent.

'Geregeld.'

Ze legde hem op de plank achter de rest van het gereedschap zodat hij er niet af zou rollen en stak toen zonder achterom te kijken haar hand weer uit. 'Schroef.'

'Zeg maar waar en wanneer, schatje.'

Gina keek daarvan op.

Darien had een onnozele grijns op zijn gezicht. 'Ik hoopte eigenlijk dat de uitnodiging wat romantischer zou zijn, maar als je het vraagt, sta ik tot je beschikking.'

Ze pakte de balkenzoeker en gooide die naar hem toe.

Die zat precies op de roos, Geen.

'Speciale gasten, weet je nog?' Ze wees met de els naar hem. 'Dubbelzinnigheden houden ons alleen maar op.'

Hij legde de balkenzoeker in de gereedschapskist. 'Of ze geven ons een heel goed excuus waarom deze plek nog niet klaar is. Ik bedoel, ze komen hier voor een vrijgezellenfeest; ze zullen dat hele gedoe met seksuele spanning wel begrijpen.'

Zij begreep dat hele gedoe met seksuele spanning niet. Hoe konden zij en Darien in slechts een paar korte zinnen van rivalen veranderd zijn in... dit...?

Omdat jullie dat allebei overduidelijk wilden.

'Wat zeg je ervan?' Darien legde het timmermanspotlood op zijn bovenlip en wiebelde met zijn wenkbrauwen terwijl hij de schroef omhoog hield. 'Je hoeft alleen maar ja te zeggen.'

Ze griste hem uit zijn vingers. 'De zussen Cavanaugh begrijpen het misschien, maar Candy heeft een uitleg van een heel ander niveau nodig, en met wat ik al moet uitleggen, weet ik niet of ik nog verder wil gaan. Het ziet ernaar uit dat je pech hebt, knul.'

Ze vond het prima dat dit wat-het-ook-was een beginpunt vormde, maar wat seks betrof... Zo ver was ze nog niet.

Eh, meid? Herinner je je de kus in het appartement nog? Toen was je er zeker wel klaar voor.

Nou ja, fysiologisch gezien was ze er *klaar voor*, maar mentaal, emotioneel... nog niet. Dit was te nieuw. Te hoopvol. Te... kwetsbaar.

Je bedoelt dat jij *te kwetsbaar bent.*

Ja. Dat was ze. Ze was al eerder gekwetst, en niet alleen door hem. Ze had muren om zich heen moeten bouwen. Ze kon die niet zomaar afbreken alsof ze geen redenen had gehad om ze in de eerste plaats op te trekken. Ze moesten langzaam worden afgepeld. Met tijd en vertrouwen.

Of met een paar behendige vingers, en die heeft hij absoluut. Naast andere vereiste lichaamsdelen.

Niet denken aan Dariens lichaamsdelen. 'Kun je me dat muurornament aangeven? Die rechter met de acanthusbladeren.'

'Daar leef ik voor, m'lady.'

Ze grinnikte om zijn neppe Britse accent en stak toen de schroef tussen haar lippen en de schroevendraaier achter haar oor ter voorbereiding op het ophangen van de decoratie.

'Je zult het goede nieuws aan Debby moeten vertellen, dat besef je toch?' Hij overhandigde haar het stuk.

'Welk nieuws?' zei ze met de schroef in haar mond terwijl ze het gat in het gesneden hout boven het gat hield dat ze had gemaakt.

'Over dat er iets tussen ons is. Het wordt nogal ongemakkelijk als ze probeert mij te versieren.'

Gina spuugde de schroef uit. Hij stuiterde tegen de muur naar beneden, waarbij hij een klein deukje in de verse verf achterliet. 'Verdraaid.'

'De verf kunnen we bijwerken.'

'Nee. Ik bedoel wat Debby betreft. De vriendinnencode en zo.'

'Ja, de vriendinnencode. Ik heb gehoord dat er zware repercussies staan op het breken daarvan.'

'Je maakt grappen, maar ze zal niet blij zijn. Ik bedoel, je versiert niet de, eh, liefdesinteresse van je vriendin, bij gebrek aan een betere term.'

Hij bukte zich om de schroef te pakken. 'Ik betwijfel ten zeerste of ze mij als een liefdesinteresse zag. Misschien als een seksuele interesse, maar haar hart zal niet breken. Ik ben niet zo verwaand dat ik dat denk.'

'Hoe verwaand ben je dan wel?'

'Genoeg om te weten dat je naar me kijkt wanneer je denkt dat ik het niet in de gaten heb.' Hij hield de schroef omhoog.

Ze pakte hem niet aan terwijl de hitte via haar nek naar haar gezicht steeg.

'Je bent zo mooi als je je schaamt.'

'Dan moet ik in de klas van Nester wel Miss America zijn geweest.'

'Dat was je voor mij ook.'

Tja, potverdorie. Hoe moest ze daarop reageren?

Dat deed ze niet. Ze stond daar alleen maar op de ladder, met het gesneden acanthus-krulwerk in haar handen, en knipperde naar hem.

Darien zuchtte en stak de schroef in zijn zak. 'Kijk, ik weet dat we veel werk te verzetten hebben, maar denk je dat je een minuut of twee van je hoge ladder af kunt komen?'

'Met welk doel?'

'Nou, hopelijk om jouw lippen op de mijne te voelen.' Hij draaide brutaal een wang naar haar toe — en niet die in zijn gezicht — terwijl hij een stap achteruit deed bij de ladder. 'Ik heb brandstof nodig totdat we op jacht kunnen naar de lunch.'

'O jé. Je dikt het wel heel erg aan, hè?' Toch klom ze een tree of twee naar beneden.

'Schatje, je hebt geen idee hoe graag ik dat wil.'

Ze ontdekte het toen hij haar vanaf de onderste trede in zijn armen nam.

Een paar minuten en honderden — mogelijk duizenden — hartslagen later zette hij haar op de receptiebalie en ging tussen haar benen staan. Hij liet zijn handen over haar armen glijden, pakte het houten ornament aan en legde het opzij. Daarna plaatste hij zijn handen naast haar dijen op het aanrecht en beet zachtjes in haar neus. 'God, Gina, waarom hebben we dit de afgelopen twintig jaar niet gedaan?'

'Je was de stad uit?'

'O, natuurlijk, geef mij maar weer de schuld.' Hij kuste haar opnieuw. 'Maar ja, ik moest weg. Omdat jij me haatte, wilde ik niet blijven hangen en het risico lopen je tegen het lijf te lopen.'

Ze rolde met haar ogen. 'Dat is niet de reden waarom je weging.'

Hij haalde zijn schouders op. 'Een deel ervan.'

Hoewel het fijn was om te doen alsof ze zo belangrijk voor hem was, waren ze toen nog kinderen. Ze wist alles van de grillen van egocentrische tieners. 'Tuurlijk.'

Hij pakte haar kin vast en de twinkeling in zijn ogen werd serieus. 'Hé, als ik mijn hart op de tong draag, kan ik er maar beter voor gaan. Ik zie je al jaren zitten, dus als ik niet alles op alles zet om dit te laten slagen, wat heeft het dan voor zin?' Hij boog voorover en kuste haar wang. Nou ja, meer op de plek waar haar wang haar oorlel raakte, en zijn adem was daar warm en tintelend. 'Je ruikt geweldig.'

Ze snoof. Precies de afleiding die ze nodig had om niet te blijven hangen bij zijn *zie je al jaren zitten*. Het was bijna te mooi om waar te zijn. En dat pad had ze al eens eerder bewandeld. 'Dat heet Eau de Verf.'

'Sherwin Williams zou het in flessen moeten doen. Het heeft mijn aandacht.'

Ze hield haar hoofd schuin, waardoor er een verdwaalde krul of drie in haar oog viel. 'Ben je ooit serieus?'

'Ik heb mijn momenten, maar waarom zou je serieus doen als het veel leuker is om te lachen?'

'Je weet toch nog wel dat we aan het verbouwen zijn?'

'Zeker, maar waarom kan dat niet leuk zijn?'

'Zolang je maar niet met een hamer op je duim slaat.'

'Precies.' Hij tilde haar bij haar middel op en zette haar op haar voeten tussen hem en de balie in. Wat een heel fijne plek was om te zijn.

Hij streek wat krullen van haar voorhoofd. Die bleven natuurlijk niet zitten. 'Dus wat moet er nog meer gebeuren om deze plek perfect te maken voor Sophie en haar zus?'

'Nou, allereerst moet je de naam van haar zus onthouden. Ze heet Amalie, en zij is de aanstaande bruid. Ongeacht wie Sophie is, we moeten ervoor zorgen dat Amalie op haar dag de hoofdrol speelt.'

'Begrepen. Bruiden zijn de baas.' Hij salueerde, waardoor ze moest lachen en even vergat dat ze op nog geen vijftien centimeter van elkaar vandaan stonden.

Zijn hand rustte op haar schouder. Tot zover het vergeten.

'Jazeker, kapitein. Wijs me de weg naar wat je wilt dat ik nu doe en ik zal mijn best doen om je te plezieren.'

Zóóóveel mogelijkheden...

In plaats daarvan wurmde ze zich onder zijn aanraking vandaan en liep naar de doos in de hoek. 'We moeten de rest van deze ornamenten ophangen en ik moet nog wat meer sierlijsten zagen voor de behandelkamers—'

'Suites,' zeiden ze tegelijkertijd.

'Juist. Suites.' Ze pakte wat schilderspullen op om ze aan de kant te zetten, zodat ze bij de rest van de muurdecoraties kon. 'Ik moet toegeven, Candy heeft goede ideeën.'

'Ik denk dat dat idee van één plus één is *iets* haar beste was.' Hij wiebelde met zijn wenkbrauwen.

Ze gooide een poetslap naar hem. 'Je denkt ook maar aan één ding.'

'Als het om jou gaat, ja.' Hij hield de lap bij zijn neus en snoof. 'Ah, de essentie van Gina. Ik zal dit aandenken overal met me meedragen, m'lady, om nooit meer van u gescheiden te hoeven zijn.'

'O jé, wat heb ik ontketend?'

'Pas maar op, vrouw, anders kom je er nog eens achter. Als we de deadline van donderdag niet hadden, zou je er nu al achter kunnen komen.'

Als dit zijn idee van een beginpunt was, dan was de finishlijn misschien wel meer dan ze aankon.

Ze glimlachte in zichzelf terwijl hij de speelse woordenwisseling volhield terwijl ze de ornamenten afmaakten voordat ze stopten voor de lunch.

'Wil je de elementen trotseren en teruggaan naar de kazerne om te zien of ze daar broodjes hebben?' Hij legde het laatste gereedschap in de kist.

'Dat klinkt gezellig.' Ze gooide de plastic verpakkingen van de ornamenten in de doos in de hoek.

'Verzamel dan je hopeloos ontoereikende winteruitrusting, dan gaan we op pad. Het zou kunnen dat ik je moet dragen, anders loop je nog bevriezingsverschijnselen op aan je voeten in die wat-zijn-het-eigenlijk-schoenen van gisteravond.'

'Crocs.'

'Nou, daar heb je het al. Dit is geen weer voor een krokodil.'

'Hilarisch.' Ze rolde met haar ogen. 'Ze zijn perfect voor als ik de hele dag op mijn benen sta.'

Bovendien hadden ze nu het extra voordeel dat de man van wie ze dacht dat hij *niet* op haar viel, haar op zijn rug door de sneeuw droeg.

Het bedrijf zou er goed aan doen om dat in hun marketingcampagne op te nemen.

* * *

'Op zoek naar nieuwe moves, hè, Foster?' Carlo Sampani gaf Dare een schouderklopje toen hij Gina in de kazerne neerzette.

Dare keek op. 'Samps? Wat doe je met mijn kostuum?' Hij knikte naar de brandweerhelm en de jas in de hand van zijn collega.

'Voor jou is het een kostuum. Voor mij is het een uniform.' Hij duimde achter zijn bretels. 'Jij hebt je dagbaan, ik de mijne.' Zijn ogen vernauwden zich toen Gina die prachtige bos haar uit haar gezicht gooide. 'Middag, Gina.'

'Hé, Carlo. We vroegen ons af of jullie lunch de overtreffende trap van het ontbijt is.'

'Ontbijt, hè?' Hij trok zijn wenkbrauwen op.

'Begin niet meteen te roddelen.' Geweldig. Dat konden ze er nog wel bij hebben. 'Gina's auto kwam gisteravond vast te zitten en ik zag haar toen ik naar huis ging, dus heb ik haar naar de spa gebracht. Daarna kwam mijn truck de parkeerplaats niet meer af. Meer was het niet.'

Samps mompelde iets wat Dare gelukkig niet kon verstaan — zodat hij hem geen pijn hoefde te doen. Dit met Gina was nog te nieuw om er te lichtzinnig over te doen.

Dit met Gina... Dare schudde zijn hoofd. In het gunstigste geval had hij gehoopt dat ze zijn excuses zou aanvaarden; dat het verder zou gaan dan dat, was iets waar hij niet op had durven hopen.

Omdat hij er eigenlijk doodsbang voor was. Gina was te belangrijk om te verpesten. Of om mee te spelen. Gina was het type voor altijd, en hoewel hij haar al *voor altijd* zag zitten, moest hij, als het ook echt *altijd* zou duren, er zeker van zijn dat zij dat ook zo voelde. Een paar nummertjes tussen de laken was niet wat hij van haar wilde. Hoewel, ja, dat wilde hij wel, maar dan met een heleboel meer erbij.

'Ik weet zeker dat Bryan je zal bedanken voor het zorgen voor zijn nicht.' Samps zette de helm op zijn hoofd en Dare keek even naar Gina om haar reactie te zien. Je hoefde geen genie te zijn om te zien waarom vrouwen weg waren van de man; het strakke shirt onder de bretels diende er alleen maar voor om de lichaamsbouw van Samps te accentueren.

Gelukkig keek Gina niet eens naar hem. 'Alleen als jij het hem vertelt.'

'Maat, de hele kazerne heeft je voor paardje zien spelen; het gaat zeker rondzingen.'

'Op de juiste manier, neem ik aan.' Dare wierp hem een vernietigende blik toe.

Samps knikte. Boodschap begrepen. 'Dat spreekt voor zich.'

'Hallo? Ik sta hier gewoon bij, hoor.' Gina zwaaide met haar hand tussen hen in.

Dare moest glimlachen. Vrouwen. Ze zeiden dat ze wilden dat een man hun ridder op het witte paard was, maar als een vent het dan echt voor ze opnam, reageerden ze met: 'Ik kan heel goed voor mezelf zorgen.' Hij werd er gek van.

Aan de andere kant deed Gina dat al jaren, dus het was niet alsof het nieuw was.

'En ik kan net zo goed met Bryan praten als de rest van jullie,' zei ze, zich totaal onbewust van de testosteron in de lucht, 'dus ik zou het zeer op prijs stellen als jullie *niets* zeggen. Het is niet zo dat ik hem verantwoording schuldig ben over met wie ik lunch.'

'Wat je maar wilt, Gina.' Samps trok zijn wenkbrauw op in de richting van Dare.

Ja, Dare begreep het. Hij moest dat gesprek met Bryan voeren voordat iemand anders dat deed. Gelukkig werkte hij vanavond.

'En, wat staat er voor lekkers?' Dare dreef de spot door in zijn handen te wrijven en probeerde het gesprek weer op het eten te sturen. 'Ik heb trek gekregen van het schilderen van Gina's spa.'

Opnieuw die wenkbrauwen van Samps. 'Ja, *schilderen* is vermoeiend. Daar is brandstof voor nodig.' Hij wees naar een zestal mensen dat rond een paar klaptafels drentelde. 'Masterson heeft zijn beroemde chili en wat muffins gemaakt. Wat aardappelsalade, koolsalade, Caesarsalade en vleeswaren. De supermarkt van McCaffrey draait op een minimale bezetting en de leveringen zijn gisteravond niet binnengekomen, dus we moesten het doen met wat er was. Maar het vult wel. Voor al dat *schilderwerk*.'

Hij bracht het zo gortdroog dat Dare wist dat hij de pineut zou zijn de volgende keer dat ze samen moesten werken. Wat, godzijdank, niet vanavond was.

'Bedankt, man.'

'Graag gedaan.' Samps knikte kort. 'Gina.'

Gina keek over haar schouder terwijl ze naar het buffet liepen. 'Sjonge, wat is het volgende? Gaan jullie twee op je knokkels rondlopen en op je borst roffelen? Over neanderthalers gesproken.'

Dare haalde zijn schouders op en overhandigde haar een bord. 'Ik geef alleen de grenzen aan. Je bent tenslotte Bryans nichtje. Dat maakt de zaken, tja, interessant.'

'Hoezo? Je gaat je baan toch niet verliezen?'

Hij pakte zijn eigen bord. 'Nee. We hebben het erover gehad.'

'Het spijt me — *wat*? Hebben jullie het over mij gehad? Waarom? Wanneer? Wat zei hij? Wat zei *jij*?'

Verdomme. Dat had hij niet moeten zeggen. Gina had er een enorme hekel aan als mensen over haar praatten.

'Niet mijn schuld. Bry hoorde dat ik voor je werkte en gaf me een paar, weet ik veel, richtlijnen. Niets bijzonders.' Een kwak aardappelsalade belandde op zijn bord. 'Niet dat ik die nodig had.'

De *plons* van Gina's eten getuigde van iets meer kracht dan nodig was. 'Bryan had geen enkel recht—'

'Natuurlijk wel. Hij houdt van je. Net zoals vroeger op school. Toen maakte hij me het leven ook al zuur.'

'Dat weet ik nog. Hij moest een week nablijven.'

'Omdat hij me helemaal in elkaar had geslagen. Daar genoot je van, hè?'

Hij hield de saladetang naar haar op. Als vredesoffer waarschijnlijk niet zo goed als bloemen, maar ja, ze had al zijn manden teruggestuurd, dus wat wist hij ervan?

Ze schepte wat Caesarsalade op haar bord en gaf de tang toen aan hem terug. 'Loon naar werken. Ik voelde me enigszins gewroken.'

Hij nam zijn portie salade. Waarschijnlijk niet het moment om te vermelden dat hij Linda had ontmoet tijdens het nablijven. Linda, die er *geen* enkel probleem mee had dat jongens interesse toonden in haar, tja, *tetons*. Sterker nog, ze had zijn interesse aangemoedigd. En als tienerjongen was hij niet van plan geweest om nee te zeggen.

Hij had alleen maar gedaan alsof ze Gina was.

Tja... tienerjongens *waren* ook echt neanderthalers.

'Waarom die grijns?' Gina smeet een kaiserbroodje op zijn bord.

'Grijns? Ik? Geen idee waar je het over hebt.' Hij nam een hap van het broodje.

Ze keek hem onderzoekend aan. 'Hè hè. Tuurlijk.'

'Wil je rosbief of kalkoen?' Hij hield de serveervork voor haar vast zodat ze kon opscheppen.

Ze pakte hem niet aan, maar hield haar hoofd schuin. 'Ik weet het zo net nog niet met jou, Foster.'

'Met mij?' Hij viel aan. 'Ik ben een rosbief-man. Je weet wel, een typische vlees-en-aardappelen-man.'

Ze pakte een plakje cheddar en mompelde iets wat klonk als: 'Er is niets typisch aan jou.'

Hij besloot dat als een compliment op te vatten.

Ze maakten hun broodjes af, pakten wat drinken uit een koelbox en gingen zitten aan de klaptafels die bij de brandweerwagens waren neergezet. Er volgde een voorstelrondje aan de andere vijf aanwezigen, hoewel Gina iedereen al kende.

'Ik zie dat je de storm goed hebt doorstaan, Gina.' De man in het bezorgersuniform hief zijn koffiemok als groet.

'Gelukkig hebben we de stroom niet verloren, Hank. Ik hoorde dat de wegen verraderlijk zijn.'

'Het zegt wel wat dat *dit* de plek is waar ik mijn koffie moet halen. Ik ben allang blij dat het niet de week voor kerst is, want dan had ik een nacht moeten doorhalen. Zoals het er nu naar uitziet, slaap ik vannacht waarschijnlijk bij de centrale.'

'Redt Julie het wel met de kinderen?'

'Julie is geweldig met de tweeling. Na een half uur ben ik gesloopt, maar zij blijft glimlachen en praat tegen ze alsof het de kostbaarste wezens op aarde zijn.'

'Wat ze ook zijn,' zei Gina.

'Ik weet het. Geweldige vrouw, fantastische kinderen, goede baan. Ik heb geluk.'

Er verscheen zo'n dwaze glimlach op het gezicht van de man dat Dare zou hebben gelachen als hij niet hetzelfde wilde als wat Hank duidelijk had met zijn vrouw.

Dare nam een hap van zijn broodje. Hij wilde wat Hank had. Wat zijn ouders hadden gehad. Nou ja, voordat zijn moeder ziek was geworden, maar zelfs toen, de liefde die zij en zijn vader deelden...

Hij had het ook gezien bij Bill en zijn vrouw. Nu bij Gage en Lara. Bryan en Jenna. Zelfs Tanner en zijn vrouw Juliet hadden de vonk weer gevonden die ze bijna kwijt waren. Als zij konden heropbouwen, moesten hij en Gina dat ook kunnen. Hij moest alleen onthouden, zoals Bryan hem had gewaarschuwd, dat hij haar erg had gekwetst. Destijds wist hij niet beter; nu wel...

Gelukkig was hij niet van plan dit te verpesten.

'...avondje vrij, meneer Foster?'

'Het spijt me, wat zei u?' Dare draaide zich om naar de oudere vrouw naast hem. Mevrouw Kelton, als hij het zich goed herinnerde. Haar man zat naast haar, hun dochter en schoonzoon tegenover hen.

Ze trok aan de revers van haar witte, dikke jas waardoor ze eruitzag als een soort Michelinmannetje. 'Ik vroeg of ze u gisteravond vrij hadden gegeven, met die naderende storm. Ik kan me niet voorstellen dat er veel mensen naar de club zijn gekomen met die weersvoorspelling.'

Het feit dat deze dame van achter in de zeventig wist A) waar hij werkte en B) wat hij voor de kost deed, deed hem zijn hoofd schudden.

'Ach, Estelle.' Haar man gaf haar een klein duwtje met zijn schouder. 'Je weet nog wel hoe het was om zo jong te zijn. Niets zou ons hebben tegengehouden om plezier te maken.'

'Grappig dat je dat zegt, Stewart, maar *ik* ben nog steeds jong. En als gisteravond je daar niet van heeft overtuigd, moet *jij* misschien maar eens naar de show van meneer Foster gaan kijken. Je zou nog wat moves kunnen leren. Je moet wel van een sneeuwstorm houden.'

Estelle viel vol overgave aan op haar koolsalade terwijl de rest met open mond toekeek. Haar dochter keek alsof ze onder de tafel wilde kruipen, de schoonzoon probeerde zijn lachen in te houden en haar man verslikte zich in zijn koffie.

'Tjonge, mevrouw Kelton, hebt *u* de show van Darien gezien?' Gina trok haar wenkbrauwen op naar Darien.

'Ik ben oud, m'n kind, niet dood.' Ze doorboorde meneer Kelton — die nu in zijn koffiekopje staarde alsof er een zwart gat of een tijdmachine in zat — met haar blik.

'U weet dat ze ook vrouwelijke dansers hebben? Michelle is er een van, toch, Darien?'

Waar wilde Gina in hemelsnaam heen met deze vragen? Probeerde ze het huwelijk van de Keltons *kapot* te maken? 'Eh, ja. Michelle, Daisy, Morgan, Letty... Er zijn er heel wat.'

'Misschien moet u eens met uw vrouw meegaan, meneer Kelton.' Gina wilde het maar *niet* laten rusten. 'Wat goed is voor de een, is goed voor de ander.'

Dare wenste dat de sneeuw hem zou begraven. En Gina ook. Of dat haar mond in ieder geval vol zou zitten zodat ze niets meer kon zeggen. Wat bezielde die vrouw?

'O, geloof me, Gina, ik heb geprobeerd hem mee te krijgen. Hij zegt dat hij te oud is voor dat soort dingen.' Mevrouw Kelton snoof. 'Alsof.' Ze schepte nog wat koolsalade op. 'De dag dat ik te oud ben voor dat soort dingen, is de dag dat ze me tussen zes planken wedragen.'

Meneer Kelton keek verrast op. 'Maar waarom zou je in godsnaam willen dat ik daarheen ga? Het is voor de jongere generatie.'

Ze wees met haar vork naar hem. 'Alleen omdat ons lichaam geen twintig meer is, betekent niet dat onze geest dat ook niet is. Het is leuk, het is sexy, en het kan wat pit brengen waar dat nodig is.'

Dit keer was het Dare die zich in zijn koffie verslikte.

'Hoe gaat het hier met de mensen?' Samps verscheen precies op tijd als de ware heldhaftige brandweerman die hij was.

'Het wordt hier eh, een beetje warm,' zei de schoonzoon van mevrouw Kelton.

'Nou, in die club van jullie is het ronduit heet.' Mevrouw Kelton glimlachte naar Samps.

Gina barstte in lachen uit terwijl Dare nog probeerde te verwerken dat deze vrouw hem en Samps had zien dansen. Hij was blij dat hij wat *pit*, zoals ze het noemde, in haar leven kon brengen, maar het was één ding om op het podium te staan en te weten dat er vrouwen in de zaal zaten en hun gegil te horen, maar het was iets heel anders om tegenover een van die gillende vrouwen te zitten die oud genoeg was om zijn grootmoeder te zijn.

Als hij erover nadacht echter, zou zijn grootmoeder waarschijnlijk een van die gillende vrouwen zijn geweest. Oma Dee was niet iemand geweest die het leven uit de weg ging.

'Dus u heeft genoten van de show, hè, Estelle?' Samps draaide met zijn heupen terwijl hij om de tafel liep om achter haar te gaan staan. 'Heeft u nog iets gezien wat u beviel?'

'O, schatje, ik heb heel veel gezien wat me beviel. Genoeg om het oude vuur weer aan te wakkeren.'

'Nou, Estelle, ik denk niet dat u deze kinderen moet lastigvallen met dat soort praat.' Meneer Kelton veegde wat koffiedruppels af. 'Je maakt ze ongemakkelijk.'

'Cathy en Logan hebben kinderen; ze weten wat seks is, Stewart. Sjonge.' De vrouw schepte nog meer koolsalade op.

Zij was de enige die at. Gina lachte te hard, Logan, de schoonzoon, beet op zijn lip, en Cathy keek alsof haar eten er weer uit zou komen, zelfs als het haar zou lukken iets naar binnen te krijgen. Stewart legde zijn bestek geërgerd neer, Darien voelde dat hij met zijn mond open zat als een vis, en Hank trok zijn telefoon uit zijn zak en zei dat hij even moest bellen.

Alleen Samps scheen zich op zijn gemak te voelen bij Estelle's, tja, observaties. 'Dan moet u vanavond naar de show gaan. Hier.' Hij hield een paar kaartjes voor. 'Van mij.'

Cathy's hoofd *bonkte* tegen de schouder van haar man.

'Bent u er ook?' Estelle flirtte ongegeneerd met Samps.

'Nee, ik ben vanavond vrij, maar Foster is er wel. De show zal heet genoeg zijn om de sneeuw te doen smelten.'

'Geef haar gewoon een kopie van *Magic Mike* en ze smelt hem zelf wel,' mompelde Cathy.

'Die film heeft ze al.' Meneer Kelton schudde zijn hoofd. 'Vaker gezien dan me lief is.'

Estelle sloeg haar handen op de tafel. 'De moves zijn goed. Je voelt je er weer jong van.'

'O god, de dingen die ik niet over mijn ouders wil weten.' Daar ging Cathy's hoofd weer, dit keer *bonkte* het op de tafel.

Dare stelde zich voor dat Estelle een paar heupstoten deed en dat was het voor hem. Hij kon zijn lachen niet meer inhouden.

Gina klapte. 'Mevrouw Kelton, ik wil later net zo worden als u.'

'Nee hoor, lieverd.' De vrouw aaide over haar hand. 'Je wilt precies zijn wie je bent. Dat is de beste manier.' Ze gaf haar man een zetje. 'Kom op, Stewart. Laten we nog wat van die koolsalade halen. Dat houdt de boel op gang.'

Zodra ze wegliepen, barstte iedereen aan tafel in lachen uit.

'O mijn god.' Cathy begroef haar gezicht in haar handen. 'Het spijt me zo voor mijn moeder. Ze is gewoon...'

'Echt een uniek exemplaar.' Gina veegde haar ooghoeken af. 'Je moet wel houden van iemand die zo goed in haar vel zit als jouw moeder.'

Cathy keek even op en rolde met haar ogen. 'Iets té goed, als je het mij vraagt. Een beetje terughoudendheid zou geen kwaad kunnen.'

'Maar dan zou ze je moeder niet zijn.' Logan sloeg zijn arm om de schouders van zijn vrouw. 'En weet je wat ze zeggen? Kijk naar de moeder om de dochter op die leeftijd te zien.'

Cathy gaf hem een duwtje. 'Als ik zo begin te praten, geef ik je toestemming om me in de sneeuw te dumpen om af te koelen.'

'Waarom zou ik dat in hemelsnaam willen doen? Ik sleep je liever mee achter de brandweerwagens. Even voor wat hitte zorgen.'

Cathy liep rood aan. 'O mijn god, wat is er mis met jullie mensen? Eén sneeuwstorm en jullie veranderen in seksverslaafden?'

Dare kon niet anders dan naar Gina kijken.

Haar ogen vernauwden zich. 'Haal je niets in je hoofd, Foster.'

Te laat.

'We moeten nog veel te veel schilderen.' Ze wees waarschuwend met haar vinger naar hem.

Ah... wat hij wel niet met die vinger kon doen. 'Ik ga schilderen als de wind als dat je argument is.'

'Ik denk dat ik mijn vader ga redden.' Cathy stond op en pakte haar bord.

'Voel je vrij om in een sneeuwhoop te springen om af te koelen, schatje,' zei ze met een niet zo lieve glimlach terwijl ze wegliep.

'Ach, kom op, schat.' Logan viel bijna van zijn stoel toen hij opstond. 'Je zou blij moeten zijn dat ik nog steeds met je achter de brandweerwagen wil.' Hij zwaaide kort naar hen en liep toen achter zijn vrouw aan.

Dare bewoog zijn wenkbrauwen. 'En toen waren er nog maar twee.'

'Die weer aan het schilderen moeten.' Gina stond op.

Dare stond ook op, draaide zich om en spreidde zijn armen. 'Uw koets wacht, m'lady. Klim erop.'

Net als Estelle kon hij de voordelen van een sneeuwstorm niet genoeg prijzen.

Hoofdstuk elf

Gina liep naar de deur van haar appartement terwijl ze met een handdoek door haar haar wreef toen de bel ging. Dare had zijn pick-up uitgegraven en haar daarna voor zijn middagafspraak afgezet, aangezien haar auto nog steeds ingesneeuwd was. Ze was meteen onder de douche gesprongen, wetende dat deze confrontatie die eraan zat te komen onvermijdelijk was. Ze had echter gehoopt dat ze op zijn minst haar haar had kunnen afmaken.

'Gina Maria Theresa Taormina, doe deze deur open. Ik weet dat je er bent.'

Alleen haar moeder, grootmoeder en Candy gebruikten haar volledige naam. *Inclusief* haar vormselnaam.

Ze deed de deur open. 'Ik verwachtte je al.'

'Natuurlijk deed je dat.' Candy stapte vlot naar binnen en wierp haar nertsjas op de stoel bij de deur. Er waren maar weinig vrouwen die wegkwamen met een combinatie van een spijkerbroek en een bontjas tot op de grens van de enkels, maar Candy was een van die vrouwen. En ze verontschuldigde zich niet voor het dragen van bont; ze zei altijd dat nertsen gefokt werden voor hun vacht, net zoals Wagyu-runderen gefokt werden om Kobe-biefstuk te worden. En van beide genoot ze.

Ze liep om de bank heen, liet haar vingers over de leuning glijden en zakte toen weg in het kussen. Ze had zich tenminste omgekleed na haar nachtje uit. 'Vertel op.'

'Nou, met mij gaat het goed hoor, Candy, lief dat je het vraagt. Wil je wat drinken?' Gina hing de handdoek over de deurknop van de garderobekast.

'Hou op met tijd rekken. Die wijn komt straks wel nadat je me hebt verteld wat je bezielde om die kikker te kussen.'

Gina snoof en onderdrukte een lach. Candy hield er niet van om buitengesloten te worden. *En* ze maakte zich zorgen om Gina. Ze wist wat er op school was gebeurd en was erbij geweest toen het misliep met John. Ondanks dat Candy haar voortdurend aanmoedigde wat Darien betrof, was ze erg beschermend, en Gina hield van haar om die reden.

'Zit.' Candy klopte op de bank naast zich.

Gina zuchtte en ging zitten. Ze had die wijn moeten drinken *voordat* Candy opdook.

'Dus wat is er gebeurd waardoor ik je achterlaat terwijl je die vent nauwelijks kunt luchten of zien, maar twaalf uur later je tong in zijn keel hangt?' Candy keek oprecht gekwetst dat ze niet bij de transformatie aanwezig was geweest.

Alsof *dat* niet gênant zou zijn geweest. 'Mijn tong hing niet in zijn keel.'

'De zijne dan in die van jou. Wat dan ook. Haarkloverij.' Ze wuifde met haar glanzende roze nagels. 'Het punt is: lig je nu opeens boven op die vent?'

'Ik lag niet boven op hem.'

Candy's handen sloegen op de bank, het glanzende roze vormde een scherp contrast met de marineblauwe stof. 'O mijn god, Gina, het is alsof ik tanden moet trekken. Vertel het me nou gewoon.'

Gina zuchtte en trok haar benen onder zich. 'Hij heeft zijn excuses aangeboden.'

'Is dat *alles*? Heeft hij dat jaren geleden niet ook al gedaan?'

Gina plukte aan een los draadje van het sierkussen. 'Ja, maar ik dacht dat hij het deed omdat meneer Dilworth hem dwong. Ik kon de oprechtheid niet horen omdat ik te veel vastzat in mijn eigen pijn.'

'Dus je wilt zeggen dat tijd alle wonden heelt?'

Gina haalde haar schouders op. 'Het is gewoon... ik was er klaar voor om te luisteren.'

'Je *wilde* luisteren.' Candy tikte op haar knie. 'Omdat je hormonen je vertelden dat je over de pijn heen moest stappen en eens goed moest opletten.'

Niet alleen haar hormonen, maar ze kon dat nauwelijks hardop tegen zichzelf toegeven, laat staan tegen Candy. Ze hield van haar beste vriendin, maar soms was een "ik zei het je toch" een bittere pil om te slikken. 'Zoiets.'

'En...?'

'Wat bedoel je?'

Candy wriemelde op het kussen, draaide zich naar Gina toe en bracht haar glanzende zilveren Louboutin-hak — die net zo onpraktisch was voor dit weer als Gina's Crocs, maar Gina's schoenen hadden tenminste een praktisch doel voor het werk — gevaarlijk dicht bij de witte bies van de bank. 'Wat ik bedoel is: waar gaat dit heen? Hebben we het over de lange termijn?'

Gina stond op en liep naar het raam. De lampen op het parkeerterrein lieten de vallende sneeuw glinsteren. 'Jeetje, Candy, ik weet het niet. Ik heb de man net pas weer toegelaten. Mag ik het alsjeblieft rustig aan doen?'

'Je hebt die man jaren geleden al toegelaten, je wilde het alleen niet toegeven.'

In de weerspiegeling van het raam zag Gina hoe Candy met haar nagels over de rugleuning van de bank tikte. 'Dat is niet waar.'

'Waarom denk je dan al sinds de diploma-uitreiking aan hem?'

'Dat doe ik helemaal niet.'

'Echt wel. Dat heb je me verteld die avond dat we je meubels verplaatsten en je jaarboek eruit viel.'

Omdat er wijn bij aan te pas was gekomen, uiteraard. 'Nou, het is nogal lastig om *niet* aan hem te denken als hij me steeds mandjes blijft sturen.'

'Dat was pas in de afgelopen vier maanden. Ik ken je al twaalf jaar en ik kan dat verhaal over de klas van Nester woordelijk navertellen. Je bent hem in al die jaren niet vergeten.'

Gina kneep in de brug van haar neus. 'Nou, wat verwacht je dan? Die vent heeft me niet alleen voor mijn eigen klas voor schut gezet, maar voor minstens zes jaar aan leerlingen. Om over hun broertjes en zusjes nog maar te zwijgen. Het nieuws had zich al verspreid voordat we die dag het kantoor van de directeur uit waren. Ik was vernederd. Dat is nou eenmaal lastig te vergeten.'

'Dat snap ik, maar ik weet hoe jouw brein werkt. Darien heeft jaren geleden zijn haken al in je gezet, en niet vanwege die vernedering. Vanmorgen bewijst mijn gelijk.'

Gina kon daar niets tegenin brengen.

'Je was bang.'

Gina keek haar aan in de weerspiegeling. 'Dat is belachelijk. Darien maakte me niet bang.'

'Natuurlijk wel. Of, als hij het niet was, dan was het wel het feit dat je hem *wilde*. Je was bang dat je bij hem dezelfde fout zou maken als bij John.'

Ze draaide zich om. 'Kun je me dat kwalijk nemen?'

'Ja. Omdat, zoals ik je al steeds vertel, niet elke vent een klootzak is.'

'Maar hij heeft al bewezen dat hij er een is.'

'Dat is te lang geleden om nog mee te tellen. Je zei zelf dat hij een kind was. Gun hem wat respijt. We krijgen allemaal een herkansing voor de stomme dingen die we deden toen we jong waren.'

Gina sloeg haar armen over elkaar en leunde tegen het raamkozijn. 'Er is een voorgeschiedenis.'

'Eén incident is nog geen voorgeschiedenis. Eén incident is een fout. Je hoeft die niet te herhalen.'

'Maar hoe weet ik dat ik dat niet doe?'

Er flitste even iets over Candy's gezicht en Gina vroeg zich af of het te maken had met haar eigen avontuurtje van de afgelopen nacht, maar voordat ze haar erover kon ondervragen, rechtte Candy haar schouders en ging rechterop zitten.

'Ik ben op onderzoek uitgegaan.'

Gina rolde met haar ogen. 'Natuurlijk heb je dat gedaan.'

Candy ging gewoon door alsof ze Gina's opmerking of haar sarcasme niet had gehoord. 'Hij bezat samen met een partner een appartementencomplex. Hij heeft een aardig bedrag verdiend aan de verkoop. Hij is dus zeker niet op je bankrekening uit, dus dat is een zorg minder.'

'Ik weet het. Ik bood hem aan om hem te betalen voor zijn tijd deze week, maar hij weigerde. Hij zei dat hij dit deed voor school en mijn geld niet wilde aannemen.'

'Zie je wel? Hij is oprecht. Je moet gewoon op jezelf vertrouwen. Luister naar je gevoel.'

'Dat heb ik één keer gedaan. En dat liet me in de steek.'

'*John* liet je in de steek. En Darien lijkt totaal niet op John.'

Gina spreidde haar armen. 'Ik weet het, maar waarom zou ik hem de macht geven om me opnieuw te kwetsen?'

'Afgezien van het overduidelijke feit dat je helemaal opfleurt wanneer je over hem praat — waarover gesproken, we moeten een kerstboom in de spa hebben voor donderdag — heeft hij zijn excuses aangeboden. Dat zegt iets. Het kost de meeste mannen veel moeite om hun excuses aan te bieden. Verdomme, zelfs om in te zien dat het *nodig* is. En het was blijkbaar oprecht genoeg voor jou om ze te aanvaarden. Dus dat is een punt in de kolom "voor".'

'Dat is waar.' Ze zette haar handen in haar zij.

'En dan zijn er nog de cadeaus. Ik bedoel, eerst deed hij heel lief en romantisch, maar toen dat niet werkte, werd hij praktisch. Je moet een man respecteren die zakelijk inzicht heeft.'

'Ook dat is waar.'

'En dan is er nog het *pièce de résistance*. Hij werkt voor je. Gratis. Zelfs toen je hem geld aanbood. Wie doet dat nou? Iemand die heel graag tijd met je wil doorbrengen, die doet dat.'

Gina knikte. 'Ik denk dat dat ook waar is.'

'Natuurlijk is dat zo. Dus drie keer "waar" betekent dat je hem tenminste een kans moet geven.'

'En als ik gekwetst word?'

'Dan word je gekwetst. Er zijn geen garanties in dit leven, en zonder risico is er geen beloning.'

Ze zuchtte en nam plaats in een van de zijstoelen. 'Ik weet gewoon niet of ik op dit moment wel op zoek ben naar een beloning. Ik bedoel, met alles wat er gaande is met de spa...'

'Onzin.' Candy's glanzende nagels wapperden haar kant op. 'De spa is een excuus. Tenzij je van plan bent iedereen te ontslaan en alles zelf te doen, *heb* je wel degelijk tijd voor een leven. En — o, wat handig! — hij is nota bene *bij jou op het werk*. Ergo, je hoeft niet eens extra tijd vrij te maken om samen te zijn.' Ze leunde achterover en sloeg haar armen over haar zilveren satijnen bloes, met een zelfvoldane grijps op haar gezicht. 'Jij bent trouwens de enige die dit niet van een kilometer afstand zag aankomen.'

'Dat is niet waar. Debby niet. Ze vroeg me of ze een poging bij hem mocht wagen, dus het is niet zo vanzelfsprekend als je denkt.'

'Dat vroeg ze om een reactie bij je uit te lokken. Om je te laten beseffen dat je de boot zou kunnen missen als je niets deed.'

Gina boog voorover, haar ellebogen op haar knieën. 'Bedoel je dat ze niet echt in hem geïnteresseerd is? Dat dat een soort vooropgezet plannetje was?'

Candy's handen schoten omhoog, haar palmen naar voren. 'Ho even, schiet niet op de boodschapper. En denk er vooral niet aan om haar te ontslaan. Natuurlijk is ze geïnteresseerd. Hemel, minstens de helft van de vrouwelijke bevolking is dat. Maar ze moest weten hoe jij erover dacht. Als je ook maar de minste interesse toonde, zou zij zich terugtrekken.'

'Ik heb haar gezegd dat ze ervoor moest gaan.'

'Ja, maar met haken en ogen. Dat heeft ze me verteld.' Candy leunde weer achterover en legde haar arm over de bank. Het enige wat ze nog nodig had, was een schoteltje melk en een paar veertjes bij haar mond. 'Ze zei ook nog iets over dat "de dame wel erg hard protesteert".'

'Dus ze is niet geïnteresseerd?'

'O, ze zal je restjes zeker aannemen als je niet voorzichtig bent. Maar ze gaat niets doen als er iets speelt tussen jou en Darien.' Candy zwaaide met een vinger naar haar. 'En dat is er.'

Gina zuchtte. 'Je hebt gelijk. Ik ben bang.'

'We zijn allemaal wel eens bang. Hoe we met die angst omgaan, dat defini-eert ons. Denk je dat ik niet een heel klein beetje zenuwachtig was toen ik al mijn spaargeld investeerde in een portefeuille die *ik* had samengesteld? Ik bedoel, wie dacht ik wel niet dat ik was?' Ze schoof een denkbeeldige haarlok naar achteren. 'Maar ik moest de kans grijpen. Ik heb mijn huiswerk gedaan en de sprong gewaagd. Net zoals jij deed met de spa. Dat is het enige wat we kunnen doen.' Ze stak een vinger op. 'Eén: je kent Darien.' Een tweede vinger kwam erbij. 'Twee: hij werkt voor je neef.' En nog een. 'Drie: het achtergrond-onderzoek dat goed uitpakte. En vier,' — haar pink verscheen — 'en dat is het belangrijkst: hij heeft zijn excuses aangeboden. Dan is er nog het feit dat hij attent is. *En* hij ziet eruit alsof hij verdomd goed kan zoenen, van wat ik heb gezien. Om nog maar te zwijgen over het feit dat die man zich kan *bewegen*. En dat lichaam...' Candy wuifde zichzelf koelte toe. 'Ik bedoel, sjonge-jonge, ongelofelijk. Je zou daar best wat van kunnen...'

'Rustig maar, Hattie McDaniel. Doe even normaal.'

Zij en Candy hadden *Gone With The Wind* ook een paar keer gezien.

'Het enige wat ik wil zeggen is dat alle lichten op groen staan.'

'Maar wat als ik de signalen verkeerd begrijp?'

'En wat als je ze goed begrijpt? Je zult het nooit weten als je het niet probeert. Je kunt bij hem de buit én de eer hebben, als je begrijpt wat ik bedoel.' Candy wiebelde met haar wenkbrauwen. 'Dus, kunnen we ophouden met die angst — en al die clichés — en je gewoon laten genieten van het feit dat een lekker stuk jou wel ziet zitten? Ik bedoel, er zijn ergere dingen.'

'Daarover gesproken...' Gina wipte op de bank naast haar. 'Nu is het jouw beurt om uit de school te klappen. Wat was dat met die 'walk of shame'?'

'Het is niets.' Candy schudde haar hoofd en plukte aan haar nagels — wat ze nooit deed; *verspil nooit een goede manicure* was haar motto. 'Een aanname die ik niet had mogen doen. Je weet wat ze zeggen over aannames, toch?'

'Maar met wie? Ik wist niet dat je met iemand uitging.'

Ze bleef aan haar nagels plukken. 'Dat doe ik ook niet.'

'Wie dan?'

'Het is niet belangrijk. Zoals ik al zei, ik heb de verkeerde conclusie getrokken en dat ga ik zeker niet nog een keer doen.' Ze sprong overeind. 'Ik kan er maar beter vandoor gaan.'

'Hoe zit het met de wijn?' Gina haastte zich achter Candy aan, die het appartement sneller verliet dan een vrouw op Louboutins zou moeten kunnen.

'Ik zei toch dat er niets is om over te praten, laat staan om over te zeiken.' Candy wierp haar nertsjas over haar schouder met een perfect model-gebaar.

'Niet dat soort wijn. Ik bedoel de soort die je drinkt.'

'Ik weet wat je bedoelde. En dat is precies waarom ik wegga. Er valt niets te vertellen, en me vol laten lopen met alcohol gaat me niet aan de praat krijgen. Bovendien moet jij morgen vroeg op. Nog vier dagen te gaan tot de op één na grootste dag die The Gilded Lily tot nu toe heeft meegemaakt. Toedeledokie!'

Met die woorden zeilde Candy op grootse wijze het appartement van Gina uit, en liet ze Gina achter met de vraag welke gevoelige snaar ze met haar vraag had geraakt.

En welke andere snaren die mysterieuze 'niemand die belangrijk is' nog meer had geraakt.

* * *

'Hé, Pop.' Dare trok een gezicht toen de hordeur achter hem dichtsloeg terwijl hij een stap in zijn ouderlijk huis zette en vijftien jaar terugging in de tijd. Er was niets veranderd. Alhoewel, dat probleem met de deur bestond pas zo'n acht maanden — vanaf ongeveer een week voor het pensioen van Pop. 'Nog steeds niet aan de deur toegekomen, hè?'

Zijn vader duwde zich omhoog aan de leuningen van zijn relaxfauteuil om op te staan. 'Nog niet. Een beetje... druk geweest.'

Afgeleid, bedoelde hij. Dare wist de waarheid. Dat was waarom hij hier was. Nou ja, een van de redenen.

'Wil je een biertje?' Zijn vader wees naar de keuken. Met andere woorden, als Dare er een wilde, moest hij hem zelf gaan pakken.

'Nee, ik hoef niet.' Geen haar op zijn hoofd die eraan dacht om daar vandaag naar binnen te gaan.

'Wat brengt je hier dan? Kun je dat gebouw dat je zocht niet vinden en wil je weer hier komen wonen?' Pop lachte. Ze waren goede vrienden, maar zouden alleen uit noodzaak huisgenoten zijn. Maar niet in *dit* huis. Te veel droevige geschiedenis staarde hen daar in het gezicht.

'Nog niets gevonden wat betreft een pand, en mijn huisbazin zou er niet blij mee zijn als ze mijn appartement tijdens de kerst zou moeten verhuren, dus die verhuizing gaat niet door. Ik dacht dat ik even langs zou komen om te kijken of je mijn hulp ergens bij nodig had. Een klusje ofzo.' Alles om de gedachten van Pop — en die van hemzelf — van de datum van vandaag af te leiden.

Of dat tenminste voor te wenden. De sterfdag van ma woog zwaar op hen beiden.

'Nee. Ik ben niet echt met klusjes bezig.'

Waar was hij dan zo druk mee? Maar Dare wist wel beter dan dat te vragen. Daarom moest hij ook vaart zetten achter het zoeken naar een pand. Met de achtergrond van Pop in de bouw, zou Dare het perfecte 'project' hebben om hem bezig te houden: het regelen van de dagelijkse klussen op de nieuwe locatie.

'Nou, kom dan maar verder.' Pop schuifelde naar de deur. 'Je hoeft daar buiten niet te bevriezen.'

Dare hield zijn adem in. Blijkbaar was het waar wat ze zeiden over getrouwde stellen die na een tijdje op elkaar gingen lijken — Pop klonk een paar seconden lang *precies* als ma.

Of misschien was het de herinnering aan haar stem uit de keuken die hij hoorde.

Hij schudde zijn hoofd. Vandaag was de ene dag in het hele jaar waarvan hij zou willen dat die niet bestond, maar dat kon niet. Vanwege Pop. In de vijftien jaar sinds het overlijden van ma was Dare slechts één keer niet langsgekomen.

'Dus, wat heb je op je hart?' Pop sloot de voordeur achter hem. Het was zijn 'dingetje'. Altijd al geweest. 'Zorgen dat de warmte niet ontsnapt,' zei hij altijd.

Wat hij eigenlijk bedoelde was: 'Zorgen dat Darien niet ontsnapt.' Dare was aan de wandel gegaan toen hij twee was, in het holst van de winter. Midden in de nacht.

De knip van de voordeur was die nacht om de een of andere reden niet goed in het slot gevallen en gelukkig had Pop de wind door de benedenverdieping horen fluiten. Gelukkig was er net een verse laag sneeuw gevallen die de kleine Dare zo had geboeid dat hij op de veranda was gebleven om erin te spelen.

Sindsdien was Pop fanatiek wat betreft het controleren of die deur wel goed dichtzat.

'Ik dacht, Pop, als je niet te druk bent, zullen we dan samen een hapje gaan eten?'

'Nee, ik heb genoeg in de keuken staan.'

Ja, maar hij zou er niets van koken. Dare kende die routine inmiddels wel.

'Ik trakteer. En er is iets dat ik met je wilde bespreken voordat ik naar mijn werk moet.'

Dat wekte de interesse van zijn vader. 'Nou, als het geen nieuw huis is, is het dan een meisje?'

Dare glimlachte. Gina was het stadium van *meisje* allang gepasseerd en bevond zich midden in het stadium van *vrouw*. 'Ja. Dat is het.'

'Nou, laat me dan even mijn jas pakken.'

Zijn vader, die er kwieker uitzag dan Dare hem in tijden had gezien, haastte zich naar de garderobekast en diepte de versleten groene legerjas op die hij al eeuwig droeg. Dare had vorig jaar een nieuwe voor hem gekocht voor Kerstmis, maar hij had het vermoeden dat de kaartjes er nog steeds aan zaten.

'Ga jij maar vast, ik doe de deur wel.' Pop wuifde hem voor zich uit.

'Oké, maar we gaan met mijn pick-up.'

'Reken maar dat we dat doen. De mijne staat in de garage en de sedan is niet geschikt voor dit weer.'

Dat kwam omdat dat ding twintig jaar oud was. Hij was van ma geweest, en Pop piekerde er niet over om hem te verkopen.

Dare maakte zich een beetje zorgen over deze instelling. Het was prima geweest toen Pop nog werk had om naartoe te gaan. Iets om te doen. Een doel. Maar nu... Hij zat alleen maar thuis en werd steeds meer... afgeleid.

Pop werd snel oud. Onnodig snel. Dare was het vorig jaar met Kerstmis al opgevallen toen hij op bezoek was. Toen de prognose van Bill slechter werd, had Dare besloten zijn zaak te verkopen en terug naar huis te komen. Hij en Pop hadden allebei een frisse start nodig.

'Kunnen we misschien naar Charlie's Place gaan?' vroeg Pop. 'Daar ben ik al een tijdje niet meer geweest.'

'Natuurlijk. Dat klinkt als een goed plan.' De historische herberg was vroeger een favoriet van de familie. Ze waren er met z'n tweeën in jaren niet meer samen geweest. Zeker vijftien jaar niet.

'Moet je jou eens zien, heel handig, achteruit inparkeren met dit weer.' Pop greep de handgreep vast terwijl Dare de tijd nam om voor de pick-up langs te lopen. 'Wat? Heb je donuts op het gazon gedraaid ofzo?'

'Ik wilde niet het risico lopen vast te komen zitten. Weet je, Pop, je zou echt iemand moeten regelen om de oprit sneeuwvrij te maken.'

'Ik kan verdomme mijn eigen oprit wel sneeuwvrij maken als dat nodig is.' Pop hees zichzelf in de cabine. 'Was alleen nog niet nodig.'

Omdat zijn vader nergens naartoe ging. Niets *deed*. En sinds Snoopy, hun stokoude beagle, was doodgegaan — ook een week na het begin van zijn pensioen — was Pop aan het veranderen in een kluizenaar. Allemaal omdat ma er niet meer was en hij nu geen reden meer had om 's ochtends zijn bed uit te komen.

Dare wist alles van eenzaamheid. Het was de reden dat hij überhaupt was weggegaan. En de reden dat hij naar huis was gekomen.

Hij sprong op de bestuurdersstoel en reed de pick-up voorzichtig de oprit af. De sneeuw was samengeperst, met een ijzig laagje eroverheen, waardoor zijn banden grip hadden. Maar zijn sporen zouden bevriezen terwijl ze weg waren, waardoor de oprit in een schaatsbaan zou veranderen, dus zodra hij Pop in een nisje bij Charlie's had geïnstalleerd, zou hij er even tussenuit knijpen om te bellen. De oprit laten vrijmaken voordat ze weer thuis kwamen en doen alsof het een 'barmhartige Samaritaan was die meneer Foster even hielp'. Dat was zijn verhaal en daar hield hij zich aan.

Pop tikte tegen het raam aan de passagierskant. 'Je moeder hield van de sneeuw, wist je dat? Zelfs na die keer dat jij...'

Ondanks dat Pop graag deed alsof hij een harde was, was hij een watje als het op zijn familie aankwam. Maar als je hem daarop aansprak, ontkende hij alles.

Dus Dare deed alsof hij niets merkte. Zoals gewoonlijk. Dat was makkelijker zo. 'Ja, ik weet het. Ze hield altijd van sneeuwstormen. Zorgde dat we genoeg hout en marshmallows hadden voor bij het vuur.'

'Janet kon goede s'mores maken, dat is een ding dat zeker is.' Pop wreef de damp weg die zijn adem op het glas achterliet. 'Ze wilde meer kinderen, weet je.'

'Echt waar?' Pa had altijd gezegd dat ze het perfecte kind hadden gemaakt toen ze hem kregen, en dat ze haar geluk niet had willen tarten. Dat hij genoeg voor haar was geweest.

Als kind had hij dat graag gehoord. Als volwassene vermoedde hij dat er meer achter moest hebben gezeten, vooral gezien hun leeftijd toen hij werd geboren, maar het was een gespreksonderwerp waar hij en Pop zich nog nooit aan hadden gewaagd — en hij wist niet waar dit nu heen ging.

'Ja. Ik weet wat ze je verteld heeft, maar je moeder, ze was gemaakt om moeder te zijn. Ze had er meer moeten hebben. We hebben het geprobeerd. Er waren er twee voor jou, maar...' Zijn vader haalde zijn schouders op. 'Ze bleven gewoon niet zitten.'

Dat was nieuw. Dare had niet geweten dat zijn moeder miskramen had gehad. Het verklaarde wel waarom ze zo lang hadden "gewacht" om hem te krijgen, zoals hem altijd was verteld. 'Had het te maken, denk je, met de...?'

Ze hadden het woord nooit uitgesproken. Het was altijd: 'Mama was ziek.' Of *onwel*. Nooit *dat* woord.

Dare haatte dat woord. Een haat die alleen maar was versterkt door de diagnose van Bill.

Pop haalde zijn schouders weer op. 'Geen idee. We hebben na jou nog geprobeerd om er meer te krijgen, maar het gebeurde niet. En we hadden het geld niet om te blijven proberen zoals mensen tegenwoordig doen met dat invitro en zo. Misschien was het dan eerder aan het licht gekomen, misschien ook niet.' Hij zuchtte, terwijl hij nog steeds naar buiten staarde. 'Ze was een goede vrouw, je moeder. De beste die er was. Meer dan ik had durven hopen, weet je?'

Dare kon geen antwoord geven. Niet dat het nodig was; de verstikking in de stem van zijn vader klonk verdacht veel als tranen — die zijn vader nooit in zijn bijzijn had gelaten. Niet toen mama stierf, niet toen Dare vertrok, en zelfs niet toen ze Snoopy die avond hadden gevonden nadat ze Pop eindelijk het huis uit hadden gekregen om naar de play-off-wedstrijd te kijken.

Een paar minuten later reed Dare de parkeerplaats van het café op. Iedereen noemde het Charlie's Place omdat Charlie Schmidt, een oude vriend van Pop, de eigenaar was, maar eigenlijk heette het The Mayflower. Dat klonk te chic voor de klandizie en de kaart, dus aangezien Charlie het al bijna een halve eeuw in zijn bezit had, was het Charlie's Place geworden.

Donderdagen waren meestal pokeravonden, woensdagen waren voor het darten. Charlie's vrouw, Iona, had geprobeerd om op zondag bingo te introduceren, maar zodra de HD-televisies er waren gekomen, werden de zondag- en maandagavonden in de herfst gereserveerd voor Heilig Football en de rest van het jaar voor de Hoogwaardige Heren van het honkbal, hockey, golf en de NASCAR, met af en toe een Eerwaarde WWF op de rustige avonden. Hij wist vrij zeker dat de oprichters van het oorspronkelijke etablissement *dat* honderd jaar geleden niet hadden aan zien komen.

Hij en Pop bereikten hun nisje na ongeveer vijf minuten van schouderklopjes en een heleboel 'Dat is lang geleden dat we je hier hebben gezien' — gericht aan hen beiden.

'Bestel alvast een biertje voor me, Pop,' zei Dare nadat zijn vader was gaan zitten. 'Ik moet even een snel telefoontje plegen.'

Pop trok enkel een wenkbrauw op en gromde wat, waarna hij een van Charlie's dochters wenkte om de bestelling op te nemen. Voor een briefje van vijf lagen er Irish nachos op tafel als hij terugkwam.

Dare duwde de voordeur open om het gesprek te voeren op een plek waar hij daadwerkelijk boven het lawaai van de football-fans uit kon komen. Het sneeuwde weer. Hij glimlachte. Sneeuw had een heel nieuwe betekenis gekregen sinds hij die storm met Gina had doorgebracht.

Hij nam contact op met zijn makelaar om te horen of er op miraculeuze wijze een bruikbaar pand op de markt was gekomen, en maakte daarna afspraken met een sneeuwruimbedrijf om bij zijn vader langs te gaan voordat hij weer naar binnen ging. Het kostte hem het dubbele, maar dat was het waard zodat Pop geen heup zou breken.

'Dus... dat meisje. Is zij de ware?' Pop overhandigde hem zijn bier toen hij terugkwam bij het nisje.

'Dat weet ik niet.' De Irish nachos — frietjes met gesmolten kaas, spek, bosui en zure room erbovenop — zorgden ervoor dat hij naar een vork greep.

'Onzin. Als ze de moeite waard is om met je vader over te praten, dan is ze de ware. Hoeveel anderen hebben jou zo in de knoop laten zitten dat je het advies van je ouwe heer wilde inwinnen, hè?' Pop kantelde zijn flesje naar Dare om zijn punt kracht bij te zetten.

'Geen enkele.'

'Precies.' Pop nam een slok. 'Dus, heeft ze een naam?'

'Gina.' Dare keek op en wachtte tot zijn vader had doorgeslikt. Dit zou vast goed vallen. 'Taormina.'

Pops flesje raakte de tafel, maar hij slaagde erin zijn bier niet uit te spugen, dus dat was winst. 'Dat arme meisje dat je op de middelbare school hebt geterroriseerd?'

Dare trok een gezicht. 'Dat was in de onderbouw en ik zou een stomme opmerking nauwelijks terroriseren willen noemen.'

'Dat hangt er maar net vanaf wie de definitie geeft.' Pop wreef over zijn kin. 'Maar toch... Gina, hè? Ze was altijd al een mooi dingetje.'

'Eh, ja. Dat was ze. Nu is ze prachtig.' Hij nam een korte slok. 'Ik heb haar een paar maanden geleden op de reünie gezien en ik krijg haar niet meer uit mijn hoofd.'

'Dan is zij het dus.' Pop pakte zijn bier op. 'Dus wanneer ga je er wat aan doen?'

''Ik ben ermee bezig.'

'Het zou geen werk moeten zijn.'

'Behalve dat ik niet bepaald haar favoriete persoon ben.' Nou ja, dat *was* hij niet. Nu... hij had het idee dat hij langzaam de ladder van acceptatie begon te beklimmen.

'Dan zorg je dat je haar favoriete persoon wordt. Je bent een aardige vent. Ziet er goed uit. Je hebt altijd veel vrienden gehad. Meisjes bleven ook maar langskomen. Je moeder werd er gek van. Ze was bang dat een of ander meisje je te jong in een huwelijk zou luizen.'

Dare schudde zijn hoofd. Hij was *niet* van plan *dat* gesprek met Pop te voeren. 'Ik was voorzichtig.'

'Een goed ding ook. Je moeder wilde het beste voor je.'

'Dat weet ik.' Dat vertelde ze hem vroeger constant. Zijn moeder was geweldig geweest, en er ging geen dag voorbij dat hij niet aan haar dacht. Hij wenste dat ze hier was.

'Dus, dit meisje. Gina. Is zij de beste?'

Dare tikte tegen zijn flesje. 'Ik denk het wel.'

'Zorg dan dat het gebeurt.'

'Dat is het hem juist, Pop. Ik werk voor haar.'

'Ik dacht dat je dat strip-gebeuren deed.'

Het moet tot Pops eer gezegd worden dat hij het met een strak gezicht zei. Dare was onder de indruk geweest toen hij terugkwam in de stad en hem vertelde wat hij zou gaan doen totdat hij een pand vond om in te investeren, en dat Pop het nieuws gelaten had opgenomen, maar het beangstigde hem nog steeds dat Pop niet flink was geschrokken. Dare dacht niet dat hij zo begripvol zou zijn als zijn zoon hem vertelde dat hij een exotische danser zou worden.

Zijn zoon.

Wauw. De gedachte daaraan —

'Ben je gestopt?'

Dare schudde de mentale mist van zich af die het beeld van een baby — *zijn* baby — had gecreëerd. 'Nee, dat doe ik 's avonds nog steeds, maar overdag werk ik voor Gina.'

'Wat doe je dan? Heeft ze geen nagelstudio of kapsalon of zoiets?'

'Het is een spa. Ik geef massages.'

'Moet je daar geen diploma voor hebben?'

'Ik zit op school.' Waar hij waarschijnlijk weer eens naartoe moest. Hij had tenslotte het lesgeld al betaald.

Pop grinnikte en nam nog een slok van zijn bier. 'Ja, zij is het, dat is duidelijk. Elke meid die jou op je drieëndertigste naar school krijgt, is een blijvertje. Wanneer ga je haar ten huwelijk vragen?'

Nu was het de beurt aan Dare om bijna zijn bier uit te spugen. 'Ik heb pas onlangs bereikt dat ze me niet meer haat. Je loopt op de zaken vooruit, Pop.'

'Ik ben niet degene die zich voor lessen heeft ingeschreven alleen maar om dicht bij haar te zijn.'

Als hij het zo stelde... 'Hoe wist je het? Bij mama? Hoe wist je dat zij de ware was en wanneer je het haar moest vragen?'

Pop haalde zijn schouders op. 'Ik wist vanaf het moment dat ik Janet zag dat zij de vrouw was met wie ik zou trouwen. Dat heb ik haar toen ook verteld.' Pop tikte met zijn flesje op het versleten houten tafelblad. 'Ik zou je niet aanraden het precies zo te doen. Ze dacht dat ik gek was geworden, dus je kunt er misschien beter nog even mee wachten. Maar laat haar weten dat ze speciaal is. En als jij speciaal voor haar bent... dan weet je het. Je weet gewoon wanneer het juiste moment is om het haar te vragen.'

Dare nam een flinke slok van zijn bier. Pop kende Gina niet. Hij kon haar onmogelijk zomaar vragen om zijn vrouw te worden. Bovendien had dat tijd nodig om te groeien. Hij had haar pas net zover gekregen dat ze tegen hem praatte.

En hem kuste.

'O jé. Daar heb je die blik.' Pop tikte met zijn bierflesje tegen dat van Dare. 'Je bent tot over je oren verliefd op haar. Dat was je altijd al, nietwaar?'

'Ja.'

'Dat dacht ik al. Je was geen seconde boos dat je moest nablijven voor die streek. Persoonlijk vond ik een maand wat veel, vooral omdat haar neefje maar een week kreeg, maar je hebt nooit geklaagd.'

'Ik wist dat ik haar pijn had gedaan. Ik heb mijn excuses aangeboden, maar ze geloofde me niet. Ze dacht dat ik haar weer belachelijk maakte.' Hij draaide rondjes met zijn flesje en trok de condens over de tafel, terwijl hij zich herinnerde hoe rot hij zich had gevoeld, zowel over wat hij had gedaan als over het feit dat hij haar er niet van kon overtuigen dat het hem speet. Zo'n domme actie.

'Tja, vrouwen zijn... gevoelig voor bepaalde dingen. Vooral over hoe ze eruitzien. Je moeder was dat ook. Gek hè, maar ze dacht dat de operatie een verschil voor mij zou maken. Ze dacht dat ze minder vrouw zou zijn. Dat waren haar woorden.' Pop stak een frietje in zijn mond en kauwde er bedachtzaam op. 'Alsof *die dingen* haar tot een mooie vrouw maakten. De enige reden dat het me uitmaakte dat ze die operatie onderging — afgezien van het feit dat het haar een kans gaf op genezing — was omdat *zij* zich er druk om maakte. Ik probeerde haar te vertellen dat de buitenkant maar een verpakking is; het laat je niet zien wat er in het pakketje zit. Daarvoor moet je het cadeau openmaken, laag voor laag.'

Een stuk meer welbespraaktheid van zijn vader dan Dare gewend was. Met de weemoedige blik op Pops gezicht en het frietje dat zo langzaam naar binnen ging, zag Dare de herinneringen door zijn vaders geest stromen.

Ze hadden nog nooit zo gepraat. Mama was gestorven toen hij achttien was en ze hadden hun verdriet afzonderlijk verwerkt — net zoals ze er van tevoren *niet* mee om waren gegaan. Mama was onverzettelijk geweest in haar eis dat elk van haar resterende dagen gevuld moest zijn met gelach, glimlachen en lichtheid. Ze zei dat ze genoeg duisternis had meegemaakt en dat haar laatste tijd met hen gelukkig moest zijn.

Het was bitterzoet geweest, die laatste maand. Telkens een glimlach op zijn gezicht plakken als hij haar kamer binnenging, en dan zijn ogen uit zijn kop huilen als hij wegging. Maar niet in de buurt van Pop. Pop hield zich sterk. Mama had hem gezegd dat hij dat moest doen, wist Dare. Net zoals ze Dare had gezegd dat hij sterk moest zijn voor Pop. Dat zij tweeën op elkaar moesten rekenen om haar herinnering levend te houden.

Nou, dat had Pop wel gedaan. Hij had geen enkel ding van haar uit het huis opgeruimd, noch een enkele muur geverfd. De enige reden dat er een nieuwe koelkast in de keuken stond, was omdat de koelkast die ze hadden gekocht toen ze er introkken er eindelijk mee was opgehouden.

Pop had hetzelfde merk gekocht om hem te vervangen.

'Weet ze wat je voor de kost doet?'

Dare keek op. 'Gina? Eh, ja. Ze was laatst in de club.'

Pop kauwde een paar seconden op de binnenkant van zijn wang. 'Ze vindt het misschien niet leuk, weet je. Al die andere vrouwen die voor je gillen. Dat jij zo in het openbaar danst. Ik bedoel, ik ken de meid niet, maar gezien haar reactie op wat je destijds had gezegd... Het is misschien niet de beste baan voor je als je wilt dat ze je als huwelijksmateriaal ziet.'

Daar had hij nog niet echt bij stilgestaan. Misschien maakte het feit dat hij zijn kleren uittrok voor een bende gillende vrouwen haar wel ongemakkelijk. Ze was tenslotte *wel* de club uitgerend toen hij aan het dansen was.

Verdomme. Misschien was zijn baan inderdaad een probleem.

Hij pakte een frietje. 'Bedankt, Pop. Je hebt me wat stof tot nadenken gegeven.'

'Mooi zo. Laten we nu wat eten voor de honger.' Pop pakte de menukaart. 'Ik neem een van Charlie's beroemde champignonburgers. Jij?'

Dare bestelde een BLT — hij moest het eten licht houden om vanavond te kunnen dansen — maar Gina was wat hij echt wilde. Hij moest een tandje bijzetten.

Hij stapelde hun menukaarten in de houder tegen de muur aan het uiteinde van hun nisje nadat Charlie's dochter hun bestelling had opgenomen. 'Zeg Pop, ik zat eraan te denken om een partner te zoeken voor het nieuwe pand.'

'Ik dacht dat je zei dat je er geen had.' Hij duwde het bord met Irish nachos naar hem toe.

Dare wuifde het weg en nam nog een slok van zijn bier. 'Nou, nee, nog niet. Mijn makelaar is ermee bezig. Hopelijk vinden we snel iets. Waarschijnlijk na de feestdagen. Er lijkt in deze tijd van het jaar niet veel actie te zijn in de commerciële vastgoedsector.'

'Dat is er in *geen enkele* tijd van het jaar. Mensen hier hebben de neiging om grond vast te houden. Die ouwe Wayne houdt die drive-in bioscoop al jaren stevig in zijn greep, maar hij vertoont er geen enkele film.'

Dat kwam omdat Wayne dat pand tot aan zijn nek in de hypotheek had zitten en er niet onderuit kon. Jonas, zijn makelaar, had hem verteld dat die vent hoopte dat er een grote projectontwikkelaar langs zou komen die er een stel appartementen zou bouwen.

Dare had niet het kapitaal voor een project van die omvang, anders zou dat stuk grond perfect zijn. Het was bouwrijp en vlak, de nutsleidingen lagen er al... Dat zou een mooie besparing zijn, maar toen Jonas het had nagekeken, was de vraagprijs van Wayne hoger dan Dares budget voor de grond *en* de bouw samen.

'Je zult het net zo moeilijk hebben om een partner te vinden als een gebouw. De meeste mensen hebben de tijd of het geld niet om te wachten tot een plek ze in de schoot geworpen wordt.' Pop nam een handvol frietjes.

Precies de reden waarom Dare bij BeefCake, Inc. werkte. 'Klopt. De meeste mensen niet.' Hij haalde adem. *Daar gaat-ie dan.* 'Maar jij wel.'

Pop bracht de frietjes die op weg waren naar zijn mond tot stilstand. 'Ik? Wil je dat *ik* met je in zaken ga?'

'Ja. Denk er eens over na. Je werkt niet en ik heb je geld niet nodig.'

'Waar heb je me dan voor nodig?' Zijn ogen werden smaller en hij legde de frietjes terug op de stapel bij de andere. 'Dit is toch geen liefdadigheid, hè?'

'Nee, Pop. Ik heb iemand nodig voor de dagelijkse gang van zaken als het eenmaal draait, om de behoeften van huurders af te handelen, problemen die zich voordoen, dat soort dingen.' Dare hief zijn bier weer op.

Pop veegde zijn handen af aan het servet. 'Heb je daar geen kantoorpersoneel voor?'

Dare hield het bier richting zijn vader. '*Ik* ben het kantoorpersoneel. Dingen repareren is niet mijn sterkste kant; Bill was de man op locatie. Ik ga er een nodig hebben, en ik dacht dat jij misschien geïnteresseerd zou zijn.'

'Hmm.' Pop trommelde met zijn vingers op de tafel. 'Ik denk dat ik de tijd wel heb. Maar waar komt dat partnerschap dan kijken? Doe ik dit gratis?'

'Natuurlijk niet. Ik zet je op de loonlijst. Met jou weet ik dat de dingen gedaan worden en goed gedaan worden. Noem het een verzekering voor mijn gemoedsrust.' Hij nam nog een slok en verborg een glimlach. Dit was een goed idee; hij was Pop niet aan het belazeren. De man kon alles maken en dit kon hem weer erbovenop helpen. Mama keek waarschijnlijk op dit eigenste moment glimlachend op hen neer.

'Het klinkt me nog steeds als liefdadigheid in de oren. Een te groot stuk van de taart, als je het mij vraagt, voor het simpelweg repareren van deurscharnieren en het ontstoppen van toiletten.'

Dare slikte en trok een wenkbrauw op. 'Betekent dat dat je niet geïnteresseerd bent?'

'Wacht eens even jij. Dat heb ik niet gezegd.' Pop vouwde zijn vingers in elkaar op de tafel. 'Ik ben geïnteresseerd. Ik moet alleen uitzoeken hoe ik het zo kan inrichten dat ik een partner ben en geen liefdadigheidsproject.' Een wijsvinger tikte op de rug van zijn hand. 'Maar ja, je moet toch iemand aannemen, en liever de duivel die je kent.'

Dare dronk zijn bier leeg en zette het op tafel. 'Je bent de duivel niet, Pop.'

'O, dat weet ik nog zo net niet. Je ma dacht daar anders over als ik aan projecten in huis begon.'

'Dat kwam omdat je ze nooit afmaakte.'

'Dat kwam omdat zij altijd meer voor me vond om te doen.' Zijn glimlach en de glimlach die hij eerder had toen Dare zei dat hij met hem over een meisje wilde praten, waren de eerste oprechte glimlachen die Dare had gezien sinds Snoopy was doodgegaan. 'Maar ik mag aan het eind van de dag wel naar huis, toch? En ik moet ze afmaken, dus ik moet verantwoording afleggen. Net als toen ik werkte.' Pop streek zijn hand over zijn broek en stak die toen uit. 'Ja, ik doe het. Je hebt er een zakenpartner bij, zoon.'

Mooi. Als hij nu ook nog eens een levenspartner kon krijgen, was hij klaar.

* * *

'Hé, Bry, heb je een minuutje?' Hopelijk was dat alles wat hij nodig had.

Bryan keek op van zijn bureau. 'Wat is er aan de hand, Dare? Niet genoeg mensen komen opdagen? Ik dacht dat de wegen schoon waren.'

Dare liet zich in de stoel voor het bureau zakken, met het gevoel alsof hij weer in het kantoor van directeur Dilworth zat.

Hetzelfde meisje, andere reden.

'Nee, de wegen zijn prima. Dit heeft te maken met, eh...' Jeetje, hij was echt zenuwachtig.

'Laat me raden.' Bryan legde zijn potlood neer. 'Gina. En de nacht die je met haar hebt doorgebracht.'

Verdomde roddelcircuit. 'Het was niet zoals het leek.'

'O, dat weet ik wel.'

'Wat? Hoe weet je dat? *Wat* weet je?'

Bryan vouwde zijn vingers in elkaar op het bureau. 'Ik weet dat je mijn nichtje uit een greppel hebt gegraven en haar mee terug hebt genomen naar de spa. Ik weet dat je haar de kazerne in en uit hebt gedragen op je rug. Ik weet dat ze nog steeds met je praat en me niet heeft gebeld om haar eer te verdedigen. Dus ik moet aannemen dat je erin geslaagd bent je handen thuis te houden. En als dat niet zo was' — hij hield een hand op — 'dan wil ik het niet weten.'

Mooi zo. Want het ging hem niets aan. Toch begreep hij wel waarom Bryan geïnteresseerd was; Dare zou hetzelfde hebben gedaan voor al zijn nichtjes. Helaas had hij die niet. 'Dus... we zitten goed?'

'We zitten goed zolang er geen tranen vloeien. Gina is een grote meid en ik mag graag denken dat ons kleine, eh, gesprekje de vorige keer genoeg was om je in het gareel te houden. Dit wordt alleen ongemakkelijk als ze gekwetst wordt.' Hij trok een wenkbrauw op. 'Dan word *jij* gekwetst. Opnieuw. Helder?'

'Kristalhelder.'

'Oké dan. Nog andere vragen?'

'Geen enkele.' Dare stond op.

'Mooi.' Bry ging verder met iets op het bloknoot op zijn bureau te krabbelen.

Dare ging weer zitten. 'Behalve...'

Bryan zuchtte en legde het potlood weer neer. Iets scherper dit keer. 'Spuug het uit, Foster. De show begint over een paar minuten.'

'Daarover gesproken. Ik denk erover om mijn ontslag in te dienen.'

'Wat? Je vertelde me, wat, drie dagen geleden dat je niet stopt. En nu wel? Heeft dit iets met Gina te maken?'

'Ik zei niet dat ik het ging doen; ik zei dat ik erover nadenk.'

'Hè, hè. Oké dan. Vertel het me over dertig jaar maar als ik klaar ben om met pensioen te gaan.' Bryan pakte het potlood weer op. 'De vrouwen vinden je leuk. Ik zou je ongaarne kwijtraken. Tenzij het natuurlijk om Gina gaat.'

Die gozer was als een hond met een been. Maar aan de andere kant was hij dat zelf ook als het op Gina aankwam. 'Ik denk dat het sneller zal zijn dan dertig jaar. En eerlijk gezegd kan het zelfs nog veel sneller zijn. Ik wilde je alleen even op de hoogte stellen dat ik erover nadenk.'

Bryan legde het potlood voor de zoveelste keer neer. 'Dit *heeft* met Gina te maken.'

Geen vraag.

'Ik heb erover nagedacht dat ze het misschien niet leuk vindt wat ik voor de kost doe.'

'Hé, ze is net zozeer een vrouw als alle anderen in de zaal.'

Zoals Dare heel goed wist. 'Dat betwist ik niet. Ik heb het over wat ik doe. Waar andere vrouwen bij zijn.'

Bryan trok zijn wenkbrauwen op. 'Loop je niet een beetje op de zaken vooruit? Wacht.' Hij hield weer een hand op. 'Ik wil het niet weten.'

'Ik zeg alleen... Ze waardeert die baan misschien niet.'

'Dus je gaat minder verdienen omdat ze het *misschien* niet leuk vindt? Het lijkt erop dat je te hard van stapel loopt of dat je haar niet goed genoeg kent, maar goed, het is jouw leven. Maar geef me genoeg tijd om een vervanger voor je te vinden, oké? De roulatie werkt met de dansers die we nu hebben.'

'Zal ik doen.' Dare stond op en liep naar de deur, niet helemaal zeker van wat hij nu bereikt had, maar als hij weg zou gaan, zou het in ieder geval geen verrassing zijn.

'Foster?'

Dare draaide zich om.

'Niet om de gevoelige snaar te raken, maar Gina is familie. Ze verdient het beste. Dus wees de beste. Onthoud wat je hebt gedaan om haar te kwetsen en doe het niet opnieuw. Maar... onthoud het wel. Alleen omdat het jaren geleden is, betekent niet dat het geen sporen heeft nagelaten.' Hij keek Dare een paar seconden aan en knikte toen, voordat hij zijn potlood weer oppakte en verderging met waar hij mee bezig was geweest.

Zat er een waarschuwing of advies in die opmerking? Dare gaf geen antwoord. Er viel niet veel op te zeggen. Maar wel een hoop om over na te denken.

Hoofdstuk twaalf

Ze zou hier niet moeten zijn.

Toch... sloot Gina het autoportier en zwaaide de Uber-chauffeur uit.

Dit was idioot. Belachelijk zelfs. Alleen omdat Darien zijn excuses had aangeboden — en haar had gekust — betekende dat nog niet dat ze naar hem moest komen kijken terwijl hij danste.

Alweer.

Gina draaide zich om om de chauffeur terug te roepen — maar hij was al weg.

Ze vatte dat op als een teken.

Heel handig.

Ze haalde diep adem, de kou brandde in haar keel, en rolde haar schouders naar achteren. Nadat Candy was vertrokken, had ze naar de muren van haar appartement gestaard en zich afgevraagd wat ze zou gaan doen om de tijd te doden tot morgenochtend, wanneer ze hem weer zou zien. Toen besefte ze dat ze hem ook nu kon zien. Hij moest zijn tweede show van de avond nog doen.

Ze wilde hem zien. Dit zien. Ze wilde hem zien dansen door een nieuwe bril, want de dingen waren veranderd sinds de laatste keer. O, wat waren ze veranderd. Genoeg om deze keer wél op te letten. Om ervan te genieten. Ze zou gewoon ergens aan de zijkant gaan zitten en niemand zou het weten. Darien niet, Bryan niet, en Candy al helemaal niet. Dit was puur voor haarzelf.

Ze liep naar binnen en dook de personeelsgang in die de backstage, de kleedruimte, de keuken en de achterkant van de club met elkaar verbond, zodat de bediening niet door de tafels met luidruchtige vrouwen hoefde te waden. Het werd de 'cattle chute' genoemd; het was er zwak verlicht, wat erg hielp bij haar plan. Ze hoefde alleen maar te voorkomen dat ze een van de dansers tegen het lijf liep.

'Gina? Wat doe jij hier?'

Natuurlijk kwam ze uitgerekend Darien tegen in de gang. Met rode bretels en een brandweerbroek en verder helemaal niets. Oké, ook laarzen, maar zelfs die zagen er sexy uit bij hem.

'Is alles goed? Heb je me ergens voor nodig?'

Hij had geen flauw idee.

'Ik, eh.' Verdorie, het was één ding om te kijken zonder dat hij het wist, maar dat hij wist dat ze hier was... Dat was pas gênant.

Of opwindend. Spannend. Prikkelend zelfs.

'Ik kwam terug voor mijn jas. Die, eh, heb ik hier de andere avond laten liggen.' *Laat Candy en Darien alsjeblieft nooit hun verhalen over die stomme jas vergelijken.*

'Die ligt waarschijnlijk op kantoor. Dat is meestal waar gevonden voorwerpen terechtkomen. Wil je dat ik even ga kijken?'

'Nee, dat hoeft niet. Ik weet zeker dat je, eh, verder moet met de voorbereidingen.' Ze zwaaide met haar handen voor hem uit, terwijl ze wanhopig probeerde niet naar zijn sixpack te staren.

Maak daar maar een eight-pack van.

Ze trok haar jas steviger om zich heen.

'Welnee, ik ben er klaar voor. Er zit niet veel aan dit kostuum. Zoals je weet.' Hij wiebelde met zijn wenkbrauwen.

Was het verkeerd dat er plotseling vlinders wakker werden en hun vleugels uitsloegen in haar buik?

Waarschijnlijk wel, maar ze ging het niet ontkennen. Die blik, die kuiltjes... Dat bovenlichaam... En hij had zijn excuses aangeboden. En hij meende het. En dan was er nog het sein 'veilig' van Candy, zowel financieel als... intellectueel? Fysiek?

Ze wist niet goed hoe ze de goedkeuring van haar beste vriendin moest categoriseren, maar Candy zou voortaan haar ogen bij zich moeten houden als ze naar de club kwam. 'Eh, geen probleem. Ik ben hier toch maar een paar seconden.'

'Dus met je auto is alles goed?'

Ze hield haar hoofd schuin, niet zeker wetend wat hij bedoelde.

'Je auto. Heeft iemand hem uitgegraven en naar je teruggebracht?'

'O. Eh, nee. Nog niet. Ik ben, eh, met de Uber gekomen.'

'Voor je jas? Terwijl je er al een aan hebt?' Hij kruiste zijn armen, waarbij zijn borstspieren zich spanden, en trok daarna een wenkbrauw op. 'Gina Taormina, ben je hier soms gewoon gekomen om mij te zien dansen?'

'Stel je niet aan, Foster.'

Hij trok ook zijn andere wenkbrauw op.

Als ze niet zo vlammend rood was geworden, had ze het misschien overtuigend kunnen ontkennen. Maar ze bloosde wel, dus kon ze het niet. 'O... vooruit dan maar. Ja. Goed. Prima. Wat je wilt. Ik weet het, ik zou bij de spa moeten zijn. We hebben veel gedaan, maar er is nog meer te doen en niet genoeg tijd. Ik wilde daarheen gaan, maar—'

'Hé, hé, hé.' Hij greep haar onderarmen vast en elk woord dat ze wilde zeggen verdampte als sneeuw voor de zon. 'Je hoeft je tegenover mij niet te verantwoorden. Het is jouw zaak, zoals je al zei, en we *hebben* veel vooruitgang geboekt dit weekend. Je mag best wat vrije tijd nemen.' Hij deed een stap dichterbij en zijn stem werd lager. 'Ik ben gewoon blij dat je die tijd met mij wilde doorbrengen.'

'Samen met een paar honderd andere vrouwen.'

'Foster!' Een van de jongens leunde uit een deuropening. 'De set gaat beginnen. Je moet op.'

Met een kneepje in haar arm boog Darien zich naar haar toe en fluisterde: 'Misschien, maar ik dans alleen voor jou,' waarna hij wegliep.

Hij bleef tenminste nog op zijn benen staan; Gina wist vrij zeker dat haar knieën het elk moment konden begeven.

Ze leunde tegen de muur en keek hem na. Lieve hemel, die man was krachtig.

En hij had een *zwak* voor haar.

Ze lachte zachtjes. In geen miljoen jaar had ze dat zien aankomen.

Net zoals ze de rest van de dansers niet had zien aankomen. Ze renden door de gang in de richting waar Darien heen was gegaan. Recht langs haar.

Zo veel voor het plan dat niemand zou weten dat ze hier was.

'Hé, Gina.' Carlo zwaaide met twee vingers terwijl hij richting het podium liep, gekleed in dezelfde rode broek als Darien.

'Eh, hoi, Carlo.'

'Gina.' Dominic tikte tegen een denkbeeldige hoed — ook hij droeg een rode brandweerbroek.

Ze kon zich niet herinneren dat ze ooit allemaal hetzelfde kostuum hadden gedragen. 'Dom.'

'Ben je hier voor Bry?' Steve minderde vaart, met een muts in zijn hand. Een puntige *rode* muts met een witte pluim aan het uiteinde. 'Hij is naar voren gegaan.'

'Bedankt.'

'Leuk je te zien, Gina.' Markus knikte terwijl hij langs Steve glipte. *Ook in een rode broek.* Een rode, *pluizige* broek. 'Veel plezier bij de show.'

'O, ik blijf niet voor de—'

'Ach, kom op, schatje.' De nieuwe jongen stopte voor haar, een meter negenentachtig aan puur zongebruinde spieren. Blond haar, turkooizen ogen... Hij zou niet onderdoen voor Chris Hemsworth — *als* die de kerstman zou spelen in *zijn* rode, pluizige broek. 'Blijf tenminste voor mijn set. Ik garandeer je dat je er vannacht heerlijk door zult slapen.'

Door de knipoog viel hij echter direct af. Hij was gewoon geen Darien.

'Ik, eh, moet Bryan zoeken.'

'Ik zag hem net een paar glazen whisky inschenken voor een groep vrouwen die eruitzien alsof ze in geen eeuwen een man hebben gezien. Het wordt een wilde avond.' *Thor* boog zijn hoofd naar haar toe en zei met lagere stem: 'Zeker weten dat je niet blijft?'

'Heel zeker.' Nou ja, zeker dat ze *wel* bleef, maar absoluut *niet* voor zijn set.

De muziek startte en het publiek juichte. *Wild Thing.* Toepasselijk, vooral omdat Darien als eerste aan de beurt was.

Ze zou Bryan later wel spreken.

Ze glipte achter de rechterkant van het podium vandaan en wist een stoel te bemachtigen bij een van de tafels met schreeuwende vrouwen. Serieus, ze deden alsof ze nog nooit een knappe vent hadden gezien. Of een dansende man. Zonder shirt.

Ja, er stonden een stel knappe kerels op het podium — allemaal verkleed als ondeugende kerstmannen — maar toch zou je denken dat de vrouwen wat meer decorum zouden tonen. Ze zaten tenslotte niet meer op de middelbare school.

Toen maakte Darien een stootbeweging met zijn heupen en Gina was blij dat ze niet meer op de middelbare school zaten. Daar had ze zich op die leeftijd geen raad mee geweten.

En nu wel? Het is zo lang geleden.

Zonder die gedachte een antwoord waardig te gunnen, trok ze de stoel verder de schaduw in, verlangend naar wat privacy terwijl ze Darien zag dansen.

Hij zou je een privévoorstelling kunnen geven, weet je.

O mijn god, iemand liep een beetje te hard van stapel.

Een van ons moet het doen.

Op het podium gleden gekleurde lichten over Dariens spieren terwijl hij elke tel van de muziek raakte en verleidelijk naar voren bewoog. De andere jongens volgden hem en voerden een choreografie uit met veel 'pop-and-lock' bewegingen, een hoop aangespannen billen en heupstoten, maar serieus, er was voor haar niemand anders op dat podium dan Darien.

God, wat kon hij bewegen.

Hij liet zich op de vloer zakken voor wat breakdance-moves, maakte toen een soort salto om weer op zijn voeten te landen, zijn lichaam wiegend op het ritme, één lange golfbeweging die haar deed verlangen om met haar tong over zijn buik te gaan. Als ze die buikspieren alleen maar kon likken, zou ze als een gelukkig mens sterven.

Ze schudde de gedachte van zich af. Ze ging wel erg op in de dans — en dat zonder alcohol.

Misschien was dat het wel.

Ze stak haar hand op om de serveerster te roepen.

De vrouwen bleven gillen terwijl Darien het publiek bespeelde. Of zijn kruis. Allebei. Wat dan ook. En wat het ook was, het werkte bij haar ook.

De serveerster nam haar bestelling voor een Cosmo op. Iets anders zou te zwaar vallen met de hitte die Darien in haar opriep.

Hij liet zich op zijn knieën vallen, pompende en wiegende bewegingen makend, wijzend naar een paar vrouwen en hen wenkend met zijn wijsvinger.

Oké, met die move mocht hij wel stoppen. En ook met die waarbij het leek alsof hij naar de vrouwen toe kroop—

O, nee. Ze zaten aan *die* tafel. De hare. De tafel waar hij voor haar op had gedanst—

En ja hoor, de vrouwen wisten blijkbaar wat er ging komen en schoven de tafel tot vlak tegen het podium aan.

Terwijl ze hem op die tafel zag glijden, kreeg ze een flashback naar het moment dat hij het voor haar had gedaan.

Ze had toen echt van het moment moeten genieten. Nu deed ze dat in elk geval wel.

De vrouwen aan die tafel ook. Handpalmen streelden over Dariens dijen, zijn armen, zijn zij—

De vingers van één vrouw kwamen iets te dicht bij het midden, en Darien wist dat als een pro onderdeel te maken van zijn routine; hij greep haar hand en leidde die weg uit de gevarenzone, terwijl hij voorkwam dat ze doorhad wat hij precies deed.

De man was goed.

Zijn heupen bewogen op de downbeat, zijn buikspieren deden allerlei wonderbaarlijke dingen terwijl hij zijn armen boven zijn hoofd strekte en hij draaide zich om—

In haar richting.

Hij kon haar onmogelijk zien. De lichten stonden op hem gericht, de club was donker en ze zat achter een pilaar in de schaduw, maar toch had ze kunnen zweren dat hij haar recht aankeek.

Ze glimlachte desondanks.

Precies op het moment dat een van de spotlights op haar scheen.

Het duurde maar een paar seconden voordat het licht weer door de zaal dwaalde, maar ze wist dat hij de lichtjongens de opdracht had gegeven vanwege haar. Ze had hier genoeg shows gezien om te weten dat ze normaal gesproken het publiek niet belichtten.

Darien, met zijn brutale grijns en die kuiltjes, maakte een achterwaartse rol van de tafel het podium op, sprong toen op zijn voeten en begon weer te bewegen.

Richting haar kant van het podium.

Maar hij nam er uitgebreid de tijd voor.

De jongens achter hem lieten zich op de vloer vallen; sommigen deden 'the worm', anderen maakten pompende bewegingen op het podium, en weer anderen deden dat coole gekuier op hun knieën, terwijl de zware beat van de muziek pure seks door de ruimte verspreidde. Ze zouden er belachelijk uit moeten zien met die rode mutsen en kerstbroeken, maar geen van hen deed dat. O, om dát nou op kerstochtend door de schoorsteen te zien komen...

Zweet glinsterde op Dariens borst en haar vingers jeukten om de straaltjes te volgen. Haar huid tintelde bij de gedachte om tegen hem aan te glijden. En haar mond... het water liep haar in de mond om hem te proeven.

Het was meer dan drie lange jaren geleden dat ze een man had gewild, en eerlijk gezegd wist ze niet eens zeker of haar vrouwelijkheid nog wel wist wat ze moest doen.

Het is net als fietsen, schat.

Dat was maar al te waar...

Darien bewoog zijn prachtige lichaam over dat podium en gaf een fantastische show weg. De jongens op de achtergrond lieten hem begaan — vanwege haar.

Hoe was dit zo snel zo intens geworden? Als de gasten het nog niet doorhadden, dan de crew wel.

Er klonk gefluit uit de zaal toen Darien een handstand deed en zich daarna langzaam naar de vloer liet zakken in een staaltje kracht dat magnifiek was om te zien; zijn biceps en rugspieren bolden op door de inspanning. Dit was hard werken en Darien was erg goed in wat hij deed.

Er was niets 'misschien' aan wat er tussen hen was. Ze vond het fijn dat Darien een zwak voor haar had. Want zij had er op dit moment absoluut een voor hem.

Terwijl hij op zijn rug rolde, met die eigenlijk-niet-sexy-maar-toch-wel kerstlaarzen op het podium geplant, stootte hij zijn bekken richting het plafond.

Gina moest haar ogen sluiten toen er een siddering door haar heen trok.

Dit zou allemaal van jou kunnen zijn als je simpelweg 'ja' zegt, weet je.

Ze hapte naar adem en opende haar ogen.

Hij trok zijn knieën op, wist toen op de een of andere manier uit te trappen en op zijn voeten te komen, draaide rond en liet zich in een zijwaartse split zakken, waarbij de broek laag op zijn heupen hing.

Hij liet de bretels van zijn schouders glijden, die de enige reden leken te zijn dat de broek nog bleef zitten.

Nou ja, dat en klittenband.

Dat soepel meegaf toen hij eraan rukte.

O jee.

Ze kon niet... Ze wilde niet... Ze zou niet...

Gina sloeg haar ogen weer dicht.

Alleen om ze vervolgens weer te openen.

Ze hoefde alleen maar *ja* te zeggen.

Hij staarde haar kant op, nog steeds in de split, zijn, eh, zaakje in de rode zijden string een paar centimeter van de vloer, zijn bekken pulserend op de maat.

De vrouwen werden gek.

Haar vlinders deden er niet voor onder.

Darien glimlachte die eigenwijze grijns die zijn kuiltjes echt lieten uitkomen, plaatste toen zijn vingers op de vloer voor zich, tilde zichzelf op en eroverheen, maakte er op de een of andere manier een draai in, en eindigde in dezelfde positie maar dan met zijn achterkant naar hen toe.

En wat een strakke, stevige en — in feite — *naakte* achterkant was het.

Die hij aanspande. Toen ontspande. Toen weer aanspande. Waardoor zijn hamstrings zich samentrokken, zijn kuitspieren messcherp zichtbaar werden en de V-vorm van zijn rug eruitzag als pure perfectie, om nog maar te zwijgen over zijn billen... De man was een levend, ademend, lopend, pratend, dansend kunstwerk.

En ze hoefde alleen maar *ja* te zeggen.

Dollarkiljetten regenden neer op het podium. Sommige bleven aan zijn rug plakken. Een van de vrouwen op de voorste rij sprong op en begon ze van hem af te plukken.

Darien keek over zijn schouder en knipoogde.

Naar Gina.

Zijn knipoog was zo veel sexier dan die van de nieuwe jongen. Bij die van Darien voelde ze niet de behoefte om daarna direct te gaan douchen — nou ja, niet alleen dan.

Ze wiebelde op haar stoel bij dat beeld. Zij en Darien onder de douche, het water dat over hen heen stroomde, hij die die bewegingen oefende, zij die van het oefenen genoot...

Een vrouw van de tafel waar Gina de stoel vandaan had gehaald, leunde naar haar toe. 'Is hij van jou?'

Dat was de vraag van één miljoen. 'Ja.' Ze ging niet in op uitleg; ze wilde er op dit moment gewoon van genieten dat ze hem kon opeisen.

De vrouw zuchtte. 'Geluksvogel.'

Dat was ze nog niet.

Je zou het kunnen zijn.

Waar. En... waarom niet? Hij zei dat hij een zwak voor haar had, en er was geen twijfel meer in haar hoofd over hoe zij over hem dacht.

Candy had gelijk. Ten eerste ging ze niet met die man trouwen, en ten tweede *had* ze sinds de diploma-uitreiking aan hem gedacht. Meestal was ze woedend op hem geweest om die streek, maar ze was ook kwaad geweest omdat hij niet de persoon was geweest die ze wilde dat hij was.

Toen.

En nu?

Nu waren zijn excuses en zijn bedachtzaamheid en het feit dat hij gister-avond niet verder was gegaan — om nog maar te zwijgen over Candy's kleine onderzoekje — echte 'game-changers'. Een spel dat ze nu zeker overwoog om te gaan spelen.

Op het podium voerde Darien een beweging uit langs de rand die er erg goed uitzag en die hem weer midden op het podium bracht, waar hij een paar 'flares' deed, wat backspins en... tja, een heleboel andere dingen waar Gina gewoon van ging zitten genieten.

Net als alle anderen. De jongens deden mee, cirkelden om Darien heen, improviseerden hun moves, en het was een massa van kronkelende, in g-strings gehulde, bijna naakte lichamen die puur genot voor het oog waren.

Het nummer eindigde met een 'Wild thing!' van de mannen, hun vuisten in de lucht, borstkassen zwoegend, benen gespreid, terwijl de lichten even wild over hun glimmende huid dansten als de vrouwen wild werden van de mannen.

Gina grinnikte. De Keltons hadden hierbij moeten zijn; Mr. Kelton had er vast ook wat van opgestoken.

Je doet het zelf ook niet slecht.

Dat was waar. Dariens dansen was een hele ervaring — als ze tenminste niet probeerde voor hem weg te rennen.

Er zou nu niet meer gerend worden.

'Wat zit je hier nog te doen?' vroeg de vrouw aan de tafel ernaast. 'Als dat mijn man was, was ik allang achter de schermen op hem gesprongen.'

Dat was goed advies. 'Als de set klaar is.' Dat was pas de eerste dans geweest. Ze moesten er nog zes.

Dat klonk in theorie goed, maar in praktijk? Hoe lang hielden die mannen dat vol zonder moe te worden?

Gina bleef zitten voor de rest van de nummers — geen straf, behalve dan dat *kijken* niet was wat ze wilde doen. En elk nummer bevestigde dat alleen maar voor haar.

Iemand had duidelijk plezier gehad bij het choreograferen van de 'Naughty Santa' en 'Jingle Ball' acts, maar tegen de tijd dat die voorbij waren, zat *zij* praktisch te wiebelen om van haar stoel te komen. Ze was hier echter vaak genoeg geweest om met Bryan en Gage te praten en te weten hoe het er backstage aan toe ging na een show. Geen privacy, en de mannen zouden elkaar allemaal met handdoeken op hun billen slaan terwijl ze naar de douches liepen, onderling grappen makend. Ze wilde niet bepaald het onderwerp van gesprek zijn. Of, als ze dat wel was, wilde ze er niet bij zijn om het te horen.

'Kan ik nog een Cosmo voor je inschenken?' De serveerster pakte haar lege glas op. Haar tweede.

'Bedankt, maar het is goed zo.' Ze herinnerde zich wat er de vorige keer was gebeurd toen ze drie glazen alcohol ophad in de buurt van Darien. Ter verdediging kon ze nu echter aanvoeren dat ze het meeste eruit had gezweet, zowel door de hitte van het enorme publiek als door de hitte die Darien vanbinnen bij haar opriep. Ze was nuchter, maar ze wilde het lot niet tarten. 'Mag ik de rekening, alsjeblieft?'

'O, je rekening is al voldaan. Bryan heeft het op kosten van de zaak gezet, dus het zit wel goed.'

Bryan? Misschien, maar waarschijnlijk op verzoek van een ander.

Nou, mooi. Dat gaf haar de perfecte gelegenheid om Darien terug te betalen.

Met gelijke munt terugbetalen kon riskant zijn, dus Dare hoopte maar dat hij niet hoefde te boeten voor dat geintje met de spot. Hij had Karen, de serveerster, laten uitzoeken waar Gina zat. Hij zag haar het tegen de lichtjongens zeggen, dus hij wist waar hij zich op moest richten tijdens het dansen.

Het goede nieuws was dat Gina niet geërgerd had gekeken.

Het betere nieuws was dat ze niet was vertrokken.

En het allerbeste nieuws... ze stond te wachten in de 'cattle chute' toen hij klaar was met douchen.

'Genoten van de show?' Hij probeerde nonchalant te klinken, maar hij was erg benieuwd naar haar antwoord.

'Zeker. Vooral van dat eerste nummer.'

Hij ging met een vinger langs de binnenkant van zijn boord. 'Het spijt me van die spot. Ik had ze gezegd het kort te houden, zodat ik wist waar je zat.'

'Dat dacht ik al.'

'Je bent niet kwaad?'

'Dat je wilde weten waar ik was zodat je voor me kon dansen in een overvolle club? Ik mag dan voorheen boos op je zijn geweest, Darien, maar ik ben niet dood. Alleen een idioot zou daar boos om worden. Je dwong me tenminste niet om op te staan en met je mee te dansen.'

'Dat is nog eens een idee.' Hij legde een hand op haar onderrug.

'Fijne avond nog, Foster. Gina.' Markus groette hen terwijl hij de andere kant op liep, weg van de kleedkamer. Een beleefdheid, want deze weg was de kortste route naar de parkeerplaats achter. De arme kerel zou voor de club de geile, dronken vrouwen moeten ontwijken.

'Jij ook, Markus.' Dare knikte en keek toen weer naar Gina om te zien hoe ze reageerde op het feit dat het nieuws al rond was. Voor het geval dat gedoe met die spot haar nog niet had overtuigd. 'Waar waren we?'

'Je zei dat mij met jou laten dansen een goed idee was.'

'Ah, ja. Dat. Het *zou* een goed idee zijn, ware het niet voor één ding.'

'Hé, ik kán dansen hoor.'

Hij lachte. 'Daar heb ik het niet over.' Hij deed een stap dichterbij. 'Ik wil niemand in de buurt hebben als ik met jou dans.'

'Tja, dat is dan jammer. Er zijn hier niet zo veel dancings voor slechts één koppel.'

Hij trok zijn hoofd iets terug. 'Wacht even. Meen je dat? Wil je gaan dansen? Met mij?'

Ze hield haar hoofd schuin en keek hem onder haar wimpers vandaan aan. 'Dansen... ja. Uitgaan? Nee. Ik was zeker niet van plan om uit te gaan. Maar definitief met jou.'

De glimlach op haar gezicht maakte het er niet makkelijker op om haar te begrijpen. 'Gina, waar heb je het over?'

Ze reikte naar achteren en verstrengelde haar vingers met de zijne. 'Ik was er niet bij de eerdere show. Ik vind dat je me moet laten zien wat ik gemist heb.'

Dare staarde haar aan. Bedoelde ze wat hij dacht dat ze bedoelde?

Nee. Hij moest het verkeerd gehoord hebben. Hij zocht er vast te veel achter. Ze kon toch niet bedoelen—'

'Je hoort de dame, Foster.' Jace gaf hem een duwtje met zijn schouder toen hij de kleedkamer uit kwam. 'Ze wil een privévoorstelling. Ben je man genoeg om dat aan te kunnen, of moet ik het je even laten zien?'

Dare hield zijn ogen strak op Gina's gezicht gericht. 'Bemoei je er niet mee, Jace. Ze heeft geen interesse.' Hij kneep in haar vingers. 'Laten we hier weggaan.'

Ze zuchtte. "Dat is wat zij ook zei."

Het gelach van Jace volgde hen de hele weg de club uit.

Hoofdstuk dertien

Dare zei geen woord op weg naar de parkeerplaats. Zelfs niet toen hij haar hielp in zijn pick-up te klimmen. Of toen hij achteruitreed, hem in DRIVE zette en vervolgens stopte bij de kruising waar ze de ene of de andere kant op moesten. 'Waar gaan we heen?' waren zijn eerste woorden, maar hij keek haar niet aan. Hij hield zijn blik strak op het verkeerslicht gericht.

Ze draaide zich op haar zij, met haar rug tegen het portier en haar linkerarm over de rugleuning gedrapeerd. 'Waar wil *jij* heen?'

'Uh-uh. Geen sprake van.' Hij schudde zijn hoofd, maar keek haar nog steeds niet aan. 'Jij bent hiermee begonnen; jij mag het zeggen.' Het licht sprong op groen, maar hij kwam niet in beweging. Er stond niemand achter hen, maar dat had hem ook niet doen rijden. Dit was volledig Gina's beslissing.

'Heb je je kostuum bij je... *Kerstman*?' Ze tikte tegen de rugleuning, slechts centimeters van zijn schouder verwijderd.

Hij kon haar lichaamswarmte vanaf daar voelen. 'Wat heeft dat er nou mee te maken?'

'Nou.' Ze verzette zich en schoof haar linkerknie op de zitting. 'Als je me gaat laten zien wat ik heb gemist, heb je je kostuum nodig. Of heb je misschien een andere bij jou thuis?'

'Ik ga mijn act niet voor je doen, Gina.'

'Waarom niet?'

Hij wierp een blik opzij — en keek toen weer voor zich. 'Luister, als dit een vergelding is voor wat ik in de les van Nester deed, dan spijt het me, oké? Ik heb mijn excuses al aangeboden en ik dacht dat je die had aanvaard. Ik weet niet wat ik nog meer kan doen—'

'Dat is het niet, Darien.'

'Wat is het dan wel?'

'Ik...' Ze zuchtte en draaide zich naar het raam, terwijl er een stilte viel in de ruimte tussen hen.

Er konden zo veel woorden worden gezegd. Hij koos voor: 'Precies,' en sloeg rechtsaf. Richting haar appartement. Hij bracht haar naar huis. En liet haar daar achter.

Haar vingers roffelden nu tegen het deurpaneel onder het raam, en de lucht in de cabine voelde even zwaar aan als de sneeuwrijke lucht daarbuiten.

Maar ze zei niet dat hij de wagen moest keren.

Hij zette de radio aan — een of andere foute kerstzender — terwijl zijn kaken — en een ander specifiek lichaamsdeel — zich aanspanden. Dare hield zijn ogen op de weg. Als ze écht naar zijn plek had gewild, had zijn terughoudendheid haar blijkbaar aan het wankelen gebracht. Dat was maar goed ook, toch? Tuurlijk, ze was misschien helemaal opgewonden geraakt door in de club te zijn — God mag weten dat hij dat was, maar alleen omdat zij er was — maar dat betekende niet dat ze morgen geen spijt zou krijgen van dit idee van haar. Hij moest hier de stem van het verstand zijn.

Al werd dat steeds moeilijker.

Net als iets anders.

Hij verzat zich op zijn stoel; zijn spijkerbroek zat plotseling veel te strak. Hij was nog nooit — *nooit* — de club uitgelopen met de behoefte om de scherpe kantjes ervan af te halen. Nou ja, behalve toen zij er vorige week was. En toen had hij haar gekust. En nu?

Nu kwam hij deze keer niet in haar buurt. Want wetende dat het ijs tussen hen aan het smelten was — en hoe ze proefde — kon hij zichzelf er niet op vertrouwen dat hij het niet verder zou laten gaan. Dat hij de boel niet zou overhaasten. En dan kwam ze ook nog eens naar de club vanavond om om een privéshow te vragen...

Een man kon maar zo veel zelfbeheersing opbrengen.

Hij wierp een blik opzij. In profiel, met haar krullen die haar wangen streelden — er zat er zelfs eentje vast aan haar oogwimper — en tuitend op haar onderlip, was ze — God sta me bij — het meest sexy wezen dat hij ooit had gezien. Elke tienerfantasie die hij ooit had gehad, nu volwassen en naast hem zittend. En ze wilde met hem *dansen.*

Zijn beheersing werd op dit moment zwaar op de proef gesteld.

Hij richtte zijn blik weer op de weg, terwijl de spanning tussen hen voelbaar was. De hebzuchtige tentakels ervan drongen in hem door en deden hem afvragen... Wat als hij gewoon 'oké' had gezegd? Wat als hij alle voorzichtigheid overboord had gegooid en haar naar zijn huis had gereden?

God, de verleiding was zo verdomde groot om het alsnog te doen.

Maar hij kon het niet. Wilde het niet. Gina was geen vluggertje — niet dat hij dat vaak had gedaan in zijn leven. Maar zij was speciaal. En als ze samenkwamen, moest dat ook speciaal zijn.

Hij schraapte zijn keel, in de behoefte om de verwachtingsvolle cocon die hen omringde te doorbreken. 'De Keltons waren trouwens ook in de club daarnet.'

'Goed voor hen. Het is leuk om een stel van hun leeftijd nog steeds samen te zien en, uh...'

'Dartel?' Dat leek een tam genoeg woord voor wat de Keltons waarschijnlijk op dit moment aan het doen waren.

En wat hij niet aan het doen was.

Verdomme.

'Dat is er wel een goed woord voor, denk ik.'

Hij voelde haar blik op zich rusten en keek opzij.

Het maanlicht bracht een schittering in haar ogen. En hitte naar zijn lul. 'God, Gina, je bent prachtig.'

De woorden glipten eruit. Hij had niet doorgehad dat hij het dacht. Oh, hij dacht de hele tijd al dat ze schitterend was — dat had hij altijd al gevonden. Maar vanavond, met de seksuele aantrekkingskracht tussen hen, en het licht dat precies zo op haar gezicht viel, en, verdorie, de geur van haar parfum, en de wetenschap dat ze opgewonden was geraakt door wat hij in de club had gedaan... Hij verdiende de Man van het Jaar-prijs voor zijn inzet.

Ze bloosde door zijn compliment, en hij had niet gedacht dat ze nog mooier kon worden, maar dit deed het hem.

Hij deed het raam open — hij had geen zin om vragen te beantwoorden over waarom hij de airco aanzette terwijl het sneeuwde — en bad dat de koele lucht zijn lichaamstemperatuur zou doen dalen.

Beelden van wat er had kunnen gebeuren bestormden hem. Hij was een idioot dat hij haar een uitweg had geboden. En nog meer een idioot dat hij haar niet gewoon bij haar hand had gepakt en haar meegetrokken had naar de slaapplek boven de club. Nee, hij moest weer de nobele ridder uithangen en het juiste doen, terwijl wat hij *echt* wilde doen, in zijn ogen juist het juiste *was*.

Maar wat haar betrof?

Dare hapte naar adem en concentreerde zich erop hen in één stuk naar haar huis te krijgen.

Zeven minuten vol seksuele spanning, meer was er niet voor nodig. Maar het hadden er wel zeventig kunnen zijn, gezien de lawine aan gedachten en ideeën die door zijn hoofd raasde.

Hij trapte iets te hard op de rem toen hij een parkeervak inreed, waardoor ze door de traagheid in hun gordels werden gerukt.

'Sorry daarvoor.'

Ze mompelde iets wat verdacht veel klonk als: 'Dat zou je ook moeten zijn.'

Daar brandde hij zijn handen niet aan. Het was al moeilijk genoeg om haar niet aan te raken.

Zeker niet toen ze haar gordel losmaakte.

Hij hield de zijne stevig vast, zodat er geen verleiding zou zijn.

Maar toen, in plaats van uit zijn wagen te stappen — wat voor beiden de veiligste optie zou zijn — haalde ze diep adem en draaide zich naar hem toe.

Hij stond op het punt de oorlog te verliezen, hij wist het zeker.

'Luister, Darien, heb ik de signalen verkeerd begrepen? Ik bedoel, ik weet dat ik uit de running ben geweest, maar als een man zegt dat hij op je valt, en dan zijn kleren voor je uittrekt en zegt dat hij *alleen* voor jou danst, dan lijkt het mij dat die man in meer geïnteresseerd is dan alleen een dansje. En ook al is dit de eenentwintigste eeuw en niet het victoriaanse Engeland en hoef ik niet te wachten tot jij de eerste stap zet, dacht ik eigenlijk dat je dat al had gedaan met dat hele gedoe van je kleren uittrekken. Dus ik probeer te begrijpen wat er nu pre—'

Hij trok haar naar zich toe en kuste haar.

Vergeet het juiste doen — *dit* was het juiste.

God, ze smaakte heerlijk. Voelde nog beter. Haar lippen, haar tong, de warmte van haar adem die zich met de zijne mengde. De manier waarop haar vingers door zijn haar woelden. Haar borsten die tegen zijn borstkas werden gedrukt, de geur van haar parfum, de smaak van wat ze gedronken had — iets fruitigs en zoets... Als dit het verliezen van de oorlog was, was hij een dwaas dat hij ooit een strijd had geleverd.

Hij zou nooit genoeg krijgen van het kussen van Gina.

Ze schoof dichterbij en die verdomde gordel hield hem op zijn plek.

Terwijl hij ermee hannesde, kreeg hij het ding eindelijk los en duwde hij zich tegen het stuur af om dichterbij te komen—

En raakte de claxon.

Gina trok zich terug, hijgend, haar ogen groot, haar haar verwilderd. '*Wat* was dat?'

'Eh, de toeter?' Hulde aan hemzelf dat hij haar zo opgewonden had gekregen dat ze een toeter niet eens herkende als ze hem hoorde.

'Dat weet ik ook wel.' Haar krullen waaierden langs haar wangen toen ze haar hoofd schudde. 'Ik bedoel...' Ze maakte een wuivend gebaar tussen hen in. '*Dat.* Ga je me nou echt proberen wijs te maken dat je niet hetzelfde denkt als ik?' Haar stem was een paar tonen lager, een hese rasp die over hem heen gleed zoals hij wilde dat zij dat deed. 'Ik geloof er niks van.'

'Dat hoeft ook niet. Want...' Hij haalde diep adem en gaf eraan toe, terwijl angst en euforie door hem heen gierden. 'Je hebt gelijk.' Hij kneep in haar vingers. 'Laten we naar binnen gaan.'

Gina's hart sloeg sneller dan de snelheid waarmee de sneeuw naar beneden dwarrelde. Ze moest wel krankzinnig zijn geworden.

Je bent eindelijk bij je gezonde verstand, dus verpest dit niet.

Dat was nog eens een idee...

Gina greep de deurgreep en hees zichzelf uit de cabine. Ze pakte zijn hand terwijl hij om de voorkant van het voertuig liep en boog haar hoofd om de sneeuw uit haar gezicht te houden, hoewel, wie hield ze voor de gek? De sneeuw kon haar niets schelen — ze voelde het nauwelijks omdat ze meer gefocust was op wat er tussen hen kon gebeuren. Bovendien smolt het waarschijnlijk direct bij contact, want hij had een inferno in haar ontstoken.

Ze struikelde op de derde trede naar de voordeur van het appartementen-complex en gaf de schuld aan het ijs in plaats van aan wat ze in gang had gezet.

Maar Candy's woorden waren logisch geweest. John was degene die haar in de steek had gelaten en Darien was geen John. Bovendien hielp zijn oprechte excuses enorm bij het vergeven. En dan was er nog het feit dat ze hem wilde, dus waarom niet? Darien verklaarde haar niet de eeuwige liefde — dat zou ze niet eens hebben geloofd (ze was al eens eerder in dat praatje getrapt) — maar zeggen dat hij zich tot haar aangetrokken voelde? Er waren ergere dingen. En de hemel weet dat ze jaren geleden al droomde dat er iets tussen hen zou gebeuren. Ze zou een idioot zijn als ze het niet een kans gaf.

Hij opende de deur van de hal en hield die voor haar open, waarna hij haar voorging de trap op naar de tweede verdieping — te ongeduldig om op de lift te wachten?

Mooi zo, daar kon ze zich wel in vinden.

Hij stak zijn hand uit. 'Sleutel?'

'Hè?'

Hij knikte met zijn hoofd.

Oh. De deur van haar appartement.

'Je sleutel? Zodat we naar binnen kunnen?' Dat sexy kuiltje verscheen in zijn wang. 'Tenzij je je bedacht hebt en me niet wilt uitnodigen.'

Echt niet.

'Nee, ik heb me niet bedacht.' Gelukkig klonk haar stem helder en kalm, heel anders dan de rumba die zich in haar binnenste afspeelde.

Ze overhandigde hem haar sleutel.

Haar vingers raakten zijn handpalm.

En toen ontmoetten hun ogen elkaar.

En op de een of andere manier vonden ook hun lippen elkaar, en pas toen haar achterhoofd de deur van het appartement raakte, besefte ze wat ze precies aan het doen waren in de gang. Waar al haar buren hen konden zien.

'Uh, Darien...' Ze duwde tegen zijn schouders.

Hij knipperde met zijn ogen en liet toen zijn voorhoofd tegen het hare rusten. 'God, vrouw, je maakt me gek, maar ik ga.' Hij tikte met zijn neus tegen de hare, met een weemoedige glimlach op zijn gezicht. 'Nu het nog kan.'

Ze kneep in zijn kin. 'Ik ben blij dat dat een optie voor je is, maar voor mij niet. Doe die verdomde deur open.'

Als bewijs dat zijn bloed nog niet volledig naar het zuiden was gestroomd, begreep de man onmiddellijk wat ze bedoelde. Hij slaagde erin de sleutel in het slot te krijgen en haar binnen enkele seconden het appartement in te loodsen.

Vervolgens stond ze met haar rug tegen de deur en had Darien zijn handpalmen naast haar hoofd geplaatst, terwijl hij haar begon te kussen zoals ze in haar dromen had gedaan.

Nou ja, niet helemaal. Ze had haar jas nog aan.

En haar kleren.

En ze stonden rechtop.

'Darien, wacht.' Ze slaagde er — op de een of andere manier — in om haar lippen van de zijne los te maken.

'Ja, je hebt gelijk.' Hij streek met een hand door zijn haar, waardoor het op een manier door de war raakte die zij zelf maar al te graag had willen doen. 'We moeten rustiger aan doen.'

'Ik weet niet of ik daartoe in staat ben,' mompelde ze terwijl ze probeerde haar arm uit de verdomde mouw van haar jas te krijgen. 'Kun je me hiermee helpen?'

Ze keek hem aan toen hij niet antwoordde.

Hij had weer die sexy glimlach op zijn gezicht en een twinkeling in zijn ogen.

'Ja, daar kan ik je wel mee helpen.'

Hij haalde zijn mobieltje uit zijn zak.

'Ga je een foto maken?' Ze schudde met haar arm, maar op de een of andere manier zat haar manchet vast in de mouw van haar trui of zo, en ze zat praktisch gevangen.

'Wacht even.' Zijn duim scrollde over het scherm en tikte er toen op.

Snoop Dogg begon te praten over de beat van *Buttons* van The Pussycat Dolls. Alsof de beat nog niet sexy genoeg was, zorgden de woorden er wel voor dat iedereen in de juiste stemming kwam.

En ze was al in de stemming.

Maar om te doen wat die muziek suggereerde... 'Serieus?'

Hij haalde zijn schouders op en hield zijn handen open. 'Hé, als je wilt dat ik mijn kleren uittrek, kun jij dat ook doen.'

'Wil je dat ik voor je strip?'

'Zoals je al zei, het is de eenentwintigste eeuw. Vrouwen kunnen doen wat ze willen. En ik ben hartstikke geëmancipeerd.' Hij legde de telefoon op hetzelfde tafeltje waar ze eerder de wijnfles vanaf had gestoten.

Ze zou bijna een altaar op dat tafeltje oprichten.

'Heb je het lef, Taormina?' Terwijl hij met zijn heupen bewoog, hield hij zijn handen uitgestrekt en... knipoogde hij.

Hoofdstuk veertien

Gina beet op haar lip om haar glimlach te onderdrukken. Darien dacht dat ze het niet zou durven.

Ze zou hem wel eens wat laten zien.

Alsjeblieft, alsjeblieft, laat *hem maar wat zien...*

Ze boog haar rug weg van de deur op het moment dat de vrouwen het refrein begonnen te zingen, precies op de tel terwijl ze de kamer in slenterde.

Ze ging dit echt doen.

Ze schudde haar schouders op de maat van de muziek en leunde heel even naar voren met haar handen achter haar rug, terwijl de drumbeat door haar aderen bonsde.

Nu ze los was van de deur, zat haar mouw niet meer klem en kon ze die langzaam van haar arm laten glijden.

Heel langzaam.

Dariens heupen draalden op de beat terwijl hij zijn eigen colbert uittrok, met één voet tikkend, maar hij kwam niet van zijn plek.

Maar goed ook. Want zij bewoog die kant op.

Er omheen.

Om hem heen.

Ze werkte de jas van haar andere arm terwijl haar billen langs zijn heup gleden en haar haar zijn arm nauwelijks raakte terwijl ze langzaam om hem heen draaide, haar heupen de maat volgend.

Darien keek over zijn schouder naar haar en draaide zich een klein beetje om, maar Gina schudde haar hoofd en boog zich van hem weg. Met een snelle zwaai van haar haar kwam ze naast de tafel tegenover hem te staan, waarna ze haar voeten op schouderbreedte zette op de eerste tel na het refrein.

Ze smeet haar jas op de bank.

Daarna gleed ze met een vinger over de voorkant van Dariens overhemd.

Ze was gek op een man in een overhemd. Dat maakte de boel veel, tja, interessanter. Vooral als de eerste twee knoopjes al open waren.

Bij elke zware tel accentueerde ze de beat met haar heupen terwijl ze de volgende knoop losmaakte, dankbaar dat ze vaak genoeg in de club van Bryan was geweest om een paar danspasjes op te pikken.

Darien liet zijn jas bij zijn voeten vallen en greep toen haar handen. 'Hé, ik dacht dat jíj degene was die haar kleren uit zou trekken.'

Ze sloeg zijn handen weg, haar heupen nog steeds bewegend op de muziek. 'Ik kan doen wat ik wil, weet je nog? En jij bent geëmancipeerd.'

Ze streek met haar handpalm langs de rij resterende knopen en glimlachte toen zijn buikspieren zich aanspanden. Zijn heupen volgden de rotatie van de hare terwijl hij zijn handen omhoog hield.

'Klopt. Dat ben ik. Ik ben er helemaal klaar voor om bevrijd te worden.' Hij voegde er een paar sexy heupbewegingen aan toe. 'Als je begrijpt wat ik bedoel.'

Haar blik zakte naar zijn heupen. En toen lager.

Het was overduidelijk wat hij bedoelde.

Met een plotseling droge mond likte Gina over haar lippen terwijl ze haar blik weer naar boven bracht.

Darien kreunde. 'Hoe lang duurt dit nummer eigenlijk?'

'Vraag je dat aan mij? Ik ben niet degene met deze afspeellijst. Maar goed...' Ze maakte nog een knoopje los. 'Misschien moet ik hem zelf ook maar eens toevoegen.'

'Schiet eens op, Geen.' Het ongeduld in zijn stem deed haar glimlachen.

'Jij bent de baas niet over mij, Darien.'

'Dat kan ik wel zijn... *als* je het lief vraagt.'

Ze glimlachte. 'We zullen nog wel eens zien wie de baas is.' Ze wipte weer een knoopje los.

Hij reikte naar haar heupen.

'Ah ah ah.' Ze wiebelde met een vinger terwijl ze op de muziek wiegde en bewoog weg. Achteruit. Buiten zijn bereik. 'Niet aanraken. Is dat niet de regel in de club?'

'Eigenlijk zijn het de dansers die niet mogen aanraken. De klanten mogen alles aanraken wat ze willen, zolang de danser het maar prettig vindt.'

'Nu we het daarover hebben...' Ze greep de zoom van haar trui vast en zwiepte hem heen en weer om hem te plagen, verbaasd over hoe bevrijdend dit aanvoelde. Zij, die altijd onzeker was geweest over haar lichaam, was dat nu niet.

Ze zou later wel uitzoeken waarom. Voor nu genoot ze van dit gevoel van vrijheid.

En van het feit dat ze gewenst werd.

'Het wordt hier een beetje *onge*makkelijk. Een beetje...' Ze draaide langzaam rond, haar heupen meebewegend op de muziek, terwijl haar trui hem plaagde met flitsen van blote huid... '*heet* hier binnen.' Ze gooide haar hoofd naar achteren waardoor haar krullen over haar rug vielen en keek hem over haar schouder aan. 'Als je begrijpt wat ik bedoel.'

Darien kreunde, duwde zich weg van de tafel en trok haar aan haar armen naar zich toe. 'Kom hier, vrouw.'

Ze kronkelde uit zijn greep. 'Niet aanraken, weet je nog?'

Hij schudde zijn hoofd en volgde haar heupen, slag voor slag. 'Maar jij bent de danser. Jij bent degene die niet mag aanraken.'

Ze stopte met bewegen. 'Serieus? Wil je niet dat ik je aanraak? Wat doen we hier dan?' Oké, tijd om weer in haar schulp van zelfverdediging te kruipen. God, waar was ze mee bezig? Ze liet haar trui los en sloeg haar armen om zich heen. Ze moest zorgen dat hij wegging.

'Hé, hé. Je begrijpt me verkeerd.' Hij stopte met dansen, haalde haar armen van haar middel en verving ze door de zijne. 'Ik plaagde je maar, sorry. Geloof me, Gina, ik wil juist dat je me aanraakt.' Hij boog naar haar toe en fluisterde: 'Overal.'

Het kippenvel schoot over haar huid.

Al helemaal toen hij met zijn tong langs de zachte plek onder haar oor gleed. 'Ga maar door met waar je mee bezig was.'

Ze draaide haar lippen naar zijn oor en antwoordde: 'Jij bent mijn baas niet, Foster,' voordat ze het ritme weer oppakte met haar heupen.

Hij deed een stap achteruit met een brutale grijns op zijn gezicht. 'Dat blijf je maar zeggen, Taormina, en toch sta je hier weer te dansen, precies zoals ik zei.'

Ze greep de opening van zijn overhemd en trok hem naar zich toe. 'Weet je, als ik dit overhemd niet zo vreselijk graag bij je uit wilde hebben, zou ik nu misschien stoppen.'

'En als je zou stoppen' — hij liet de rug van zijn vingers over haar buik glijden — *onder* haar trui — 'dan zou ik de *jouwe* wel uit moeten trekken.'

'Veel succes daarmee.' Ze dwong zichzelf om de woorden kalm uit te spreken, maar vanbinnen was ze allesbehalve rustig.

'Ik heb geen geluk nodig.'

Haar heupen bewogen twee keer zo snel op de muziek terwijl ze weer achteruit week. 'Je voelt je nogal zeker van jezelf, hè?'

Hij reikte uit om nu met de rug van zijn vingers over haar wang te strijken. 'Ik wil liever dat jij je heel erg *vol* van mij voelt.'

Ze miste een pas.

Darien glimlachte. 'Hebbes.'

'Nog niet, hoor.' Ze reikte naar zijn heupen en trok hem dichterbij. 'Houd nu je mond, dan kan ik me concentreren op de rest van deze knoopjes.'

'Ik weet een snellere manier.' Hij greep het overhemd vast en gaf een ruk.

De laatste paar knoopjes vlogen in het rond.

En dat gold ook voor Gina's verbeelding.

Zijn borstkas was nog indrukwekkender dan ze zich herinnerde — ook al was het nog maar een uurtje geleden dat ze die had gezien.

Hij was nu dichterbij, dat was één ding. En hij was nu van haar, dat was het andere.

Ze kon over die buikspieren likken als ze wilde en de enige die haar kon tegenhouden was Darien.

De blik in zijn ogen verraadde dat hij dat niet van plan was.

'Raak me aan.' De getergde klank in zijn stem bevestigde het.

Om hen allebei uit hun lijden te verlossen, volgde Gina de contouren van zijn spieren. Heet, hard en glad gleden ze onder haar vingertoppen door. Zijn ademhaling werd onregelmatig — net zo onregelmatig als haar handen — naarmate ze hem meer aanraakte.

Ze legde een handpalm op zijn borstspier, waarbij zijn tepel hard werd onder haar duim.

'Niet stoppen,' schokte hij uit.

Ze was ook niet van plan om te stoppen.

Ze liet haar andere hand dezelfde weg omhoog leggen aan zijn linkerkant en stapte dichterbij, hun heupen in hetzelfde ritme — vooral toen hij een hand op haar onderrug sloeg en haar strak tegen zich aan trok.

Er bestond geen twijfel over hoe hij dacht over waar ze mee bezig waren.

'Je. Maakt. Me. Helemaal. Gek.' Hij perste de woorden er op de maat uit.

'Mooi zo,' fluisterde ze, terwijl ze zijn geur inademde, haar lippen slechts millimeters verwijderd van zijn keel, zijn adem heet op haar wang.

'Gina.' Laag, rauw, zijn stem doordrenkt van verlangen.

Ze keek op.

Een spiertje in Dariens kaak trilde en een zweetdruppel gleed langs de zijkant van zijn gezicht.

Ze likte het weg—

Vóór ze het wist, trok hij haar in een kus die zo ongelooflijk vurig was dat ze verbaasd was dat er geen vlammen uit haar huid sloegen.

Zijn tong vulde haar mond, proevend, de hare opeisend. Zijn vingers spreidden zich over haar rug, haar gewicht opvangend zonder in haar huid te knijpen. Zijn spieren spanden zich aan onder haar handpalmen, zijn hart bonsde.

'Ik wil je, Gina. Hier, nu, gejaagd, snel, hard... alles. Helemaal.'

Hij prevelde de woorden tegen haar hals, zodat ze ze zowel voelde als hoorde, en ze kon net genoeg adem vinden om dat ene woord te uiten dat alles goed zou maken.

'Ja.'

Toen de muziek even stopte zodat Snoop Dogg aan zijn riff kon beginnen, zette Darien haar gelukkig weer rechtop, zodat het 'hier' niet de hardhouten vloer van de woonkamer werd.

Daarna trok hij haar been om zijn heup, hield haar met zijn andere hand tegen zich aan geplakt en danste met haar mee naar de slaapkamer, terwijl hij haar de hele weg kuste, zijn hand verstrengeld in haar haar om haar mond perfect op de zijne te laten aansluiten.

Hoe hij wist waar haar kamer was, wist ze niet. Het kon haar ook niets schelen. Ze was allang blij dat hij zo'n feilloos richtingsgevoel had.

De muziek werd zachter toen ze haar kamer binnenkwamen, maar ze kon de beat nog steeds voelen — al was dat misschien het bonzen van haar eigen hart. Of dat van Darien.

Waarschijnlijk allebei.

Ze had één arm om zijn nek geslagen toen hij haar been had opgetild, en haar vingers verstrengelden zich nu in het haar bij zijn kraag, precies de goede lengte om zich aan vast te houden—

Terwijl hij haar op het bed liet zakken.

Zichzelf schrap zettend met één hand naast haar op het matras, volgde zijn gewicht haar naar beneden.

God, hij voelde zo goed aan boven op haar.

En nog steeds bleven zijn heupen bewegen.

Gina voelde zich smelten zodra hun lichamen elkaar raakten, dus klemde ze een been om zijn dij en trok zichzelf tegen hem aan, behoefte hebbend aan de druk. Behoefte aan hem tegen haar aan.

In haar.

'Zeg me alsjeblieft dat je condooms hebt meegenomen.' Ze wilde niet naar de badkamer hoeven om ze te gaan halen. Ze had ze in haar nachtkastje moeten leggen, maar ze was eerder te gehaast geweest om zo ver vooruit te denken.

'Ik ga nooit de deur uit zonder,' zei Darien met een klein lachje.

Player.

Het woord weergalmde in haar hoofd — ervaringen uit het verleden en zo — en Gina verstijfde.

Darien trok zich iets terug en steunde op beide handen. 'Ontspan, Gina. Ik maak maar een grapje. Er is al heel lang niemand meer geweest.'

'Hoe lang?' Haar vingers tikten tegen zijn hemdskraag.

'Wil je nu echt onze hele geschiedenis gaan doorspreken?'

Ja.

Nee. Zoek hier geen uitweg voor. Hij is John niet. Ga er gewoon in mee.

Ze ademde uit en schudde haar hoofd. 'Zolang je een condoom hebt — en niets wat ik zou moeten weten — kan dat wel wachten.'

Hij gaf haar een neusje en streek daarna o zo zachtjes met zijn lippen over de hare, en Gina voelde zich weer smelten.

'Nou, ik moet je wel *iets* vertellen.'

En toen was ze ineens *niet* meer aan het smelten. Sterker nog, ze stond op het punt om onder hem vandaan te kruipen en hem hardhandig de deur uit te werken. Haar eerst helemaal gek maken en dan met zoiets als een soa op de proppen komen—

'Ik heb meer dan één condoom meegenomen.'

Oh.

Uh... Ze trok zijn hoofd zachtjes aan zijn haar naar achteren zodat ze zijn gezicht kon zien. 'Is *dat* wat je me moest vertellen?'

Hij trok een wenkbrauw op. 'Vind je het niet leuk dat ik er meer dan één bij me heb?'

'Dat is het niet en dat weet je best. Ik vind je geplaag niet erg grappig.'

'Mooi, want ik wil absoluut niet dat je lacht terwijl ik je verleid.' Hij boog voorover om haar weer een neusje te geven. 'Bijvoorbeeld—'

Deze keer richtte hij zich iets lager. Op tepelhoogte. En deze keer met zijn tong. Dwars door haar trui heen.

Als een elektrische schok reageerde haar lichaam; ze boog haar rug naar zijn aanraking toe terwijl haar tepel hard werd onder haar kleding.

Hij tilde zijn hoofd op, zijn blik ontmoette de hare, maar hij bewoog niet.

Dat vond ze prima. Hij mocht precies blijven waar hij was en zijn magie laten werken.

'Dit ding moet uit bij je.'

'Ja.' En daar was *haar* magie — één klein woordje.

'Doe je armen boven je hoofd,' zei hij van ergens bij haar middel.

Meer dan bereid om mee te werken liet ze zijn haar los en wierp ze haar armen achterover op het matras, precies op het moment dat hij—

Oh, wauw.

Hij nam de zoom van haar trui tussen zijn tanden en trok hem langzaam omhoog over haar lichaam.

Een van zijn handen schoot te hulp om de wol over haar huid te laten glijden in de maat van de muziek, terwijl het nummer opnieuw begon.

'Straks is je batterij nog leeg,' kreeg ze eruit, terwijl zijn vingers al bezig waren met de voorsluiting van haar kanten beha nadat haar trui ergens op het bed was beland.

Hij grinnikte. 'Schatje, geloof me. Mijn batterij raakt echt niet leeg. Voorlopig nog lang niet.'

'Ik bedoelde die van je telefoon, jij ijdele narcist.'

'Mijn telefoon is op dit moment wel het laatste waar ik aan denk. Maar deze tepel hier, die staat absoluut bovenaan mijn lijstje.'

Dat bewees hij onmiddellijk. Zijn tong, zijn lippen, zijn tanden, zijn vingers... ze zorgden er allemaal voor dat ze haar gelukkige sterren prees dat hij — wat had ze eerder gedacht? Zo feilloos meesterlijk was.

'God, Gina, wat ben je mooi.' De eerbied in zijn stem gaf haar ook echt het gevoel dat ze mooi was.

De blik op zijn gezicht deed haar het geloven.

'Kom hier, Darien.' Ze streelde over zijn wang; zijn stoppels maakten hem alleen maar sexier terwijl haar vingers onder zijn kin dansten.

'Jouw wens is mijn bevel, m'lady.'

Ze glimlachte terwijl hij haar kuste.

'Wie is er nu de baas over wie?' fluisterde ze vlak voordat hun lippen elkaar vonden.

Hij glimlachte tegen haar mond, hun tanden kletterden even tegen elkaar, maar dat maakte het alleen maar opwindender wanneer zijn tong de hare streelde.

En toen, godzijdank, raakte zijn borstkas haar tepels. Lieve heer, ze dacht dat ze het op dat moment al niet meer zou houden; de sensaties schoten door haar hele lichaam, deden haar tenen krommen, en haar vingers, en waarschijnlijk elke haar op haar hoofd nog meer.

Ze kreunde in zijn mond en bewoog tegen hem aan, terwijl de golf van verlangen in haar de muziek overstemde in haar poging zo dicht mogelijk bij hem te komen.

Hij stak zijn vingers door haar haar en liet zijn volle gewicht op haar rusten — terwijl zijn heupen *nog steeds* het ritme van het liedje aanhielden.

Ze zou voor altijd van dit nummer houden.

'Wie is er nu de baas, schatje?' fluisterde hij, terwijl zijn tong in haar oor gleed en rillingen — *nog meer* rillingen — door haar heen joeg. 'Het lijkt erop dat ik je in de val heb, dus dat maakt mij de baas.'

'Weet je dat wel zeker?' Ze sloeg ook haar andere been om hem heen. 'Ik heb jou ook in de val.'

Hij kreunde tegen haar keel — en rolde hen om, zodat haar benen onder hem lagen. Hij duwde haar omhoog zodat ze bijna rechtop zat. 'Geef je maar gewonnen,' zei hij voordat hij haar borst in zijn mond nam.

Door de golf van verlangen viel haar hoofd achterover. Het was onmogelijk voor haar om ook maar *iets* te zeggen, maar zelfs als ze het kon, zou ze zich niet gewonnen geven, want dat zou hier een einde aan maken. En hieraan wilde ze geen einde maken.

Zijn vingers deden hetzelfde als zijn tong en Gina kon haar gekreun niet meer inhouden. Het was al zo vreselijk lang geleden. En John was hier bij lange na niet zo goed in geweest als Darien.

En dat was de *laatste* gedachte die ze op dit moment aan John zou verspillen.

Dariens tong speelde met haar tepel.

Misschien wel ooit.

Zijn hand gleed naar haar achterwerk en hij kneedde haar spieren terwijl ze tegen hem aan bewoog. Ze moesten de rest van hun kleren nog uitdoen. Dat zou ze hem ook zeggen. Zodra ze weer in staat was om ten minste een halve zin uit te brengen.

Zijn mond kwam los en hij overlaadde haar ribbenkast met kusjes, daarna haar borst en haar sleutelbeen, en het enige wat Gina kon doen was hem haar laten leiden voor zijn plezier. En dat van haar. Lieve God ja, dat van haar.

'Wie is er nu de baas?' fluisterde hij tegen haar keel voordat hij haar huid in zijn mond zoog.

'Ik,' wist ze tussen een kreun door uit te brengen.

Hij liet haar los met een *plopje*. Dat zou een vlek gaan achterlaten.

Ze vond het niet erg — hoewel Candy haar de oren van het hoofd zou vragen.

Nee, Candy hoefde hier niets van te weten. Dit ging over haar en Darien en niemand anders.

'Hoe kom je erbij dat jij de baas bent?' Hij gaf haar een tikje op haar billen. Niet te hard... maar precies goed.

Gina schudde haar haar uit haar ogen terwijl ze glimlachend op hem neer-keek. 'Omdat ik ervoor zorg dat jij mij plezier geeft.'

'Heks.' Hij trok haar hoofd naar beneden voor een vurige kus.

Ze liet zichzelf er een paar seconden van genieten, maar hij kreeg niet het laatste woord. Niet hier. 'Mij uitschelden is *niet* de manier om te krijgen wat je wilt, Foster.'

'Ik weet het. Dít wel.' Zijn mond vond haar andere borst.

Gina blies haar adem uit en liet haar hoofd naar voren vallen, waarbij haar lippen door zijn haar gleden. Ja, hij kon op dit moment zo'n beetje alles krijgen wat hij wilde. Zelfs het recht om op te scheppen.

Niet dat ze hem dat zou vertellen.

Niet dat ze dat überhaupt zou kunnen.

Zijn heupen bewogen nog steeds op het ritme van de muziek, de beat zo teder en aards dat ze hem bijna niet meer hoorde. Maar ze voelde hem wel.

Ze moesten naakt zijn.

'Prima plan.'

Haar ogen fladderden open toen hij haar borst losliet. 'Zei ik dat hardop?'

'Dat deed je zeker. Maar ik dacht het ook.' Hij bewoog zijn heupen tegen haar aan. 'Kom op je benen, vrouw, en laat me wat van die moves zien.'

'Jij bent niet de b—'

'En voordat je het zegt...' Hij stak een hand op. 'Zou je *alsjeblieft* wat ondeugend willen dansen en je uit willen kleden, zodat ik mijn goddeloze gang met je kan gaan?'

'Oh, nou, als je het zo vraagt...' Ze haalde haar benen uit de knoop en stond op, bewegend op de maat van het liedje. 'Ik hoop dat dat ding van je volledig is opgeladen.'

Darien steunde op zijn ellebogen en keek omlaag. 'Volledig opgeladen en klaar om te vlammen, schatje.'

Ze hadden het niet over hetzelfde.

Of... misschien ook wel.

Gina draaide een langzame pirouette en genoot van de streling van haar haar dat langs haar huid gleed, een gevoel dat zo sensueel was dat ze het nog een keer moest doen.

Deze keer met haar haar over haar borsten.

'Bedek jezelf niet, Gina. Ik wil het zien.'

Verrassend genoeg was ze totaal niet onzeker over haar borsten bij hem. Nu niet. Vooral niet nadat hij zijn lippen erop had gezet. En zijn tong. Zelfs zijn tanden had gebruikt.

Ze rilde bij die gedachte. Ze had nooit gedacht dat ze Darien Foster ooit de kans zou geven om haar, eh, *tetons* te zien.

Glimlachend deed ze een stap achteruit, weg van het bed, genietend van de macht die ze over hem had. Hij wilde haar; ze kon het in zijn ogen zien — en aan andere lichaamsdelen. Beter nog, het lag in haar macht om deze wens te vervullen.

Of weg te lopen.

Je gaat niet *weg.*

Nou, natuurlijk niet; dit was haar appartement. En ze had Darien Foster eindelijk precies waar ze hem hebben wilde.

Nou ja, bijna.

Ze deed een paar stappen naar voren.

'God, wat ben je mooi. Kom hier.' Hij reikte naar haar, maar ze duwde hem terug op het bed.

'Wacht even, meneer Laten-we-niets-overhaasten. Ik heb zelf ook een paar ideeën.' Ideeën die zich hoofdzakelijk concentreerden op de gulp van zijn spijkerbroek.

Ze ging tussen zijn benen staan en legde een hand op zijn buik. 'Niet bewegen.'

'Ik hoor je wel, maar iemand' — hij spande zijn dijspieren aan — 'let niet op.'

Gina liet haar hand langs zijn stijve lid glijden. 'O, dat weet ik zo net nog niet. Hij lijkt heel goed op te letten.'

Darien liet zich achterover op het bed vallen, zijn armen wijd gespreid. 'Je maakt me gek.'

'Dat is niet de bedoeling. Maar als dat toch gebeurt, kan ik er maar beter voor zorgen dat je met een glimlach gaat.' Daarmee greep ze zijn gulp vast.

Nog meer knopen.

'Ik denk niet dat we deze kapot kunnen scheuren, hè?'

Darien grinnikte. 'Nee. Je zult er hard voor moeten werken, schatje.'

'Wat een straf.' Of het nu kwam door het oefenen op zijn overhemd of door haar gretigheid, ze wist de knopen vrij snel los te krijgen.

Natuurlijk droeg Darien geen ondergoed.

Ze raakte hem aan.

Hij hapte naar adem en perste eruit: 'Condoom. Achterzak. Broek.'

'Grappig, want je ligt erop. Je zult op je zij moeten rollen zodat ik erbij kan.'

'Of, nog beter...' Hij schoof zijn spijkerbroek over zijn heupen naar beneden, ging toen rechtop zitten en trok hem uit. 'Hier.' Hij overhandigde hem aan haar. 'Achterzak.'

Ze koos ervoor om de wanhoop in zijn stem te horen in plaats van het bevel, terwijl ze vond wat ze zocht.

Ze gooide de verzameling op het bed. 'Tjonge, jonge. Wat een eigendunk.'

Hij haakte zijn voet achter haar dij en trok haar naar zich toe.

Ze viel praktisch in zijn schoot.

Wat niet per se een slechte zaak was.

'Kies er een uit, Gina, en laten we hem omdoen. Ik weet niet hoe lang ik nog kan wachten.'

Ze pakte er een paar. 'Nou, we zullen eens zien hoe lang dat is, hè?'

Hij griste er een uit haar vingers, scheurde de verpakking open met zijn tanden en rolde hem zo snel om dat ze eigenlijk geschokt zou moeten zijn over hoeveel oefening daarvoor nodig was geweest, maar in plaats daarvan was ze opgewonden dat hij zo naar haar verlangde dat hij niet kon wachten.

Hij wenkte haar met een vinger, net zoals hij in de club had gedaan. 'Kom hier.'

'Jij bent niet de—'

'Alsjeblieft.'

Het was leuk om hem te plagen — maar het was nog leuker om toe te geven aan wat hij wilde.

Ze nam de tijd om boven hem te gaan zitten, haar handen steunend terwijl ze met haar tepels over zijn borstkas streek.

Hij kreunde.

'Vind je dat lekker?'

'Dat kun je wel zeggen.' Hij drukte zijn bekken omhoog. 'En je hebt nog steeds te veel kleren aan.'

Gina tilde één hand van het bed en liet die naar de tailleband van haar jeans glijden. Verdomme, ze kreeg de knoop niet met één hand los, dus probeerde ze de broek over haar heupen te schuiven.

Wederom, lastig met één hand.

'Sta mij toe.' Darien trok haar bovenop zich en rolde haar op haar rug — daarna gleed hij op zijn knieën op de vloer en liet zijn handpalmen over haar dijen glijden.

Haar buik trok samen toen zijn vingers de knoop bij haar middel losmaakten.

Haar ademhaling stokte volledig toen hij de rits naar beneden trok, waarbij zijn vingers de hele weg zachtjes haar huid raakten.

Daarna trok hij de rits met zijn handpalmen opzij, schoof ze naar haar heupbeenderen voordat hij zijn vingers over de bovenkant van de tailleband boog en haar jeans over haar benen naar beneden werkte.

Hij hield even in bij de splitsing van haar dijen. 'Passend kant, zie ik.'

Haar lingerie was een goede investering geweest.

'Volgens mij herken ik het van de andere avond.'

Toen hij in haar badkamer naar pleisters zocht. 'Alleen jij zou dat pijnlijke moment nu ter sprake brengen, Foster.'

'Ik hoop dat ik de enige ben. Ik hou er niet van om te delen.' Hij schoof de spijkerbroek de rest van de weg naar beneden.

En begon toen zijn weg terug naar boven te likken.

Maar niet helemaal. Hij stopte op een zeer gunstige plek.

En maakte haar tot een zeer gelukkige vrouw.

Gina greep het dekbed vast terwijl Darien haar plezier bezorgde dat ze zich nooit had kunnen voorstellen; hij voerde de spanning op tot een hoogtepunt en pauzeerde dan net voordat ze over de rand ging. Hij plaagde haar, testte haar totdat ze nauwelijks meer kon denken dan het woord *ja*.

Ze wist vrij zeker dat ze het meer dan eens zei. En ook vrij luid.

Darien bewoog zich eindelijk naar boven, kussend via haar navel omhoog tot tussen haar borsten. Toen hij een uitstapje naar rechts maakte, greep ze zijn hoofd vast. 'Oké, je hebt je plezier gehad, maak het nu af,' zei ze, terwijl ze zijn mond naar de hare bracht.

'Baasje, baasje.' Hij glimlachte terwijl hij in haar lippen beet.

'Dus je geeft het eindelijk toe.'

'Ik moet zeggen, het is best wel sexy.'

Ze grinnikte. 'Wees dan maar bereid om helemaal sexy de weg kwijt te raken, Foster.' Ze kneep in zijn kont. 'Laten we het doen.'

'Serieus, Taormina, er zijn nog nooit seksier woorden gesproken.' Hij schoof zijn knie opzij, opende haar, en gleed naar binnen.

Gina slaakte een diepe zucht. 'Lieve hemel.'

'Niet bepaald.' Zijn woorden klonken gespannen terwijl hij stootte. 'Lieve... oké. *Niet* vrouwelijk. En zeker geen hemel. Maar die goddelijke referentie neem ik graag aan.'

Ze gaf hem een tik op zijn achterwerk. 'Verwaand.'

'Schuldig.' Hij bewoog zijn heupen en ging dieper.

'Oh. Mijn. God.' De woorden ontsnapten haar vanzelf.

'Dank je.' Hij glimlachte tegen haar keel.

Ze lachte, een vreemde gewaarwording gezien de sensaties die door haar heen gierden. Darien maakte haar heet terwijl ze kippenvel kreeg; hij vulde haar maar het was niet genoeg, en hij verslond haar bijna, maar maakte haar tegelijkertijd aan het lachen. 'Seks met jou is leuk.'

'Bedankt. Denk ik.' Hij trok zich iets terug om haar aan te kijken. 'Zolang het maar zijn doel dient... om het zo maar te zeggen.' Hij bewoog zijn heupen opnieuw.

Ze kreunde. 'Ja, dat doet het.'

'Mooi.' Hij stootte nog een paar keer. Sneller. Iets dieper.

Ze sloeg haar benen om zijn middel. 'Niet stoppen, Darien.'

'Dat was ik ook niet van plan.' Met op elkaar geklemde kaken versnelde hij zijn ritme.

Dat, interessant genoeg, precies paste bij de beat van het liedje.

Gina lachte opnieuw. 'Je telefoon staat nog steeds aan.'

'Mooi. Dan weet ik waar hij is als ik hem nodig heb. Maar nu' — hij maakte een sexy draai met zijn heupen — 'nu ben jij het enige wat ik nodig heb.'

Hij zonk weer op haar neer, zijn lippen de hare opeisend, zijn schouders werkend terwijl hij in haar stootte, en Gina liet die opmerking over *nodig hebben* voor wat het was terwijl gevoelens haar lichaam overnamen.

Darien wist precies hoe hij moest bewegen, precies hoe hij haar moest aanraken; zijn kusjes, beetjes en tong namen haar mee naar onvoorstelbare hoogten.

Wie wist dat een klein, scherp beetje in haar oorlel rillingen over haar hele lichaam zou sturen tot aan haar tenen — die zich op dit moment praktisch bij zijn oren bevonden. Dat was nog zo'n wonderlijk iets. Ze was normaal gesproken vrij lenig, maar dit... nu... De man had haar helemaal in de knoop, zowel vanbinnen als vanbuiten.

Ze zette haar nagels in zijn achterwerk en volgde zijn ritme, proberend dichterbij te komen. Bijna daar... nog heel even...

'Ach god, ja, Gina, dat is het, schatje.' Hij wiegde in haar, het zweet glanzend tussen hen in. Zijn lippen vonden de holte van haar nek en Gina boog haar rug, waardoor hij alle ruimte kreeg.

Zijn tanden... jemig... kleine schokjes van extra plezier raakten haar telkens wanneer ze langs haar huid schraapten.

En zijn achterwerk... Verdomme, de man had geweldige bilspieren. Ze greep elke kans aan om ze vast te pakken, te kneden, en schoof zelfs een vinger tussen zijn billen.

Darien slaakte een brul en sloeg met zijn hand op de matras naast haar schouder terwijl hij haar aankeek. '*Wat* was dat?'

'Dat weet je niet?' Ze deed het nog een keer.

Hij slaakte een diepe, luide kreun. Haar buren kregen waarschijnlijk alles mee. En het kon haar niets schelen.

Ze streelde hem weer.

'Jezus... Gina... Oh God... Kut...'

Wat de inhoud betreft waren dat niet de meest romantische woorden die ze zich ooit had voorgesteld, maar de acties? Ja, hij gaf net zo goed als hij nam.

En aan zijn gezicht te zien, nam hij heel veel.

Darien klemde zijn tanden op elkaar, zijn ogen stijf dichtgeknepen, en zijn heupen bewogen in dubbel tempo op de muziek. Zweet gleed over zijn borst, het geluid van hun lichamen die elkaar raakten klonk beter dan welke beat dan ook.

Hij plaatste nu beide handen bij haar schouders, zijn hoofd gebogen, zijn haar langs haar gezicht strijkend terwijl hij bijna tegen haar gromde — nee, eigenlijk *gromde* hij echt tegen haar. 'Kijk. Me. Aan.' Hij hijgde op de maat van zijn heupen.

Gina kon *niet* naar hem kijken. God, hij was prachtig. En voor dit moment, deze nacht, was hij van haar.

'Kom met me mee, Gina.' Hij maakte die draaiende beweging weer en — verdomme — raakte haar g-spot.

'Darien!' Half snik, half ademloze verwondering; het was de laatste adem die ze uitblies terwijl haar orgasme haar overnam. Rillingen, spanning, het ritmische stoten dat hij nooit, maar dan ook nooit mocht stoppen... ze stuurden haar over de rand en het enige wat ze kon doen was zich aan hem vastklampen alsof haar leven ervan afhing.

Hij riep haar naam, een langgerekt gebrul, en zijn lichaam hield een seconde stil voordat hij weer met kracht in haar drong, keer op keer stotend, zichzelf in haar uitstortend totdat er alleen nog maar gevoel tussen hen was. Geen besef van boven of onder, voor of achter, alleen het juiste gevoel van zo intiem met hem verbonden te zijn.

Zijn gewicht drukte haar in het matras. Het was de eerste gewaarwording die ze registreerde toen de euforische wolk wegdreef.

Hij voelde goed op haar. En als haar armen weer wat kracht zouden vinden, zou ze ze misschien zelfs om hem heen kunnen slaan.

Daar zou ze later wel over nadenken.

'Hé, Doornroosje.' Hij duwde zachtjes met zijn neus in haar nek.

Ze slaagde erin om met haar hand door zijn haar te strijken. 'Ik dacht dat ik Wonder Woman was.'

'Wie is er nu een verwaande narcist?'

'Het is niet verwaand als het waar is.' Ze opende één oog. Hij steunde op een elleboog en zag er veel te sexy — en wakker — uit, terwijl zij alleen maar hier wilde liggen en nagenieten. 'En aangezien jij me zo noemde, moet het wel waar zijn.'

'Ah, net als de wetten van het internet. Maakt dat mij dan een Frans fotomodel?'

Ze grinnikte. 'Als jij een Frans fotomodel was, zouden we hier niet zijn. Dan waren we—'

'In Frankrijk,' zeiden ze tegelijkertijd.

Darien grinnikte en rolde op zijn zij, waarbij hij haar meenam. Gina wist niet precies hoe ze het voor elkaar kregen om nog steeds verbonden te zijn, maar ze ging de moves van een zeer getalenteerde danser niet in twijfel trekken.

Nog steeds steunend op zijn elleboog, liet hij zijn andere arm op haar heup rusten. 'En, Gina Taormina, was het lekker voor je?'

'Ach, kom op, Foster, ik had wel iets beters verwacht dan zo'n oud cliché van jou.' Ze gaf een kneepje in zijn neus.

'En zodra mijn hersenen terugkeren van de stratosfeer waar jij ze naartoe hebt gestuurd, zal ik met iets gevats komen. Gevatter? Gevatst?' Hij haalde zijn schouders op. 'Ik kom er niet uit, dus voor nu zul je het met een cliché moeten doen.' Hij kuste haar.

Er was niets clichématigs aan *dat*.

'Dus, eh, over die andere condooms...' Ze reikte achter zich. 'Die volgens mij aan mijn rug plakken, trouwens...'

Zijn vingers gleden over haar huid — en lieten weer wat rillingen achter — terwijl hij er eentje van haar losmaakte. 'Je probeert me echt te vermoorden, hè? Ik heb toch mijn excuses aangeboden.'

Ze pakte het condoom van hem aan. 'Je hebt gelijk, dat heb je gedaan. Maar ik vind dat je moet bewijzen hoeveel spijt je echt hebt.'

'Ah, een medelijden-beurt. Ik snap waar je heen wilt.'

'Hé! Dat bedoelde ik helemaal niet.'

'En dat is ook niet wat je gaat krijgen, Gina. Onthoud dit — wat we nu doen heeft absoluut niets te maken met wat er in dat klaslokaal is gebeurd, behalve dan het feit dat ik je al jaren wil. En eindelijk krijg ik de kans om je te hebben. Dus ga liggen en bereid je voor op meer dan twintig jaar opgespaard verlangen.'

Nou ja, als hij het zo stelde...

Ze hadden niet alle condooms gebruikt. Een flink deel wel, ja, maar niet allemaal.

Wat betekende dat ze terug zouden moeten komen voor meer.

Gina wist niet of dat mogelijk zou zijn toen ze de volgende ochtend uit bed klom. Ze had pijn in spieren waarvan ze niet eens wist dat ze ze had.

Darien sliep nog en hoe graag ze hem ook wilde wekken, hij kon de rust goed gebruiken en zij moest naar de spa — waar ze hoopte de Candy-inquisitie te ontwijken.

Dat viel tegen.

Scherpziende Candy spotte de zuigzoen nog geen tien seconden nadat Gina haar jas had uitgetrokken.

'Je hebt de daad bij het woord gevoegd.' Candy volgde haar het kantoor in en deed gelukkig de deur dicht zodat de rest van het personeel haar niet zou horen. Niet dat het makkelijk zou zijn boven de kerstmuziek van de Chipmunks uit, wat de eerste keer was dat Gina blij zou zijn om Alvin en zijn vriendjes te horen, maar het gaf hen een extra laagje privacy voor dit gesprek.

'Candy—'

'Ontkennen heeft geen zin, Geen. Ik zie die niet zo kleine liefdesbeet boven je sjaal uitkomen. Best wel wanhopig, nietwaar, om een sjaal over een coltrui te dragen? En wie draagt er tegenwoordig trouwens nog coltruien? Dat ding ziet eruit alsof het achter uit je kast komt. Ik moet écht met je gaan winkelen.' Ze nam plaats op het bureau van Gina. 'Begin maar te praten.'

'Wat valt er te zeggen? Ik heb nagedacht over wat je zei, ben naar de club gegaan nadat jij weg was, en de rest... Nou ja, je hebt wel een goed idee van wat er daarna is gebeurd.' Inclusief het feit dat de zwarte coltrui ongeveer tien jaar oud was. Maar omdat al haar besteedbare inkomen naar de spa en de rekeningen ging, hield ze kleding lang aan. En kijk eens aan, het was in haar voordeel uitgevallen. Nou ja, dat zou het zijn geweest als Candy de zuigzoen niet had gezien.

Candy hield haar hoofd schuin en kneep haar ogen samen. De eyeliner van vandaag was fuchsia. Die had ze gecombineerd met een avocadogroene oogschaduw, een gouden glittertrui en een zwarte kokerrok met een zeemeerminsnit bij de knie. Alleen Candy kon die kleuren combineren en het er chic uit laten zien. 'Je gaat het me niet vertellen, hè?'

'Wat vertellen? Details?' Gina verplaatste een map van haar bureau naar het dressoir. Ze moest dit waarschijnlijk opbergen. 'Ik denk dat we dat stadium wel voorbij zijn. Er valt niet veel te vertellen.'

'O, lieverd, dat is verdomd zonde.'

Ze keek om naar Candy. 'Dat bedoelde ik niet en dat weet je best. Het was...' Ze opende een archieflade. 'Fijn.' Op een fenomenale, overweldigende manier.

'Fijn, hè? Nou, jemig. Dat verklaart de coltrui dan. Heb je ook nog regenlaarzen om de outfit compleet te maken?'

'Hé, regenlaarzen zijn hartstikke in. Trouwens, wat wilde je dat ik droeg? Wil je dat ik met dit ding de hele stad door paradeer?' Ze draaide zich om en trok haar kraag naar beneden. 'Hij liet zich, eh, een beetje meeslepen.'

Twee duimen omhoog van Candy. 'Dat is mijn meid. Zorg dat die vent zijn verstand verliest. De beste manier om hem geïnteresseerd te houden.'

'Of in het gekkenhuis,' mompelde Gina terwijl ze de map op zijn plek in de lade proprte voordat ze zich weer omdraaide. 'Luister, Cand, ik hou niet van spelletjes spelen. Ik zou ook niet willen dat hij dat doet, dus als dit ergens heen gaat, dan gaat het ergens heen. Als dat niet zo is, ga ik mezelf achteraf niet lopen kwellen.'

'O jawel, dat doe je wel. Want dat is wat jij doet. Daarom wilde ik weten of hij iets gezegd heeft.'

'Wat zou hij moeten zeggen, Candy? Dat ik de liefde van zijn leven ben en dat niemand ooit aan mij heeft kunnen tippen?' Gina pakte de plantenspuit om het mini-dennenboompje op haar bureau te besproeien dat ze van haar moeder had gekregen voor 'wat kerststemming', compleet met minikerstballen en dunne slingers. 'Alsjeblieft, ik leef in de echte wereld. Gisteravond was fijn. En zal waarschijnlijk worden herhaald.' Als zij daar tenminste iets over te zeggen had.

Hoewel het fijn zou zijn geweest als ze vanochtend een gesprek hadden kunnen voeren, had hij zijn slaap nodig omdat hij pas om elf uur een massage-afspraak had en vanavond moest werken. Vooral omdat ze de afgelopen nacht niet al te veel slaap hadden gehad.

'Aaah, daar is de glimlach.' Candy sprong van het bureau — een hele prestatie gezien de hoogte van haar naaldhakken.

En Candy gaf *haar* kritiek omdat ze een coltrui droeg? Dat was tenminste nog passend bij het weer. Als Candy de deur uitstapte op die schoenen, zou ze over het kleinste stukje ijs een snoekduik maken.

Ze liep naar Gina toe, legde een vinger onder haar kin en tilde die op. 'Dat vertelt me alles wat ik moet weten. Nou ja, dat en de zuigzoen.' Ze schikte de gouden sjaal eroverheen. 'Je moet hem misschien vertellen dat hij het niet zo opvallend moet doen. Ik bedoel, ik ben blij voor je en zo, maar als hij niet wil dat de mensen gaan praten, moet hij ze op plekken zetten waar alleen hij ze kan zien.'

Gina beet op haar lip en keek weg.

'A-ha!' Candy tikte op Gina's neus. 'Goed voor je, Geen. Goed voor je.' Ze maakte een militaire draai en zwierde de deur uit. 'Het gaat een goede dag worden hier vandaag. Ik voel het.'

Ze draaide zich om in de deuropening en greep de klink vast. 'Je eerste klant is er over vijftien minuten. De kamer is helemaal klaar. Dus je hebt nog even tijd om te... ontspannen en tot rust te komen.' Ze sloot de deur met een knipoog.

Ontspannen, ja, vast wel. Gina herinnerde zich het exacte moment waarop ze deze zuigzoen had gekregen. Ze speelde het steeds opnieuw af in haar hoofd. De hele nacht eigenlijk.

Zij en Darien... Het was bijna te ongelooflijk om waar te zijn.

Dat was wat haar zorgen baarde.

* * *

Darien knipperde tegen het zonlicht. Het kostte hem minder dan twee seconden om te onthouden waar hij was.

En bij wie hij was.

Hij rolde op zijn zij —

Of bij wie hij niet was. Ze was weg.

Verdomme.

Hij legde zijn handpalm in de afdruk waar ze had gelegen. Hmmm… Niet meer zo warm. Dat betekende dat ze al een tijdje geleden was opgestaan. Waarom had ze hem niet wakker gemaakt?

Hij smeet het laken van zich af — op een gegeven moment waren ze erin geslaagd de lakens onder zich vandaan te wurmen — en stapte uit bed. Eerst de badkamer, dan zou hij haar gaan zoeken.

Er lag een briefje op de wastafel.

Naar mijn werk. Wilde je niet wakker maken; je kon de slaap wel gebruiken. Zie je daar.

~ Ik

Darien pakte het op. Dat *Ik* raakte hem ergens in de buurt van zijn hart. Zo'n intieme manier van communiceren.

Zoals de afgelopen nacht was geweest.

Hij had met haar gelachen tijdens het vrijen. Zij had het seks genoemd, maar hij wist wel beter. Tenminste, wat hem betrof. Hij hoopte vurig dat zij dat punt ook kon bereiken, want ja, zijn vader had gelijk gehad. Gina was de ware voor hem.

Hij douchte met haar zeep en shampoo, genietend van het idee dat hij de hele dag naar haar zou ruiken. Hij trok zijn kleren van gisteravond aan, waarbij hij zijn hemd in zijn jeans stopte omdat de onderste knoopjes ergens in haar appartement lagen, en vond zijn laarzen onder haar bed.

Hij glimlachte daarom. Was er niet een oud gezegde over je laarzen onder

177

het bed van een vrouw laten staan? Hij wist het niet zeker, maar als het nog niet bestond, dan zou het moeten.

Hij wilde het bed opmaken, maar bedacht zich toen. Hij wilde dat ze thuiskwam en het zag. Het zich allemaal weer herinnerde. God mag weten dat hij het niet snel zou vergeten.

Hij gooide het dekbed op de stoel in de hoek — terwijl hij zich precies herinnerde wanneer dat op de vloer was gevallen — en grinnikte als een idioot. Je zou denken dat hij weer veertien was.

Vóór die stomme opmerking...

Ach ja. Eind goed, al goed, en hij kon maar beter naar de spa gaan om ervoor te zorgen dat dit een goed einde kreeg.

Nee — een goed begin.

Hij stopte het briefje in zijn achterzak — en moest er een condoom uithalen dat Gina over het hoofd had gezien. Grinnikend legde hij dat in de lade van haar nachtkastje voor de volgende keer.

De volgende keer.

Ja, *de volgende keer* moest hij iets speciaals doen. Geen rozen; die waren te cliché. Lelies misschien. Gouden. Ja, dat zou hij doen.

Hij pakte zijn jas in de woonkamer — opnieuw glimlachend toen hij zich herinnerde wat er aan de hand was toen hij die daar had laten vallen — en greep zijn telefoon uit de gang. Yep, batterij was leeg.

Geen probleem. Hij had liever een lege telefoonbatterij en een nacht als gisteravond dan niet.

* * *

'Nou, nou, nou, kijk eens wie we daar hebben.' Candy bekeek hem veelbetekenend toen hij binnenliep. 'Genoeg schoonheidsslaapje gehad, Foster?'

Ze wist het. Het had hem niet moeten verbazen.

'Beste nachtrust ooit.' Hij trok zijn jas uit. 'Hoe was jouw weekend, Candy?'

Ze hield haar hoofd schuin. 'Lang niet zo goed als dat van Gina, vrees ik.'

'Nou, geef de moed niet op. Er is nog hoop voor je.' Hij trommelde met zijn vingers op de receptiebalie. 'Michelle wordt binnenkort verwacht. Ik ben in behandel— eh, suite drie.'

'Ik zal het zeker doorgeven aan alle geïnteresseerden.'

Hij grinnikte. 'Doe dat maar. En misschien bedank ik je daar nog wel voor.'

'Ja, je staat bij me in het krijt, Foster. Zorg er maar voor dat ik je geen pijn hoef te doen.'

Wat was dat toch met iedereen die dreigde hem pijn te doen? Natuurlijk hielden ze van Gina, maar waarom gingen ze ervan uit dat híj haar pijn zou doen? Als er iemand was die zich zorgen moest maken, was hij het wel. Hoewel hij er honderd procent voor ging, wist hij niet hoever zij was. Hij kon het hopen, maar totdat zij de woorden uitsprak, rekende hij nergens op.

Natuurlijk had hij de woorden ook nog niet uitgesproken.

'Is Gina er?'

'Waar zou ze anders zijn?' Candy wees met haar hoofd naar de gang. 'In haar kantoor. Interessante kledingkeuze heeft ze trouwens vandaag. Jouw schuld, heb ik begrepen.'

Hij wist niet waar ze het over had, maar dat zorgde er alleen maar voor dat hij Gina nog liever wilde zien.

Hij klopte op haar kantoordeur, hoewel hij haar door het zijraampje aan haar bureau kon zien zitten.

Ze glimlachte toen ze opkeek. En ja, zijn hart sloeg een slag of twee over. 'Kom binnen.'

Dat was hij ook zeker van plan.

Man, pa had gelijk. Als je het wist, dan wist je het.

Ze kwam achter het bureau vandaan toen hij binnenkwam. Hij wist niet waar Candy het over had; ze droeg haar gebruikelijke witte jasje, een spijkerbroek, een shirt en een gouden sjaal die paste bij het *vergulde* thema.

Pas toen hij dichterbij kwam, zag hij de plek boven haar kraag uitsteken.

'Heb ik dat gedaan?' Hij streek haar haar van haar schouders en raakte haar nek aan.

'Ja, en Candy zag het meteen.'

'Dat verklaart haar opmerking over je outfit.' Hij trok haar kraag naar beneden om ernaar te kijken. 'Kinderachtig, ik weet het, maar ik moet zeggen dat ik het graag bij je zie.'

Ze sloeg tegen zijn borst. 'Weer terug naar de holbewonermodus, hè?'

'Ik kan me niet herinneren dat je me tegenhield.' Hij liet zijn polsen op haar schouders rusten, simpelweg omdat hij haar móést aanraken.

'Alsof ik de kans kreeg.'

'O ja, juist. Je was op dat moment zo ver heen dat het je niets meer kon schelen; ik had alles met je kunnen doen.' Hij speelde met een lok van haar haar.

'Bedoel je dat er nog meer is?'

'Reken maar, schatje. Er is nog veel meer waar gisteravond vandaan kwam.' Hij liet zijn vingertoppen over haar achterhals glijden en vond het heerlijk dat ze rilde. 'Wat doe je vanavond?'

'Werken. Net als jij, weet je nog?' Ze pookte hem aan.

Hij zou háár wel willen poken... 'Dans je nu ook professioneel? Tjonge, één nacht met mij en je bent al bereid om voor *iedereen* je kleren uit te trekken.'

'Denk niet te veel van jezelf, Foster. Ik moet deze plek de komende drie nachten afkrijgen om klaar te zijn voor donderdag. Trouwens—'

Hij kuste haar. God, die vrouw kon praten, maar soms waren er gewoon zo veel betere dingen om met haar mond te doen.

Ze zuchtte tegen de zijne en hij verzachtte de kus.

Hij sloeg zijn armen om haar heen en boog haar achterover, genietend van het gevoel van haar in zijn armen.

'Goedemorgen,' fluisterde hij tegen haar lippen.

Ze glimlachte. 'Goedemorgen.'

'Ga nooit meer weg zonder me wakker te maken. Ik heb je gemist.'

'Nog een keer, hè?' Ze knipperde met haar wimpers terwijl hij weer rechtop ging staan. 'Betekent dat dat ik een herhaling krijg?'

'Je kunt een herhaling krijgen, je kunt een hele nieuwe show krijgen, speciaal voor jou gechoreografeerd.'

'Daarover gesproken...' Ze liet haar hand over de voorkant van zijn shirt glijden — hij had niet langs huis moeten gaan om zich om te kleden, maar dat overhemd aan moeten houden — 'Je bent me nog steeds wat schuldig.'

'Waarvoor?' Niet dat hij klaagde; hij wilde alleen weten waarvoor hij iets goed te maken had. Zodat hij de verontschuldiging op de misdaad kon afstemmen.

'Je hebt me nooit laten zien wat ik gisteravond tijdens je eerste set heb gemist.'

Hij glimlachte en hield zijn handen omhoog. 'Schuldig zoals ten laste gelegd. Ga je me straffen, mevrouw?'

Ze pakte zijn trui vast met haar vuist. 'Ik denk dat daar wel iets op te vinden is.'

'Ik kijk ernaar uit.'

'Hé, Geen — o, shit. Sorry.' Binnen twee seconden stond Debby weer buiten het kantoor.

Lang genoeg om te hebben gezien wat er gaande was.

'O, verdorie.' Gina liet zijn shirt los en liep naar de deur. 'Ik heb nog geen kans gehad om iets tegen haar te zeggen.'

'Waarover?'

'Meidencode, weet je nog? Ze vroeg om mijn toestemming wat jou betreft, en ik ben er blijkbaar op teruggekomen.' Ze draaide zich om bij de deur. 'Moet gaan. Vergeet niet dat Michelle er zo is.'

Nou, als ze hem dan toch moest verlaten, was het uitzicht tenminste goed.

'Deb, wacht even.' Gina wist haar gelukkig bij de laatste behandelkamer — de suite — in te halen. Ze wilde dit gesprek niet in de receptie of in de salon voeren.

Deb draaide zich om. 'Hé, het spijt me. Ik had moeten kloppen voordat ik naar binnen stormde, maar ik dacht niet—'

'Het is niet jouw schuld. We hadden niet—' Verdomme, ze haatte het dat ze bloosde. 'Je had het niet kunnen weten. Het is niet alsof iemand zou verwachten dat ze zoiets zouden aantreffen.'

'Echt wel.'

'Hè?'

Deb zette haar hand op haar heup. 'Kom op, Gina. We wisten allemaal dat je een oogje op die kerel had. En hij heeft sinds hij hier is zijn ogen niet van je af kunnen houden. Ik denk dat de enige reden dat hij hier überhaupt is, voor *jou* is, dus zet hem op, meid.' Ze hield een vuist omhoog om een boks te geven en Gina deed er verstrooid aan mee.

'Candy heeft me verteld wat je gedaan hebt.'

Deb knikte. 'Vragen of jij geïnteresseerd was? Alsjeblieft. We wisten allemaal dat je dat was. Het werd tijd dat jij het ook doorhad. Ik kon alleen niet geloven dat je tegen mij zei dat *ík* ervoor moest gaan. Daar verbaasde je me wel mee.'

'Je was niet de enige.'

Deb grinnikte. 'Maar nu is alles goed, toch? Jullie zijn eruit en jullie hebben allebei een enorme grijns op je gezicht. Heerlijk hè, de liefde?' De deurbel rinkelde. 'O, en nu we het erover hebben, ik moet ervandoor. Mevrouw Sermignano wil vandaag geföhnd worden en je weet hoe haar haar is. Doei!' Deb maakte een huppelende draai, haar paarse haar zwiepte achter haar aan als een zeemerminstaart. Vorige maand was het nog brandweerwagenrood geweest en had Deb een tasje in de vorm van een schelp bij zich gehad ter ere van haar favoriete Kleine Zeemeermin — als wie ze zich vaak verkleedde voor zeemeermin-conventies.

Gina schudde haar hoofd. In het afgelopen jaar was haar personeel een vriendengroep geworden. Dat zorgde voor een geweldige sfeer op de werkvloer, maar het maakte het in gevallen als dit wel ongemakkelijk. Niet dat ze ooit eerder zo'n geval had gehad. Darien was de eerste man met wie ze zelfs maar had overwogen om te gaan eten — of te lunchen in een brandweerkazerne — laat staan mee naar bed te gaan.

Godzijdank had Deb dat gedeelte nog niet door.

'Oh, en trouwens.' Deb stopte midden in de receptie. 'Mooie, eh, sjaal.' Ze knipoogde en liep naar haar werkplek.

Oké, dus misschien had ze het wel door.

Gina, die nog meer bloosde, marcheerde terug naar haar kantoor. Het zou rondgaan onder het personeel — als dat nog niet gebeurd was. Ze kon alleen maar hopen dat het niet overwaaide naar de klantenkring. Hoewel ze wist dat er niets mis mee was om met Darien te daten — als je het zo noemde nadat je met die man had geslapen — wilde ze niet dat er allerlei geruchten de ronde deden, vooral niet nu de gezusters Cavanaugh binnenkort op bezoek zouden komen.

Meer dan zeven uur later kon het Gina niets meer schelen of iedereen het wist. Ze had de hele dag gestreden tegen haar verlangen om Darien te zien en haar wens om het privé te houden. Voeg daar de stroom inloopklanten aan toe die alleen te verklaren was als de hele bevolking plotseling aan sport was gaan doen en een massage nodig had — of als het gerucht de ronde was gegaan dat Darien hier werkte — en ze zag hem nauwelijks.

'Nog steeds boos dat ik hem heb aangenomen?' wierp Candy haar over haar schouder toe terwijl ze elkaar passeerden in de gang bij de *suites*, op het moment dat Gina naar de receptie liep nadat ze haar schilderkleren had aangetrokken. 'Ik bedoel, om meer dan alleen de voor de hand liggende reden.'

Candy kennende kon de 'voor de hand liggende' reden zowel de nieuwe zaken als Gina's afgelopen nacht betekenen, maar in beide gevallen was het antwoord ja. 'Dank je wel, Candy.'

'Graag gedaan.' Ze maakte een draai waar een kunstschaatser trots op zou zijn en volgde Gina door de gang. 'Nu, weet je zeker dat je Gage niet wilt inhuren om de herinrichting af te maken, zodat jij de *puntjes op de i* kunt zetten met Lekkerding McHeet daar binnen, in plaats van de heerlijkste uren van de nacht door te werken?'

'Dat weet ik zeker.' Gina liep door.

'Oké, het is jouw pijnlijke rug — en niet op de manier die de voorkeur heeft, als je begrijpt wat ik bedoel.' Candy moest zowaar een beetje rennen om haar bij te houden, het nadeel van naaldhakken.

'Ik snap het.'

'Niet vanavond. De suites moeten geschilderd worden en het lijstwerk moet worden afgerond om op schema te blijven. Komt loverboy vanavond terug van de club om te helpen?'

'Dat weet ik ni—'

'Dat zou ik voor geen goud willen missen.' De zogenaamde loverboy slenterde uit suite drie, terwijl hij de hand van de tweeëntachtigjarige mevrouw Patterson vasthield alsof ze een koningin was. 'Laat me deze lieftallige dame even naar haar auto brengen en dan ben ik terug om te bespreken' — hij knipoogde — 'wat je van me nodig hebt.'

'Ik dacht dat je ergens moest zijn.' Candy tikte op haar horloge. 'Je publiek wacht.'

'Wat ben je, mijn moeder?'

'Ik laat die kleine fantasie wel over aan onze zuigzoen-opslagplaats hier.' Ze knikte naar Gina. 'Ik controleer alleen of je financieel verantwoordelijk genoeg bent om met haar te daten.'

'Candy!' Gina wilde door de grond zakken.

'Wat?' De perfect geëpileerde wenkbrauwen van Candy gingen omhoog. 'Ik ben je beste vriendin. Ik hoor op je te letten. Misschien dat als ik iets tegen Je-Weet-Wel had gezegd, het geen probleem was geworden.'

'Tjonge, met zulke vrienden heb je geen vijanden meer nodig.' Gina schudde haar hoofd en keek naar Darien. 'Wis die laatste opmerking alsjeblieft uit je geheugen. Candy lijdt aan een gebrek aan suiker of zo. Daar gaat ze van ratelen.'

'Ik zeg alleen maar—'

Gina hield haar hand omhoog. 'Je hebt genoeg gezegd. Dank je en ik hou van je, kun je nu alsjeblieft mevrouw Patterson naar haar auto helpen?'

'Tja. Probeer je iets aardigs te doen voor iemand en dan word je gedegradeerd tot babysitter,' mompelde Candy.

'Wat zeg je daar, kind?' Mevrouw Patterson had gelukkig een gehoorprobleem — hoewel niemand anders in haar buurt dat had, aangezien ze de neiging had om elk woord te schreeuwen.

De perfecte lippen van Candy krulden omhoog in een perfecte glimlach. 'Ik zei dat het fijn is als je iemand helpt en ze jou het privilege gunnen om je eigen leuke zelf naar je auto te brengen.'

'Dat is bijzonder vriendelijk van je, kind, maar ik heb liever dat deze aardige jongeman het doet.' Mevrouw Patterson klopte op de arm van Candy. 'Je begrijpt het vast wel.'

Candy wierp een veelbetekenende blik naar Gina. 'Gina begrijpt het zeker.'

'Nou, natuurlijk begrijpt ze dat. Het meisje is niet blind.' Mevrouw Patterson wurmde haar hand in de holte van de arm van Darien. 'Nu, waar waren we?'

Darien knipoogde naar Gina. 'We waren net onderweg naar uw auto.'

'Dat is waar. En volgens mij ging je je arm om me heen slaan zodat ik niet val.'

Nu was het mevrouw Patterson die naar Gina knipoogde.

Gina lachte. 'Ga maar, zorg goed voor haar, Darien. Ik zie je wel als je terugkomt.'

Helaas gebeurde dat niet. Mevrouw Patterson, die niet zo breekbaar was als ze deed voorkomen, buitte de illusie volledig uit, zodat Darien tegen de tijd dat hij weer naar binnen kon komen, meteen weer om moest draaien om naar de club te gaan.

'Ik ben terug na de show,' was het weinige dat hij nog kon zeggen voordat hij vertrok.

Waarschijnlijk was dat maar goed ook. Gina wist niet of ze wel gedisciplineerd genoeg zou zijn om aan de slag te gaan als het alleen zij tweeën waren.

Eigenlijk bleek het een feestje te zijn. Maar dan met een andere gastenlijst.

Candy, Deb, Kaya, Charlotte en Stacey kwamen rond acht uur allemaal opdagen met verfkwasten in hun kielzog om te helpen.

'Wat doen jullie hier? Dit hoort niet bij jullie takenpakket.'

'Eerlijk gezegd, Geen, wanneer ga je nu eens gewoon iemands hulp aanvaarden als ze die aanbieden? Het is alsof ik een kies moet trekken, echt waar.'

Candy wuifde zichzelf koelte toe met haar lange, limoengroene nagels — die pasten bij de limoengroene streep op haar verder witte... bodysuit?

En zij had *háár* commentaar gegeven omdat ze een coltrui droeg?

Gina rolde met haar ogen. 'O jee, Katie Scarlett is in het gebouw. Heb je je schilderskleding van de gordijnen gemaakt?'

'Heel grappig.' Candy friemelde aan haar kraag. 'Ik wil je wel even laten weten dat dit een echt, eerlijk waar schilderspak is.'

'Ik zie het.'

'Online gekocht. PaintersRUs of zoiets.'

'Koop je gewoon willekeurige kluskleding voor het geval dat de gelegenheid zich voordoet?'

Candy lachte een beleefd lachje waar menig societydame jaloers op zou zijn. 'Natuurlijk niet. Ik heb het besteld toen ik alle andere spullen kocht. Er was een mooi klein kraampje met folders voor van alles en nog wat, en dit zag er schattig uit.' Candy draaide een pirouette alsof ze op de catwalk liep. 'Wat vind je ervan?'

'Ik vind het helemaal de bom.' Kaya klemde een ladder onder haar arm. 'Laten we beginnen. Mike heeft me drie uur gegeven voordat hij de hulptroepen inschakelt — ook wel mijn schoonmoeder genoemd — om te helpen met Sarah. Ze heeft de laatste tijd een beetje last van krampjes.'

'Je schoonmoeder?' Charlotte pakte een verfblik op.

'Ha. Meestal is zij dat inderdaad, maar nee, het is Sarah.'

'O, kom op, Kaya, je hoeft dit echt niet te doen.' Hoewel Gina de hulp en het gezelschap waardeerde, wilde ze Kaya niet bij haar baby weghalen. Kaya maakte al genoeg uren. 'Alsjeblieft, ga naar je kleine meid.'

'Maak je een grapje? Je bent duidelijk nog nooit in de buurt van een baby met krampjes geweest. Ik verkies handarbeid daar op elk moment van de dag boven. Het wordt vermoeiend. Vooral na vier nachten achter elkaar. Ik ben bijna blij om mijn schoonmoeder te zien. Bijna. Maar voor nu ben ik vrij.' Ze knikte naar Charlotte. 'Laten we dit klusje eens even klaren.'

Ze liepen suite twee in. De rest van hen ging naar suite vier. Met z'n vieren zou de kamer snel klaar zijn, hoewel het wel een beetje krap zou worden.

'Hebben jullie trouwens gezien dat Joe's Pizza gaat verhuizen?' Deb legde het afdekzeil in de verste rechterhoek.

'Echt? Waarnaartoe?' Dit was nieuw voor Gina. Haar ouders hadden haar daar al mee naartoe genomen voor pizza na haar allereerste dansuitvoering in de tweede klas en het was een traditie geworden.

'Het stadscentrum. Ze openen een nieuwe vleugel voorbij de bioscoop.'

Een nieuwe vleugel? Waren de twee die ze al gebouwd hadden dan niet groot genoeg? 'Dat zijn al vier bedrijven die daarheen verhuizen.'

'Vijf,' Deb doopte de roller in de verfbak. 'Jenni's Nails heeft een intentieverklaring getekend voor wanneer haar huurcontract hier afloopt.'

'Ben jij van plan om te verhuizen, Gina?' Stacey was klaar met het afplakken van de plint op de eerste muur.

'Nee.' Ze kon het zich niet veroorloven. De verhuurder had haar een mooie korting aangeboden om een driejarig huurcontract op deze locatie te tekenen en aangezien de inloop in het begin goed was, was ze dolblij met de deal. Maar toen vertrok de trekpleister uit het winkelcentrum en plotseling was het stadscentrum — ondanks de hogere huren — aantrekkelijker voor onder-

nemers die afhankelijk waren van voorbijgangers. Vandaar haar reclame-
campagne.

Ze had Candy haar niet moeten laten overhalen tot deze renovatie.

'In ieder geval hebben we nog steeds inloop. Vandaag was het loeidruk.'
Stacey begon de muur af te plakken die Gina zou gaan schilderen.

'Dat komt door Darien,' zei Deb.

'En door de advertentie die we hebben geplaatst. Vergeet dat niet. Het is de
reden dat we Darien in de eerste plaats nodig hadden.' Candy stond in de hoek
mooi te wezen; de roller op de steel naast haar deed haar lijken op een glamou-
reuze vogelverschrikker.

Gina dacht niet dat Candy dat als een compliment zou opvatten, dus hield
ze die gedachte voor zich.

'Je kunt discussiëren over de kip of het ei', vervolgde Deb, 'maar de kern
van de zaak is dat ik hoop dat de stijging van mijn fooien de terugval in klandizie opvangt nadat hij vertrekt.'

'Gaat hij weg?' Stacey was een alleenstaande moeder van twee kinderen.
Volgende week was de eerste vakantie die ze had sinds haar man was vertrokken. Haar fooien zorgden voor eten op de plank voor haar gezin.

Het vrijgezellenfeest van de Cavanaughs moest wel goed gaan. Als andere
winkels bleven vertrekken naar de glanzende nieuwe gebouwen in het stadscentrum — ongeacht de bijbehorende enorme huurverhoging — moesten
mensen een reden hebben om moeite te doen naar deze kant van de stad te
komen. Mond-tot-mondreclame van Sophie Cavanaugh kon precies de
oppepper zijn die The Gilded Lily nodig heeft.

Gina zou haar reclamebudget nog eens moeten bekijken om te zien of ze
het kon opschroeven, want als dit winkelcentrum doodging, zou The Gilded
Lily dat ook doen. Ze had simpelweg het geld niet om opnieuw te beginnen.

'Oké, oké, mensen, dit wordt allemaal veel te somber. Laten we er een echt
feestje van maken. Ik heb precies wat we nodig hebben.' Candy zette haar
bluetoothspeaker op de massagetafel en scrolde door haar afspeellijst. 'Tijd
voor wat goede muziek.'

*Alsjeblieft, God, laat het geen One Direction Christmas zijn of iets anders
dat even mierzoet is.*

Nee, het was...

Buttons.

Gina wilde wel door de grond zakken.

De rest van hen had het echter geweldig naar de zin en danste vrolijk mee op de maat.

'Je ziet er een beetje verhit uit, Geen. Voel je je wel lekker?' Candy danste naar Gina toe en legde de rug van haar hand op haar voorhoofd toen het nummer ten einde liep — precies op tijd...

'Er is niets aan de hand.' *Gewoon blijven schilderen, gewoon blijven schilderen.*

'Ik weet het niet... Je voelt nogal warm aan.' Candy zette de roller op de grond. Gelukkig was ze nog niet begonnen met schilderen, zodat er geen druppels op het tapijt vielen. 'O nee. Zeg me dat het niet zo is.'

'Dat zal ik niet doen. En jij kunt ook maar beter je mond houden.' Ze baalde ervan dat Candy haar zo goed kende.

'Serieus? Op dit nummer?' Candy begon met haar heupen te draaien. 'Mmm mm, meid. Ik zie het al helemaal voor me —'

'Bespaar me de details, alsjeblieft.'

Candy stopte met dansen. 'Ja, ik geef toe dat het een beetje, ik weet niet, incestueus is?'

'Moet je daar nu echt over beginnen? Meen je dat?'

'Nou, dat is het toch? Ik bedoel, je bent als een zus voor me, dus dat maakt hem, tja...'

Gina keek haar indringend aan. 'Wat dacht je ervan om naar suite drie te gaan, Candy? Het grootste deel is in het weekend al geschilderd, dus die is bijna klaar.'

'Eerder dat *jij* er klaar mee bent, maar ik begrijp de hint wel', mompelde Candy terwijl ze naar de deur liep.

Daar had ze gelijk in.

'Kom op, Stacey. We kunnen aan die aan de overkant van de gang beginnen. Het wordt hier een beetje heet, met al die warme lichamen in zo'n kleine ruimte.' Candy ving Gina's blik. 'Als je begrijpt wat ik bedoel.'

Gina rolde met haar ogen. 'Bedankt, Candy.'

'Graag gedaan, schatje.' Ze liep uitdagend met haar heupen wiegend de deur uit.

'Ligt het aan mij, of wordt het accent van Candy steeds dikker?' Deb liep om de hoek naar de laatste muur die nog geschilderd moest worden.

Gina snoof. 'Candy heeft helemaal geen accent. Ze is ten noorden van de Mason-Dixon-lijn geboren en woont hier al haar hele leven.'

'Mij had ze anders zo beet. Die vrouw kan een Southern Belle beter neer-zetten dan Vivien Leigh zelf.'

'En Candy zou je bedanken voor het compliment.'

'Zeg, eh, Gina...'

Gina zette zich schrap. 'Mmm?'

'Over Darien.'

Dat dacht ze al.

'Misschien moet je erover nadenken om hem aan te houden, zelfs nadat Charlotte en Stacey terug zijn van vakantie. Hij *is* goed voor de inloop. En ik heb zo'n vermoeden dat jij het ook wel prettig vindt om hem hier te hebben.'

God, was het dan zo duidelijk aan haar gezicht af te lezen?

'De meiden willen hun klanten misschien niet delen.' *Gewoon blijven schilderen, gewoon blijven schilderen.* 'Je weet hoe hard Stacey haar fooien nodig heeft.'

Dit hele gesprek was gebaseerd op de overtuiging dat The Gilded Lily kon blijven bestaan ondanks het vertrek van de andere winkels.

Blijf positief!

Precies. Dat moest ze doen. Ze was dit bedrijf tenslotte begonnen ondanks het debacle met John; die weinige inloop kon ze ook wel aan.

'Maar als hij meer mensen aantrekt, zou dat de verschuiving van klanten compenseren. En weet je, niet elke vrouw zal hem willen.'

Hoe konden ze dat nu niet willen?

O, als hun massagetherapeut. Natuurlijk.

'Sommige vrouwen voelen zich niet prettig bij een man en sommige echt-genoten ook niet. Maar de tamtam alleen al is duidelijk genoeg om meer klan-dizie binnen te brengen. Ik vind dat je hem vast in dienst moet nemen.'

Ze zou wel iets met hem vast willen leggen, maar ze wist niet of hem aannemen dat was. 'Ik zal erover nadenken, Deb.'

Aan de andere kant... op die manier zou ze altijd zijn baas blijven.

Ze glimlachte. Nou, *dat* klonk eigenlijk best goed.

* * *

De club zat stampvol. Dare zou eigenlijk niet zo verbaasd moeten zijn. Blijkbaar gaf Monday Night Football vrouwen een vrijbrief om naar de strip-club te gaan.

'Hé, heb je zin om naar Joe's Pizza te gaan?' vroeg Steve hem in de kleedkamer na de show. 'Biertjes voor een dollar negenennegentig tijdens de nabeschouwing.'

'Kan niet, maar bedankt voor het vragen. Misschien een volgende keer.' Al betwijfelde Dare dat. Opeens klonk na een show met de jongens rondhangen niet meer zo aantrekkelijk als vorige week.

'Er komt waarschijnlijk geen volgende keer. Joe verhuist naar het winkelcentrum in het stadscentrum. De huur zal daar wel hoog zijn, dus hij zal zich onmogelijk goedkope drankjes *én* de huur kunnen veroorloven.'

Dare hield zijn hoofd schuin. 'Joe zit toch al eeuwig op dezelfde plek. Waarom gaat hij verhuizen?'

Steve haalde zijn schouders op. 'Wil misschien een nieuwe zaak? Waar hij nu zit, wordt het een beetje een achterbuurt. Winkels sluiten. Ik weet niet hoe dat winkelcentrum nog blijft draaien.'

Verdomme. Joe's zat aan het andere uiteinde van de strip dan de spa van Gina. Als hij het al moeilijk had, hoe lang zou het dan duren voordat Gina dat ook zou merken?

Dare sloeg zijn jas over zijn schouder. 'Ik moet gaan, Steve. Spreek je.'

Hij haalde zijn telefoon tevoorschijn om haar te sms'en en was blij om te zien dat zij hem als eerste een bericht had gestuurd.

En Jonas ook.

Die bekeek hij eerst. Zaken gaan voor het meisje.

Hij glimlachte terwijl hij wachtte tot het bericht geladen was. Zaken met Gina *waren* plezier.

Hele lijst met panden om morgen naar te kijken. Ontmoet me om 9 uur op mijn kantoor.

Een hele lijst klonk veelbelovend. Er moest er wel eentje tussen zitten waarin hij geïnteresseerd zou zijn.

Hij stuurde een berichtje naar zijn vader, blij dat pa morgen een reden had om op te staan en eropuit te gaan, en opende toen het bericht van Gina.

Het beste voor het laatst bewaren.

Of niet.

Hij fronste toen hij het las.

De meiden zijn langsgekomen om te helpen. Ze zijn van plan om te blijven tot het af is. Je kunt maar beter niet langskomen.

Hij zou *altijd* langs willen komen. Maar hij wist genoeg over vrouwen — en had genoeg gezien in de club — om te weten dat een meidenavond ook echt een meidenavond was.

Zuchtend stopte hij de telefoon in zijn achterzak. 'Hé, Steve? Wacht even. Ik heb me bedacht.'

Hoofdstuk zeventien

'Ho, ho, ho!' Dariens stem was een welkom geluid, aangezien ze hem gisteren niet had gezien. Hij was op pad geweest om panden te bekijken voor zijn volgende onderneming, en hoewel ze ge-sms't hadden, was dat toch niet hetzelfde.

Jeetje. Ze gedroeg zich als een tiener die tot over haar oren verliefd was.

Welnee, gewoon een ouderwets gevalletje lust. Er valt veel voor te zeggen. Zoals dat gedoe met die tienerzuigzoen.

'Ho, ho, ho,' zei hij nogmaals terwijl de top van de kerstboom die Candy had besteld — begin Gina niet eens over het *bestellen* van een kerstboom — door de deur naar binnen kwam. Het was tenminste niet dat goudkleurige metalen onding met paarse en fuchsia knipperlichtjes waar Gina haar uit had moeten praten.

Candy blokkeerde de ingang. '*Niet* de manier om iemand voor je te winnen, Casanova, door haar een vrouw van lichte zeden te noemen.' Ze keek over haar schouder boos naar Gina en zwaaide met een zuurstok naar haar. 'Is dit hoe je wilt dat hij tegen je praat? Of wil ik dat eigenlijk niet weten?'

Gina was niet van plan dat met een antwoord te verwaardigen. 'Laat die man erin, Candy, voordat we een lawine van dennennaalden op de drempel hebben. Dat wordt een hoop troep om op te ruimen.'

'Wat-*ever*.'

Candy hield de deur zo ver mogelijk open terwijl ze wankelde op weer een paar naaldhakken. Het feit dat het laarzen waren — kuitlange roze suède laarzen — deed er niet toe. 'Maak geen krassen op de nieuwe verf.'

'Was ik ook niet van plan. Of heb je liever dat ik dit buiten laat staan, zodat je je charmes kunt gebruiken om een of andere arme, nietsvermoedende stakker je vuile werk te laten opknappen?' Hij sleepte de boom naar binnen.

'Nou, Darien Foster, ik moet zeggen, je weet ook precies wat de snelste weg naar het hart van een vrouw is.' Candy slaagde erin om dat laatste woord als twee lettergrepen te laten klinken terwijl ze met haar hand wapperde als met een waaier.

Darien gaf de boom nog een laatste ruk om hem helemaal binnen te krijgen. 'Waar wil je dit ding hebben?'

'Geef me die voorzet nou niet.'

Hij snoof. 'Mijn moeder heeft me opgevoed tot een te grote heer om deze discussie voort te zetten.' Hij liet de boom zakken en gluurde eroverheen. 'Gina? Voorkeur voor waar je dit wilt hebben?'

'Ja, hier in de hoek. Ik heb de standaard al klaarstaan.'

Ze had gedacht dat het bezorgbedrijf hem wel naar binnen zou brengen, maar blijkbaar niet.

Ze schudde haar hoofd. Candy kreeg vat op haar — nou ja, niet te veel, want ze kon er nog steeds *niet* bij dat het mogelijk was om online een *boom* te bestellen en die bij je voordeur te laten bezorgen. Waar was het dik inpakken en de warme chocolademelk en je neus eraf vriezen terwijl je door hectaren bomen baggerde om de perfecte te vinden?

Niet voor haar dit jaar. Te druk. Wat op zich niet erg was, maar voor haar eigen appartement zou ze de tafelboom van oma uit de doos moeten halen — die al in elkaar zat en met lichtjes erin. Ze zou geen moment rust krijgen, laat staan tijd om een kerstboom te gaan kopen. Gelukkig hielpen de geurkaarsen met de geur van dennen en moerbeien om de kerstsfeer in de spa te brengen.

Darien zette de boom in de standaard en deed toen een stap achteruit om hem te bekijken. Naast haar.

Ze probeerde niet te rillen.

Ze verloor die strijd toen hij haar hand zocht. 'Wat denk je? Deze kant? Of moeten we hem draaien?'

Beelden van iets anders dat ronddraaide doken helder en duidelijk op in haar geest. De man kende een paar verbazingwekkende moves. Zowel op de dansvloer als daarbuiten.

Jeetje. Er speelde overal om hen heen *kerstmuziek*, niet een eindeloze loop van *Buttons*. Ze moest zich echt herpakken; het was niet alsof ze nog nooit seks had gehad.

Niet zoals met hem.

'Ik... Dit ziet er prima uit. Ik haal even een schaar om het net open te knippen.' Voordat ze iets deed om zichzelf voor schut te zetten, zoals hem bespringen terwijl er klanten bij waren.

Hij kneep even in haar vingers. Trok haar toen dichterbij. 'Ik heb je gisteravond gemist,' fluisterde hij in haar oor.

Zoveel dus voor haar zelfbeheersing; hij had haar knieën net in pap veranderd. Hoe moest ze nu naar de receptie lopen om die schaar te halen?

'Niets te zeggen? Of *kun* je het niet?' Zijn adem was heet in haar nek en allerlei herinneringen dansten door haar hoofd.

'Ik... Er zijn hier klanten.' Ze wist niet zeker of de herinnering voor hem of voor haarzelf was, maar hoe dan ook, het zette haar knieën vast, rechtte haar rug en stelde haar in staat om met waardigheid naar de receptie te lopen terwijl de kerstliedjes vrolijk uit de speakers schallden.

De blik die ze Darien haar voelde toewerpen, maakte *haar* in elk geval vrolijk — en zo rood als een kreeft.

Candy trok een wenkbrauw op toen ze daar aankwam en overhandigde de schaar als een scalpel op de eerste hulp. 'Verdomme, meid. Misschien had ik er de andere avond *toch* voor moeten gaan als ik die blik op je gezicht zo zie. Die vent moet wel geweldig zijn.'

Gina schudde haar hoofd. 'Laten we ons concentreren op de taak die voor ons ligt, oké? Jij bemant de receptie en ik regel de boom.'

Candy snoof. 'Taak die voor ons ligt? Boom? Je strooit met allerlei seksuele toespelingen, Gien.'

Gina zuchtte. 'Ga gewoon weer aan het werk, Candy.'

'In orde, bazin.' Candy salueerde naar haar en richtte toen haar meest charmante glimlach op de nieuwste klant die binnenkwam, haar felroze jersey jurk zwaaide om haar heupen. Candy was als een wandelende regenboog. Of een kerstbal, gezien het huidige seizoen...

Nadat ze de boom uit het net hadden bevrijd, hingen Gina en Dare de lichtjes erin, waarna Gina emmers met ornamenten voor de boom neerzette.

'Het is mijn hoop dat de cliënten — ik bedoel *gasten*, in Candy's nieuwe vocabulaire — hem de hele dag door zullen versieren. Alles wat aan het eind overblijft, hang ik er zelf wel in.'

Precies op tijd bereikte het liedje 'Do You Hear What I Hear?' het vers over de stralende ster terwijl Darien degene boven op hun boom rechtzette. 'Weer tot laat aan het werk?'

'De nadelen van eigen baas zijn. Ik wil dat alles morgen perfect is. Sophie en haar zus komen om twee uur. Jij bent er dan wel, hè?'

Hij klom van de ladder en klapte die in. 'Ontspan, alles komt goed. De zaak ziet er geweldig uit, de boom wordt prachtig, je personeel weet wat ze doen, en ja, ik zal er zijn. Ik zou het niet willen missen. De gezusters Cavanaugh zullen onder de indruk zijn.' Hij boog voorover en plantte een snelle kus op haar wang. 'Ik ben het in elk geval wel.'

Ze kon de rilling dit keer niet tegenhouden.

Hij knipoogde terwijl hij met de ladder terugliep naar de bergkast. 'Hebbes.'

Ja, dat had hij zeker.

De dag vloog voorbij. Het nieuws over Darien was duidelijk verspreid, want negentig procent van de inloopklanten vroeg naar hem. Helaas had hij vroeg weg moeten gaan naar de club, dus zijn agenda was onmiddellijk volgestroomd, maar het hield de rest van het personeel bezig tot sluitingstijd.

'Ga je naar de show kijken?' Candy klikte met haar tong terwijl ze haar prinsessenschoenen verruilde voor... prinsessenlaarzen. Eerlijk gezegd was het Gina een raadsel waar ze praktische, maar voor een koninklijk lid geschikte sneeuwlaarzen had gevonden.

'Kan niet. De elektricienvriend van Gage komt langs om de kroonluchters op te hangen en ik wil zeker weten dat de rest klaar is voor morgen.'

'Weet je zeker dat je niet wilt dat ik blijf om te helpen?'

'Ik dacht dat je ergens heen moest?'

Candy had eerder een telefoontje gekregen dat de glimlach van haar gezicht had doen verdwijnen. Oh, ze had hem er weer op geplakt toen ze klaar was met praten met wie het ook was, maar haar glimlach was nep geweest. Gina kende haar goed genoeg om het verschil te zien.

Maar blijkbaar niet goed genoeg voor Candy om haar in vertrouwen te nemen over wat er ook aan de hand was.

'Oh, juist. Vergeten.' Candy draaide zich om om haar jas dicht te knopen — ook weer niet zoals haar gebruikelijke zonnige zelf.

'Candy, is er iets aan de hand? Wil je praten?'

'Praten is het laatste wat ik wil doen,' mompelde ze precies op het moment dat *Jingle Bells* eindigde — voor minstens de vijfentwintigste keer die dag. Maar toen ze zich omdraaide, zat haar karakteristieke grijns er weer op. En die was net zo nep als de metalen boom die ze had gewild. 'Maak je geen zorgen om mij. Alles is in orde. Gewoon een paar dingen die ik moet regelen waar ik niet naar uitkijk. Maar richt jij je maar op jezelf. Het is een grote dag morgen, weet je nog?'

'Hoe zou ik dat kunnen vergeten?'

'Mooi zo. Dus zorg dat je hier zo vroeg mogelijk weg bent en laat dat verrukkelijke stuk vlees dat over je kwijlt even voor wat het is, zodat je je schoonheidsslaapje kunt pakken. Er is later nog tijd genoeg om, eh, zijn charmes te proeven.'

'Komt voor de bakker, *mam*.' Gina kneep in Candy's arm. 'Toch... Bel me als je me nodig hebt.'

Candy slikte en knikte toen. 'Zal ik doen, *mam*.'

* * *

'Welkom bij The Gilded Lily. Ik ben Gina Taormina, de eigenaresse.' Klassieke kerstmuziek speelden op de achtergrond toen Gina de volgende middag de deur openhield voor Sophie en Amalie. Het was een drukte van jewelste. De kappers waren druk bezig en er stonden nog twee gasten in de rij om gewassen te worden, Charlotte en Stacey waren in hun suites, Maria en haar nichtje hielpen vrouwen door de verschillende stadia van nagelverzorging, en Darien zag er bijzonder indrukwekkend uit in zijn uniform.

Nou ja, oké, dat laatste was misschien een persoonlijke observatie, maar toch... Hij droeg bij aan de sfeer.

Gina stelde iedereen voor nadat Candy — professioneel ingetogen in een crèmebeige trui-jurk met gouddraad — de Cavanaughs een glas champagne had aangeboden. De zussen hadden niet meer van elkaar kunnen verschillen;

de een blond en opvallend, de ander roodharig en, tja, ook opvallend, maar op een exotische manier.

'En dit is Darien Foster, een van onze massagetherapeuten. De anderen zijn op dit moment bezet met gasten.'

'Darien Foster?' Amalie hield haar hoofd schuin. 'Bent u niet een danser bij BeefCake, Inc.?'

'Schuldig, mevrouw.'

'Mevrouw?' Sophie trok haar perfecte wenkbrauw op. 'Ze is jonger dan ik, dus wat maakt mij dat, een matrone?'

'Nee hoor. Het maakt u mijn gast voor het komende half uur.' Hij gebaarde met zijn hand naar suite drie. 'Als u me volgt, zal ik u installeren.'

'Ik dacht dat *ik* de eregast zou zijn?' Amalie legde haar hand op Sophies arm.

Sophie klopte erop. 'Wil *jij* degene zijn die Reggie vertelt wie je zo kort voor de bruiloft heeft gemasseerd? Je wilt niet dat hij het afblaast.'

Amalie zuchtte. 'Spelbreker.'

Sophie hief haar champagneglas. 'Nee, getuige. Het is mijn taak om ervoor te zorgen dat deze bruiloft vlekkeloos verloopt.' Ze dronk haar glas leeg en keek toen naar Darien. 'Wijst u de weg, meneer Foster.'

'Zeker, maar noemt u me alsjeblieft Dare.' Hij knikte en keek toen naar Amalie. 'En maakt u zich geen zorgen, mevrouw Cavanaugh, Gina is een uitstekende massagetherapeut. Ik werk pas sinds kort bij The Gilded Lily, maar al deze drukte komt door haar en de rest van het personeel.'

Gina had hem wel kunnen kussen voor die aanbeveling.

Trouwens, dat zou ze later wel doen.

De rest van het bezoek van de zussen verliep vlekkeloos. Het eten van Lara was een groot succes. Amalie bestelde ter plekke een paar schalen voor de bruidsmeisjes, en ze liet zelfs Kaya haar haar stylen.

Kaya deed dat zo uitzonderlijk goed dat Amalie haar vroeg om het voor de bruiloft weer te doen.

En Sophie kwam, zoals verwacht, suite drie uit terwijl ze de lof zong over Darien.

'Ik denk dat we maar naar BeefCake, Inc. moeten gaan om onze dag af te ronden.' Ze nam het champagneglas met bruisend water aan van het dienblad dat Gina voorhield — nog een suggestie van Candy om de spa-ervaring naar een *hoger* niveau te tillen. 'Als die man in deze hoedanigheid al zo goed is, kan ik me alleen maar voorstellen hoe hij in de andere is.'

Amalie klinkte haar glas tegen dat van Sophie. 'Oh, dat hoef ik me niet voor te stellen. Ik ben bij de show geweest. En het is *absoluut* de moeite waard.'

Nou, dat haalde de glans er voor Gina wel een beetje vanaf. Ja, andere vrouwen keken naar Darien terwijl hij danste — zij was een van hen geweest — maar Sophie Cavanaugh was niet zomaar een vrouw.

'Kop op, Gien,' fluisterde Candy terwijl ze het dienblad uit haar handen nam. 'Hij heeft voor jou gekozen. Ga nu niet aan alles zitten twijfelen.'

Gina zette haar breedste glimlach op. 'Verontschuldigt u mij, dames, dan haal ik uw jassen.' Ze sleurde Candy praktisch mee naar de voorkant van de spa. 'Dat is niet eens een woord.'

Candy haalde haar schouders op. 'Nou, het is een handeling, dus ik kan er een woord van maken.' Ze zette het dienblad op de receptie. 'Vergeet niet, Darien is een professional, en dat is precies wie je wilt om voor je gasten te zorgen. Hij weet waar de grens ligt en hij gaat die niet overschrijden.'

Dat wist ze. Echt wel. Het was alleen...

'Hij is John niet.'

Dat.

Juist. Hij was John niet. Hij leek in niets op hem, maar ze was zo bang om weer door een man bespeeld te worden, dat het een moeilijk af te leren gewoonte was om direct op de trein van de twijfel te springen.

'Tijd voor de grote finale.' Candy pakte de tassen die ze Gina had overgehaald om als cadeautasjes samen te stellen en liep terug naar de zussen. 'Zo, dames, we hebben het eten en de champagne hier volgende week zondag om twee uur klaarstaan.' Candy overhandigde de tassen. 'Hierin zit een selectie van onze producten die nog niet voor het publiek verkrijgbaar zijn. Uw gasten zullen de eersten zijn die ze krijgen.' Weer zo'n marketingtruc van Candy: exclusiviteit en een grote onthulling.

'Ik denk dat dit perfect gaat worden.' Amalie stak haar hand uit naar Gina. 'Ik wil u en uw personeel bedanken voor deze geweldige ervaring die ik mijn bruidsmeisjes wil geven. Dit gaat zo leuk worden. Toch, Soph?'

'Absoluut. Als vandaag een indicatie is van wat Amalies vriendinnen kunnen verwachten, dan wordt het perfect.'

. . .

De hele zaak barstte in applaus uit toen Gina zich omdraaide nadat ze de Cavanaughs had uitgezwaaid.

'Gefeliciteerd, meid.' Candy gaf haar een high-five. 'Dit gaat je een hoop publiciteit opleveren. En jij' — ze wees met een (gelukkig ingetogen) french manicure-nagel naar Darien — 'hebt jezelf overtroffen, lekker *ding*. Misschien moet je overwegen om te stoppen met dat dansen en hier fulltime te komen werken. Zodra Sophie je publiekelijk begint te loven, zit je binnen de kortste keren volgeboekt.' Candy haalde nog een dienblad met champagneglazen tevoorschijn — dit keer met de echt goede bubbels — en hield het haar voor voordat ze het ronddeelde aan de rest. 'Ik zou zeggen, Gina, dat je op weg bent naar succes, vriendin.'

Gina hief haar glas. 'Ik had het niet gekund zonder jullie allemaal. Dank jullie wel, dames. En Darien.'

Darien klinkte zijn glas tegen het hare. 'Op een succesvolle dag.' Toen boog hij naar haar toe om te fluisteren: 'Wat dacht je ervan als we het gaan vieren?'

'Dat lijkt me leuk.'

'*Leuk*? Ik hoop dat het iets beter wordt dan *leuk*. Hoewel ik denk ik al blij mag zijn dat het geen *prima* is geworden.'

'Niet verpesten, Foster.'

Hij grinnikte. 'Ik haal je om acht uur op. Bereid je voor op *leuk*.'

Hoofdstuk achttien

Niets had haar op *dit* kunnen voorbereiden.

'Heb je een limo gehuurd?' Ze struikelde bijna toen ze de voordeur van haar appartementencomplex uitliep.

'Niet echt gehuurd. Markus is me nog een gunst verschuldigd en dit is zijn andere bijbaan.'

'Zit Markus daarbinnen?' Ze kende Markus al zolang Bryan de club had. Over gênant gesproken.

'Niets om je zorgen over te maken; er zit een tussenwand tussen.'

'O mijn god, droom maar lekker verder, Foster. We gaan echt niets doen in die limo.'

Hij maakte er een heel spektakel van om met zijn vingers te knippen. 'Verdomme, vrouw, daar gaan al mijn hoop en dromen.'

Ze trok haar wenkbrauwen op.

'Oké, oké, dus nee, ik was niet van plan om mijn duistere plannen met je uit te voeren in de limo. Ik heb ook wel enig fatsoen.' Hij liep de treden af van het pad naar de parkeerplaats en stak zijn hand uit om haar naar beneden te helpen.

'Dat klinkt echt grappig uit de mond van een stripper.'

Hij tikte haar op haar neus. 'Exotische danser. Gebruik de juiste terminologie.'

'Lood om oud ijzer.'

'Ik was van plan iets chiquers te gaan eten, maar als je liever ergens een patatje haalt...'

'Heel grappig.'

'Bedankt, dat vond ik zelf ook.' Hij leidde haar naar de limo en zorgde ervoor dat ze om de ijzige plekken heen manoeuvreerde zonder op haar billen te belanden.

'Je bent echt de eeuwige grappenmaker, hè?'

De pret in zijn ogen doofde een beetje. 'Weet je, soms is het gewoon een goede façade.' Hij opende de deur. 'Uw koets wacht, mijn vrouwe.'

Ze keek hem een seconde of twee aan totdat hij met zijn hoofd knikte dat ze moest instappen. Ze wist niet precies wat hij met die opmerking bedoelde, maar toen hij haar volgde, was de twinkeling weer terug in zijn ogen, dus ze ging ervan uit dat ze het zich had verbeeld of dat hij er niet over wilde praten.

'Hoi, Gina,' zei Markus vanaf de bestuurdersstoel.

'Hé, Markus. Ik wist niet dat je dit ook deed. Betaalt Bryan je niet genoeg? Ik zal eens met hem praten.'

'Nee hoor, hij betaalt prima. Maar Winni werkt minder uren sinds we Jeffrey hebben gekregen en ik moet de ziektekostenverzekering dekken. Dit werk is zo slecht nog niet. Tenminste mag ik in een mooie auto rijden.'

'En je kleren aanhouden,' voegde Darien eraan toe.

'Ja, daar is Winni wel blij mee.' Markus draaide zich weer om. 'Fijne avond, mensen.' Hij drukte op een knop en de tussenwand schoof omhoog achter zijn stoel.

'Ah, eindelijk alleen.' Darien legde zijn arm over de rugleuning achter haar.

'Ik kan niet geloven dat je dit hebt gedaan.'

'Van alle dingen die ik met je heb gedaan, is *dit* degene die je niet kunt geloven?' Hij leunde over haar heen en opende een klepje in de console aan de bestuurderskant. 'Champagne?'

'Ik weet het niet, Foster. Ik heb het gevoel dat ik de alcohol tot een minimum moet beperken bij jou in de buurt.'

'Ah, ja, we moeten je, eh... derrière tegen elke prijs beschermen.'

'Bij nader inzien, misschien neem ik toch een glas.'

· · ·

Darien had gekozen voor Les Beaux Bijoux, een van de duurdere restaurants in de stad. Klassieke Franse keuken, de ambiance van een historisch château, inclusief een maître d' met onberispelijke manieren.

Ze had eigenlijk even in Candy's kledingkast moeten snuffelen, want haar beige pumps en bordeauxrode jurk met asymmetrische zoom waren weliswaar chic en leuk om te dragen, maar vielen uit de toon bij de kristallen kroonluchters en goudomlijnde kunstwerken.

'Je ziet er prachtig uit.' Darien was de maître d' voor en schoof haar stoel aan.

'Punten voor beleefdheid.' Ze spreidde haar servet over haar schoot.

De maître d' zuchtte. Arme man; ze deden zijn werk voor hem.

Darien ging schuin tegenover haar zitten en pakte de wijnkaart. Hij bestelde een bordeaux en een selectie aan voorgerechten, waaronder escargots à la bourguignonne en tapenade noire à la figue. De escargots herkende ze, maar de rest zei haar niets, al klonk het interessant. En gezien de perfecte uitspraak van Darien van *tetons* toen ze nog op de middelbare school zaten, verbaasde het haar niet dat hij Frans sprak met een authentiek accent.

'Ik heb het gevoel dat ik "ooh la la" moet zeggen als ze het eten brengen,' zei ze.

'Nee, bewaar dat maar voor later. Ik zal je straks wel een reden geven om "oooh" te roepen.' Hij bewoog zijn wenkbrauwen op en neer.

Gelukkig hoefde ze niet te antwoorden, want de ober kwam aanlopen om hun waterglazen te vullen en de menukaarten te overhandigen. 'Ben je eigenlijk ooit wel serieus?' vroeg ze toen de ober weg was.

Darien pakte zijn glas. 'Ik sta erom bekend dat ik het wel eens ben, maar ik probeer het zo min mogelijk te zijn.'

'Waarom?'

'Omdat ik serieus ben geweest en het zuigt.'

Hij nam een slok water, zette het glas neer en staarde haar aan, totdat ze zich afvroeg of ze iets op zichzelf had geknoeid.

Ze wierp onopvallend een blik naar beneden, maar keek weer op toen hij uitademde.

Hij trommelde op de tafel. 'Mijn moeder overleed de zomer na ons eindexamen.'

'O nee. Wat erg voor je, Darien.' Ja, dat was zeker serieus. Als ze dat had geweten, had ze er nooit een opmerking over gemaakt.

'Bedankt. Ik vond het ook erg.' Zijn vingers trommelden op de tafel. 'Ze was al een tijdje ziek. Borst... kanker.'

'Vreselijk.' Gina prees zichzelf elke dag gelukkig dat ze haar beide ouders nog had. Sterker nog, ze vierden over een paar dagen hun huwelijksverjaardag met een gigantisch familiefeest. En terecht. Vijfendertig jaar was een hele prestatie.

'Ja. De diagnose werd gesteld toen ik in de brugklas zat. In hetzelfde jaar eigenlijk dat ik...' Hij gebaarde vaag met zijn hand. 'Je weet wel. Ik denk dat ik nogal met borsten in mijn hoofd zat.'

'Welke tienerjongen niet?' Ze kon de pijn van het verlies van zijn moeder niet wegnemen, maar als ze hem een glimlach kon ontlokken...

Dat lukte. 'Ja, het was al erg genoeg dat de hormonen tegen me werkten, maar dan mijn moeder... en *daar*...' Hij schudde zijn hoofd. 'En toen was jij daar, het mooiste meisje van de klas en Nester ratelde maar door over *tetons*... Over een perfecte storm gesproken. Ik had letterlijk de week daarvoor over mijn moeder gehoord.'

'En toen kwam je daarbovenop ook nog eens in de problemen.'

'Eerlijk gezegd was het een zegen. Ik had een excuus om na schooltijd niet naar huis te gaan. Ik ben er niet trots op, en als ik er nu op terugkijk, wou ik dat ik er meer was geweest, maar het was zwaar. Ze deed haar best om vrolijk en positief te blijven, maar er waren momenten...' Hij greep weer naar zijn water.

'Het spijt me van je verlies. En dat ik zo'n punt heb gemaakt van wat je toen zei.'

'Nee, je had gelijk. Het was een domme, tactloze opmerking en ik had het niet moeten zeggen. Mijn moeder was ook niet bepaald blij met me.' Hij schudde zijn hoofd. 'Ja, *dat* was een fijn gesprek met mijn moeder. Ze gaf me me toch een preek. God, hoe zwaar moet dat voor haar geweest zijn.'

Gina kon het zich niet voorstellen. Ze was heel hecht met haar ouders en de gedachte om een van hen te verliezen, vooral op de leeftijd die hij toen had, was hartverscheurend. 'Vertel me eens wat over haar.'

'Mijn moeder? Ze was prachtig.' Hij rolde zijn vork bij de steel over het tafelkleed. 'Slim, grappig, mooi, ze bekeek de dingen altijd van de zonnige kant. Ze verwachtte altijd het beste van mensen. Ik vond het vreselijk dat ik haar had teleurgesteld door na te moeten blijven en zo extra stress te bezorgen bovenop wat ze al had. Maar tegelijkertijd... ik kon die diagnose gewoon niet aan. Of de prognose.' Hij sloeg zijn hand plat op de vork.

Gina legde haar hand op de zijne. 'Je was een kind, Darien. Wees niet zo streng voor jezelf. Ik weet zeker dat ze wist dat het een fase was.'

Zijn mondhoek krulde omhoog en hij verstrengelde hun vingers. 'Dat weet ik zo net nog niet, Gina. Als het een fase was, dan is die nog niet voorbij, want mijn interesse in jou is nooit verdwenen.'

Hij bracht haar hand naar zijn mond en kuste de rug ervan.

Gina hield haar adem in. God, hij was onweerstaanbaar. Ze kon niet helder denken als hij haar aanraakte. En na deze onthulling over zijn pijn en hoe liefdevol hij over zijn moeder sprak...

Zou het kunnen dat ze op Darien aan het vallen was?

Meid, ik denk dat we dat station een paar dagen geleden al zijn gepasseerd.

De ober kwam — gelukkig — aanzetten met hun voorgerechten, wat Gina de kans gaf haar emoties onder controle te krijgen terwijl ze zich tegoed deed aan de slakken.

'Je bent opeens zo stil,' zei Darien toen de ober weer weg was.

'Ik ben aan het eten?' Ze hield haar kleine slakkenvorkje omhoog.

'Ah, dus dat is de manier om je stil te krijgen? Je gewoon eten geven.'

'Mij stil krijgen? Dat is niet erg aardig. Je krijgt een grote mond, Foster.'

'Als het de jouwe is, sterf ik als een gelukkig man.'

Ze stikte bijna in de slak.

Ze moest hem in haar servet uitspugen zonder dat het te veel opviel. Ze had zo'n vermoeden dat de bediening dat niet zou kunnen waarderen. En de chef ook niet. 'Niet doen!' Ze greep naar haar waterglas.

'Wat niet doen? Fantaseren over wat ik met je wil doen?'

'O mijn god.'

'Wil je dat ik het je vertel?'

En of.

'Nee. Ik wil het diner doorkomen zonder in een plasje te veranderen. Ik weet zeker dat ze daar hier niet van gediend zijn.'

'In een plasje, hè?' Hij trok een wenkbrauw op. 'Ik zal eens kijken wat ik daaraan kan doen.'

De rest van de maaltijd was een beproeving om doorheen te komen. Hij bleef suggesties en toespelingen maken – hier en daar afgewisseld met een rake oneliner – om haar scherp te houden. Of om haar plat te krijgen. Dat laatste was eigenlijk al een uitgemaakte zaak tegen de tijd dat ze van de crème brûlée proefde.

Wie hield ze eigenlijk voor de gek — ze had na die slak nauwelijks meer iets geproefd omdat de suggesties van Darien veel verrukkelijker waren.

Ze wilde hem mee naar huis nemen.

Hij tekende de rekening en stak zijn pasje weg. 'Klaar voor?'

In alle opzichten.

Ze koos ervoor om alleen te knikken, want ze wist niet zeker hoe vast haar stem zou klinken. Darien wist hoe hij een publiek moest bespelen — of het er nu één was of honderd.

'Heeft het gesmaakt?' Markus hield de deur van de limo voor hen open.

'Het toetje was het beste deel,' zei Darien, terwijl hij Gina de auto in hielp.

Haar hak bleef achter de rand haken, maar gelukkig ving Darien haar op voordat ze languit ging.

'Ik snap wat je bedoelt, man.' Er klonk een lachje door in Markus' stem terwijl hij de deur achter hen sloot.

'O mijn god, hij krijgt de verkeerde indruk.' Gina trok haar jurk onder zich vandaan zodat de stof haar niet wurgde.

'Nee, hij krijgt precies de goede indruk.' Darien sloeg zijn arm om haar heen en met zijn andere hand tilde hij haar kin op. 'Tenminste... dat hoop ik?'

'Vraag je nu om toestemming?'

'Hmmm, je hebt gelijk. Het is veel makkelijker om achteraf om vergeving te vragen.' Hij trok haar naar zich toe en kuste haar de hele rit terug naar haar huis volkomen zintuigloos.

Veel te snel — of juist niet — toeterde Markus kort.

'Darien?' fluisterde Gina in zijn boord, terwijl hij heerlijke dingen met haar nek deed.

Hij tilde zijn hoofd op. 'O. We zijn gestopt.'

'Nee, de auto is gestopt.'

'Daarom vind ik je zo leuk, Gina. Je begrijpt me.'

Zij wilde hem ook wel begrijpen.

'Je moet *van* me af gaan. Het is al erg genoeg dat hij een vermoeden heeft van wat we aan het doen zijn; laten we het niet bevestigen.'

Dare wilde het wel van de daken schreeuwen.

Maar aangezien hij geen neanderthaler was, wat hij overigens bijna begon te worden, ging hij weer rechtop zitten en schikte zijn overhemd. Markus was de discretie zelve, maar Dare zat niet te wachten op veelbetekenende blikken.

Markus toeterde nog een keer.

Dare controleerde of alle lichaamsdelen — en kledingstukken — zaten waar ze hoorden te zitten, en tikte toen op de tussenwand.

Markus liet hem een klein stukje zakken. 'We zijn op de plaats van bestemming aangekomen.'

'Bedankt, Markus. Ik red me wel.'

'Ik neem aan dat je zelf de weg naar huis wel kunt vinden?'

'Ja, komt goed.'

'Welterusten, Gina.' De tussenwand ging weer omhoog.

'Ik kan hem nooit meer onder ogen komen.' Gina pakte haar jurk beet en schoof over de achterbank.

Verdomme, hij had een showtje niet erg gevonden.

Oké, misschien werd hij *wel* een neanderthaler, dus misschien moest hij haar maar gewoon over zijn schouder gooien en haar naar binnen dragen.

Lachend bij de gedachte aan haar gezicht als hij dat echt zou doen, klom Dare uit de limo. 'Je bent zo schattig als je je schaamt.'

'Dan moet ik er nu wel heel puppyachtig uitzien,' mofte ze, terwijl ze haar jurk weer recht trok.

Zelfs zonder dat het haar lichaam strak omklemde, was die jurk ontzettend sexy. Het zorgde ervoor dat een man er samen met haar in wilde kruipen.

Of haar in één beweging uit wilde trekken.

Over bewegingen gesproken...

Hij tilde haar op, smeet de deur met zijn heup dicht en beende naar de voordeur. Oké, het was niet over zijn schouder, maar in zijn armen werkte ook. En het was wat beschaafder.

'O mijn god, de mensen gaan praten.'

'Als je je echt zorgen maakt, kan ik je neerzetten.' Hij stopte op de bovenste trede en keek haar aan.

Ze beet op haar onderlip. 'Eh, laat maar. Ga maar door.'

'Dat dacht ik al.' Hij glimlachte. Ze vond het net zo fijn in zijn armen als hij het vond om haar daar te hebben.

En hij zette die theorie de rest van de nacht kracht bij.

* * *

Gina opende haar ogen en zag een van de mooiste dingen die ze in tijden had gezien.

Het naakte achterwerk van Darien.

'Waar ga je heen?' Ze steunde op haar ellebogen, waardoor het laken tot onder haar borsten gleed.

Haar tepels werden hard.

Darien keek achterom en kreunde. 'Ik wilde ontbijt voor je maken, maar nu...'

'Ga je zo koken?' Ze knikte in de richting van zijn ontwakende erectie. 'Dat kan gevaarlijk zijn met messen en hete pannen.'

'Twee minuten geleden was dat nog geen probleem.'

'Twee minuten geleden was ik nog niet wakker.'

'En dat is precies de reden waarom het nog geen probleem was.'

'En nu?' Ze liet zichzelf weer op het kussen zakken en legde haar handen boven haar hoofd.

'En nu, vrouw, zul je onderweg naar je werk maar wat moeten halen, want ik ben van plan *jou* als ontbijt te nemen.'

* * *

'Het moet heerlijk zijn om de baas te zijn.' Candy liet haar kauwgom knappen toen Gina The Gilded Lily binnenstapte.

'Ik ben niet te laat.'

'Nou, je bent niet te vroeg en dat is voor het eerst.' Candy, in een niet te missen felrode uitlopende jurk met klokmouwen, overhandigde haar de informatiekaarten die ze voor elke gast bijhielden. Elke medewerker kreeg 's ochtends bij aankomst een setje van hun klanten, zodat ze wisten wie en wat ze die dag konden verwachten en klanten niet hoefden te onthouden welke olie ze fijn vonden, of hun haarkleurcombinatie, of hun favoriete nagellak. 'We zitten vol, dus je moet je klaarmaken. De eerste afspraak is over acht minuten.'

Ze legde een andere stapel op de balie, haar gouden armbanden rinkelden mee op de maat van de muziek. 'Je kunt die van Lover Boy aan hem geven als hij via de personeelsingang binnenkomt.'

Gina nam niet eens de moeite om het tegen te spreken. Het zou toch zinloos zijn, want Darien kwam inderdaad via de achterdeur binnen. Tot zover het vermijden van geroddel door samen binnen te komen.

'Vergeet niet, Gien, je moet van heel goeden huize komen om mij iets wijs te maken.' Candy hield haar horloge omhoog. 'En vroeg is het niet meer.'

Gina was echter blij met de extra tijd om uit te slapen, want het beloofde een drukke dag te worden. Nou ja, dat en vanwege de reden *achter* de behoefte aan extra slaap.

'Wil je vanavond na sluitingstijd naar de club gaan om een hapje te eten?' Candy gaf Stacey haar kaarten toen die binnenkwam, en verlaagde toen haar stem. 'Ik bedoel hapjes *eten*. Niet van Lover Boy.'

'Ik snap het, en nee. We hebben morgen weer een volle dag en ik moet echt wat slaap inhalen.'

'Ja, van goede seks word je moe. Je moet je uithoudingsvermogen opbouwen.'

'Met mijn uithoudingsvermogen is niets mis.'

'Goed om te weten.' Candy tikte op haar hand. 'Het is fijn om je gelukkig te zien, Gina.'

'Het is fijn om gelukkig te zijn.'

'Maar...? Ik hoor een "maar" in je stem.'

'Echt niet.'

'Oké, misschien niet. Maar ik verwacht er wel een. Omdat ik je ken.'

'Deze keer heb je het mis. Alles gaat goed met Darien.' Ze vertelde het verhaal van de limo en het diner — een verkorte versie — maar repte niet over de moeder van Darien. Dat was zijn pijn om te delen als hij dat wilde. 'Laten we maar zeggen dat er meer achter Darien Foster zit dan je op het eerste gezicht zou zeggen.'

'Nou, wat je op het eerste gezicht ziet is al behoorlijk appetijtelijk, maar zeg je nu dat onze Froggy diepgang heeft die je nooit had vermoed?' Candy grinnikte. 'Snap je? Diepgang... kikker? In het water?'

'Zelfs voor jouw doen is die flauw, Cand.'

Candy trok een pruillip. 'Ik ben gekwetst. Totaal kapot.'

'Vast wel. Waarom ga *jij* niet even naar de club voor een opkikkertje?' Ze liep naar de suite voor haar eerste klant. 'En vul dat maar in zoals je zelf wilt.'

Hoofdstuk negentien

'Roerei of een spiegelei?' Gina liep haar keuken uit om naar Darien te roepen, die op deze zondagochtend nog steeds in bed lag.

Ze nam het hem niet kwalijk dat hij uitsliep; hij had zaterdag een dubbele dienst gedraaid, eerst in de spa en daarna in de club. De man was een harde werker, maar ze wist niet hoe lang hij dat vol zou houden.

Ze grinnikte. Eigenlijk wist ze *precies* hoe lang hij *het* vol kon houden.

En daar was ze hem zeer dankbaar voor.

Darien kwam de slaapkamer uit lopen. 'Mijn rug heeft geen zin in iets wat maar enigszins op roeren lijkt, maar ik kan jou wel heel rustig omkeren, als dat de enige andere keuze is.'

Ze sloeg haar armen om zijn nek en kuste hem. 'Ik bedoelde voor het ontbijt,' zei ze, terwijl ze even naar adem hapte.

'Ik ook.' Hij zette opnieuw de aanval in.

En die aanval was moordend. Vooral omdat de man geen draad aan zijn lijf had.

Ze zouden hier nooit wegkomen als hij niet iets aantrok, en Gina moest gaan. Ze mocht niet te laat komen—

'O, shit.' Ze verbrak de kus en trok zich terug.

Darien liet haar niet gaan. 'Zo erg, ja? Ik moet blijkbaar nog wat aan mijn kusvaardigheden schaven.'

'Je kusvaardigheden zijn prima. Mijn geheugen kan echter wel wat hulp gebruiken. Ik was helemaal vergeten dat mijn nicht Nica—Nicoletta—zo hier is. Het is vandaag het jubileumfeest van mijn ouders.' Ze liet haar voorhoofd tegen zijn borst rusten. 'Ik moet je een tegoedbon geven voor het ontbijt.'

Hij kuste haar slaap. 'Hebben we het dan alleen over eten of ook over andere geneugten?'

Ze hield haar hoofd schuin om hem aan te kijken. Geen reden om het huid-op-huidcontact te verbreken als het nog niet hoefde. 'Beide. Sorry.'

'Geen probleem, maar dan moet je me wel iets geven om de tijd te overbruggen.' Hij tilde haar kin op, en door zijn kuiltjes smolt ze vanbinnen helemaal weg.

'Oké,' zuchtte ze tegen zijn mond, 'misschien één klein kusje...'

Of niet zo klein.

Man, wat kon die man kussen. Hij liet haar vergeten waar ze was, wat hij (niet) droeg, zelfs haar eigen naam.

'Hé nichtje, ben je klaar om te—oeps!'

En blijkbaar ook dat haar deur openstond.

Shit.

Gina duwde Darien van zich af zodra Nica's woorden tot haar doordrongen.

Wat ongeveer drie seconden te laat was.

Darien stond daar in al zijn natuurlijke glorie.

En Nica keek *niet* weg.

Gina griste een kussen van de bank en duwde het voor Dariens kruis.

'Oempf!'

Oké, ze had het misschien *tegen* zijn kruis geduwd, maar het doel was geweest om Nica's zeer geïnteresseerde blik te ontmoedigen.

Die blik dwaalde naar boven.

'Wel, wel, wel, bedriegen mijn ogen me nu?'

Helaas niet. Nica wist precies wie Darien was, net als elk ander lid van haar familie. Hij was persona non grata in het huishouden van Taormina sinds het incident met de *tetons*.

'Ik kom er zo aan, Nica,' zei Gina met nadruk op elk woord, terwijl ze haar hoofd richting de deur bewoog.

Nica begreep de hint niet—of koos ervoor hem te negeren—en slenterde in plaats daarvan de woonkamer in, terwijl ze onderweg elke spier op Dariens lichaam in zich opnam. 'Froggy Foster, ik geloof mijn eigen ogen niet.'

'Die ogen zul je niet lang meer hebben als je niet onmiddellijk vertrekt *en* je mond houdt.' Gina smeet een ander kussen naar haar hoofd.

'Ach kom op, Gina, wat is daar nou leuk aan? Hoewel, als ik *dat* zo zie'—ze gebaarde naar Darien—'zijn jullie degenen die alle pret hebben.'

Ze liet zich op een van de stoelen in de woonkamer vallen, met haar gezicht *naar hen toe*. 'Let niet op mij. Ga gerust'—ze zwaaide met haar hand—'je gang.'

Gina schudde haar hoofd en blies haar adem uit.

'Ik ben binnen vijf minuten weg.' Darien hield het kussen nu tegen zijn achterwerk terwijl hij de slaapkamer in liep.

'Oké, hoe is *dat* gebeurd?' Nica sloeg haar benen over elkaar alsof ze van plan was een tijdje te blijven.

'Daar hebben we geen tijd voor. Laat me me even aankleden, dan kom ik eraan.'

'Hulp nodig?'

'Hilarisch hoor.' Gina haastte zich naar de slaapkamer.

Darien kwam net naar buiten.

'Dat was snel.'

Hij haalde zijn schouders op. 'Als je leert hoe je ze snel uitkrijgt, kun je ze net zo snel weer aantrekken.' Hij gaf haar een kus op haar wang. 'Ik vind het vreselijk om zo zonder eten te vertrekken—echt heel vreselijk—maar veel plezier op het feest. Feliciteer je ouders van mij.'

'Wil je meekomen?' Het zou een duidelijk statement zijn als ze hem meenam, maar dankzij Nica zouden ze er sowieso wel achter komen. Dan konden ze maar beter twee vliegen in één klap slaan. En de ontelbare vragen beantwoorden die iedereen ongetwijfeld zou hebben.

'Een andere keer heel graag. Maar ik ga naar mijn vader, en ik wil ook de aandacht niet afleiden van het feest van je ouders, wat ongetwijfeld zou gebeuren als we samen komen opdagen.' Hij kneep in haar arm. 'Tot morgen.'

Ze zuchtte. 'Ja. Tot dan.'

Gelukkig kon hij niet weg zonder een laatste kus.

* * *

Gina liep de woonkamer in en begaf zich rechtstreeks naar de deur, terwijl ze waarschuwend met een vinger naar haar nichtje wees. 'Geen woord.'

Nica rende achter haar aan. 'Darien Foster, dat zijn twee woorden.'

'Echt niet grappig.'

'Ach, kom op, Gina.' Ze stapte opzij zodat Gina de deur op slot kon draaien. 'Jij bent degene die de daad met hem verricht; waarom wil je dat niet aan iedereen vertellen?'

'Serieus? Ga je echt naar binnen en zeggen: "Hé tante Theresa, oom Paul. Raad eens met wie Gina het doet?" Dat is zelfs voor jouw doen nogal lomp.'

'Tja, als je het zo bekijkt...' Nica volgde haar de trap af. 'Dus je gaat me niet eens vertellen hoe? Of waarom?'

'Je weet *hoe*. En wat betreft het waarom... Hij volgt een opleiding tot massagetherapeut en had een baan nodig. Ik had een therapeut nodig. Van het een kwam het ander en—'

'Pats boem! Jullie besloten jullie vaardigheden op elkaar te oefenen.'

Plat, zelfs voor Nica. 'Zoiets.' Gina duwde de voordeur open. Verdomme, ze had weer geen laarzen aangetrokken. De verhuurder mocht wel eens wat serieuzer gaan strooien. 'Kijk uit waar je loopt. Het kan glad zijn.'

'Afleiden gaat je niet helpen. Je moet me uitleggen hoe de grootste eikel uit je tienerjaren nu je ridder op het witte paard is. Of *zonder* dat paard, in dit geval.'

'Heb je zijn show gezien?'

'Ik had het niet over zijn show na die kleine, eh, vertoning daarnet, maar nichtje, we hebben *allemaal* zijn show gezien. Een hete jongen van de middelbare school die opgroeit om zijn kleren uit te trekken en voor je te dansen? Dat wil niemand missen.' Nica drukte op de afstandsbediening van haar auto. 'Ik denk dat we Nonna zelfs meekrijgen als we het haar vertellen.'

'We gaan Nonna *niet* vertellen dat Darien een danser is.'

'Is dat hoe ze het tegenwoordig noemen? In haar tijd was hij gewoon een stripper geweest. En een verdomd goede ook, moet ik zeggen. Je smaak gaat erop vooruit, nichtje. Zeker een verbetering ten opzichte van die laatste loser.'

Familie. Je kon er altijd op rekenen dat ze je aan je grootste mislukkingen herinnerden. Maar ja, zo ging dat in een grote, Italiaanse familie. Iedereen wist alles van elkaar en ze waren niet bang om die kennis te delen of elkaar op fouten te wijzen. Natuurlijk was er ook geen luidruchtiger publiek om successen mee te vieren. En dat was precies de reden dat ze op het punt stond meer dan honderd van haar naaste bloedverwanten te ontmoeten.

Die zouden allemaal alles over Darien willen weten als Nica uit de school zou klappen.

Wat ze natuurlijk deed, vlak nadat pa en ma de taart hadden aangesneden.

'Jullie zouden Gina dat moeten laten doen. Ze kan wel wat oefening gebruiken.'

Ze waren opgegroeid als zussen, maar op dit moment wilde Gina haar onterven. Vooral toen Bryan aan een van de andere tafels begon te kuchen.

Gina keek hem niet aan.

'Lieverd, waar heeft ze het over?' Ma keek haar aan met een grote, verwachtingsvolle glimlach.

Dat was precies de reden waarom Gina niemand over Darien wilde vertellen. Ze zouden het groter maken dan het was. Of haar de huid vol schelden om wat het vroeger was geweest.

'Het is niets, mam. Nica is weer eens haar gekke zelf.'

'Mooie poging, nichtje,' mompelde Nica terwijl ze een bord op de tafel naast haar zette en dan die irritante grijns liet zien waar Gina altijd van ging tandenknarsen. 'Er bestaat een goede kans dat we binnenkort trouwklokken horen, tante Theresa.'

Gina wilde Nica een klap verkopen op die grote mond met die felrode lipgloss. 'Nog een beetje te vroeg daarvoor, *nichtje*.' Ze wendde zich weer tot haar moeder. 'Je weet hoe ze is. Vergeet het maar en laten we taart eten.'

Gelukkig besefte ma dat dit niet de tijd of de plaats was. Maar er zouden later zeker vragen komen. Ma was niet achterlijk.

'Je bent aan het daten, ja?' Nonna pakte haar monocle en bekeek Gina erdoorheen terwijl ze haar een bord aanreikte.

Nonna had een monocle net zo hard nodig als Gina een krultang, maar sinds haar heupoperatie liet iedereen Nonna de *grande dame* spelen, inclusief een vergulde rolstoel. Gina had haar grootmoeder geprobeerd uit te leggen dat de operatie was bedoeld om haar heup *sterker* te maken zodat ze de stoel niet meer nodig zou hebben, maar het was voor Nonna bijna een ereteken om erin te zitten. Dus liet Gina het onderwerp, net als de rest van de familie, maar rusten. Als Nonna weer zou lopen, was dat omdat ze er zelf voor koos. Niemand kon Nonna dwingen tot iets wat ze niet wilde.

Nica had haar koppigheid duidelijk van geen vreemde. Niet dat het dat gemakkelijker maakte om ermee om te gaan.

'Dat klopt, Nonna. Het is nog nieuw, dus ik wil het liever niet overschreeuwen.'

'Nieuw?' Nica lachte. 'Definieer *nieuw*, want na wat ik vanochtend aantrof —*au*!'

Arme Nica kreeg plotseling last van een beknelde zenuw.

Precies tussen haar schouderbladen.

'Kom op, Gina, vertel op.' Nica's zus, Franki—kort voor Francesca—was net zo'n bemoeial als haar zus. 'Kennen we hem?'

'Zeker weten.' Nica's grijns was een directe vergelding voor die kneep.

Ze kende Nica te goed om te hopen dat ze het zou laten rusten.

Gina zuchtte terwijl ze ging zitten. 'Ik date met Darien Foster.'

De collectieve snak naar adem aan haar tafel zorgde ervoor dat iedereen aan de andere tafels stopte met praten.

Iedereen staarde haar aan.

Geweldig.

'Wie wil er taart?' Bryan begon porseleinen borden neer te smijten alsof hij op een drumstel speelde, waardoor hij de aandacht van de halve zaal van dit gesprek afleidde. Ze zou hem daar later voor bedanken.

'Die jongen die je aan het huilen heeft gemaakt?' Nonna liet zich echter niet uit het veld slaan. Zelfs op haar zevenentachtigste was ze nog zo scherp als een scheermes.

'Dat is hem, Nonna.'

'Gina Maria Theresa Taormina, heb je dan helemaal niets geleerd van wat ik al die jaren heb gezegd?' Nonna smeet haar monocle en haar servet op tafel en drukte zich op aan de leuningen van haar rolstoel tot ze stond.

Het was verbazingwekkend hoe een Italiaanse matriarch van nog geen anderhalve meter even imposant kon overkomen als een topman van een groot bedrijf.

'Rustig maar, Mamma.' Ma legde haar handen op Nonna's schouders en maande haar weer te gaan zitten. Dit was niet het moment om de nieuwe heup te testen. 'Ik weet zeker dat Gina een goede reden heeft om weer met deze jongen om te gaan.'

Jongen. Je moet wel houden van Italiaanse vrouwen; elke man die jonger was dan zij, was een jongen.

'En wat is je goede reden, Gina?' viel pa haar bij vanaf de kop van de tafel.

Gina wierp Nica een blik toe. Dit was haar schuld.

'Ik weet wat ik doe, pap. Vertrouw me, oké? Darien is volwassen geworden en ik ook.'

'Dat kun je wel zeggen,' mompelde Nica naast haar.

Gina trapte op haar voet.

'Au!'

'En ik vind niet dat we hiervoor nu de aandacht van jullie feestje moeten afleiden. We kunnen er later wel over praten.'

'En dat gaan we ook zeker doen.' Met pa viel niet te twisten. Hij was haar grootste steun en toeverlaat, maar hij liet haar nergens zomaar mee wegkomen. 'Goed dan, iedereen, *mangiamo*!'

Ze had het dessertbuffet bijna gehaald—want taart was niet genoeg zoetigheid voor dit gezelschap—voordat Nonna er weer over begon.

'Dus, deze jongen, behandelt hij je goed?' Ze legde haar hand op Gina's arm.

Gina legde haar andere hand eroverheen. 'Dat doet hij, Nonna.'

'Heeft hij zijn excuses aangeboden voor het feit dat hij je pijn heeft gedaan?'

'Natuurlijk. Je hebt me goed opgevoed. Als hij dat niet had gedaan, was ik niet met hem uitgegaan.'

Nonna's ogen vernauwden zich. 'Gaat hij met je trouwen?'

Dat was Nonna; altijd direct naar de kern van de zaak. Mensen zeiden dat ouderen hun filter verloren als ze ouder werden; Nonna had er sowieso nooit een gehad. Ze zei waar het op stond en verwachtte dat anderen hetzelfde deden. Het had voor wat hachelijke momenten gezorgd toen Gina een tiener was, maar daardoor was tenminste alles altijd open en bloot.

Sommige delen van deze relatie met Darien wilde ze echter privé houden als dat even kon, en waar die naartoe ging, was een van die dingen. 'Dat weet ik niet, Nonna. We zijn nog maar net aan het daten.'

'Je zou haar eigenlijk moeten vertellen wat ik vanochtend aantrof,' mompelde Nica, terwijl ze een cannolo op Gina's bord schoof toen ze terugkwam van het dessertbuffet.

'Hè? Spreek eens wat duidelijker, jij.' Nonna zwaaide met haar hand. Gina nam een hap van haar cannolo terwijl iemand anders onder vuur lag. 'Het is niet beleefd om mensen buiten je gesprek te houden.'

Niet dat Nonna zich altijd aan haar eigen advies hield...

'Ik zei alleen maar dat deze cannoli echt heel lekker zijn, Nonna. Sorry.' Nica glimlachte o zo onschuldig.

'Ik heb je wel door, *ragazza*.' Nonna wees met de monocle naar Nica. 'Denk maar niet dat je deze oude ogen zand kunt strooien.'

Nica was gepast terechtgewezen, en Gina was altijd weer verbaasd als Nonna met spreekwoorden kwam aanzetten die ze eigenlijk niet hoorde te kennen.

'Dus, Gina.' Nonna tikte met de monocle op Gina's knokkels. 'Wat is zijn verhaal?'

Gina spuugde bijna haar cannolo uit. 'Zijn *verhaal*?'

'Ja, je weet wel...' Nonna draaide met haar hand, zoekend naar het woord. 'Wat is zijn baan?'

Nica spuugde de hare *wel* uit. 'Ga je gang, nichtje. Leg *dat* maar eens uit.'

Gina keek haar boos aan. 'Hij werkt op dit moment voor mij, Nonna.'

Nica snoof. 'O, hij werkt er hard aan, dat is zeker.'

Nica's tenen kregen een tweede behandeling. 'Au!'

'Stil jij.' Nonna keek boos naar Nica—die vervolgens een kruisje sloeg en de gouden hoorn aan haar ketting kuste om het *malocchio* af te wenden. 'Dit is niet goed. De man, hij hoort niet voor de vrouw te werken. Dat maakt hem minder man.'

Nica stond op en liep weg van de tafel, bijna stikkend.

Van het lachen.

Nonna zuchtte en schudde haar hoofd. 'Die daar... Zij zal nooit een man aan de haak slaan.'

'Dat heb ik gehoord, Nonna,' riep Nica over haar schouder terwijl ze terugliep naar het dessertbuffet.

'Dat was ook de bedoeling. Je zou een voorbeeld aan je nichtje kunnen nemen.'

Als Nica wist hoeveel Nonna met haar vinger aan het zwaaien was achter haar rug, zou ze onophoudelijk op die geluksbrenger zuigen.

'Geloof me, Nonna,' zei Nica. 'Ik weet het. Je kunt je niet voorstellen hoeveel ik eigenlijk van mijn lieve, *zoete* nichtje zou kunnen leren.'

Gina wilde hier alleen maar weg.

Maar Nonna was nog niet klaar met haar kruisverhoor. Het was geen verrassing dat Candy van al Gina's vriendinnen Nonna's favoriet was. Soort zoekt soort.

'Hij werkt voor jou, dus hij verdient het geld niet? Dat is niet goed.' Nonna klopte met haar knokkels op de tafel. 'De vrouw kan niet rijker zijn dan de man. Wij zijn sterker, maar we laten hen denken dat zij dat zijn. Zonder dat geld weten ze dat ze dat niet zijn, en dat is niet goed. Dan gaan ze op zoek naar een mindere vrouw om zich groter te voelen.'

'Hij werkt alleen tijdens de feestdagen voor mij, Nonna. Hij is van plan een ander appartementencomplex te kopen. Hij heeft zijn laatste verkocht.'

'Ah, dus hij heeft geld.' Ze leunde achterover en vouwde haar handen op tafel, haar gouden trouwring nog steeds om haar vinger. Ze weigerde hem af te doen, ook al was Nonno tien jaar geleden overleden. 'Dan valt er niets te discussiëren. Maakt hij je gelukkig?'

'Dat doet hij.'

'En zijn familie? Mag je hen?'

'Ik heb zijn vader nog niet ontmoet. Zijn moeder is vlak na de middelbare school overleden.'

Nonna verloor haar felle blik en sloeg een kruisje. 'Dat is triest. Een jongen heeft zijn moeder nodig, zelfs als hij denkt dat hij een man is. Je brengt hem bij mij. Ik zal je vertellen of hij de ware voor je is. Wij moeders weten dat soort dingen.' Ze tikte weer op de tafel. 'Bel hem nu. Zeg dat hij hierheen moet komen. We moeten hem ontmoeten.'

Ja, dat was precies wat ze wilde; dat iedereen die arme Darien het vuur aan de schenen legde over een relatie die nog maar een week oud was. Dat *ding* dat hij met haar had, zou dan een snelle, door de familie goedgekeurde dood sterven.

'Hij is vandaag bij zijn vader.'

'Nodig hem dan ook uit. We moeten zijn mensen ontmoeten.'

'Mamma.' Pa schoot Gina te hulp. 'Zullen we die kinderen hun eigen tempo laten bepalen?'

'Makkelijk praten voor jou, Paolo. Ik sta dichter bij het graf dan jij en ik wil mijn kleindochter nog getrouwd zien.'

O jee. Altijd weer dat gedoe over de naderende dood. Dat was blijkbaar het lot van Italiaanse moeders in haar familie. Nonna's zussen waren allemaal precies zo geweest, dus nu zij als enige overgebleven was, vond Nonna dat ze die traditie voor hen allemaal moest voortzetten. Gecombineerd.

'Je gaat voorlopig nog niet dood, Mamma.' Pa, de oudste zoon, kon in de ogen van zijn moeder niets fout doen, en hoewel hij daar niet vaak gebruik van maakte, liet hij zijn invloed gelden wanneer dat nodig was. Hij was de enige voor wie Nonna toegaf. 'Laat Gina met rust. Het is tijd dat mijn prachtige bruid onze cadeaus opent.' Haar vader pakte de hand van haar moeder. 'Maar het mooiste cadeau heb ik al lang gekregen.'

Een koor van instemmende geluiden zorgde ervoor dat Gina tranen in haar ogen kreeg. Dat was wat ze voor zichzelf wilde. Een liefde zoals haar ouders die hadden. Ze waren nog steeds elkaars beste vrienden. Het enige wat hun leven perfect zou hebben gemaakt, was als ze meer kinderen hadden kunnen krijgen. Maar problemen die ma had gehad tijdens de zwangerschap van Gina hadden die hoop de grond in geboord. Ze zwoeren dat ze dolgelukkig waren met haar alleen—en ze wist dat dat ook zo was—maar ze kon het gevoel niet van zich afschudden dat het een klein beetje haar schuld was dat er niet meer kinderen waren. Als volwassene begreep ze dat die redenering nergens op sloeg, maar ze had dat schuldgevoel tijdens haar jeugd met zich meegetorst. Ze had haar ouders nooit op een andere manier willen teleurstellen, en daarom was de puinhoop van haar relatie met John iets geweest wat ze helemaal voor zichzelf had gehouden.

Nica daarentegen was de nachtmerrie van elke ouder geweest: te laat thuiskomen, drinken, roken, betrapt worden terwijl ze na de avondklok in het zwembad van de buren zwom... typisch gedrag van een wild kind. Niemand zou er raar van opkijken als *zij* na een week met een stripper in bed lag. Gina daarentegen...?

Nee, de familie hoefde de details niet te weten.

'Hoe was het feestje?' Dare glipte de volgende ochtend het kantoor van Gina binnen en deed de deur achter zich op slot. Ze hadden genoeg ongewenste onderbrekingen gehad.

Gina keek op en haar glimlach ontnam hem de adem. Hij had haar gisteravond gemist.

'Typisch. Te veel eten, te veel lawaai, niet genoeg privacy.' Ze kwam achter haar bureau vandaan.

Hij kwam haar halverwege tegemoet, verlangend om haar in zijn armen te sluiten; het voelde bijna als een fysieke pijn. Verdomme, hij had het zwaar te pakken. 'Dat klinkt cryptisch.'

'Ben je wel eens bij een bijeenkomst van een Italiaanse familie geweest?' Ze sloeg haar armen om zijn middel en vlijde haar heupen precies op de juiste plek tegen hem aan.

'Nee.'

'Geloof me, het is een ervaring als geen ander.'

'*Jij* bent een ervaring als geen ander.' Hij moest haar kussen. Ja, hij wilde over haar familie horen, maar eerst moest hij haar weer proeven.

Hierin kwam zij *hem* halverwege tegemoet. Haar lippen, haar tong, haar handen... Gina hield zich op geen enkele manier in.

Totdat er buiten haar kantoor werd geklapt.

Hij en Gina draaiden zich tegelijkertijd om.

Ze hadden publiek. Candy, Deb en Kaya stonden breeduit lachend door het raam te kijken.

'Je moet gordijnen voor dat ding hangen.'

'Dit gaan we nog tot in de eeuwigheid moeten aanhoren.'

'Is dat een probleem?'

Ze hield haar hoofd schuin en deed er een paar seconden over om te antwoorden — een paar seconden langer dan hem lief was.

'Ik hoop het niet.'

'Je klinkt niet erg overtuigd.' Hij liet zijn armen van haar middel zakken. Jezus, had hij haar belangstelling verkeerd ingeschat? Was hij zo weg van haar dat hij niet had beseft dat zij niet hetzelfde voor hem voelde? Was ze hier — God verhoede het — alleen voor de seks in gestapt?

Ze sloeg haar armen over elkaar en keek weg. 'Ik heb niet bepaald de beste voorgeschiedenis.'

Dare voelde zijn wereld tollen. 'Ben ik een proefritje?'

'Nee, dat is niet wat ik bedoelde.'

Er werd op de deur geklopt.

'Niet nu!' Hij stak zijn hand op, maar hield zijn ogen op haar gericht. Ze zouden niet worden onderbroken, zelfs niet als de boel in brand stond.

Ze keek geschrokken. 'Gaat het wel met je?'

'Zeg jij het maar. Leg me uit wat je bedoelde met die voorgeschiedenis. Ben je me gewoon aan het uittesten?'

'O nee. Dat kwam er helemaal verkeerd uit. Het ligt niet aan jou.'

De gevreesde 'het ligt niet aan jou'-toespraak. Dare kon het niet geloven. Kon niet geloven dat hij er zo naast had gezeten wat haar betrof.

Kon niet geloven dat hij verliefd op haar was geworden en nu... Hij *wist* wel dat het niet goed zou aflopen. Hij had zichzelf het liefdesverdriet moeten besparen. 'Laat maar, Gina. Wat dan ook.' Hij moest hier weg.

Ze greep zijn arm vast. 'Nee, Darien, je begrijpt me verkeerd.' Ze beet op haar onderlip. 'Het is gewoon dat... nou ja...' Ze keek even weg en haalde toen diep adem. 'Ik heb mijn hart en ziel in een andere relatie gelegd en ben uiteindelijk erg gekwetst. Hij zat er niet in om de redenen die ik dacht, en tja, ik ben uiteindelijk veel verloren. Mijn zelfvertrouwen, mijn wellnesscenter, mijn spaargeld—'

'Je hart?' John. Die klootzak.

Ze slaakte een zucht. 'Gelukkig dat niet. Mijn trots was op de lange termijn meer beschadigd, maar dat had ik niet meteen door — ik was te druk bezig met het besef van alles wat ik voor hem had opgegeven.'

'En je plaatst mij in diezelfde categorie.'

'Nee. Het is alleen...' Ze pakte zijn handen vast. 'Je bent belangrijk voor me, Darien. Belangrijker dan hij ooit was en ik... ik ben bang om gekwetst te worden."

Dare ademde uit. 'Goddank.' Hij wilde haar precies vertellen hoe belangrijk ze voor hem was, maar woorden zouden niet volstaan. Hij moest het haar laten zien. Ze moest het *voelen*. Het *weten*.

'Niet bepaald de reactie waar ik op hoopte.'

Hij bracht haar handen naar zijn borst. 'Ik bedoel: goddank dat jij het ook voelt.'

'Het?'

Hij tikte met hun handen op zijn hart. 'Dit. Ons.'

Haar mondhoeken krulden iets omhoog. 'Er is dus een "ons". Dit is niet zomaar...'

'Seks? Een tripje naar het verleden? Nee. Dit is echt, Gina. Voor mij evenzeer als voor jou.'

'Hè hè.' Haar glimlach was niet langer aarzelend; het was alsof er een lichtknop werd omgedraaid.

Hij wierp een blik op de deur om te zien of een van de dames er nog stond, maar gelukkig waren ze weg.

Dus kuste hij haar. Lang en hartstochtelijk, terwijl hij haar tegen zich aan trok en beide armen om haar heen sloeg. Als ze niet in haar kantoor stonden — of als dat verdomde raam een gordijn had gehad — zou hij haar precies laten zien hoe echt dit was.

Maar aangezien dit niet de meest romantische plek was om zijn gevoelens te verklaren, en ze allebei werk te doen hadden, moest hij er uiteindelijk een eind aan breien.

Hij nam haar gezicht in zijn handen voor een laatste kus. 'Om me de dag door te helpen.'

Ze glimlachte. 'Het spijt me daarvoor. Dat ik onzeker was—'

'Bied je verontschuldigingen niet aan. Het is begrijpelijk. Je hebt heel wat kikkers moeten kussen om je prins te vinden.'

'Laten we niet te hard van stapel lopen, *kikkertje*. De jury is er nog niet uit of jij wel prinsenmateriaal bent.'

'Jammer voor jou.' Hij wiebelde met zijn wenkbrauwen. 'Kikkers hebben een hele lange tong.'

Haar gezicht werd vuurrood en hij moest lachen. 'Ach, kom op, Gina. Daar kun je toch niet verlegen van worden? Ik bedoel, je *was* erbij, toch? Het is niet alsof je niet weet waar ik het over heb.'

'Ik weet het, ik weet het, het is alleen...' Ze wurmde zich uit zijn armen. 'Ik moet even gaan zitten.'

'Ik heb je zeker een beetje uit het veld geslagen?'

'Zeg maar gerust dat je me binnen twee seconden compleet opgewonden hebt gekregen.'

'Duurde het zo lang? Daar moet ik dan nog aan werken.'

'Niet terwijl zij onaangekondigd komen binnenvallen.' Ze wees met haar duim naar de deur.

'O, ik weet het niet. Ik ben eraan gewend een goede show weg te geven.'

'Precies — *jij* bent het gewend. Ik? Ik blijf liever achter de schermen, dank je wel.'

'Hoe graag ik je ook mee naar achteren zou nemen om mijn goddelijke gang met je te gaan, we hebben nog acht uur aan massages te gaan voordat we zelfs maar aan BeefCake, Inc. kunnen denken.'

'Voor jou misschien, maar ik zal de hele dag aan beefcake denken.' Ze haalde diep adem, kwam weer overeind en tikte met de rug van haar hand tegen zijn buikspieren. 'Tijd om aan het werk te gaan.'

* * *

En werken deden ze. Maandag, dinsdag, woensdag, donderdag... De mond-tot-mondreclame was definitief op gang gekomen, en Gina kon Candy — met rente — de inkomsten van de afgelopen twee weken terugbetalen en ook nog wat opzijzetten voor een appeltje voor de dorst.

Dat appeltje bleek al veel sneller nodig te zijn dan ze had verwacht. Maar dan in de vorm van sneeuw.

Gina staarde uit de voordeur en zag hoe de vlokken naar beneden dwarrelden... en hoe haar dromen bevroren.

Helaas was het niet door het weer. Het winkelcentrum was verkocht en alle huurcontracten werden opgezegd. De brief was vanmiddag binnengekomen.

Ze wist niet wat ze moest doen.

'Joehoe, Gina?' Candy zwaaide met haar 'de nagellak die voorheen paars heette'-nagels voor haar gezicht. 'Gaat het wel? Je ziet eruit alsof je een geest hebt gezien. Of alsof je er zelf bijna één wordt. Wat is er aan de hand?'

Gina ademde uit. Ze ging dit nieuws nog niet delen. Niet met het vrijgezellenfeest over minder dan achtenveertig uur. Natuurlijk wist ze niet hoe lang het geheim zou blijven; ze was duidelijk niet de enige huurder die bericht had gekregen, maar in de brief stond dat het bedrijf de informatie pas na de jaarwisseling openbaar zou maken.

Wat aardig van ze.

Fijne kerst, hoor.

'Het is niets.'

Candy leunde tegen de voordeur, haar armen over elkaar. 'Maak dat de kat wijs. Ik ben de koningin van het 'niets', dus ik herken de koningin van het 'iets' als ik haar zie. Vertel op.'

Gina slikte en probeerde ter plekke een verhaal te verzinnen. 'Ik, eh...' Ze haalde diep adem; ze haatte het om te liegen, maar niets mocht een domper werpen op het feest van Amalie. 'Ik hoorde net dat de moeder van een van mijn studiegenootjes is overleden.'

'Welke?'

'Ik weet vrij zeker dat ze er maar één had. Mensen waren nog niet zo vooruitstrevend zo'n dertig jaar geleden.'

'Nee, juffrouw opzettelijk-onwetend. Welk studiegenootje? Ik ken ze trouwens ook gewoon, aangezien ik naar dezelfde school ben gegaan. *Met* jou, mocht je het vergeten zijn. Dat is waar we vriendinnen zijn geworden. Zegt dat je iets?'

Er begon wel degelijk iets te dagen — het begin van een enorme hoofdpijn. Die helaas niet kon worden toegeschreven aan de niet al te subtiele versie van 'Santa Claus Is Coming to Town' die The Boss op had staan.

'Het was, eh... Johanna. Ze was er maar één semester.'

'Niet om het een of ander, maar je kende haar maar één semester en je bent hier zo door van slag dat haar moeder is overleden?'

Gina trok een gezicht en hield de vingers van haar linkerhand gekruist. Je kon het aan Candy overlaten om haar te dwingen deze vreselijke leugen nog verder op te dikken. Ze hoopte dat de niet-bestaande Johanna het haar zou vergeven.

'Ze was al een tijdje ziek. Daarom moest Johanna destijds met haar studie stoppen. We sturen elkaar elk jaar een kerstkaart en vandaag kreeg ik haar kaart.'

'O, nou, dat spijt me om te horen. Dat moet zwaar zijn, zeker in deze tijd van het jaar.' Candy wreef met oprecht medeleven over Gina's arm.

Waardoor Gina zich alleen maar slechter voelde. 'Ja, deze tijd van het jaar is absoluut niet wanneer je iets wilt verliezen.'

'Je bedoelt íémand.'

'Ja, precies. Iemand.'

'Komt het wel goed met je?'

Gina deed haar best om een geloofwaardige glimlach op haar gezicht te toveren en kneep in Candy's arm. 'Ja. Het komt wel goed.' De spa was een heel ander verhaal.

Tjonge, als er ooit een moment was geweest om haar innerlijke Scarlett O'Hara naar boven te halen, dan was het nu wel.

Behalve dat ze er morgen niet aan zou denken. Of zondag. Ze zou wachten tot na het feestje.

Hoofdstuk eenentwintig

'Zo, kijk eens wie er eindelijk aan heeft gedacht om zijn berichten te checken.' De makelaar van Dare klonk geïrriteerd aan de andere kant van de lijn.

Gezien het feit dat Jonas hem dinsdag meer dan vijftig keer ge-sms't had, waarvan Dare er niet één had opgemerkt, laat staan beantwoord, had de man alle reden daarvoor.

Hij veegde wat sneeuw van de bakstenen muur bij het laadperron en liet zijn laars erop rusten. Dit was de eerste pauze die hij de hele week had gehad en de eerste keer dat hij in de gelegenheid was om terug te bellen. 'Het spijt me, Jonas, maar het was een krankzinnige week.'

'Vertel mij wat. Ik had het perfecte pand voor je, en je bent het misgelopen omdat je me niet op tijd teruggebeld hebt. Het pand kwam op de markt en was binnen zes uur weer verkocht.'

Dat het zo snel verkocht was, betekende dat het een geweldige deal was geweest. Verdomme. 'En wat heb je nog meer?'

'Dat is het hem juist, Dare, er is niets. De markt voor jouw criteria is opgedroogd alsof al deze sneeuw zand was. Ik hou mijn oren nog steeds gespitst, maar kun je me een plezier doen en je telefoon bij je houden? Ik vraag niet of je me je hele levensverhaal wilt vertellen of een lijst met je financiële gegevens wilt voorlezen; een snel ja of nee is genoeg. Dan maken we tenminste een kans als er weer iets op de markt komt.'

Dare wreef over zijn slapen. Het was voor iedereen een lange week geweest. Tussen de dagdiensten in de spa en de nachten in de club was hij bekaf. En hij had Gina na werktijd helemaal niet gezien. Dat was nog het ergste van alles. Hoe moest hij haar laten zien dat hij van haar hield als ze hem niet eens *zag* in een andere hoedanigheid dan een professionele?

Tenminste stond het etentje om haar aan Pop voor te stellen voor vanavond op de planning. En het vrijgezellenfeest zou dit weekend voorbij zijn, en Charlotte zou maandag terug zijn om haar vaste klanten over te nemen, dus dan zou hij minder uren kunnen draaien. 'Het spijt me, Jonas. Je werkt hard en ik heb hier een steekje laten vallen. Ik doe nog een duizendje extra bovenop je commissie. Klinkt dat goed?'

'Alleen als ik iets anders vind. In dit tempo weet ik niet wanneer dat zal zijn.' Jonas klonk eerder gefrustreerd dan dankbaar.

Misschien had hij er nog vijf mille bij moeten doen. 'Ik heb vertrouwen in je.'

'Het kan me niet schelen of er voor mij nog vijftig mille extra in zit. Neem die verdomde telefoon op. Hoewel, wacht even. Ja, die vijftig mille kan me wel schelen.'

Dare grinnikte. 'Gelukkig dat je dat herzag, anders was ik gaan twijfelen aan je onderhandelingsvaardigheden.'

'Maak je daar maar geen zorgen over. Neem de volgende keer gewoon die verdomde telefoon op.'

'Ik hoorde je de eerste keer ook al.'

'Nee, dat deed je niet. Je nam niet op.'

Dare beëindigde het gesprek met de belofte dat hij met zijn telefoon zou slapen. Nou ja, behalve als hij bij Gina was. *Wanneer* dat ook mocht zijn. Dan zou hij hem op het nachtkastje leggen. Maar die informatie deelde hij niet met Jonas.

Hij stak zijn mobieltje in zijn zak — nadat hij gecontroleerd had of de trilfunctie aanstond — en liep de spa binnen voor iets anders dan werk.

'Hé, schat, ben je klaar om te gaan?' Darien stak zijn hoofd om de deur van haar kantoor.

Gina keek op. Waarvan, dat wist ze niet. Ze had de afgelopen tien minuten naar een stuk papier zitten staren, maar ze zou hem bij god niet kunnen vertellen wat het was, want ze had geen flauw idee.

Net als waar hij het over had. 'Klaar? Waarvoor?'

'Eten? Met mijn vader? Weet je nog?'

O god, ze was het vergeten. 'Zou je het erg vinden als we het een keertje overslaan?' Het laatste wat ze wilde, was moeten doen alsof ze gelukkig was en geen zorgen aan haar hoofd had, terwijl haar wereld in alle richtingen om zijn as tolde.

Darien doorkruiste de kamer in twee seconden. 'Waarom? Wat is er mis?'

'Het is—' Nee, ze ging het hem niet vertellen. Nog niet. Niet voordat ze had bedacht wat ze ging doen. Ze kende Darien; hij zou aanbieden om te helpen. En hoewel dat meer dan aardig was en bijna aan het wonderbaarlijke grenst, wilde ze bij niemand in het krijt staan. Ze had John overleefd, ze zou dit ook overleven.

Ze haalde diep adem. 'Ik ben een beetje gestrest. Er hangt zoveel af van dit evenement, weet je?'

Hij knielde op één knie naast haar. 'Het komt helemaal goed. De eerste test hebben we al doorstaan. Niets gaat het feest van Amalie verpesten.'

Dat was precies de reden waarom ze tegen niemand iets ging zeggen. Ze hadden allemaal hard gewerkt om de spa in de huidige staat te krijgen en waren enthousiast over de groei van de zaak. Stacey was dolblij dat ze voor haar kinderen de grote cadeaus kon kopen die ze aan Sinterklaas hadden gevraagd, en Kaya had een weekendje weg gepland om haar man te verrassen. Hoe kon Gina hun het nieuws vertellen en hun feestdagen verpesten?

'Weet je zeker dat je er geen zin in hebt?' Zijn vinger gleed langs haar wang.

Hoe kon ze nee tegen hem zeggen? Hij had iemand geregeld om zijn dienst bij BeefCake over te nemen en had deze week zo hard gewerkt om haar te helpen, en het enige wat hij van haar vroeg was om zijn vader te ontmoeten. Erg genoeg dat ze tegen Candy had gelogen en nieuws voor haar personeel achterhield, ze kon hem niet ook nog eens teleurstellen.

'Nee, je hebt gelijk. Het komt wel goed.' En dat zou het ook, daar twijfelde ze niet aan. Dus ze moest zich daarop concentreren en het diner doorkomen. 'Laten we gaan.'

* * *

'Mijn zoon heeft beslist een goede smaak. Dat heeft hij van mij, weet u.'

Pop maakte er een heel spektakel van om naar Gina te knipogen toen hij zich bij hun voegde bij Charlie's. Dare had aangeboden hem op te halen, maar Pop had hem niet 'in de weg willen lopen'. Zijn eigen woorden.

'En hij heeft zijn goede uiterlijk vast ook van u.' Gina schoof naar rechts terwijl Pop zich in een stoel liet zakken. Charlie zou de stoelen beter moeten aanpassen aan de huidige klandizie in plaats van aan de klanten voor wie ze oorspronkelijk ontworpen waren. Franse provinciale stijl was niet bepaald de meest comfortabele zit, zeker niet als je spareribs of kippenvleugeltjes at.

'Met vleierij komt u bij mij overal, jongedame.' Hij gaf Dare een por. 'Ja hoor, je hebt een goeie uitgekozen.'

'Tjonge, Pop, ze is geen paard.'

'Ah, maar ze is een mooi klein merrietje.'

Dare rolde met zijn ogen. Op welk punt hielden ouders op met het in verlegenheid brengen van hun kinderen?

'Dus ik hoorde dat u deze zoon van mij aan het werk hebt gezet.'

'Dat heb ik gedaan. Hij is een groot succes in de spa.'

'Dat geloof ik graag. Hij doet het ook best goed in die danstent. Bent u daar weleens geweest?'

'Hé, Pop, wat drink je?' Gina zat niet te wachten op een verhoring.

'Niets op het moment. Waarom ga jij niet even wat voor me halen terwijl ik een praatje maak met deze mooie kleine dame van jou.'

Oké, misschien was het diner toch niet het beste idee geweest. Maar het had hem in staat gesteld om even bij Pop te polsen en hem het huis uit te krijgen, aangezien ze deze week door zijn schema geen panden hadden kunnen bezichtigen. Bovendien gaf het hem de kans om wat tijd met Gina door te brengen, iets wat de afgelopen week ernstig tekort was geschoten. Niets zo vervelend als een stomende relatie beginnen en dan vol op de rem trappen. Tenminste zagen ze elkaar op het werk, maar het waren de nachten samen die hij had gemist.

Dare wenkte een van de serveersters. 'Gina? Wat drink jij?'

'O, voor mij alleen water. Alles met alcohol laat me meteen in slaap vallen, zo moe ben ik.'

'Ik hoorde dat u binnenkort een groot evenement hebt,' zei Pop, veel geïnteresseerder dan hij op Dare was overgekomen toen *hij* het feest had genoemd. 'Dare zegt dat het goede dingen kan betekenen voor je zaak.'

Gina's glimlach vervaagde een beetje.

Ze moest zich echt zorgen maken, maar hij begreep niet waarom. Er waren veel meer nieuwe klanten die nog niet waren aangetrokken door iets wat Sophie Cavanaugh gezegd had, dus dat sprak in het voordeel van de reclame-inspanningen van Gina. En als Sophie zondag net zo tevreden was als tijdens hun bezoek — en er was geen reden om aan te nemen dat dat niet zo zou zijn — was het *enige* waar Gina zich zorgen over zou hoeven maken, het vinden van genoeg personeel om alle nieuwe klandizie aan te kunnen.

* * *

Tja, dat optimisme vloog zijn vrachtwagenraam uit door het telefoontje van Pop nadat hij Gina thuis had afgezet.

'U hebt *wat* gedaan?' Hij kon dat *niet* goed hebben gehoord.

'Ik heb een pand voor ons gekocht.'

'Dat deel heb ik begrepen en over het financiële aspect hebben we het zo wel, maar kunt u alstublieft herhalen *welk* pand u hebt gekocht?'

'Ik zei het je toch, jongen, ik heb de zaak van jouw vriendin gekocht.'

'U hebt de spa gekocht?'

'Nou, eigenlijk de hele boel daar. Het was een koopje.'

'U hebt een compleet winkelcentrum gekocht.' Dare kon dit niet eens bevatten. 'Pop, wat bezielde u in hemelsnaam?'

'Ik zei het je toch, jongen. Voor die hoeveelheid grond was het spotgoedkoop. We slopen de boel gewoon en beginnen van nul af aan. Sterker nog, dat heb ik op de aanvraag voor de sloopvergunning gezet.'

Sloop... De hersenen van Dare tolden zozeer dat hij de wagen langs de kant van de weg moest zetten. 'U wilt het hele complex slopen.'

'De gebouwen zijn niet in de beste staat. Bovendien kan je van winkels geen appartementen maken. Dat weet iedereen.'

En Dare dacht dat iedereen wist dat er verschillen waren tussen commerciële en residentiële bestemmingen, maar blijkbaar was Pop de uitzondering op die regel. Voor een bedrag waar Dare niet eens over na wilde denken.

Maar dat moest hij wel, want *zijn vader had een winkelcentrum gekocht.*

En als hij dat eenmaal had verwerkt, zou hij zich pas zorgen kunnen maken over het feit dat het *Gina's* winkelcentrum was.

Hoofdstuk tweeëntwintig

'Oké, wat is er in hemelsnaam hier aan de hand?' De volgende middag sloeg Candy haar handpalmen op het bureau van Gina. Elke schijn van vrolijkheid ontbrak in haar stem, in schril contrast met de engelachtige kinderstemmetjes die 'Deck the Halls' zongen.

Gina wilde op dit moment het liefst iemand tegen de grond slaan.

'Hebben jij en je minnaar ruzie gehad?'

Ze sloeg de map over de financiële stukken op haar bureau dicht. Candy las dat soort dingen voor haar plezier; ze zou precies weten wat er aan de hand was als ze ze zag. 'Natuurlijk niet. Waarom denk je dat?'

'Heb je hem de laatste tijd gesproken? Nee,' antwoordde Candy voor haar. 'Natuurlijk niet. Want hij praat tegen niemand. Een paar grommen en dan is het: 'Stuur de volgende gast maar naar binnen, Candy', alsof ik er alleen maar ben om zijn bevelen op te volgen.' Haar rood-wit gestreepte nagels wapperden alle kanten op.

'Nou ja, het *is* je werk—'

'En jij.' Ze ging een octaaf hoger. 'Jij loopt hier al te somberen sinds de brief van Johanna is aangekomen. Ik snap dat het triest is, maar het is niet alsof *jouw* moeder is overleden. Ik bedoel, het werk stroomt hier binnen, je hebt morgen het grootste evenement uit je carrière en je kijkt alsof je puppy is weggelopen. Tussen jullie tweeën krijgt de sfeer hier een behoorlijke opdonder.

Kun je alsjeblieft weer normaal doen en wat leven in de brouwerij brengen, want anders keldert het moreel naar een dieptepunt en kunnen we verwachten dat de zaken volgen.'

Wat Candy niet wist, was dat dat sowieso al stond te gebeuren.

Gina zuchtte. 'Ik zal kijken wat ik kan doen, Candy.'

'Doe dat maar, want ik heb maar een beperkte voorraad vaseline.'

Gina keek haar bevreemd aan. 'Oké, ik heb geen idee wat dat betekent. De massagetherapeuten gebruiken olie.'

Candy snoof en stak haar handen in de zakken van haar zwart satijnen broek. 'Niet voor hen. Voor mij.' Ze wees naar haar gezicht. 'Voor deze glimlach. Ik probeer hier dapper de schijn op te houden en jullie twee lopen hier rond alsof we in een uitvaartcentrum zijn.'

'Ik weet dat ik er spijt van ga krijgen dat ik dit vraag, maar wat heeft vaseline met je glimlach te maken?'

'Hallo? Dat smeer je op je tandvlees zodat je blijft glimlachen. Heb je *nooit* meegedaan aan een missverkiezing?'

Gina schoof haar stoel naar achteren en maakte een weids gebaar naar zichzelf. 'Met een meter tweeënzestig en weelderige vormen kom je bij een missverkiezing niet eens door de voordeur, Candy. Dat heb jij op mij voor.'

'Arggh.' Candy wierp haar handen in de lucht. 'Ik zweer het, ik moet hier ook alles zelf doen.' Ze beende weg naar de gang — een hele prestatie op haar Jimmy Choo's die eruitzagen als iets wat Assepoester naar het bal zou dragen – en zoog bij het weggaan alle lucht uit de kamer.

Gina zuchtte. Het enige wat over de tirade van Candy gezegd kon worden, was dat het haar uit haar eigen gedachten had gehaald.

Nu moest ze Darien nog zien te doorgronden. Wat was er met hem aan de hand?

Ze liep naar de receptie. Haar volgende afspraak was pas over twintig minuten, daarom had ze zich begraven in de financiële cijfers om te zien wat ze kon overhouden om ergens anders opnieuw te beginnen.

Of misschien kon ze de nieuwe eigenaar ervan overtuigen om dit deel van het winkelcentrum niet te slopen. Ze had veel werk en geld in de zaak gestoken; het was in goede staat. Misschien kon de eigenaar alleen de gevel vernieuwen. Ze zou zelfs een bijdrage kunnen leveren als ze ergens in haar budget een potje kon vinden.

Ze keek over de schouder van Candy in het afsprakenboek.

Candy wapperde met haar handen. 'Niet mij gaan controleren. Dit is mijn terrein. Ik heb het onder controle.'

'Ik controleer je niet en dat weet je best. Ik probeer te zien wanneer Darien vrij is, zodat ik hem kan spreken.'

'Veel succes daarmee. Ik weet niet of zelfs *jij* tot hem door kunt dringen. Gelukkig is hij tegen de gasten de vriendelijkheid zelve, dus dat is goed, maar tegen de rest van ons? Hij kan ons nauwelijks aankijken. Ik weet niet wat we hebben gedaan om hem zo te beledigen, maar de jongen is bepaald niet in de kerststemming tegenover het personeel.'

De deur van suite drie ging open.

'Als je het over de duivel hebt... En vandaag bedoel ik dat letterlijk,' fluisterde Candy.

'Zorgt u er nu voor dat u veel water drinkt, mrs. Beecham,' zei hij tegen de cliënte die hij naar de balie begeleidde. 'Het is belangrijk om de gifstoffen uit uw lichaam te spoelen.'

'Echt waar, Darien, je mag me gerust Susan noemen.' De vrouw legde een hand op zijn arm. 'Mrs. Beecham is mijn schoonmoeder.'

Gezien de manier waarop Susan Beecham Darien aanraakte en aankeek, kon ze maar beter niet vergeten dat ze *inderdaad* een schoonmoeder had.

Gina schudde haar hoofd. Goed om te weten dat ze, zelfs in het aanschijn van een financieel echec, nog steeds territoriumdrift kon vertonen.

'In orde, *Susan*. Fijne feestdagen gewenst.' De kuiltjes in Dariens wangen verschenen.

Verdomme, die kuiltjes waren voor *haar* bedoeld.

'O, maar ik wilde nog een vervolgafspraak plannen,' zei de zeer getrouwde Susan Beecham. 'Morgen misschien?'

'Het spijt me,' viel Candy haar bij met een mierzoete glimlach, 'maar voor morgen zitten we helemaal vol. Een besloten feestje. We kunnen u volgende week inplannen.'

Gina kende die toon. Candy had dwars door het poppenkastje van Susan Beecham heen gekeken. Zelfs als ze morgen niet volgeboekt waren, zouden ze dat voor Susan wel zijn.

'O, nou ja.' Wat een dramatische zucht. 'Ik heb blijkbaar geen keus. Wanneer heeft Darien zijn eerste vrije plek?'

Candy deed alsof ze in het afsprakenboek keek. 'Goh, hij zit tot het einde van het jaar helemaal vol en de nieuwe planning is nog niet klaar. Maar Gina geeft geweldige massages. Zet echt haar kracht in die spieren. Pijn op de goede manier, als u begrijpt wat ik bedoel.'

Dat laatste was voor Gina bedoeld. Candy wilde haar de kans geven om de vrouw terug te pakken voor het versieren van Darien.

Gina waardeerde het gebaar, maar zodra het nieuws over de verkoop naar buiten kwam, zou het toch niets meer uitmaken.

'Hmm.' Susan Beecham deed alsof ze erover nadacht terwijl ze haar creditcard overhandigde, maar ze wisten allemaal wat haar antwoord zou zijn. 'Ik weet niet zeker of ik behoefte heb aan iets dat zo... eh, pijnlijk is. Maar ik zal erover nadenken.'

'Nog een fijne dag, Susan.' Darien gaf haar een kort saluut en draaide zich toen naar de wachtruimte.

Gina legde een hand op zijn arm. Het was voor het eerst in dagen dat ze hem aanraakte en als ze niet elke avond direct in slaap was gevallen zodra ze haar bed raakte, zou ze eraan denken dat ze het had gemist. 'Darien, kan ik je heel even spreken?'

'Sorry, Gina, maar mijn volgende gast is er al.'

'Dat weet ik, maar...' Ze verlaagde haar stem. 'Is er iets mis? Je doet zo... ik weet het niet. Je bent jezelf niet. Het is iedereen opgevallen.'

Hij keek haar een paar seconden aan, zuchtte toen en schudde zijn hoofd. 'Het spijt me. Het is... Er was een deal. Een pand. En, nou ja...' Hij ging met een hand door zijn haar. 'Laten we zeggen dat het niet is uitgepakt zoals ik wilde.'

'Dat vind ik erg vervelend om te horen.' Geweldig. Ze hadden allebei te maken met zakelijke ellende.

'Ja, nou ja...' Hij schraapte zijn keel. 'Ik moet terug naar Mrs. Mooney. Ik moet vanavond op tijd weg. Een belangrijke avond in de club. Bryan en Gage hebben een kerstfeest samengesteld,' – hij maakte aanhalingstekens met zijn vingers – 'als je het kunt geloven. Dus ik zie je morgen wel op het feestje.' Hij draaide zich terug naar de receptie. 'Mrs. Mooney?' Hij maakte een uitnodigend gebaar naar zijn behandelkamer. 'Wanneer u er klaar voor bent.'

Gina keek hem na en wenste dat ze iets kon zeggen om zijn situatie te verbeteren, maar ze had haar handen vol aan haar eigen problemen. Ze zou na het feest van Amalie alles wel afhandelen.

• • •

Dare loodste Mrs. Mooney zo snel mogelijk de suite in. Hij had Gina de hele dag ontweken omdat hij nog steeds geen manier had gevonden om haar te vertellen dat hij nu haar huisbaas was. Dat was van een heel andere orde dan *baas* en ze zou flippen.

Verdomme, *hij* flipte zelf ook.

Pop had in de meest ware zin van het woord zijn partner willen zijn, zozeer zelfs dat hij zijn pensioenpakket had verzilverd, zijn hypotheek kredietlijn had aangesproken, aandelen had verkocht en de levensverzekering van ma had ingelegd, dit alles om het winkelcentrum te kopen.

Dare had bij dat nieuws met zijn hoofd tegen het stuur van de auto gebonkt. En nog een keer toen hij erachter kwam dat dit dinsdag al was gebeurd.

Pop had het pand gekocht dat Jonas hem *die dag* had willen laten zien. En nu was er geen weg meer terug. Dare was dus verantwoordelijk voor het volledige financiële voortbestaan van Pop *en* de zaak van Gina. De twee mensen van wie hij het meest hield op de wereld, en ze zaten aan de tegenovergestelde kanten van deze wipwap.

En ja, de ironie dat hij verliefd was geworden op Gina — de ik-hou-echt-van-je-en-wil-de-rest-van-mijn-leven-bij-je-zijn-soort liefde – en er tegelijkertijd verantwoordelijk voor was dat zij haar zaak kwijtraakte, was zo verschrikkelijk dat hij geen idee had hoe hij het moest oplossen.

Goddank had Pop deze bom niet tijdens het eten gedropt — hij had gewild dat Dare het 'plezier' zou hebben om Gina te vertellen dat ze voortaan zouden samenwerken. Hij dacht dat het een mooi huwelijkscadeau zou zijn.

Nou, hij mocht van geluk spreken als ze hem niet *vermoordde* als ze erachter kwam; laat dat huwelijk maar zitten.

Hij moest er gewoon voor zorgen dat ze er niet achter kwam dat Pop de boel had gekocht voordat hij een manier had gevonden om hen allemaal tevreden te stellen.

* * *

'Nou meid, dit kun je een succes noemen.' De volgende middag, tijdens het feest van Amalie Cavanaugh, gaf Candy Gina een duwtje tussen de massageafspraken van de bruidsmeisjes door. 'De helft van deze vrouwen staat elk weekend in de societyrubriek. Hier ga je zeker klandizie aan overhouden. En ik krijg een hele lading "zie-je-wel-dat-ik-gelijk-had".'

Gina wist een glimlach te forceren. Zeker, ze zou klandizie krijgen; ze zou alleen nergens meer plek hebben om ze te ontvangen. 'Ja, Candy, je had gelijk. Over het decor, over Darien en over het succes.'

'Wat is er toch met *jou*? Dat is op z'n zachtst gezegd nogal een lauw enthousiasme. Waarom spring je geen gat in de lucht?'

'Omdat we gasten hebben?' Ze pakte nog een stapel handdoeken. 'Wie is de volgende op mijn lijstje?'

'Nellie Day. Socialite bij uitstek en de Next Big Thing.'

'In haar eigen gedachten?'

'En die van de pers.'

'Je had haar aan Darien moeten geven.'

'O, geloof me, dat was ik ook van plan. Maar Nellie's plus-één, die super-hooghartige Richard Effington *de Derde* — ik maak geen grapje — belde op en vroeg specifiek naar jou. Nou ja, hij vroeg specifiek of een vrouw de massage van zijn geliefde wilde doen. Zijn maatschappelijke status en bankrekening wegen zwaarder dan die van haar, dus ik moest wel toegeven. Daarom heb jij de eer.'

Bofferd. Maar Gina plakte die glimlach die ze de afgelopen veertig uur al droeg weer op haar gezicht en gaf ms. Nellie Day de beste massage van haar leven.

Toen iedereen tot in de puntjes van hun haar en nagelextensions in de watten was gelegd, bracht Candy, die er uiterst professioneel uitzag in haar gouden overslagjurk met opstaande kraag en roomwitte pumps die zo ingetogen waren dat ze de prijs die ze ervoor had betaald van de daken schreeuwden, de schaal met gebakjes naar buiten die Lara speciaal voor dit evenement had gemaakt: soesjes gevuld met gezoete ricotta en overgoten met een mangoglazuur — het favoriete fruit van Amalie — een selectie petitfours die mooier was dan alles wat Gina ooit had gezien, en culinaire taartjes die eruitzagen als heerlijke kunstwerkjes. Champagne in kristallen flûtes maakte het geheel af, en Amalie en haar gasten verzamelden zich in de ontvangstruimte: gemanicuurd, gekapt en volkomen ontspannen.

'Je hebt een uitstekend team, Gina.' Amalie hief haar glas. 'Iedereen heel erg bedankt dat jullie dit zo'n speciale dag voor mij hebben gemaakt.'

'Het was ons een genoegen. Ik ben blij dat je ervan hebt genoten.'

Had *zij* dat ook maar kunnen doen.

'Ik denk erover om hier het tweede verjaardagsfeestje van Emilie te boeken,' zei de rijk getrouwde Donna Bradin-Biggs. 'Kleine meisjes vinden het heerlijk om verwend te worden.'

'Grote meiden ook,' zei Candy.

Alleen Gina hoorde het sarcasme achter de woorden. Candy had een hekel aan vrouwen wier belangrijkste carrièredoel was om zeer rijk te trouwen en zeer weinig te werken.

'Mijn nichtje zou dit geweldig vinden voor haar *quinceañera*. Ik moet het eens tegen mijn zus zeggen.' De studiegenote van Amalie, de voormalige Miss New Mexico, viel haar bij. De zussen Cavanaugh hadden goede connecties, ook al waren ze niet van adel, maar Gina durfde te wedden dat zij zich nooit zorgen hoefden te maken over waar hun volgende salaris vandaan kwam.

Haar personeel daarentegen...

God, ze wilde hen het slechte nieuws niet hoeven te vertellen.

Het bleek dat ze dat ook niet hoefde te doen.

'Zeg, Gina, wat zijn je plannen als de nieuwe eigenaar het winkelcentrum overneemt?' Sophie zette haar dessertbordje op de tijdschriftentafel die Candy precies daarvoor had neergezet.

Candy liet iets vallen op de receptiebalie. Het klonk breekbaar.

De rest van het personeel verstijfde en keek haar aan als een kudde herten in de felle koplampen van een auto. Amalie en haar vriendinnen stopten met praten om naar haar te kijken.

Gina rechtte haar rug. *Laat nooit zien dat je nerveus bent.* 'Daar zijn we nog mee bezig, Sophie.'

Sophie hield haar hoofd schuin — de houding die Gina haar tijdens interviews vaker had zien aannemen. 'Ik wed dat dat voor een aantal, eh, interessante gesprekken onder de lakens zorgt.'

'Sorry?' Gina begreep de toespeling niet.

'O, ik neem aan dat jij en Darien na werktijd niet over de zaak praten.' Ze keek de kring rond en grinnikte. 'Ik zou het wel weten.'

De vrouwen lachten ook, maar Gina...

Er was iets aan de hand en Gina begreep maar niet wat het was.

'Tja, je weet hoe dat gaat, de heiligheid van de slaapkamer en zo.' Candy leek de situatie echter volledig onder controle te hebben terwijl ze toegeschoten kwam met een nieuwe schaal gebakjes. 'Alstublieft, dames, laten we deze opeten. Het zou zonde zijn om al dat harde werk verloren te laten gaan.'

Nellie Day schudde haar hoofd. 'Nee, dank je. Ze komen direct *op* mijn heupen terecht en dan moet ik een hele nieuwe voorjaarsgarderobe laten aanmeten, en je weet hoe vermoeiend dat is.'

Gina keek hoe de vriendinnen van Amalie elkaars leed deelden, maar ze hoorde de woorden niet echt. Wat bedoelde Sophie met dat zij en Darien niet over de zaak praatten? Ze had hem nog niet eens verteld over de verkoop –

Oh...

Zijn deal die niet was uitgepakt. Ze had gedacht dat hij bedoelde dat het niet was doorgegaan.

Maar... het was juist wel gebeurd.

Ze sloot haar ogen terwijl de kamer om haar heen tolde.

Dat was het dus. *Dat* was de reden dat hij haar ontweek.

Hij had het winkelcentrum gekocht.

En volgens de brief die ze had ontvangen, was hij van plan het te slopen.

'Gina? Voel je je wel goed?'

Ze opende haar ogen en zag oprechte bezorgdheid in die van Sophie. De vrouw had niet geweten dat Gina van niets wist.

Maar nu wist ze het wel.

Dat zou pas een sappig verhaal zijn voor het journaal van elf uur!

Gina zou wederom het gesprek van de dag worden.

En dat allemaal dankzij Darien.

Hoofdstuk drieëntwintig

'Kom op, Gina, vertel hem dan tenminste persoonlijk dat je hem niet wilt spreken.' Candy sjokte woensdagmiddag de hele weg achter haar aan terug naar het kantoor.

'Maar dan zou ik tegen hem praten en ik heb je al gezegd dat dat niet gaat gebeuren.'

'Luister, schat, ik snap het. Echt waar. Hij is een eikel. Jij had gelijk en ik zat ernaast. Je mag me er de rest van je leven mee om de oren slaan, maar ondertussen moet *jij* degene zijn die hem vertelt dat hij moet opzouten. Hij luistert niet naar mij. Hij wil alleen met jou praten.'

'Het. Kan. Me. Niets. Schelen.' Gina sloeg de kantoordeur achter zich dicht.

Candy hield hem tegen voordat hij in haar gezicht vloog.

Dat was maar goed ook; Gina wilde haar vriendin geen pijn doen. Nou ja, niet meer dan het verliezen van haar baan al zou doen. Hoewel Candy een boel geluk had. Zij had de loonstrook niet nodig — niet dat ze er überhaupt een kreeg. Maar Stacey en Charlotte en Kaya en Deb? Zij hadden deze baan nodig. Ze rekenden erop. Op haar.

En zij had hen in de steek gelaten.

Candy leunde met haar in een spijkerbroek gehulde heup tegen haar bureau en smeet de post erop. 'Hij gaat niet zomaar weg.'

Gina liet haar voorhoofd op haar hand rusten. Kon ze niet even wat rust en stilte krijgen zodat ze kon nadenken? Darien had haar telefoon bestookt met telefoontjes en berichtjes tot ze zijn nummer uiteindelijk had moeten blokkeren.

Ja, alsof *dat* geen pijn had gedaan.

God, hoe had ze zo stom kunnen zijn? Hij gaf meer om de deal dan om haar. Ze had echt een belabberde smaak in mannen.

'Hij gaat *wel* weg. Dat doen ze altijd.'

'Arrrgggh!' Candy plofte in een stoel en trok aan haar kerstkranstrui — de vrouw kreeg het voor elkaar om zelfs een foute trui modieus te laten lijken. 'Waarom geef je hem geen kans om het uit te leggen? Je weet niet of hij dit met opzet heeft gedaan. Je weet niet hoe het is gegaan. Je weet niet eens wat hij van plan is. Voor hetzelfde geld wil hij van deze parkeerplaats een exotisch hotel maken waar wellnessbehandelingen de meest gevraagde service zijn, naast het zwembad, de golfbaan en roomservice. De vierde op de lijst is geen slechte plek, Gina. Nou ja, tenzij je prins Harry bent, maar dat is een heel ander verhaal. Het punt is: je moet met hem praten om erachter te komen wat zijn plannen zijn. Als die verschrikkelijk zijn, dan kun je hem met recht haten.'

Gina gluurde tussen haar vingers door. 'Ik haat hem niet.'

'Nou, duh. Dat is geen verrassing.' Candy's hand fladderde in het rond als een vis op de kade. 'Daarom is dit stilzwijgen ook zo belachelijk.'

'Het is *niet* belachelijk. Misschien begrijp je de omvang van het probleem niet helemaal, maar we gaan failliet. Als Darien het gebouw sloopt, dan betekent dat dat hij het met de grond gelijkmaakt. Dus: geen muren, geen dak, geen receptie en zeker geen massagekamers.' Ze hield een hand op. 'Ik weet het. Suites. Wat dan ook. Het punt is, je kunt ze noemen wat je wilt, maar ze storten allemaal op dezelfde manier in.'

'Er moet een logische verklaring zijn.'

'Logica en mannen gaan in mijn wereld niet samen.'

'Hij heeft dit niet met opzet bij jou gedaan. Misschien heeft hij het gekocht om de spa te redden.'

'Dat is vast waarom hij een sloopvergunning heeft aangevraagd.'

'Oh. Ja, dat ziet er slecht uit.'

'Het *is* slecht.'

'Dus wat gaan we doen?'

'Ik wou dat ik het wist.' Ze bladerde door de post. Rekening, rekening, reclame, nog een factuur, een brief... Ze haalde die eruit. 'Zit er in dat geniale brein van jou iets wat een oplossing kan zijn?'

'Als de beheermaatschappij mij om hulp had gevraagd *voordat* ze bij de verkoop waren aanbeland, had ik misschien een soort constructie met risicokapitaal kunnen voorstellen. Maar nu de deal rond is? Tenzij Darien en zijn vader geïnteresseerd zijn in verkoop, is het antwoord nee. En het is niet alsof dat voor ons überhaupt een optie zou zijn. Ik bedoel, ik kan je wel wat geld lenen, maar ik ben niet liquide genoeg om de kosten van dit hele pand te dekken.'

'En dat vraag ik ook niet van je. Je hoeft mijn rotzooi niet op te ruimen.' Ze pakte de briefopener uit haar bovenste lade en schoof hem onder de envelopvlap.

'Maar ik zou het doen als ik het kon.'

'Dat weet ik. En ik zou hetzelfde voor jou doen, maar de realiteit is dat ik de spa ga verliezen.' Ze sneed de brief open.

'En Darien,' voegde Candy eraan toe.

'Weet je wat?' Gina wees met de punt van de envelop naar haar vriendin. 'Als een man niet eerlijk tegen me is, als hij niet op een oprechte en open manier met me kan communiceren, dan is hij niet de man die ik wil.'

'Applaus voor jou, Gina. Sommige vrouwen komen nooit tot dat besef. Maar toch, ik dacht dat hij perfect voor je was.'

Ze opende de kaart. 'Blijkbaar denkt Amalie Cavanaugh er net zo over.' Ze draaide de kaart om zodat Candy hem kon lezen.

'Een huwelijksuitnodiging?' Candy leunde naar voren om hem aan te pakken.

Gina knikte. 'Voor mij... en Darien als mijn partner.'

* * *

Dare wilde zijn verdomde telefoon tegen de verdomde muur smijten. Ze blokkeerde zijn nummer nog steeds.

Hij wist niet of hij eerder kwaad of gekwetst was.

Eigenlijk wist hij het wel.

Hij was gekwetst.

Maar niet door Gina. En zelfs niet door Pop.

Hij had haar er niet op die manier achter moeten laten komen. Hij had het haar moeten vertellen zodra hij wist wat Pop had gedaan. Hij had haar moeten vertellen dat hij het probeerde op te lossen.

Maar hij was zo bang geweest haar te verliezen — precies voor dit scenario — dat hij had geprobeerd het te doen verdwijnen.

Maar nu was *zij* degene die aan het verdwijnen was. En daarmee al zijn hoop en dromen voor de toekomst, iets waar hij eerder met haar grappen over had gemaakt maar wat nu absoluut niet meer om te lachen was.

Als ze nou maar de telefoon opnam. Hem deblokkeerde. Verdomme, ze liet zelfs Candy voor uitsmijter spelen om hem weg te houden bij de spa.

Als eigenaar kon hij zijn wettelijke recht opeisen om naar binnen te gaan, maar dat zou de zaak alleen maar erger maken.

Hij moest dit rechtzetten.

Maar hoe, dat was het probleem. Hij had de afgelopen drie dagen gesprekken gevoerd met de gemeente, de welstandscommissie, een advocaat — hij had zelfs Jonas gebeld, van wie de moraal op hol sloeg toen hij hoorde dat Dare probeerde de deal ongedaan te maken — allemaal in de hoop een oplossing te vinden om de centen van zijn vader én het bedrijf van Gina te redden.

Tot nu toe had hij geen enkel succes.

Zijn telefoon ging over. Hij herkende het nummer niet, maar hopelijk was het iemand die hij had gesproken over deze nachtmerrie en die een oplossing had. 'Hallo?'

'Oké, Foster, luister goed. En als je ooit tegen Gina zegt dat we dit gesprek hebben gehad, ontken ik het tot in het graf.'

Candy was de laatste persoon die hij had verwacht. 'Wil je dat ik tegen haar lieg?'

Ze snoof. 'Ik denk dat we dat station al gepasseerd zijn, grote jongen.'

'Ik heb niet tegen haar gelogen—'

'Je was niet eerlijk tegen haar. Een leugen door iets weg te laten is nog steeds een leugen. Er is dus al een precedent. Wil je nu horen wat ik te zeggen heb of niet? En ik sta trouwens aan jouw kant. Nou ja, voorlopig. Dat is waarom ik je dat briefje heb gestuurd.'

Wat verklaarde waarom het handschrift niet overeenkwam toen hij het vergeleek met het briefje dat Gina die ochtend voor hem had achtergelaten.

De ochtend die veel te lang geleden leek en waarvan hij bang was dat die nooit meer zou komen.

Ja, hij was wanhopig en Candy wist het. 'Ja, Candy, ik wil horen wat je te zeggen hebt.'

'Oké, spits je oren.' Haar toon veranderde en hij kon zich voorstellen hoe ze haar rug rechtte en haar schouders naar achteren rolde. 'Je hebt een behoorlijke indruk gemaakt op Amalie Cavanaugh. Genoeg indruk dat ze je op haar bruiloft wil hebben.'

'En hoe weet je dat?'

'Rustig aan, cowboy. Daar kom ik nu op.' Ze schraapte haar keel. 'Volgens de uitnodiging die hier bij The Gilded Lily is bezorgd, wil ze dat je naar haar bruiloft komt... samen met Gina.'

Zijn hart hamerde in zijn borst. 'En Gina is daarmee akkoord gegaan?'

'Laten we zeggen dat ze verstandig genoeg is om een heel waardevol contact niet tegen zich in het harnas te jagen.'

'Heeft ze je gevraagd om mij te bellen?'

'Waarom zou ik je dan om geheimhouding vragen? Blijf wel bij de les.'

Ze tikte tegen de telefoon en Dare trok de zijne weg van zijn oor. Dat deed pijn.

'Ik geef je de kans om met haar te praten op een plek waar ze geen scène zal willen schoppen. Dus je kunt maar beter met de juiste woorden en een oplossing komen als je een kans wilt hebben om dit te lijmen.'

'Waarom doe je dit, Candy?'

Ze zuchtte. 'Omdat ik van Gina hou. Net als jij. En ik denk toevallig dat je de juiste man voor haar bent. Nou ja, dat dacht ik voordat dit gebeurde, maar ik ben bereid je het voordeel van de twijfel te geven. Ik heb wat spitwerk gedaan en zag de handtekening van je vader overal op de documenten staan, dus ik gok dat hij wilde dat het zijn kleine verrassing was.'

Dare slaakte een zucht. 'Ja, dat wilde hij.'

'Lekker dan, zo'n verrassing.' Ze snoof. 'Dus... zoals ik al zei, ik heb wat onderzoek gedaan en ik denk dat ik misschien een oplossing heb gevonden.'

'Dat meen je niet.'

'Geloof me, knapperd, ik maak geen grapjes over het hart van mijn beste vriendin, en ook niet over dit soort bedragen. Maar het gaat je wel wat kosten. De vraag is: hoeveel ben je bereid financieel te verliezen om Gina emotioneel terug te winnen?'

'Ik ga voor de volle honderd procent, Candy. Wat heb je?'

Hoofdstuk vierentwintig

'Je kunt de bruid niet de hele avond ontwijken, Gina.' Candy zwaaide naar Nellie terwijl ze het hotel binnenliepen voor de receptie van Amalie. Candy had ook een uitnodiging gekregen, maar zonder introducé. Wat volgens Candy boekdelen sprak over het belang van de aanwezigheid van Darien bij het evenement. 'Iemand gaat een opmerking maken over je ontbrekende partner en het is beter als dat van jou komt.'

Gina streek haar groene jurk glad nadat ze haar jas aan de garderobemedewerker had overhandigd. 'Ik weet het, ik weet het. Ik moet alleen nog bedenken wat ik ga zeggen.'

'Wat dacht je van: "Ik ben een koppig mens en zie niet in wat goed voor me is"?' Candy knikte naar een paar mannen die haar nakeken. Haar groenblauwe jurk was de perfecte kleur voor haar.

'Waarom ben ik ook alweer bevriend met jou?'

Candy kneep in haar schouder terwijl ze de balzaal binnenliepen. 'Geloof me, je zult de grond waarop ik loop nog gaan aanbidden.'

Gina trok een wenkbrauw op. 'Wat voer je in je schild?'

'Ik? Niets. Helemaal niets. Oh, kijk eens — champagne.' En als een vlinder fladderde Candy achter de ober aan.

De vlinders in Gina's buik stonden op scherp. Candy was iets van plan.

Ze had een drankje nodig.

Aan de bar bestelde ze een Cosmo — nee, laat maar. Ze koos voor een Grey Goose met cranberry. De laatste Cosmo die ze had gedronken was bij BeefCake, Inc. geweest en die herinnering kon ze nu niet gebruiken.

'Mevrouw?' Iemand tikte haar op haar schouder.

Gina draaide zich om en zag een van de obers in smoking. 'Ja?'

'Miss Carson vraagt of u naar haar toe wilt komen bij de garderobe.'

'Gaat ze nu al weg?'

'Dat kan ik niet zeggen. Ze zei alleen dat ze u moest spreken.'

Geweldig. Er moest wel iets gebeurd zijn als Candy iemand een boodschap liet overbrengen op een evenement als dit. Waarschijnlijk had ze champagne over haar jurk geknoeid en had ze Gina nodig om een reserve-exemplaar te regelen.

Zuchtend zette ze haar drankje neer. Tenminste zou het helpen van Candy het onvermijdelijke uitstellen: het moment waarop ze Amalie persoonlijk moest feliciteren en de afwezigheid van haar plus-one moest verklaren.

Ze had nog steeds geen flauw idee wat ze zou gaan zeggen.

De garderobemedewerker wenkte haar naar een van de kamertjes naast de balie. 'Ze heeft gevraagd of u hier naar binnen wilt gaan.'

Gina opende de deur en liep naar binnen —

En bleef abrupt staan.

'Darien.'

'Gina.'

'Ik vermoord Candy.' Ze wervelde rond —

Maar de deur naar de foyer werd met een zwier van groenblauwe stof dichtgetrokken.

'Hoor me alsjeblieft aan.'

'Waarom? Zodat je weer kunt vergeten een paar dingen te vermelden?' Ze draaide zich niet om. De glimp van hem in een smoking was al meer dan ze wilde zien.

Ze haatte het dat ze hem gemist had.

Haatte het dat hij haar een reden had gegeven om het hatelijk te vinden dat ze hem miste.

'Ik wist niet hoe ik het je moest vertellen.'

'Echt waar?' Bij die woorden draaide ze zich wel om. En ja, hij zag er overweldigend uit in die smoking. En ja, dat droeg alleen maar bij aan haar woede, want ze was voor hem gevallen —'

Verdomme, ze *was* voor hem gevallen. Ze was verliefd op hem geworden.

Nou ja, op wie ze *dacht* dat hij was.

Maar dat was een leugen geweest.

'Want van wat ik me herinner, *Froggy*' — ze plantte haar handen in haar zij — 'is praten je sterkste kant, hoe ongepast het ook is. Dus dat je je mond houdt over mijn zaak riekt sterk naar voorbedachten rade en achterbaksheid. En dan heb ik het nog niet eens over het feit dat jij —' Verdomme, ze ging huilen.

'Gina, mijn vader heeft het pand gekocht. Hij dacht dat hij er goed aan deed.'

Ze snoof en keek weg. 'Tjonge, jij bent me er eentje, je vader de schuld geven.'

'Ik vertel je wat er gebeurd is. Hij ontdekte dat een van zijn vastgoedvriendjes op het punt stond het pand op de markt te brengen en kocht het direct. Hij vertelde het me pas toen de deal al in een onomkeerbaar stadium was.'

Ze keek hem weer aan. 'En je gaat me zeker vertellen dat hij het ook een goed idee vindt om het te slopen? Mij uit de zakenwereld verdrijven, is dat iets goeds? Hij had me op dat moment nog niet eens ontmoet om me te kunnen haten. Of is dit een soort wraak voor je nablijfuren?'

'Natuurlijk niet.' Darien hield zijn handen afwerend omhoog. 'Alsjeblieft, kunnen we hierover praten?'

Ze wuifde hem weg. 'Ik wil niet met je praten. Nooit meer. Je hebt genoeg gezegd.'

'Wat als ik je zeg dat ik een oplossing heb?'

Hoe triest was ze dat er een sprankje hoop in haar ontkiemde?

Eigenlijk was ze *niet* triest. Het gedoe met John had haar tenminste geleerd dat ze sterk en bekwaam was, en dat ze dingen zelf kon uitzoeken zonder afhankelijk te zijn van een man om haar te redden. 'Dan zou ik zeggen: ga dat maar aan iemand anders wijsmaken.'

'Ik meen het, Gina.'

'Ik ook.' Ze zuchtte diep en wees naar hem. 'Je hebt me in de steek gelaten, Darien. Net als John.'

'Ik lijk in niets op die klootzak. Ik zou je nooit pijn doen.'

'Echt? Want je hebt twintig jaar geleden bewezen dat je het kon en hier sta je weer.' Ze sloeg een hand tegen haar voorhoofd. 'Ik moet echt eens leren van mijn fouten.'

Hij trok een pakket papieren uit de binnenzak van zijn jasje. 'Hier.'

'Wat is dat?'

'Lees het maar. Als je niet naar me wilt luisteren, dringen de woorden op een officieel document misschien wel tot je door.'

Hij staarde haar aan, zonder te knipperen... Wacht. Glansden zijn ogen een beetje?

Ze schudde haar hoofd. Darien Foster zat *niet* tegen de tranen aan.

Toen keek ze naar het pakket in zijn hand.

Het trilde heel lichtjes.

Was het mogelijk dat hij de waarheid sprak?

Terwijl ze op haar onderlip beet, nam ze de papieren aan en sloeg ze langzaam open. 'Het is een akte.'

'Lees verder.'

Ze scande de woorden, de juridische termen duizelden voor haar ogen. Wat ze er echter wel uit opmaakte, waren de woorden *spagebouw* en haar eigen naam met het woord *verkrijger* ernaast.

Haar verontwaardigde woede wankelde. 'Ik... ik begrijp het niet.'

Darien haalde diep adem. 'Het is van jou. De spa.'

'Je geeft me een gebouw.'

'Ja.'

'Waarom?' Dit sloeg nergens op. Mensen gaven anderen geen gebouwen waar ze goed geld voor hadden betaald. Hij moest wel een bijbedoeling hebben.

'Zodat jij je nooit meer zorgen hoeft te maken dat je het kwijtraakt.'

'Ik neem niets van je aan, Foster.'

'Hou op met dat verdomde koppige gedoe, vrouw, en luister naar hem!' siste Candy door de kier van de plotseling geopende deur, voordat ze hem weer dichttrok.

Darien trok een gezicht. 'Het was niet de bedoeling dat ze bleef hangen.'

'Oh, dit is geweldig.' Gina smeet de papieren tegen zijn borst. 'Eerst zweren jij en je vader tegen me samen, en nu jij en mijn beste vriendin. Ik kan echt niemand meer vertrouwen.'

'Jawel, dat kun je wel. Je kunt mij vertrouwen. Dit' — hij hield de papieren omhoog — 'is het bewijs. De eigenaren wilden sowieso verkopen, Gina. Het feit dat Pop het heeft gekocht, is eigenlijk iets goeds. En dit' — hij rammelde met de bladzijden — 'lost al onze problemen op.'

'Het lost misschien jouw schuldgevoel op, maar hoe moet ik in godsnaam een succesvolle zaak runnen die afhankelijk is van aanloop als die er niet is? Als ik omringd word door een braakliggend terrein?'

'Dat is het hem juist, het blijft niet braakliggend. Pop en ik gaan er appartementen omheen bouwen. Letterlijk aan drie kanten. Het zal deel uitmaken van het voorzieningenpakket dat we gaan aanbieden, dus je krijgt een percentage van de maandelijkse bijdragen van onze huurders.'

'Dus jouw geweldige oplossing is dat ik onze diensten weggeef voor een fractie van wat we nu vragen? Mijn personeel kan daar niet van overleven, zelfs niet *met* een gratis gebouw.'

'De huurders hebben recht op één massage per maand. Voor elke andere dienst betalen ze het normale tarief. Niet iedereen zal gebruikmaken van dat extraatje, en ik bied me aan om degenen die dat wel doen op te vangen. Dus het kost jou niets, *en* je hebt gegarandeerde aanloop.'

'Maar het kost *jou* tijd en geld. Waarom? Wat schiet jij hier in vredesnaam mee op?'

'Jou.' Darien schraapte zijn keel. 'Ik krijg jou.'

'Wat zei je?'

Er flitste een pijnlijke vertrekking over zijn gezicht. 'Sorry, dat kwam er verkeerd uit.' Hij haalde diep adem. 'Ik flipte toen ik hoorde wat Pop had gedaan, omdat ik wist hoe je zou reageren. En ik had gelijk — je wilde niet met me praten. Dus ik heb de hele week gezocht naar een uitweg, zodat dit niet tussen ons in zou komen te staan. Gelukkig vond Candy, met haar neus voor zaken en haar liefde voor jou, de oplossing. Het pand was niet bestemd voor puur commerciële ontwikkeling zoals we allemaal dachten, maar was jaren geleden al geclassificeerd als gemengd gebruik. Zodra we die informatie hadden, kwamen we tot deze oplossing.'

Gemengd gebruik betekende commercieel *en* residentieel. Wonen en werken.

Wat hij voorstelde zou wel eens mogelijk kunnen zijn.

Gina onderdrukte die opwellende hoop. Mensen gaven geen gebouwen weg, zelfs niet als ze met elkaar naar bed gingen.

Wat ze de laatste tijd trouwens niet deden.

Je hebt geen 'nooit' gezegd...

'Maar Darien heeft wel een hoop geld moeten neertellen om het papierwerk in orde te krijgen, anders was het nooit gelukt,' wierp Candy er weer tussenuit via de snel geopende deur.

'Candy,' Darien verhief zijn stem, 'zouden we wat privacy mogen, alsjeblieft? Ik red me vanaf hier wel.'

'Tuurlijk, hoor. Ik doe het vuile werk en jij gaat er met de eer vandoor,' bromde Candy, terwijl haar stem zachter werd naarmate ze zich van de deur verwijderde.

Darien keek Gina aan. 'Zeg me alsjeblieft dat we hier uit kunnen komen.'

Gina liet een klein beetje hoop de vrije loop. 'Je kunt iemand niet zomaar een gebouw geven.'

'Jawel, dat kan ik wel.' Hij schudde de papieren heen en weer. 'Ik hou van je, Gina. Ik heb altijd al van je gehouden, ik wist alleen niet hoe ik daar als kind mee om moest gaan. Maar nu weet ik het wel. Ik weet dat je zekerheid nodig hebt — zowel in je zaak als in de man met wie je je leven deelt. Ik wil niet dat je je ooit bij mij in het krijt voelt staan of bang bent dat ik iets doe als het pand onder je voeten vandaan verkopen, of dat het niet volledig jouw eigendom is. *Daarom* geef ik het aan je.

Pop trouwens ook. Hij dacht dat dit je gelukkig zou maken.'

Gina schudde haar hoofd. 'Ik begrijp zijn beweegredenen daarvoor niet.'

Darien klikte met zijn tong. 'Pop is een romanticus. Hij wilde dat we dit kregen als... als huwelijkscadeau.'

'Een huwe... *huwelijkscadeau?*'

Darien knikte. 'Gina, je moet weten dat ik van je hou. Dat ik er alles aan heb gedaan om dit op te lossen. Ik geef je het gebouw omdat ik niet wil dat je zaak deel uitmaakt van wie we zijn of waarom we samen zijn. Ik wil dat je bij me bent omdat je dat zelf wilt, omdat je van me houdt. En ik denk dat je dat doet, en *dat* is waarom je me niet aan wilde horen. Omdat jij jezelf eindelijk weer had toegestaan iemand te vertrouwen en dacht dat ik dat vertrouwen had beschaamd.'

Ze onderdrukte een snik. 'Je hebt me pijn gedaan.'

'Ik probeerde je juist pijn te besparen.'

'Net zoals toen je me vroeger op school "niet met opzet" pijn deed?'

Hij zuchtte en schudde zijn hoofd. 'Nee. Toen dacht ik niet na. Maar nu? Je bent het enige waar ik aan denk.'

Hij knielde op één knie. 'Ik hou van je, Gina. En ik wil dat dit werkt tussen ons. Maar ik kan het niet alleen. Jij moet het ook willen.' Hij likte zijn lippen af. 'Dus... wil je dat, Gina? Wil je dat het werkt tussen ons?'

Gina keek hem aan, en de rest van de vlinders in haar buik ontwaakte en fladderde vrolijk rond.

'Op één voorwaarde.'

De twinkeling verdween uit Dariens ogen. 'Zeg het maar.'

'Je hebt hem nog niet eens gehoord.'

'Maakt niet uit. Wat ik ook moet doen, ik doe het. Ik laat je niet gaan. Deze keer niet.'

Ze beet op haar lip om haar glimlach te verbergen. 'Je staat bij me in het krijt.'

Hij hield zijn hoofd schuin. 'Wat wil je nog meer? Ik heb je een gebouw gegeven.'

'Die dans die ik die avond in de club heb gemist. Die tegoedbon heb je nog steeds niet ingeleverd.'

Darien grinnikte, terwijl de opluchting van zijn gezicht af te lezen was, en hij stond op en trok haar dicht tegen zich aan. Precies waar ze wilde zijn. 'Als dat is wat ervoor nodig is om jou met me te laten trouwen, dan dans ik elke avond voor je.'

'Trouwen?' Ze trok zich terug om hem streng aan te kijken — maar vanbinnen glimlachte ze. Natuurlijk zou ze met hem trouwen. Hij vroeg haar niet zomaar mee naar het eindexamenfeest. Wat hij trouwens niet gedaan had, maar dat was een gesprek voor een andere dag. 'Wie had het over trouwen?'

'Je vader. Want ik heb ook met hem gesproken. En hij beloofde me dat als ik geen eerbare vrouw van je zou maken, de rammel die Bryan en zijn vriendjes me vroeger gaven niets zou zijn vergeleken met wat hij met me zou doen.'

Hij pakte haar hand en kuste de rug ervan. 'Dus, Gina Maria Theresa Taormina, wil je me de eer bewijzen om mijn vrouw en mijn publiek van één te worden? Want, schat, op de seconde dat je ja zegt, moet Bryan een nieuwe danser zoeken. De enige vrouw voor wie ik vanaf nu mijn kleren uit wil trekken, ben jij.'

'Ja, Darien. Ik wil met je trouwen.'

Ze ontmoette hem halverwege voor de kus —

Alleen om Candy de deur weer te laten openen. 'In godsnaam, het werd ook wel eens tijd. Kunnen we nu *alsjeblieft* van de receptie gaan genieten?'

Epiloog

De feestelijke heropening van The Gilded Lily groeide uit tot hét sociale evenement van het seizoen. Candy vond dat de bruiloft van Gina en Darien dat had moeten zijn, maar Gina was maar wat blij dat de schijnwerpers niet persoonlijk op haar gericht waren.

Haar zaak was een heel ander verhaal, en zelfs als ze de aandacht niet had gewild, dan had de reportage die Sophie Cavanaugh had gemaakt over het complex dat Darien en zijn vader aan het bouwen waren daar wel een einde aan gemaakt. Sophie had haar persoonlijke ervaring in de spa eraan toegevoegd en de klandizie was werkelijk door het dak gegaan. Gina had zelfs een tweede verdieping moeten laten aanbouwen. Op de nieuwe verdieping bevonden zich nu alle massagesuites, met uitzicht over het zwembad, de tuinen en de tennisbanen die Darien aan het aanleggen was.

'En weer een succes.' Candy proostte op Gina met haar glas champagne. In haar goudkleurige nauwsluitende jurk tot op de grond *leek* Candy zelf wel een champagneglas. 'Hoewel ik denk dat we met Nica aan de slag moeten. Ze vergeet haar positie een beetje.'

Gekleed in het perzikkleurige poloshirt van The Gilded Lily was Nica – die door Gina was aangenomen om Candy te vervangen toen die had besloten dat de makelaardij haar volgende avontuur zou worden – druk aan het kletsen met de gasten. Helaas praatte ze alleen met de mannen, en meer dan een paar echtgenotes waren daar niet bepaald over te spreken.

'Ik stuur Darien wel op haar af. Hij is de enige die enig effect op haar lijkt te hebben.'

'Of Nonna. Sinds ze uit die stoel is gekomen, is ze een kracht om rekening mee te houden.'

Nonna was uit die stoel gekomen nadat Darien haar haar eerste massage had gegeven. Ze beweerde dat hij haar genezen had, maar Gina hield het erop dat Nonna gewoon wilde dansen op hun bruiloft. Wat ze dan ook had gedaan.

Met meer dan een paar van Dariens voormalige collega's.

'Dus, wat is de volgende stap voor team Foster-Taormina? Gaan jullie winkelcentra veroveren? Countryclubs? Derdewereldlanden?'

'Mwah... nee. We werken ergens aan, maar we zijn nog niet helemaal klaar om het aan te kondigen.' Gina nam een slokje van het champagneglas waar ze het afgelopen uur al mee deed.

Jammer dat er alleen spa rood in zat.

Nou ja... Niet *echt* jammer.

Candy liet haar glas tegen dat van Gina klinken. 'Weet je, Gien, je kunt best ontspannen. Geniet een beetje. Niemand kijkt je raar aan als je meer dan één glas champagne drinkt. Ik bedoel, kom op, je moet het vieren.'

'Ik vier het ook.'

Zij en Darien hadden gisteravond een *behoorlijk* feestje gevierd toen ze hem het nieuws vertelde.

Hij keek op dat moment haar kant op en glimlachte – die glimlach die zijn kuiltjes zo mooi deed uitkomen. En haar hart deed overslaan.

'O jé, jullie twee zijn zo misselijkmakend lief dat ik spontaan diabetes voel opkomen.' Candy sloeg de rest van haar champagne achterover. 'Het is net alsof jullie je eigen taaltje hebben, met die kleine boodschapjes die jullie elkaar sturen...'

Candy liet haar glas zakken.

En haar onderkaak ook.

Ze griste het glas uit Gina's hand. 'O mijn god, dat meen je niet.'

Ze rook aan de inhoud. 'O mijn god, het is echt zo!'

Toen trok ze Gina in een enorme berenknuffel en gilde het uit van plezier in haar oor,

die zich toevallig in de buurt van de microfoon van Sophie bevond.

Tot zover het nog niet klaar zijn om aan te kondigen wat de volgende stap voor team Foster-Taormina was.

Opnieuw zou Gina het gesprek van de dag zijn vanwege Darien.

En dit keer vond ze dat meer dan prima.

Het einde en bedankt voor het lezen

Het einde. Bedankt voor het lezen! Help andere lezers mijn boeken te vinden door een recensie achter te laten op de plek waar u het heeft gekocht. En als u graag meer van mijn verhalen wilt zien, sla dan de pagina om!

WAT EEN VROUW
WIL
JUDI FENNELL

Mannenavond... plus één

Sean Patrick Manley staarde naar de straight flush, de negen hoog, in zijn hand. Hij baalde er echt van dat hij dit spel ging winnen. Oh, hij vond het niet erg om zijn broers vakkundig van hun geld te beroven, maar het geld van zijn hardwerkende zus afpakken was niets om over op te scheppen. Toch... ze *had* erom gevraagd...

'All-in.' Hij hield zijn pokergezicht strak en schoof de rest van zijn fiches naar het midden van de tafel.

Bryan en Liam trokken hun wenkbrauwen op, maar Sean zei geen woord. Mary-Alice Catherine had 'net als de mannen' willen spelen en dit was hoe ze speelden: meedogenloos. Geen clementie omdat ze een pokernovice was — of hun jongere zusje.

Bryan keek naar zijn kaarten en tikte zoals gewoonlijk tegen de randjes. Een irritante gewoonte, wat natuurlijk precies de reden was waarom Bryan die zich had aangeleerd. 'Ik ga mee.' Hij stapelde zijn resterende fiches naast de stapel van Sean.

Sean verborg een glimlach. Hij vond het helemaal niet erg om Bryans geld aan te nemen.

Liam leunde achterover in zijn stoel en tikte met zijn wijsvinger tegen de achterkant van zijn kaarten, ondoorgrondelijk als altijd. 'Mary-Alice, weet je het zeker—'

'Niet doen, Liam,' zei Mac, die zoals gewoonlijk stekelig reageerde op het gebruik van haar volledige naam. 'Speel de hand zoals je normaal gesproken zou doen.'

Liam tikte op zijn kaarten. 'Prima.' Zijn stapel voegde zich bij de rest.

Sean keek ernaar en daarna naar zijn broer. Bij Liam wist hij het nooit zeker.

Mac beet op haar onderlip en wiebelde heen en weer op haar stoel. Sean had bijna medelijden met haar. Bijna. Maar ze had lang genoeg aangedrongen om mee te mogen doen aan hun spel. Ze hadden haar nog geprobeerd te vertellen dat ze de inzet niet kon betalen, maar ze wilde niet luisteren. Dus, om haar voor eens en altijd de mond te snoeren, hadden ze haar laten meedoen, in de veronderstelling dat als ze eenmaal haar laatste hemd had verloren, ze hen niet meer lastig zou vallen. Er waren nu eenmaal dingen waar zussen geen deel van uit hoorden te maken.

'Oké, maar hoe kan ik de inzet verhogen als ik niet genoeg fiches heb?'

'Mac, zet gewoon de rest van de jouwe in. Ga de inzet niet verder verhogen. Je kunt het je niet veroorloven om nog meer te verliezen.' Sean glimlachte naar haar.

Hij was verrast toen ze hem een blik van pure woede toewierp. Wie had gedacht dat ze dat in zich had? Als kind had ze hen altijd met vleierij zover gekregen dat ze deden wat zij wilde. Het feit dat ze haar hele leven door hen, haar galante ridders, als een prinses was behandeld, had er waarschijnlijk iets mee te maken, dus dit gedrag was totaal niet passend voor haar.

'Geef gewoon antwoord op de vraag. Welke regels hebben jullie daarvoor?'

Bryan ritselde weer met zijn kaarten. 'Dan zetten we iets groots in. Zoals Seans appartement voor een week, of mijn Maserati, of Liams eilandverblijf. Omdat jij niets vergelijkbaars hebt, ga je gewoon mee.'

Mac keek weer naar haar hand, terwijl ze nu op de andere hoek van haar mond knabbelde. Ze streek een pluk haar achter haar oor. 'Ik verhoog de inzet voor jullie allemaal.'

Sean wilde protesteren, maar Bryan stak zijn hand op. 'Wat is de inzet, Mac?'

Mac legde haar kaarten gedekt op het groene vilt voor zich neer. 'Als ik verlies, krijgt de winnaar vier weken gratis schoonmaakhulp.'

'En als je wint?' vroeg Liam.

Mac vouwde haar handen over haar kaarten. 'Als ik win, is ieder van jullie me vier weken werk verschuldigd, geheel kosteloos, voor Manley Maids.'

'Wat? Ben je gek geworden? Ik ga voor niemand de dienstmeid uithangen, nog geen vier *uur* lang, laat staan vier weken.' Bryan vloog achteruit in zijn stoel alsof er stroom op de pokertafel stond.

'Oh, nou ja, als je denkt dat je niet van me kunt winnen...' Ze keek naar Liam.

Liam bestudeerde haar met toegeknepen ogen. 'Vier weken, hè?' Hij tikte op zijn kaarten. 'Ik ga mee. Met het huis op Kiawah voor dezelfde periode.'

Sean bestudeerde Liam. Bluf? Welnee. De huur van het vakantiehuis zou zijn broer de kop niet kosten, maar Liam zou slavernij niet riskeren. Hij moest wel een winnende hand hebben. Als die beter was dan zijn straight flush, zou Sean alleen het geld en het hotelverblijf kwijt zijn en niet het risico lopen een schort te moeten aantrekken. 'Ik ook. Een week in het resort zodra het operationeel is.' *Als* het ooit zover kwam, maar hij was niet van plan te verliezen. Niet met deze hand. En het resort ook niet.

Bryan keek naar hen drieën alsof ze hun verstand hadden verloren. 'Dus een van ons eindigt met twee vakanties, schoonmaakhulp en het gebruik van een Maserati gedurende vier weken?'

'Tenzij ik win,' zei Mac, terwijl ze met haar nagels op het vilt trommelde. Een typische reactie van een beginner. Ze was te zenuwachtig.

'Ga je mee?' Sean gaf Bryan een por met zijn elleboog.

'Reken maar.' Bryan gooide een full house op tafel. 'Kom maar bij papa.' Hij reikte naar de stapel fiches.

'Wacht even, Bry.' Liam legde zijn kaarten op tafel. Vier drieën staarden hen aan. 'Vervelend voor je, Mac.' Liam stond op.

Het verbaasde Sean niet dat Liam geen excuses aanbood. De broers wonnen om de beurt wel een keer. Het geld was onbelangrijk; ze genoten ervan elkaar uit te spelen en één keer per maand bij elkaar te komen. Maar Mac...

Toch moest hij Liam even terechtwijzen. 'Goede hand, Lee, maar niet goed genoeg.' Met een theatraal gebaar liet Sean zijn straight flush zien.

'Verdomme.' Liam ging weer zitten.

'Klootzak.' Bryan stond erop altijd het laatste woord te hebben.

Alleen Mac reageerde niet. Maar er zou in elk geval geen sprake meer van zijn dat ze nog eens mee zou doen.

Sean begon de fiches op te stapelen, terwijl hij alvast plande wanneer hij lang genoeg vrij kon nemen voor de vakantie die hij net van zijn broer had gewonnen. Hoe eerder hoe beter, want hij kon toch niet veel doen aan het Martinson-project totdat de hele erfeniskwestie was afgerond.

Er viel een stilte aan tafel terwijl hij de fiches stapelde. Meer dan drieduizend dollar. Niet slecht.

Zijn broers probeerden Mac niet aan te kijken. Sean ook niet, maar hij ving een lichte trekking rond haar mondhoek op. Ze probeerde waarschijnlijk niet te huilen. Ja, duizend dollar was een boel geld voor Mac, vooral nu ze alles wat ze had in haar schoonmaakbedrijf stak. Misschien zou hij het haar toestoppen als Liam en Bry niet keken.

'Het spijt me, Mac, maar zo wordt het spel nu eenmaal gespeeld.'

'Tja, Mac. We hebben je gewaarschuwd,' voegde Bryan eraan toe.

'Dat weet ik.' Ze schraapte haar keel. 'Het is alleen...'

'Wat, Mac?' Liam leunde met een elleboog op de tafel.

'Het is alleen... is een boer niet hoger dan een negen?'

'Een boer?' Het gezicht van Liam trok wit weg.

Seans maag kromp ineen. 'Een boer?'

Bryans mond viel open, maar voor één keer was hij sprakeloos.

'Ja. Een boer.' Mac spreidde haar kaarten uit op de tafel. Vijf harten, in oplopende volgorde.

Boer hoog.

'Ik geloof, lieve broers, dat jullie allemaal een uniform van Manley Maids moeten laten aanmeten.'

Royally Sunk

Tot over haar oren

Reel is een meerman zonder staart en Erica is als de dood voor de oceaan. Slechts één ding kon haar het water in krijgen: een vuurwapen. En slechts één ding kon haar daar houden: de sexy meerman die haar leven redt, om vervolgens dat van hemzelf op het spel te zetten.

Wild en diepblauw

Valerie is een zeemeermin-prinses die is gestrand in het midden van het land. Rod is de prins die op pad gaat om haar te redden. Maar kunnen ze het complot van een troonbezetter ontduiken en op tijd terugkeren naar de oceaan voordat zijn staart — en zijn aanspraak op de troon — voorgoed verdwijnen?

De vangst van haar leven

Logan is *weggelopen* van het circus; het enige wat hij wil is een normaal leven. De naakte vrouw die op zijn boot verschijnt is allesbehalve normaal.

Vooral wanneer Angel een zeemeermin blijkt te zijn — met een woedend zeemonster achter zich aan.

Liefde op de klippen

Prinses Mariana is geen aanstelster; ze *is* echt een kunstenares, wat ze gaat bewijzen met het beeldhouwwerk dat ze op een verlaten eiland maakt. Het probleem is dat Jace zich daar schuilhoudt. Hetgeen dat Mariana zal bevrijden uit haar koninklijke gevangenis, is precies datgene wat Jace fataal zal worden. Romantiek is al lastig genoeg, maar wanneer er een tsunami op komst is, hangt de liefde aan een zijden draadje.

Golven maken

Lees over Het Incident waardoor Erica doodsbang werd voor de oceaan, de reden waarom Valerie, de verloren prinses, werd gevonden, en hoe Logans jonge zoon Michael een zeemeermin vond. De verhalen *vóór* de verhalen.

Bottled Magic

Ik droom van djinns

Matts geluk keert eindelijk wanneer de geest Eden uit haar fles ontsnapt en in zijn schoot belandt. Letterlijk. En ze zweert er nooit meer in terug te gaan. Helaas voor hen beiden wil de man die haar erin heeft opgesloten haar terug, en hij zal voor niets terugdeinzen om haar te krijgen.

Djinn weet raad

Samantha erft het landgoed van haar vader, compleet met een geest die nog één meester moet dienen voordat zijn dienstbaarheid erop zit. Sam is meer dan bereid om Kal vrij te laten — totdat haar hebzuchtige ex besluit dat als hij Sam niet kan krijgen, niemand haar krijgt.

Mijn lieve djinn

Zane heeft het voorouderlijk herenhuis geërfd waar hij maar wat graag vanaf wil om de geruchten over de krankzinnige geschiedenis van zijn familie de kop in te drukken. Jammer genoeg is de geest die de oorzaak van die geruchten was vrijgelaten om opnieuw chaos te veroorzaken. Alleen speelt ze dit keer met zijn hart.

Jouw wens is zijn bevel

Ontdek hoe Kal in zijn lantaarn gevangen kwam te zitten en waarom hij 1.001 meesters moet dienen. Het is het verhaal vóór het verhaal.

Once-Upon-A-Time Romance

Belle en de Beste

Jolie is overdag privékok en 's nachts schrijfster van liefdesromans. Dus wanneer ze een klus krijgt bij de knappe, teruggetrokken kunstenaar Todd, heeft ze de perfecte held voor haar boek gevonden. Totdat Todd erachter komt en haar uit zijn keuken, zijn huis *en* zijn hart schopt.

Als de schoen past

Er was eens, heel lang geleden, in een land hier ver vandaan, een meisje genaamd Assepoester. Dit is niet haar verhaal. *Dit* is het verhaal van Lucinda Isabella Casteleoni, die net als haar naamgenote een gemene stiefmoeder heeft, twee ordinairstiefzussen en talloze uren hard werk waar ze (niet) naar uitkijkt. Maar in tegenstelling tot die sprookjesprinses is Bella's droomprins nergens te bekennen. Totdat een oud mannetje met fonkelende groene ogen een schoenwinkel opent in de straat. Dan begint de magie...

Achter het glas in lood

Door een onbedoelde reis naar het middeleeuwse Engeland moet reclamevrouw Kate halsoverkop op zoek naar een manier om weer thuis te komen... Maar kan ze de woest aantrekkelijke ridder op het witte paard op wie ze verliefd is geworden met zich mee terugnemen?

BeefCake, Inc.

Ook Spierenbonken Houden van Zoet

Lara wil dat haar cupcakes een succes worden. Exotisch danser Gage zou ze best eens willen proeven, maar door zijn werkschema om de ziekenhuisrekeningen van zijn neefje te betalen heeft hij daar geen tijd voor. Totdat er een feestje is waar spierbundels en cupcakes elkaar ontmoeten en, *oh*, wat is dat heerlijk!

Ook Spierenbonken Maken Fouten

Wanneer Bryan Jenna aanziet voor een prostituee en zij beseft dat hij de vader van haar geadopteerde zoon is, stapelen de fouten en misverstanden zich op. Maar er groeit ook iets anders tussen hen. Soms kan een verkeerde afslag precies de juiste zijn...

Ook Spierenbonken Verdienen een Tweede

Tanner wil zijn ex-vrouw voorgoed uit zijn leven hebben, maar wanneer haar grootmoeder een beroerte krijgt en hij moet doen alsof hij nog steeds verliefd is op Juliet, durft hij het dan aan om die ene vrouw die nooit is opgehouden met van hem te houden een tweede kans te geven?

Ook Spierenbonken Laten Harten Smelten

Gina is al een eeuwigheid verliefd op Darien — tot de dag dat hij haar op school vernederde. Vijftien jaar later laat hij haar koud. Exotisch danser Darien is teruggekomen naar de stad om een paar dingen recht te zetten. Een daarvan is de puinhoop die hij jaren geleden voor Gina heeft veroorzaakt... en *misschien* het vuur weer aanwakkeren dat er ooit was. Maar de enige manier om de sneeuw rond Gina's hart te doen smelten, is door het vuur flink op te stoken, zowel tijdens het werk... als daarna.

Manley Maids

Wat gebeurt er als drie onweerstaanbaar sexy broers een pokerweddenschap verliezen van hun ondernemende zus? Ze worden verhuurd voor haar schoonmaakbedrijf. Nu staan de Manley Maids tot uw dienst. Tevredenheid gegarandeerd.

Wat een vrouw wil

Resorteigenaar Sean is van plan een historisch landgoed te kopen, hiermee naam te maken en miljoenen te verdienen, dus trekt hij erin onder het voorwendsel het pand schoon te maken om een bepaalde voorwaarde van de erfenis te omzeilen. Maar erfgename Olivia en haar beestenboel kruipen onder zijn huid, en hij ontdekt dat de pokerweddenschap die hem in deze nesten heeft gewerkt niet de enige factor is die alles verandert.

Wat een vrouw nodig heeft

Filmster Bryan wil roem en fortuin, niet een herhaling van zijn armoedige 'normale' jeugd. Na de publiciteit rond de dood van haar man heeft Beth behoefte aan een normaal leven voor haarzelf en haar kinderen, en de filmster die een weddenschap heeft verloren om haar huis schoon te maken — met de paparazzi in zijn kielzog — past daar niet bij. Maar als geflirt overgaat in verleiding, moet Bryan Beth ervan overtuigen dat hij meer man is dan een hulpje in de huishouding. Of een acteur. Want hij speelt de hoofdrol in een omgekeerd Assepoesterverhaal, en het zou zomaar eens de rol van zijn leven kunnen zijn.

Wat een vrouw verdient

Liam heeft geen geduld voor vrouwen die het geld van een man uitgeven zonder ook maar een moment aan echt werk te denken. Maar om zijn weddenschap na te komen, moet Liam socialite Cassidy niet alleen tolereren, hij moet ook haar rotzooi opruimen wanneer haar vader de geldkraan dichtdraait. Zonder geld en zonder huis dat Liam kan schoonmaken, heeft Cassidy geen andere keuze dan een baan te accepteren — als Liams nieuwe hulp. Maar wanneer de vonken tussen hen overvliegen, zal het dan echte liefde zijn of gewoon de volgende rommelige affaire?

. . .

Wat een vrouw

MaryAlice Catherine staat klaar om het huis van een vriendin van haar grootmoeder schoon te maken, maar ontdekt tot haar grote schaamte dat de verwaande kleinzoon op wie ze vroeger verliefd was — en die dat al die tijd wist — daar woont. Jared herinnert zich het anders; Mac was altijd een bazig ding, maar hij is niet van plan haar nu de lakens te laten uitdelen. Maar nu ze met zijn tweeën in één huis wonen, is het nog maar de vraag wie er uiteindelijk aan het langste eind trekt.

Wat een kerel wil

Beckett is klaar om zijn verloren pokerweddenschap in te lossen. Hij had alleen niet beseft dat hij dat met zijn hart zou moeten doen. Jennifer is de vrouw die hem is ontglipt en nu staat ze weer vlak voor zijn neus. In haar huis. Dat hij moet schoonmaken. Jennifer kan niet geloven dat de 'bad boy' van de middelbare school op wie ze smoorverliefd was in haar huis is, maar als haar ex-man haar één ding heeft geleerd, is het dat ze niet op de bad boy kan rekenen. Totdat Beckett al zijn kaarten op tafel legt en hij iemand blijkt te zijn op wie Jennifer toch durft te wedden.

Hier is Judi!

De bekroonde bestsellerauteur Judi Fennell houdt van lachen en van de liefde, dus het is geen verrassing dat er van beide een beetje in elk boek zit dat ze schrijft. Bekijk haar sprookjes met een knipoog voor een voorproefje van haar luchtige, ironische paranormale en romantische komedies. Van meermannen voor de kust van Jersey Shore tot djinn met vliegende tapijten, en van mannelijke strippers à la Magic Mike tot stoere huishouders wiens motto *Tevredenheid Gegarandeerd* is; er valt altijd wel wat te lachen en er is altijd liefde te vinden.

En in haar overvloedige (?) hoeveelheid vrije tijd helpt ze auteurs bij alle aspecten van het schrijven en uitgeven in eigen beheer met haar bedrijf voor opmaak, omslag- en promotieontwerp, redactie, advies en audioboeken, www.formatting4U.com.

Judi woont in een voorstad van Philadelphia met een menagerie aan viervoeters, en op de dag dat die wezens beginnen met A) zingen, B) kleding naaien of C) het huis schoonmaken, zal ze stoppen met schrijven...!